当代中国小说残疾书写的叙事伦理研究

付用现 著

南京大学出版社

图书在版编目(CIP)数据

当代中国小说残疾书写的叙事伦理研究 / 付用现著.
南京：南京大学出版社，2025.7. -- ISBN 978-7-305-28664-3

Ⅰ.I207.42

中国国家版本馆 CIP 数据核字第 2025PF6903 号

出版发行	南京大学出版社
社　　址	南京市汉口路 22 号　　邮　编　210093
书　　名	**当代中国小说残疾书写的叙事伦理研究** DANGDAI ZHONGGUO XIAOSHUO CANJI SHUXIE DE XUSHI LUNLI YANJIU
著　　者	付用现
责任编辑	高　军　　　　　　　　　编辑热线　025-83592123
照　　排	南京开卷文化传媒有限公司
印　　刷	江苏凤凰数码印务有限公司
开　　本	718 mm×1000 mm　1/16　印张 19.25　字数 335 千
版　　次	2025 年 7 月第 1 版
印　　次	2025 年 7 月第 1 次印刷

ISBN 978-7-305-28664-3
定　　价　78.00 元

网　　址：http://www.njupco.com
官方微博：http://weibo.com/njupco
微信服务号：njuyuexue
销售咨询热线：(025)83594756

* 版权所有，侵权必究
* 凡购买南大版图书，如有印装质量问题，请与所购
　图书销售部门联系调换

生命残缺中的存在之思
——《当代中国小说残疾书写的叙事伦理研究》序

谭桂林

记得是很多年前,我无意中看到一个资料,说中国有八千多万的残疾人口,当时有蓦然一惊的感觉。八千多万,这在欧洲,已经是德国这种大国的体量,在中国,也是差不多每二十人中就有一个了。自从那次得知这一资讯,我就一直持有这种看法,觉得中国社会的群众团体,这个联那个联的,谁也比不上残联的意义与重要。这不仅是因为这个群体人口特别庞大,而且是因为唯有这个群体才是一个真正具有特殊性的群体。残疾者的生命形态多种多样,但有一个共同点就是"缺";残疾的缘由虽然各异,形形色色,但无论偶然,还是命定,都难以缓释残疾者生存意义的悲苦性质。所以,人类自从有了文明历史,同情、照顾和扶助残疾者,一直是文明人类共同遵守的伦理准则。佛教虽然不许残疾人出家,但扶助弱小者、无助者是佛教菩萨行观念的重要表现,残疾者乃是弱者中的弱者,《药师琉璃光如来本愿功德经》中就说过,"愿我来世,得菩提时,若诸有情,其身下劣,诸根不具,丑陋顽愚,盲聋喑哑,挛躄背偻,白癞癫狂,种种病苦,闻我名已,一切皆得端正黠慧,诸根完具,无诸疾苦"。基督教倡博爱,对于残疾者也是充满关怀,《圣经》中讲述耶稣的故事,有很多就与残疾者相关。耶稣在加利利期间,尤其致力于治疗那些身体有残疾的人,使盲者得光明,使聋者得听力,重新享受同正常人一样的生活。可见无论东方还是西方,无论天道还是人道,对于人的残疾病苦的关怀都是共同的。记得周作人曾经说过,看一个人是否有德性,就看他对于女人的态度,仿此句式也可以这样说,看一个社会是否文明,从它对残疾者的态度就可以知道个八九不离十。

值得指出的是,由于生理上的残缺已经异于常人,在世俗生活中面对境遇和日常就不可能同常人一样,残疾者体验和观察生活的心理状态与精神结构,很容易产生复杂、奇特甚至极端的趋向,因而也更容易成为文学的描写对象。中外文学史上残疾者形象都有经典产生,残疾主题叙事的作品也不乏佳作,它们流传后世,感人至深,为文学中的人道主义表达提供了应有的高度与深度。

当然，随着时代精神的变迁，世界文学史上的残疾主题也在不断地发生变化。在人道主义与人性论张扬的时代，雨果《巴黎圣母院》中的敲钟人卡西莫多堪称绝世典范，他独眼，驼背，跛足，后来又被钟声震破耳膜，成了聋人，但他爱美的心灵与他残破的肉身、孤独的性格形成强烈的对比，成为世界文学史乃至美学史上美的绝唱。如果说传统的残疾者叙事更多强调人性与人道中的爱与美的主题，到了当代，葡萄牙作家萨拉马戈的《失明症漫记》则用象征的笔法将失明者与正常人进行对照，展示出这个世界的荒诞性，在这个糟糕的世界上，几乎所有的人都在理智上成了盲人，因为人们都不愿意睁开眼睛，都不愿意真实地看看自己周边的一切，或者说都不愿意看看自己周边的真实世界。残疾的主题从生命之欲进入存在之思，大抵上可以视为世界文学中残疾叙事的发展路径。

中国现代小说中的残疾叙事大体上也沿着这个路径发展，早期新文学中，鲁迅写孔乙己被丁举人打断了腿，最后一次来到咸亨酒店，坐在蒲团上用满是泥巴的手接过酒碗喝完，然后在旁人的说笑声中，坐着用手慢慢离去。许地山的《春桃》写李茂在离散中成了断腿的残疾人，能够回到妻子身边是他的幸运，但妻子已有一个同居的男人，这又造成了他的生命的新的伤害。如果身体正常，事件的处理方式或许简单许多，但自身残疾，离开妻子自己将无法生活，留在家里，虽然活着但男人的丈夫志气则荡然无存，小说主题虽然在于揭示传统的伦理难题，但字里行间渗透着的依然是对残疾者生存困境的深深悲悯与同情。到了20世纪80年代，史铁生的《命若琴弦》通过盲人的命运探讨生命的意义与目的。老盲人的师父曾告诉他，琴槽里有一张能够治疗眼疾的药方，弹断一千根琴弦后就能从琴槽中取出这张药方。老盲人一生都在渴望有一天能用眼睛看到光明，看到色彩，他听从师父的吩咐，苦行五十年，弹断了一千根琴弦，但从琴槽里取出的却是一张白纸。五十年的念想与坚持，这是生命的存在，奔向的目的不过是一张白纸，这是意义的虚无。作者对残疾主题的叙事显然已经完成了一个超越，从一般意义上对肉身生存残缺疾苦的同情和悲悯，升华为对人类生存意义与目的的整体性反思。由此可见，文学乃是人学，对于人的关注，无论是完整的人，还是残疾的人，中西文学在其人性关注的核心理念上，在其视域变迁的路径上，并无特别的轩轾与区别。

不能不说的是，在人类残疾与人类文明发展关系方面，中国文化传统中虽然具有最为经典的范例，孙子膑足而有兵法，司马腐刑而有《史记》，这都是世界史上具有重大意义的文明发展之标志，但对人类残疾与人类文明发展之关系的学术研讨,相对而言却是关注不够,贡献不足。尤其是近百年来,生命科学的巨大进步,促使西方学术从意识形态关注转向身体关注,这方面的成果不断引领着哲学思潮、文学思潮乃至社会思潮的发展。福柯研究癫狂,或许就是因为他从欧洲中世纪末以来的文学中看到了许多癫狂者的形象,他们含义晦涩,具有威胁性又受人嘲弄,福柯称之为欧洲文学地平线上的一次巨大的骚动。阿德勒曾经自诩为研究器官有缺陷或内分泌异常儿童所面临的困境问题的第一人,他在自己的个体心理学研究中发现早年生活中曾因器官缺陷而感受到压力的儿童,许许多多变成了人生的失败者,但他同样看到了许许多多对文化有着重大贡献的杰出人才都不幸有着器官上的缺陷,所以他旗帜鲜明地反对优生学的选择,而是通过自卑与超越的精神联系,为残疾者的人生输入一种创造性的心理动力。苏珊·桑塔格写《疾病的隐喻》,指出肺病、艾滋病、梅毒等身体疾病不仅是肉身的,也是文化的,它们包含着太多的隐喻意义,而这种隐喻造成的压力甚至比疾病本身还要严重。所以,作为身体关注最有代表性的学者,她曾语重心长地指出,使疾病远离这些意义隐喻,能够给人带来抚慰和解放。人类要摆脱这些隐喻,回避是不行的,它们必须被揭示、批评、细究和穷尽。苏珊·桑塔格说的虽然主要不是指残疾,但其观念对人类生命中的残疾问题同样有效而深刻。残疾本身在人类文化的叙事之间,常常也是隐喻,也是意识形态,也必须被揭示、批评、细究和穷尽。在这个意义上,近百年来西方文化中对身体的意识形态批判与对身体的生命科学研究一样,都取得了重要的成果,都具有重大的文化意义,对我国当下学术思想的影响也是显而易见的。

毫无疑问,在身体关注这个世界性的大文化背景下,21世纪以来的中国文学研究对身体叙事的历史性梳理和形而上思考充满兴趣,这是时代的必然。这种学术兴趣的一个成就就是促进了对文学的残疾叙事的研究走向深入。付用现博士的专著《当代中国小说残疾书写的叙事伦理研究》,可以说是对这种研究走向深入的一个具有验证性的成果。这部学术著作聚焦的是当代小说中的残疾叙事,人性的永恒性要求作者依然关注残疾者的生存悲苦以及人情冷暖,而时代的精神指向则要求作者对种种残疾叙事的隐喻与意识形态性予以揭示与探究。所以,付著在分析残疾作家的残疾叙事作品时,特别注重的是他们作为创作主体的身份意识。身份是一个社会标志,但残疾者的身份不但是社会标志,而且是一个生理标志,这种身份的双重性本质地构筑起了残疾者的文化隐喻,从而被一个社会的意识形态所定义所赋能。作者注意到了残疾作家对这种社会定义和文化隐喻的自觉或者不自觉的抗拒，因而他们的身份确认总是显示出认同与背离的矛盾。傅著指出，正是这种矛盾的心理状态决定着他们在残疾叙事方面的伦理立场和伦理取位的复杂性。其实，在新文学的早期创作中，人道主义具有强大的情绪引领力，对残疾主题的叙述，对残疾者的形象描写，伦理立场和取位是相对简明的，同情、悲悯乃至敬佩是情感倾注的主要内容，而到了当下文学，残疾叙事的伦理表达显现出复杂与多元，这当然是时代发展赋予了残疾者的生命活动以新的方式或新的内涵，进一步说，这或许也是残疾叙事者在当下学术语境中对残疾者身份隐喻滋生了应有的质疑与反省。付著对这一现象的发掘，显现出作者在理论话语的前沿性方面做出的认真努力。

付著不仅从创作主体的复杂性方面剖析了残疾这一生理标识的种种文化隐喻，而且从接受主体的角度探讨了当代中国小说残疾书写与读者之间的"对话"。作者指出，这种对话具有的互动性构成了残疾叙事伦理接受的多层性。其中在与普通读者的初级"浅层对话"中，残疾书写显示出伦理塑形与伦理变形的两种截然不同的伦理接受形式；在与知识精英分子为代表的高级读者的"深层对话"中，网络平台豆瓣读书对于部分典型性残疾书写的统计资料则显示出比较客观公允的接受伦理特征；在与学术专业的文艺理论研究者所进行的"批评对话"中，残疾书写的接受伦理影响则形成了批评性、引导性的阐释伦理特征。付著对这三层对话的伦理效果进行了深入的分析，也采用了许多社会调查的例证，无论是分析过程还是论证程序都颇有说服力。但要指出的是，就一般主题的文学作品而言，这种多层次对话效果的互相渗透，乃是文学经典化的过程，而就残疾叙事这一特殊形态的文学作品而言，这种多层次对话既是文学经典化的过程，也是残疾者意识形态隐喻不断解构与重构的过程，尤其是残疾者意识形态隐喻的再度建构，对于残疾者这一庞大的社会群体的生存状态而言，是利还是不利，是幸还是不幸，这恰恰是当下中国文学在残疾叙事方面要着力思考的问题，也是当下中国学术在身体隐喻的意识形态批判中所要厘清的问题。付著在这个方面的理论贡献略显不足，这个不足或许正是作者自己以及中国文学残疾叙事研究以后所要深入和延展的方向之一。

是为序。

2024 年 9 月 2 日写于长沙迪亚溪谷半空居
(谭桂林，湖南大学文学院教授、博士生导师)

目 录

绪 论 ·· 001
 第一节 课题研究的缘由 ··· 003
 第二节 课题研究现状及趋势 ·· 007
 第三节 残疾书写、叙事伦理等概念辨析 ······················· 017
 第四节 本书研究思路及基本结构 ································· 021

第一章 以叙事伦理解读当代中国小说残疾书写的缘由 ········ 025
 第一节 残疾故事伦理的独特内涵 ································· 026
 第二节 残疾叙述伦理的独特个性化 ····························· 036
 第三节 接受与阐释伦理的独特对话 ····························· 053

第二章 故事伦理：残疾书写的内涵层 ······························· 065
 第一节 残疾人生存的故事伦理 ····································· 065
 第二节 道德隐喻的故事伦理 ·· 098
 第三节 爱之平等的故事伦理 ·· 115
 第四节 苦难救赎的故事伦理 ·· 152

第三章　叙述伦理：残疾书写的话语层 …… 175
第一节　残疾书写的叙事主体 …… 176
第二节　残疾书写的叙事策略 …… 191
第三节　残疾书写的叙事视点 …… 206

第四章　接受伦理：残疾书写的"对话"层 …… 221
第一节　残疾文本的"浅层对话"：伦理的塑形 …… 224
第二节　残疾文本的"深层对话"：伦理的净化 …… 232
第三节　残疾文本的"批评对话"：伦理的互证 …… 243

第五章　残疾书写的叙事伦理价值评析 …… 261
第一节　文学史视野下的残疾书写 …… 263
第二节　叙事学理论创新中的残疾书写 …… 273

结　语 …… 282

参考文献 …… 285

附　录 …… 291

后记：残疾是人类生存的一种困境 …… 298

绪　论

残疾与健全相对,强调的是人类生存的局限。史铁生在《给盲童朋友》中说:"残疾是什么呢？残疾无非是一种局限。你们想看而不能看。我呢,想走却不能走。那么健全人呢,他们想飞但不能飞……生命就是这样一个过程,一个不断超越自身局限的过程,这就是命运,任何人都是一样,在这过程中我们遭遇痛苦、超越局限,从而感受幸福。"[1]的确,克服局限是人类向上的动力,残疾人在面对"残疾"的局限时,需要有勇气超越;健全人在面对"不能"的局限时,同样也需要有克服困难的勇气,才能真正实现自我的价值。残疾作为人类生存过程中一种特殊的存在方式,是相对于健康而言的一种生命形式。它的含义重在残缺,不完整,是某些功能的缺失,是能够确切感知的"局限"。只是在"局限"的程度上,既有轻重之别,又有个体差异。只有克服"局限",人类才能超越自我。

把残疾写进文学作品的中国当代作家,依据他们身体的状况大致可以分成两类不同的群体,一类是自身罹患各种不同残疾的残疾作家。此类作家以自身残疾的悲惨经历与痛苦感受作为残疾书写的底本,写出了他们在面对各自不同的残疾时,一步步艰难地走出残疾的阴影,超越局限,实现人生价值的过程。由于他们是此类残疾事件的亲历者,其作品的真实性在社会影响上具有较高的励志价值,如张海迪、朱彦夫、贺绪林、张心平、阮海彪等社会声望不同的残疾作家。此类作家的作品都曾产生过不同程度的社会影响,但同时也正由于他们作品内容励志性的创作目标过于强烈,浓重的"自叙传"特色使得文学意义上的艺术性探讨价值受到了部分"遮蔽",难入文学研究者的分析视域。然而,同样是残疾人的史铁生,却因其创作思考的深度、艺术手法的娴熟,远远超出了此类作家的整体创作水平,成为学界研究的重要对象。在三十多

---

[1] 史铁生:《给盲童朋友》,出自《史铁生作品全编》(第7卷),北京:人民文学出版社,2016年,第177页。

年的创作生涯中,他借助自身的残疾经历创作了大量的具有重要研究价值的残疾文学作品,尤其是他把对人类命运的深入思考融入残疾书写的作品中,给读者带来深刻的人生启示。正是因为有了史铁生的存在,研究当代中国小说的残疾书写有了重要意义,他有关残疾书写的深度哲理性思考也成为当代人对人性关怀的重要参考。

另一类则是身体健全的非残疾作家。他们也塑造了大量具有文学典型意义的残疾人物形象。这类作家在他们的残疾书写中,借助残疾人物的成功塑造丰富了当代中国小说典型人物的画廊,也使这些残疾人物走进了经典文学的苑地。如阎连科在《受活》中,塑造了一个村子的残疾群像;毕飞宇在《推拿》中,关注了社会底层的盲人推拿师群体;莫言在《民间音乐》中描绘了一个执着于音乐追求的小瞎子形象,在《白狗秋千架》《丰乳肥臀》《断手》等作品中也塑造了各类不同的残疾人物形象;东西在《没有语言的生活》中写了由瞎子、聋子和哑巴组成的残疾家庭的艰难生活;还有韩少功、阿来、迟子建等笔下大量的智残类人物形象等。这些作品在残疾书写的过程中,立足于不同的叙事视角,完成了对残疾人物形象的塑造,成为此类文学的典型代表。除了这些以残疾人为叙事主角且具有典型意义的残疾书写之外,还有一些把残疾人物作为配角的文学作品,也成功地再现了残疾人物的生存状况。虽然他们不是主要人物形象,但因为特殊的身体特征,他们的陪衬作用有时也是必不可少的,如余华、苏童、格非、刘恒、关仁山、李佩甫等作家在他们的作品中都选取了不同的残疾人物形象作为叙事主角的衬托,这些衬托对完成小说的整体叙事也都有着重要的价值意义。这两类作家的残疾书写,丰富了当代中国小说的创作,这些具有典型性的残疾人物形象也为当代中国小说的研究提供了丰富的素材。

当代中国小说对残疾人物形象的塑写,表现了残疾书写内涵的丰富性,显示了文学对人类自身残缺所不可避免的多种解读。作家对残疾人形象的设置,表现出各自不同的伦理关怀,尊重与歧视,赞美与讽刺,无一不是作家内在精神认同的体现。对这一课题的研究既是对作为弱势群体存在的残疾人在人道主义方面的关怀与帮助,又是对人类自身生存方式的关注与诠释。这是由文学创作的多元特质决定的,只有关注弱势中的残疾人,人类文明之光才显得更加温暖与明亮。

第一节 课题研究的缘由

当代中国小说在中华人民共和国成立之后由于受政治的影响而呈现出题材选择的狭窄现象,大批革命历史题材小说成为文学政治化之后的必然选择,现代时期已经成名的作家在政治的疾风暴雨中搁置了写作的欲望,而随着中华人民共和国成立一起成长的作家则紧跟时代咏唱赞歌,文学创作的一体化特征变得不可逆转。直至1978年改革开放的到来,思想领域的禁锢慢慢打开,文学创作在内有回归"五四"启蒙精神的需求,在外受西方近百年现代思潮的影响,才真正开始走向了多元创作的时期,尤其是小说创作出现了质的飞跃。进入21世纪之后,当代中国小说的发展又有了更进一步的量与质的突破,而残疾书写领域也涌现了大量的典范之作。研究界对于当代中国小说残疾书写的研究已经取得了不俗的成绩。比如对史铁生的研究,就有一批优秀的研究作品发表。对于其他非残疾作家的残疾书写研究,也有了大量的个案解读。比如对阎连科《受活》的研究、对毕飞宇《推拿》的研究等等。尤其是在莫言获得诺贝尔文学奖之后,研究者对莫言作品中大量残疾人物形象的研究,也有了较为系统的专论。

应该说,个案的丰富性大大促进了学者们对当代中国小说残疾书写的研究。但毋庸置疑的是,这些丰富的个案研究背后也存在着较大的遗憾。那就是对当代中国小说在残疾书写方面的整体梳理与研究,还缺乏高质量的研究成果。将当代中国小说中的残疾书写进行系统化的理论研究,提升此类文学作品的价值层次,并进而挖掘这一课题在中国整个20世纪文学中的价值地位,还需要更进一步深入探索与剖析。因此,本书的研究无论是文本解读还是叙事伦理的理论阐释方面,都具有一定的创新意义,同时对于社会学意义上的残疾群体救助与心理疏导,也具有较强的现实指导价值。总体来说,研究此课题的原因有以下几点:

首先,学术界对当代中国小说残疾书写的系统化、整体性研究尚显不足。对于人之残疾的关注,文学表达向来具有隐喻的目的指向。苏珊·桑塔格说:"每个降临世间的人都拥有双重公民身份,其一属于健康王国,另一则属于疾病王国。尽管我们都只乐于使用健康王国的护照,但或迟或早,至少会有那么一段时间,我们每个人都被迫承认我们也是另一王国的公民。"①这里她立足广义的内涵,认为疾病是与健康相对立的另一面。而残疾作为疾病的属项部分,在内涵所指上有很大的重叠。实际上残疾与疾病虽然都是与身体健康相对的术语,二者在广义内涵上具有从属性的关系,但如果从狭义内涵的严格意义上来区分,疾病与残疾的区别也是非常明确的。残疾内涵所指既有作为科学的医学专指界定,也有社会大众对它们约定俗成的通指意义。疾病可以导致残疾,但残疾不一定就是疾病或伴有疾病。同时大多数疾病是可以治愈的,少数疾病则会造成残疾或死亡。疾病强调的是病痛的过程,且具有治愈与非治愈两种结果,而残疾则是某一种缺陷不可逆转的状态。所以疾病与残疾二者有交集的共同部分,也有互不相融的相异之处。

当代中国小说中的残疾书写在新中国成立之后基本上是处在边缘化、碎片式的类型隐喻之中,大都是孤立简单地将残疾人塑造成反面人物形象,以"独眼龙""独臂人""独腿人"等形象暗喻身残心坏的反动者。即使有的作品塑造了作为正面人物的底层残疾人,也仅仅是被用作苦难的背景,很少作为叙事的主角,不具有直接的研究价值。进入新时期,因史铁生、莫言、韩少功等一批作家有意无意地塑造了大量的残疾人物形象,此类形象在文学中的价值意义才开始变得丰富起来,研究界也才开始有了一定的关注与研究。从现有的研究资料来看,对单个作家作品的残疾书写研究,已经出现了一批有分量的研究成果。例如史铁生研究的相关数据显示,仅仅研究史铁生的硕博士论文自2000年至今就已超过140篇,而相关的残疾书写研究论文则超过1000篇。由此可见,学术界对这一课题的研究已经取得了比较可观的成绩。但从当代中国小说的整体性、系统性角度来对残疾书写这一问题进行研究的作品还比较稀见,而从叙事伦理视角加以理论探索者更是少之又少,而且对单个作家作品的研究大多是把残疾与疾病混同为一个概念进行研究,鲜有真正纯粹从残缺性、不完整性等身体特征的角度加以分析立论者。总体上来看,对于当代中国小说中残疾人物系列形象的研究文章要远少于对疾病叙事研究的文章。其中最明显的原因,作为人的生存不可或缺的部分,所有人都有过生病的经历,但遭遇残疾的人却相对少得多。甚至于从广义而言,残疾也是疾病的一个特殊部分。按现在国际上的残疾标准来统计,残疾人占比近10%。即使如此,残疾人作为人类社会的特殊群体,因其身体的残障而受制于现实生存的不便,还是会使人们感受到生命的脆弱,并成为文学关注的重要对象。中外文学作品对

---

① [美]苏珊·桑塔格:《疾病的隐喻》,程巍译,上海:上海译文出版社,2003年,第5页。

残疾人形象的书写还是非常丰富的,因此对于当代中国小说中所塑造的残疾人形象进行系统的梳理与归纳,并进而对残疾书写的叙事伦理所体现的丰富的文学审美加以提炼与总结是一项很有意义,也尤为必要的研究。

其次,从叙事伦理的视角来研究当代中国小说残疾书写具有重要的创新价值。叙事伦理作为西方叙事学领域的一种研究理论,不仅仅重视小说故事意义的伦理价值评定,而且更强调小说讲述故事的伦理研究,以及关涉到读者阅读故事的阐释接受伦理表述,属于结构主义叙事学的延伸与发展。中国最早接受这一理论并引入文学研究的是刘小枫,他在《沉重的肉身——现代性伦理的叙事纬语》一书中说,叙事伦理学不关注个体"生命感觉"的基本原则和道德观念,"而是讲述个人经历的生命故事,通过个人经历的叙事提出关于生命感觉的问题,营构具体的道德意识和伦理诉求"[①]。虽然这一论述在表达上不具有概念界定的明确内涵,但他强调叙事伦理重在对个体生命感觉的关注与讲述是很清楚的。也就是说,叙事伦理最重要的层面是来自个体的生命感觉,是对这种个体生命感觉进行描述、叙写、阅读、接受与感知的整体过程,这都应该是叙事伦理所研究关注的内容。残疾书写所要面对的也正是这样一个个支离破碎的生命在生存过程中的感觉与诉求,作家以悲悯的情怀把这些来自人类社会边缘群体的喜怒哀乐传达出来,为作为读者的人类群体在关注自身局限时提供可资平静面对的样本,并进而提升人类克服困难、抵御挫折的能力。这正是研究残疾书写的价值意义所在。

随着当代中国小说的发展,一批以残疾人形象作为叙事主角的优秀作品走进人们的阅读视野。这些残疾书写在讲述有关残疾人的故事时,表现出对人性价值的关怀、思索以及净化的阅读价值,往往给读者带来强烈的阅读冲击,并进而升华出人类对于悲悯、感恩以及博爱等美好情感的认同。因此,这些文学意义上的残疾书写,与医学视域中对残疾人进行诊治与医疗的病理学研究有着根本的区别,也与社会学领域中为残疾人提供人道主义援助有本质的不同,它关注的焦点在于人性伦理价值意义上的人文精神关怀,主要与残疾人精神诉求上的尊严需求与心灵抚慰有关。因此,关注残疾人生命价值意义的当代小说,已经开始从特殊化的残疾人个体走向具有普遍意义的残疾人群体,以他们在物质与精神两个方面生活质量的提升作为故事内涵,探讨这些故事的伦理价值,以此来影响社会对于残疾人的关心与救助。本书在叙事伦理

---

① 刘小枫:《沉重的肉身——现代性伦理的叙事纬语》,上海:上海人民出版社,1999年,第4页。

的理论视域下进行研究,对当代中国小说的残疾书写这样一个相对边缘的文学研究对象,作全面梳理,具有一定的创新意识。以叙事伦理的视角来解读当代中国小说中的残疾书写,为当代中国小说提供了一种新的解读方式。

第三,与社会学、医学的现实救助相比,文学意义上的精神"救赎"更具深层价值。社会学、医学领域的残疾救助,是人类社会文明进步过程中形成的基本道德底线。因为残疾人是社会的弱势群体,文明程度越高的社会,人们对弱势群体的关心则越细致入微。对残疾人进行救助的专业人员在从事现实救助的过程中,所采用的基本措施大多是从对残疾人实际生存的现实帮助角度出发,侧重于全社会对这类人的帮助与医治,关乎社会安定、人类文明延续等物质要素。而文学领域所面对的残疾书写,则主要是从残疾人精神领域中的伦理感受去进行意义的探讨与品评,它一般包括尊严、价值、公平、平等、自卑与孤独等涉及心理层面的多重内涵。文学作品中的残疾书写,主要以体现残疾人内心深处的精神需求为主,而现实生存困境所带来的障碍,则是造成这些精神问题的原因。史铁生说:"残疾,并非残疾人所独有。残疾即残缺、限制、阻障。……歧视也并不限于对残疾人,歧视到处都有。"[①]史铁生把残疾的意义扩展到人类普遍共有的精神领域,所有的人,都会受制于肉身不能满足时的"限制",对于身处"限制"之中的人,"歧视"无处不在,这是整个人类的命运。人与人之间缺少"爱"的互换,只以"钱"来认定,必然导致这种差别越来越大。

局限、残缺是广义上的人类残疾特征。残疾作家史铁生肢体残疾,后来又罹患尿毒症,这种来自残疾与疾病的双重压力,使他既要克服现实生存的病痛折磨,又要思考医治身体过程中所带来的精神困惑。残疾人生存的意义到底在哪里,残疾人的困境与健全人现实生活所面临的"局限"又有什么不同?史铁生将对于生命意义的思索融入他的残疾书写之中,写出了人类因受"局限"而不能的残疾共性,生命的意义就在于这个尽可能延续扩大的过程,过程的精彩代表着人类的进步与文明。其他当代中国小说中的残疾书写,也大都从现实与精神两个层面表达了与史铁生作品相似的故事伦理内涵。学术界对此类残疾书写所作的研究,在个案分析方面已经取得了可观的实绩,但大都是从个体残疾者的现实困境去思考探讨其中的悲剧意蕴。即使是对代表性作家史铁生的残疾书写进行学术研究与定位时,也很少有人关注到残疾书写本身所展现出的文学张力。对其他作家的残疾书写进行诠释与解读时,也几乎没有研究

[①] 史铁生:《病隙碎笔》,出自《史铁生作品全编》(第8卷),北京:人民文学出版社,2016年,第49页。

者从叙事伦理的视角进行解读。因此,对当代中国小说残疾书写以叙事伦理的视角进行研究,是融合医学、社会学、心理学、伦理学等研究视域的一种较为前沿的、开拓式的思路,具有一定的创新性价值。

第二节 课题研究现状及趋势

当下对当代中国小说残疾书写进行的研究,虽然在整体性梳理研究与比较评价上还未形成系统性的研究框架,以叙事伦理的视角关注当代中国小说中的残疾书写也缺乏有深度的理论研究,但是在个案研究、专论评述以及文学史料的搜集与整理等方面,已有较多的收获,这些丰富多彩的研究成果也正说明了此课题的研究价值。从总体的研究状况来看,当下研究所取得的成就主要表现在以下几个方面。

一、国内的研究现状及趋势

小说最根本的价值在于塑造经典的人物形象,人物是小说创作的重中之重。张清华在评价毕飞宇的创作贡献时说:"五四以来,写小说的作家多得不可胜数,但最为文学史和读者所牢记的,还是那几个留下了不朽人物的作家。鲁迅的小说体量不大,技术也不繁难,但为什么为我们念念不忘,就是因为他写出了不朽的人物。"[1]他在此强调的就是小说的根本在于塑造人物,经典的小说作品都有不朽的人物形象。当代中国小说对残疾人物形象的成功塑造也可以拿这个标准来认定,只要作家有了经典性人物形象塑造,那么他就是成功的。

如果对中国文学作品残疾书写进行探源的话,可以说古已有之。中国文学塑造的残疾人物形象,在先秦时期的作品里就已经出现。最早可以推到《庄子》。在庄子看来,残疾者如因受刑而造成肢体残疾的右师、王骀、申徒嘉、叔山,驼背的子舆、闉跂支离无脤、瓮㼜大瘿和哀骀它,等等,虽然都是形体残缺或外貌奇丑的人,但是他们都因内心具有"德充之美",反而让人不觉得这些残缺有什么特别之处,道德之美融入身体,残缺之丑就不是问题,庄子提出的德

---

[1] 张清华:《人性的刀锋与语言的舞蹈》,《小说评论》2020年第2期,第20页。

行之美是人们永远追求的精神美德。庄子为这类残疾人物形象赋予了深刻的象征内涵,身体的残缺与否都与内在的道德修养没有直接的关系。在文学的审美意义上,具有"德充之美"的人是社会道德伦理价值的引领者,他们对整个社会发展的影响大小与外在身体残缺与否没有任何关系。

西汉司马迁遭受宫刑之辱,从身体的完整性而言,他属于"肢残"之人。这种肢残不仅是一种身体残疾,更是一种精神上的侮辱式残疾,他内心的痛苦远超肢体残疾的痛苦。他之所以能够苟活于世,是因为他有远大的志向,伟大的事业。克服了自身残疾所造成的"局限",开创"史家之绝唱"的史学先例而名垂青史,他把自己活成了史学、文学所不可绕过的高峰。

到中国的演义小说兴盛之时,在《三国演义》《水浒传》等说史演义类小说中,残疾人的形象大都具有英雄担当的精神特质。在文学的审美范畴上,残疾人物形象的塑造基本上都是作为小说叙事的背景,个别与残疾书写相关的内容也只是作为一种象征性的符号,缺少残疾本来的真正内涵。它们侧重的是从民间英雄叙事的视角来张扬这些人的个性特征,即使不是残疾人也一样会具有如此的传扬效果,将这些英雄人物施以残缺的肢体来加以描述,从烘托陪衬的角度来考虑的因素要更多一些,残疾的身躯只是一种英雄精神得以附载的外壳。比如眼睛被射瞎了夏侯惇、征方腊时失去一条胳膊的武松等,残疾不改英雄本色。

而进入中国现当代文学时期,以鲁迅的《狂人日记》为起点的白话文学成为主流样式,狂人成为具有现代精神特征的第一个残疾人物形象,成为现代残疾书写的开端。当然鲁迅笔下的狂人并非真正意义上的残疾人,但从客观而言,鲁迅是借用了精神残疾的外在属性,把表面上的精神癫狂作为创作立意的隐喻载体,这种创作已经具有了客观性的残疾书写特征。沿着这一顺序而下的精神残疾者形象,应该说在一定象征意义上都具有鲁迅笔下的狂人特色,只是侧重点不同罢了。这类以狂人为代表的智残人物系列,如《长明灯》中的疯子、《爸爸爸》中的丙崽、《尘埃落定》中的土司二少爷、《秦腔》中的引生等,都具有各自不同的残疾特质。对于此类残疾人形象的设置,作者叙事的目的大都具有较强的象征隐喻色彩,其残疾本身的客观属性特征则相对不太重要了。

另外以肢体残疾为主要特征的系列人物形象则更加丰富。鲁迅的《孔乙己》描写一个被打折了腿的肢体残疾人孔乙己,以侧面烘托的手法批判了科举考试对人的毒害。可以说,孔乙己是中国现代文学中第一个肢体残疾的人物形象。尽管只是在小说的结尾,孔乙己才变成以手代步的肢体残疾者,但残疾形象的悲剧性因此而更深刻。此后,许地山在《春桃》中借失去双腿的李茂来衬托春桃的坚毅与善良,配角特征较为明显。沈从文《边城》中的跛子顺顺、张爱玲《金锁记》中瘫痪的姜二爷等许多肢体残疾人物也大都是被当作配角来设定的。直到进入当代文学时期,文学创作进入多元化的改革开放时代,关注肢体残疾人物命运的残疾书写开始大量出现。史铁生是最典型的代表,他以自身的肢体残疾经历为创作底本,把残疾人肉身与精神的痛苦揭示出来。其他如莫言、贾平凹、迟子建、阎连科等都有大量的肢体残疾书写融入他们的作品中,极大地丰富了这一创作领域。

以视力缺陷为主要特征的盲人形象,大多是作为文学叙事的配角,但在当代文学时期,以盲人形象作为主角叙事的作品不断丰富。如史铁生《命若琴弦》中老少两个盲人形象、莫言《民间音乐》中的"小瞎子"、迟子建《盲人的报摊》中的夫妻盲人,以及毕飞宇《推拿》中以王大夫、沙复明为代表的盲人群体,艾伟在《整个宇宙在和我说话》中塑造的盲人喻军,等等,都成了小说叙述的真正主角,也产生了重要的阅读影响。作为叙事主角的盲人形象,是这些作品在人性伦理上关怀的主要对象。作家们通过想象、隐喻、烘托等手法,对他们生存的黑暗状况进行了细致的描摹,凸显了他们透过黑暗感受现实社会的真实感觉,并以此来再现这些盲人各自不同的生存困境,揭示人类社会在文明之途上的自我净化。

再有以听不见、不能说为特征的聋哑残疾人也基本上都是处于配角位置,文学作品很少把他们作为主角,他们只能做陪衬,这当然与这类残疾人在社会中的数量、残疾程度等因素有一定的关系。在当代中国小说中,也有一些形象丰富的、令人印象深刻的聋哑残疾人物形象,比如莫言所塑造的各类哑巴形象:《白狗秋千架》中暖的哑巴丈夫及哑巴儿子、《红高粱》中的哑巴枪手、《丰乳肥臀》中的哑巴孙不言,还有余华《受活》中的哑巴凤霞、韩少功《风吹唢呐声》中的哑巴德琪,以及东西的《没有语言的生活》中的聋子王家宽、哑巴蔡玉珍,等等。总体来看,从社会价值评判的意义上进行分析,研究界对这类残疾人形象作品的研究已经有了数量不菲、质量上乘的专著与论文,但从系统性的研究角度来看,其研究空间仍然非常巨大,以叙事伦理的视角进行解读,更可以发现新的研究价值。从目前所发表的研究成果来分析,对当代中国小说残疾书写的研究,主要有以下几个方面的特征:

一是以《疾病的隐喻》为研究参照,视残疾为疾病的研究成果,收获相对较大。这类研究的侧重点在于从残疾书写中分析文本隐含的文化内涵。苏珊·

桑塔格在《疾病的隐喻》中表达了消除人们附加在疾病之上的、不应该存在的道德惩戒意义的希望。现实社会中，人们经常会说："善有善报，恶有恶报。"那些病人或残疾人遭遇意外，经常会被认为是做了恶事的报应，其中所负载的道德文化评判，就有了浓厚的隐喻式宿命观。而对遭遇这些意外的人来说，其内心也会产生这种道德隐喻的耻辱感与惩罚性。实际上，这种偶发性的自然现象只是现实社会的突发事件，与个人的道德修为没有根本的关系。所以桑塔格通过自身曾经历过的这种"疾病的隐喻"表达，旨在消除那些根本就不存在的道德隐喻，希望人们能够以正确的态度对待生老病死这些自然现象。但是现实生活恰恰相反，人们有意地加载疾病的文化隐喻意义，以达成道德意义上的劝善惩恶。其中现实中的宗教修行，也大都是借助行善修福、作恶损德的隐喻来劝说世人。因此，苏珊·桑塔格认为："看待疾病的最真诚的方式——同时也是患者对待疾病的最健康的方式——是尽可能消除或抵制隐喻性思考。……我写作此文，是为了揭示这些隐喻，并借此摆脱这些隐喻。"[①]苏珊·桑塔格实际上也表达了对"隐喻"普遍存在的无奈感，这是人类社会根深蒂固的观念。

可见，疾病所承载的隐喻意义是不可能摆脱的，研究者对当代中国小说所描写的各种疾病所具有的隐喻意义进行的研究，成果丰富。其中有几篇以身体"怪异性"为残疾命名的博士论文，分别从不同的理论视角进行分析研究。较有代表性的是薛皓洁的《论中国当代文学中的残疾书写》，从"镜像理论、人格特质论、创伤理论、文学伦理学的研究视角，分析中国当代文学残疾书写中的人物形象、修辞载体、叙事模式、价值取向和主题思想，旨在挖掘残疾书写对各种社会现象和文化现象的折射，揭示残疾书写在中国当代文学发展中的地位与作用"[②]，较为全面地解析了基于"异体"特质的残疾书写的隐喻内涵。宫爱玲的《现代中国文学疾病叙事研究》，是把残疾作为疾病的一部分进行论述，残疾书写的相关作品也都有涉及。[③] 谭光辉的《症状的症状：疾病隐喻与中国现代小说》，认为中国现代小说家用文学的解剖刀，为疾病所具有的症状特征赋予现代性的精神内涵，中国现当代知识分子的精神特征中寓存着各种不同的残缺症状，文章更多地将疾病的症状附着了现代性的时代隐喻内涵。胡树毅的《中国现当代小说病态人物叙事研究》，认为中国现当代小说对于病态人

---

① [美]苏珊·桑塔格：《疾病的隐喻》，程巍译，上海：上海译文出版社，2003年，第5页。
② 薛皓洁：《论中国当代文学中的残疾书写》，扬州大学博士学位论文，2018年，第1页。
③ 宫爱玲：《现代中国文学疾病叙事研究》，山东师范大学博士学位论文，2007年。

物的描写，体现了中国传统文化所显现的时代文学价值观。此类研究虽然并非都以残疾书写作为特定的研究对象，但其中有关残疾书写的部分，则大都有隐喻的内涵主旨。其他还有一些对这一课题有较为深入研究的硕士论文，也表达了此类观点，如谭爱娟的《论文学作品中的残疾书写及其隐喻》，从残疾书写的视角直接探讨文学的隐喻价值。另外，期刊类的研究论文中有代表性的，如：程光炜的《关于疾病的时代隐喻——重识史铁生》，通过对史铁生《我与地坛》的解读，指出史铁生置身于20世纪80至90年代这个历史巨变时代，其病残的身体已不再属于他自己，他的《我与地坛》成为连接过去、现在与未来的隐喻，这种隐喻既参照了当代文学前三十年的"历史病残"，又参照了90年代消费文化中的贪婪和放肆，这正是史铁生的精神价值所在。苏沙丽的《疾病隐喻：贾平凹乡土文学创作的现代性反思》则从对贾平凹的作品分析中，得出贾平凹对于疾病的关注体现了其乡土文学的现代性特征的结论。姜彩燕在《疾病的隐喻与中国现代文学》中，认为疾病是作家描摹世界、体验生命的一种工具，这种工具被赋予了疾病隐喻的伦理批判。赖雅琴《疾病隐喻——论史铁生小说的"残疾"书写》也是通过隐喻的特指内涵来解读史铁生的残疾书写。残疾的隐喻指向有时成为人们解读社会伦理的标尺，目盲者的短视喻义，肢残者的缺憾之喻，失聪者的迟钝之感等，都是由此及彼的喻义附会。残疾书写在隐喻中也包含着要告知与倾诉的审美内涵。严格说来，隐喻研究是人们通过事物之间某些相似点的联系，引申出来的伦理评价。这些研究缺少对于残疾书写的现实想象与精神感知，将残疾与疾病混为一谈进行价值探讨，消解残疾书写的特殊性，也淡化了人们在伦理接受上的认同感。但由于受到桑塔格"疾病隐喻"观点的影响，他们都或多或少地将残疾这一人类存在的特殊状况，附加了更多的文化内涵，显示出时代解析的印迹。

　　二是在对残疾作家的专论中，残疾书写的文学审美价值得到研究者普遍的关注与认可。无论是从残疾书写的数量，还是质量上评价，史铁生都可以说是残疾作家的代表。从20世纪80年代开始一直到他去世的30年中，他始终围绕这一文学现象进行创作思考，成为当代中国小说残疾书写最具代表性的作家。史铁生在21岁时遭遇了人生的沉重打击，下肢萎缩永远不可能站起来了。他在经过很长时间的消沉后，开始拿起笔尝试写作，由此引发了他对残疾的人到人的残疾的理性思考，并认为人类实际上都是处在"局限"指代的残疾中，共同生存。他写出了人类生存"局限"的共性之理，为残疾人的生存价值提供了形象而丰富的解读，这自然成为学界研究的焦点与中心。相关专论除了对史铁生的残疾书写作了大量的研究,对吴运铎、张海迪、张心平、朱彦夫、阮海彪等残疾作家的创作也进行了一定范围的研究,在一定意义上,大大拓宽了残疾书写的研究视域。

总体来看,对史铁生的研究以张建波的博士论文《逆游的行魂——史铁生论》最有代表性。论文是对史铁生的专论,论述全面,资料翔实,尤其对史铁生残疾书写的哲理评判方面进行了较为详细的论析,分别从"命运符码""生存困境""文学救赎""创作风格与哲思文本"以及"文化心理与创作资源"等五个方面进行论述,是对史铁生进行总体研究的重要样例。其他如顾林的《信仰与救赎——史铁生思想研究》则侧重于对史铁生创作思想的研究,胡书庆的《灵魂的翱翔与折断的文学之翼——张承志、史铁生、北村综论》是从比较的角度对史铁生的残疾书写进行分析研究。这些对史铁生的专论研究虽然也都涉及残疾书写的内容,但大都是以探讨残疾书写的个性化特征为重点。其他还有一些有代表性的硕士论文,如李玲的《残疾与爱情的哲学思考——史铁生创作论》是从残疾与爱情两个方面对史铁生的残疾书写进行深入的分析与中肯的评价,认为史铁生对残疾困境及残疾人爱情的思考是深刻的;赵军才的《直面残缺的人生——试论史铁生创作的生命审美哲学》认为,史铁生从个体的生命残缺中,看出了芸芸众生参差不齐的生存状态,并体味出残缺所特有的存在价值。另外期刊论文如李东芳的《存在的忧思:史铁生的出发点与归宿——史铁生小说创作论》,认为"史铁生的创作意义正在于寻求文学关怀人类生存境遇(尤指精神处境)的途径,力图以一种美学的立场,尝试突破小说文体传统的局限性,在贴近'灵魂'的话语方式下,表达对个体生命的意义、价值与权利的思考"[①]。曾令存在《史铁生:寻找救赎与走向"过程"》一文中,指出史铁生从沉重的残疾肉身开始思考人生"过程"的意义,具有救赎之义的宗教探索是史铁生对于生命价值的追问,个体的救赎一直在行走的"过程"中。张小平在《论史铁生的"残疾"世界》中,以 1985 年为界,把史铁生的创作分成前后两个阶段,并认为前期的史铁生在残疾书写中,多以现实残疾的困境突围为思考内涵。而后期创作则由现实肉身的残疾上升到精神缺失的残疾,并通过对个体残疾中偶发性因素的探讨,生发出对人类社会公平正义的伦理评价。史铁生由个体残疾而推进到人类残疾的哲理思索,升华了生命因残缺而美丽的精神指归。

---

① 李东芳:《存在的忧思:史铁生的出发点与归宿——史铁生小说创作论》,《北京社会科学》2000 年第 3 期,第 101 页。

对于其他残疾作家的专论研究,相对有些价值的是对张海迪的研究,如郝艳萍的《张海迪创作论》是对张海迪创作的整体论述,虽然侧重于概述式的评判分析,但其中关于残疾书写的分析还是有一定的参考价值的。而其他残疾作家的创作都因为残疾书写的质与量的问题,很难进入研究界的视野。因此,对于以史铁生为代表的残疾作家的专论研究相对来说,体现了个案内容的单一性与不均衡性,而如此丰富繁杂的个案研究,的确需要一个较为系统的、整体把握的总结来做一个全局式的概括与归纳。

三是以心理学中的自卑情结作为解读残疾书写的钥匙。从自卑情结的角度进行研究,研究者主要借鉴了奥地利心理学家阿尔弗雷德·阿德勒的个体心理学理论。这一理论认为,每一个人都有自卑感,自卑不是残疾人的专利。而且自卑感并非只产生负面效应,有时也会成为人们前进的动力,这主要是因为具有自卑感的人一般都会寻求其他方面的心理补偿。残疾人因身体某种功能的丧失尤其如此,这种天生的自卑情结可以帮助他们躲避来自外界的压力,并产生一种潜在的反抗力,让他们在自身的某些方面发展得更充分,比如盲人的听觉更敏感、聋哑人的眼睛更犀利等等。借助这一理论对当代中国小说残疾书写进行批评研究,比较有代表性的是苏喜庆《自卑与超越——中国当代残疾作家创作心理初探》,文章以史铁生、张海迪、朱彦夫、阮海彪等残疾作家及其作品作为典型案例,对他们的创作心理、创作成功的过程进行了详细的论述,认为残疾人对"自卑情结"的认知与感受与身体残疾状况有着非常直接的关系,当这种自我感知式的自卑成为作家们潜在的创作动力时,往往会产生令人惊异的独特效果,并进而实现人生价值的超越。对史铁生早期作品从心理学视角给予关注并有较深入研究的学者则以吴俊为代表,他的《当代西绪福斯神话——史铁生小说的心理透视》一文,对史铁生早期面对残疾而追求创作的心理进行了详细的解析。王文胜《论史铁生的文学创作与心理疗伤》一文则认为史铁生的残疾书写是从苦难、困境、目的、过程以及爱情等方面解析了生命存在的价值意义,具有存在主义心理学的精神特征,这一精神来源"既有西方基督教文化的身影,也有中国传统文化的因素"[①]。从心理学的理论视角来研究当代中国小说的残疾书写,尽管有许多精彩的观点与论述,但残疾书写作为文学的研究现象,还是比较复杂的,况且借助阿德勒的自卑情结理论在一定的

---

① 王文胜:《论史铁生的文学创作与心理疗伤》,《南京师大学报(社会科学版)》2009 年第 3 期,第 156 页。

理论范围内对残疾书写进行心理学研究,也存在范围过窄的弊端。因此,对残疾书写以心理学的视角分析还需要进一步扩大研究的视域,采用多种心理学的研究方法,以达成更有深度的研究。

四是从叙事学的角度对残疾书写进行研究也是当下学界借鉴西方文艺理论的学术收获。叙事学是在20世纪60年代,依托结构主义理论,受俄国形式主义研究的影响而确立下来的一门新兴学科。它研究文学叙事过程中所有叙事的形式、策略、视角及效果,是对传统文学研究的延伸与发展,突破了传统文学研究知人论世、侧重创作主体的研究框架,更多地从文本出发,强调文本的独立性。这一理论在被引进国内后,深得研究者的喜爱,以此观照当代中国小说,并进而对残疾书写的作品加以理论阐释,也有了一批高质量的研究成果。如张莉的《日常的尊严——毕飞宇〈推拿〉的叙事伦理》,并非借助西方叙事伦理的理论来探索小说的价值,而是借着伦理评判的视角,分析探讨小说关于盲人日常生活叙事的真实性,并以此解析以盲人为代表的底层文学叙事的价值与意义。而聂成军的《身体的发现:现当代小说怪诞身体书写研究》,是把各类残疾人的身体归为怪诞身体的不同样态,并从这些怪诞身体所承载的形构、性别、行为和场域等四个层面来分析中国现当代小说对于身体所表达的社会伦理价值内涵以及文学审美效应的呈现。①李娟的《史铁生之叙事与困境》一文则以文学叙事中的象征主义、心理治疗和宗教情怀等模式来分析史铁生残疾书写的叙事价值所在,此文对叙事学理论的运用已经作了比较可贵的创新性尝试。宋园华的《一种永恒的意味——史铁生的宗教信仰叙事研究》,则主要从宗教信仰叙事的角度来探讨史铁生小说对于生命、生存的意义价值所在,也有独到的认识。以上这些以叙事学理论为视角的解读分析研究都已经进入残疾书写的文本之中,尽管在素材运用、研究方法以及论证深广度等方面各有不同,但这种有益的尝试仍具有非常重要的开拓价值。当然这些研究大多是单一的、局部的,很难形成整体性的研究结果,也缺乏系统性的理论归纳。因此,对当代中国小说残疾书写进行整体性梳理和系统性研究,借助叙事学的前沿理论,在叙事伦理的视域下,有针对性地探讨这一文学现象,归纳总结出其内在的逻辑规律,以期能够把这一特殊的文学现象推到更为广阔的研究平台,是本书的重要价值所在。

---

① 聂成军:《身体的发现:现当代小说怪诞身体书写研究》,兰州大学博士学位论文,2015年,第1页。

二、国外的研究现状及趋势

外国文学作品对于残疾人形象的塑造远比国内丰富，创作出闻名世界作品的残疾作家不胜枚举。盲诗人荷马创作了《荷马史诗》，塞万提斯有"勒班多的独臂人"之称，双目失明的弥尔顿、跛足的拜伦、多重残障作家海伦·凯勒、双目失明的塔哈·侯赛因、肢体残疾的奥斯特洛夫斯基等等，这些享誉世界的残疾作家尽管有着不同的生活经历和不同的残障身体，但他们在各自的残疾书写中，把自己残疾的经历及感受融入作品之中，实现了对人性价值尊严的赞美。比如荷马笔下的独眼巨人波吕斐摩斯，弥尔顿《力士参孙》中的盲人参孙，海伦的自传式作品《我的生活》中集盲、聋、哑于一身的"海伦"，克里斯蒂·布朗《我的左脚》中只有一只左脚能动的主人公克里斯蒂，等等，都或多或少地显示出作者自己的影子。

身体健康的非残疾作家所塑造的残疾人物形象则更加丰富多彩。比如，古希腊悲剧《俄狄浦斯王》有意借用一个自己刺瞎双眼的俄狄浦斯王来印证神谕的必然性；雨果在《巴黎圣母院》中也有意地使用了美丑对立的叙事手法，塑造了驼背畸形且独眼耳聋的丑人卡西莫多，捧着一颗爱美之心走向了美女爱斯梅拉尔达；福楼拜在《包法利夫人》中描写的因足疾而动手术最终截肢的希波吕忒；麦尔维尔《白鲸》中与白鲸在大海中展开数场人鲸大战的独腿船长亚哈。还有福克纳笔下有严重智力缺陷的班吉·康普生、托尼·莫里森在《秀拉》中塑造的伟大残疾母亲形象爱娃、大江健三郎笔下的"残疾儿"等，都是在世界文学史上产生巨大影响且已经成为文学经典的残疾人物形象。这些残疾人物在不同的时代、不同的地方所产生的影响都已经被时间所证明。对世界文学中残疾书写的研究，也可以为当代中国小说残疾书写的研究提供可资借鉴的参照，毕竟这些残疾作家、残疾人物都已得到人们的认可与接受。通过比较阅读，我们可以发现规律，找出差距，以提升当代中国小说残疾书写的文学影响力。

当下世界文学对残疾书写的关注已经逐步形成多元融合的态势，文学对于残疾人物形象的塑造与社会学领域对残疾人的救助，医学领域为残疾人功能缺失提供新的补偿性工具，以及法学领域对残疾人弱势群体的法律保障等方面都有了更多的交叉融合关系。随着人类文明的不断进步，对于残疾人进行爱心帮扶必将成为社会共识，这样可以为残疾文学的研究提供更为广阔的前景。目前,在美国有专门研究残疾文学的文学期刊,如《残疾文学学刊》《文学与文化残疾研究学刊》与《残疾研究季刊》等等。美国规模最大的语言文字学术年会——现代语言协会年会也专门开辟了残疾文学这一话题,供感兴趣的学者做专题讨论。

陈彦旭把西方文学对残疾人物形象的研究归纳为残疾与隐喻、残疾与性别、残疾与种族三个方面,并认为残疾人在文化隐喻的内涵中有着无法删除的伦理印迹,而在性别与种族问题上,残疾人的劣势也具有世界性的特征。[1] 因此,国外学术界对残疾文学的研究有比较全面的解析与论述,把叙事学的理论融入残疾文学的研究,也是当下西方残疾文学研究的一个重要方面。如美国的戴维·M.恩葛与弗兰克·W.曼戈尔所写的《叙事、病残与身份》一文,对病残个体故事的叙述过程进行研究,提出"身份与权力的递归理论"。而西方研究界除了对西方文学中残疾书写的研究之外,对当代中国小说中的残疾书写也有一些比较深入的研究,尤其是在改革开放之后,许多优秀的文学作品受到西方研究界的关注,比如史铁生的作品被西方学界大量翻译、研究;余华在20世纪90年代创作的作品也走向西方文学的殿堂,《活着》获得意大利格林扎纳·卡佛文学奖,被翻译成英、法、意、荷、日、韩等多种语言;阎连科的《受活》被翻译成日文,在日本备受追捧,并获得日本国际推特文学奖首奖。尤其是在莫言获得诺贝尔文学奖之后,世界对中国文学的研究兴趣有了较大的提升,他们开始大量翻译当代中国小说,并对这些小说进行系统性介绍与研究。葛浩文一直是莫言小说的翻译介绍者,莫言作品在国外产生如此重大的影响与他的大力引介有着重要的关系。学界对当代中国小说在海外的翻译与传播的研究也已经有了一些高水平的研究论文,如刘江凯的《影响力与可能性——中国当代作家的海外传播》、张元的《中国当代小说在日本的译介与传播》等,对当代中国小说在海外的接受与传播进行了较全面系统的梳理与总结。日本法政大学教授市川宏等人在1987年就创办了专门翻译介绍中国小说的季刊《中国现代小说》,对当代中国小说的研究可见一斑。西方对当代中国小说的研究自然也有关于残疾书写的分析与评价,在这一点上,受笔者资料收集范围的限制,还缺乏较有分量的文献资料,只能做一个面上的综述。

总之,对于当代中国小说残疾书写的研究,无论是国内还是国外,都有了

---

[1] 陈彦旭:《隐喻、性别与种族——残疾文学研究的最新动向》,《外国文学动态》2010年第6期,第56—57页。

较为丰富的成果,尤其是对于单个作家的单个作品,研究界有比较深入的探讨与评价,但在成果的总体性、系统性上还存在着较大的研究空间。借助西方叙事学理论对当代中国小说进行分析研究更是一片有待开掘的新天地,以其中的叙事伦理视域做更进一步的挖掘与探讨,其学术增长的空间也更加巨大。因此,本书在前人研究的基础上做更进一步的提升,也是其价值所在。

第三节 残疾书写、叙事伦理等概念辨析

本书主要以当代中国小说的残疾书写为研究对象,以西方叙事伦理的理论视角来分析研究其中的价值内涵。其中当代中国小说这个概念的时间范围是指自1949年7月2日中华全国文学艺术工作者代表大会,即第一次文代会召开之后,一直延续到当下。其间所有严肃文学意义上的小说作品都属于当代中国小说。对与本书相关的两个重要概念也必须解释清楚,一个是残疾书写,一个是叙事伦理。

一、残疾、残疾书写

"残疾",顾名思义,就是"残缺引发的各种疾病",本质上是指"残缺"与"不完整",与疾病具有交叉性关系,但不具有严格意义上的包含关系。绝大部分的残疾都来自疾病,但部分先天残疾并不是由疾病引起的。严格说来,先天残疾与母亲在怀孕过程中的各种偶然因素相关。从词义内涵与外延的角度分析,残疾是指"肢体、器官或其功能方面的缺陷"[1]。也就是说,残疾的内涵在于"缺陷",外延则包括肢体、器官和功能等三方面。而从社会学角度解析残疾人的内涵,《中华人民共和国残疾人保障法》给予的解释是:"残疾人是指在心理、生理、人体结构上,某种组织、功能丧失或者不正常,全部或者部分丧失以正常方式从事某种活动能力的人。"[2]此概念的外延重在社会学意义上的保护关系,既包括肉身的,也包括精神的。总括来看,残疾的内涵必须是缺陷与障碍,外

---

[1] 中国社会科学院语言研究所词典编辑室编:《现代汉语词典》(第7版),北京:商务印书馆,2016年,第124页。
[2] 法律出版社法规中心编:《中华人民共和国残疾人保障法注释本》(第3版),北京:法律出版社,2021年,第6页。

延则必须包括生理、心理及人体结构等方面。因此,我们大致可以在这样一个范畴内来搜集、筛选、分析文学写作中的残疾人物形象,这些人物形象具有社会约定俗成意义上的基本内涵特质,并不一定是严格医学意义上的残疾人。

通过对残疾人通约意义的理解,残疾人的基本特征可以归纳为三个:第一是形式特征,即残疾的外在形式具有恒定的不可逆性。残疾的状态长期甚至永久不变。第二是行为特征,即基本行为能力上的缺陷性。也就是达不到常人应该达到的行为能力。第三是社会特征,即社会对等性的缺失。残疾人无法完成与他们年龄、性别等相适应的社会角色方面正常应该完成的相关事情。结合这些概念的辨析,我们可以从视力残疾、听力残疾、言语残疾、肢体残疾、智力残疾以及精神残疾(智力与精神两类可以通约为智力障碍残疾)等六类残疾入手,对当代中国小说残疾书写进行系统的梳理与归纳,从整体分析的角度对这一文学现象做一个总结,从文学功能的价值定位中去感受文学对于社会弱势群体的真实关怀。社会学领域的相关调查数据显示,肢残、视残的占比相对较大,而文学叙事的表达对这两类残疾人物形象的关注也是最多的。

残疾书写,就是以残疾人为描写对象,以塑造残疾人物形象为叙事内容的文学创作活动。在当代中国小说中,凡是塑造了残疾人物形象的作品都可归为残疾书写。此概念内涵的重点在于文学作品是否有残疾人物形象,有的即属此范畴,没有则不属了。因此残疾书写的外延为文学作品所塑造的残疾人物形象;内涵则是这些文学作品中有关残疾故事的讲述、表达与展现的叙事文本。同时,残疾书写本质上是通过人们对人类自身残缺与障碍的解读,来传达人性潜存的悲悯与怜惜,以完成人类由自身局限所带来的现实与精神的苦难救赎。所以,简言之,残疾书写就是对与残疾事件有关的故事加以文学化的讲述,至于作家本身是否残疾则与此概念无关,但可以根据作家的身体状况将创作者分为残疾作家和非残疾作家两大类。残疾作家是指身患残疾的作家,而非残疾作家则是指身体健全的作家。他们在创作上对残疾人物形象的塑造是判断残疾书写的标准。

二、叙事、叙事伦理

"叙事"作为文学理论术语,在中国传统文学的意义上,主要与"议论""抒情"等文学表达手法相关。而在西方现代主义文学发展过程中,叙事学在20

世纪 60 年代受形式主义对叙事形式研究的影响,逐渐成为一门重要的文学研究学科,并迅速波及世界各地。在叙事学的理论中,"叙事"(Narrative)指的是"叙述活动的结果",是"存在于语言之中的以一定方式结构起来的,并有一位叙述者从特定角度传达给(读者)听众的一系列事件"①,叙事学层面的叙事包含故事与话语两个方面。事件构成故事,任何故事都由人物的行动即事件组成;话语则更强调的是讲故事的方式。西方叙事学理论以 20 世纪 80 年代为界经历了"经典叙事学"和"后经典叙事学"或"新叙事理论"两个阶段。前一阶段以普罗普、格雷马斯、托多洛夫、罗兰·巴特、热奈特、雅各布森等人的研究理论为代表,关注的是具有普遍意义的叙事语法,而相对忽略了文本创作及接受的具体语境。后一阶段的代表人物及研究理论有:以 J.希利斯·米勒的《解读叙事》为代表的解构主义叙事理论、以苏珊·S.兰瑟的《虚构的权威:女性作家与叙述声音》为代表的女性主义叙事理论、以詹姆斯·费伦的相关作品为代表的修辞性叙事理论,以及以戴卫·赫尔曼的《新叙事学》为代表的跨学科叙事理论、以马克·柯里的相关作品为代表的后现代叙事理论等。他们的研究大大扩展了叙事学理论,由原来对叙事文本形式的关注拓展到阐释领域,既强调叙事的文本形式又关注叙事的阐释语境,并以二者之间的相互融合进一步发展了叙事学研究的理论。叙事学从 20 世纪 80 年代中期开始被引进到中国后,就一直是学界关注的重点理论之一。

伦理是人伦道德之理,指人与人相处的各种道德准则。② 严格意义上它是一种社会人需要遵守的规范,而且还是一种随着社会发展而内涵逐步变化的社会规范。中国古代社会所讲"天地君亲师"的五天伦和君臣、父子、兄弟、夫妻、朋友的五人伦等,随着时代的发展已有了本质的改变。按今天的伦理规范标准,我们提倡的是社会主义核心价值观指导下的道德规范,它虽然继承了古代伦理规范的一些积极要素,但也剔除了许多带有糟粕性质的东西,所以伦理也是一种发展的概念。西方社会从古希腊时期开始对于伦理的认识就已经形成了系统的学科定义,但也是在发展中运用这一概念的,甚至对于道德与伦理的关系都做了细致的区分与比较。作为一种人际关系的规范标准,中外对伦理这一概念的本质内涵的理解和运用是相同的。当西方文学研究把伦理运用到叙事之中时,二者所产生的内涵表达则有了丰富的发展。张文红在《伦理叙

---

① [美]华莱士·马丁:《当代叙事学》,伍晓明译,北京:北京大学出版社,2005 年,第 273—274 页。
② 罗竹风:《汉语大词典》,上海:汉语大词典出版社,1994 年,第 1510 页。

事与叙事伦理:90年代小说的文本实践》一书中说:"叙事伦理不是'叙事'与'伦理'两个概念的简单叠加,也不是叙事学和伦理学理论体系两相拼凑而衍生出来的机械术语,它是一个具有自足内涵的理论概念。叙事伦理偏重于小说艺术理论范畴,它是进行小说叙事学研究一个较为新颖的理论角度,在根本意义上打破了'主题学'和'诗学'截然分立的对立研究方法,将其统一在皆体现了作家主体性的叙事伦理层面进行互动性理解,象征着阐释学领域一个小说批评范式的确立。"[1]叙事伦理作为一个"自足内涵"的概念,是随西方叙事学发展延续而成的一种新的文学研究理论,西方文学理论界在这一领域的研究,最具有代表性的是美国的布斯和英国的亚当·桑克瑞·纽顿。布斯在《我们相伴:虚构的伦理》中提出,作家与读者之间具有一种虚构的伦理关系。纽顿在《叙事伦理》中把叙事与伦理结合起来,从文学发生到文学生产,再到文学接受,全面审视二者的关系,并把叙事伦理分为讲述伦理、表达伦理、阐释伦理三种类型。此外詹姆斯·费伦的"修辞性叙事理论"也具有重要的参考价值。

国内较早研究叙事伦理的是刘小枫,他在《沉重的肉身——现代性伦理的叙事纬语》一书中最早提出了"叙事伦理学"这一概念,他认为叙事伦理关注的是个体的生命感觉,并从这种感觉中发现道德意识与伦理诉求。他把这种现代的叙事伦理分为人民伦理的大叙事和自由伦理的个体叙事两种。在这两种叙事伦理中,人民伦理的大叙事弱化了个体生命的感觉,而自由伦理的个体叙事则真实地再现了个体生命过程中的经历与变化。从严格意义上的解读来看,刘小枫并没有真正地把叙事伦理的内涵讲解清晰,他只是用了艺术的表现手法形象地表达了他对这一概念的理解。此后王鸿生、谢有顺、伍茂国、张文红等在此基础上,融合西方叙事伦理的观点,做了不同程度的理论探析。王鸿生认为,广义的叙事伦理研究考察更大范围的哲学、人文社会科学的叙事表达,文学叙事只是其中的一小部分。[2] 伍茂国则认为,从伦理学角度看,"叙事伦理"这一模式研究的核心特征就是"讲故事的策略"和抽象的伦理思考相结合。[3] 谢有顺在《重构中国小说的叙事伦理》一文中曾说:"叙事不仅是一种讲故事的方法,同时也是一个人的在世方式,能够把我们已经经历、即将经历与

---

[1] 张文红:《伦理叙事与叙事伦理:90年代小说的文本实践》,北京:社会科学文献出版社,2006年,第8页。
[2] 王鸿生:《现代小说叙事伦理·序言》,北京:新华出版社,2008年,第7页。
[3] 伍茂国:《现代小说叙事伦理》,北京:新华出版社,2008年,第3页。

可能经历的生活变成一个伦理事件。……所以,真正的叙事,必然出示它对生命、生存的态度;而生命问题、生存问题,其实也是伦理问题。"①其论述强调了叙事的伦理价值。江守义在吸收国外有关叙事伦理的理论,尤其是纽顿的理论后,认为"如果借用叙事学严格区分故事和叙述的说法,并考虑到读者的解释以接受为前提,不妨将这三种伦理分别称为故事伦理、叙述伦理和接受伦理……这样一来,叙事伦理就有意图伦理、故事伦理、叙述伦理和接受伦理四个维度"②。

因此,叙事伦理就是叙事生成伦理本身,不仅是作者的叙事生成伦理,也是阅读者对小说叙事的复叙事生成伦理;是艺术阐释过程中伦理对话生成的生命感觉共鸣。③ 作为解构主义叙事学的一部分,叙事伦理学在理论与实践上所取得的成就对当代中国小说残疾书写的研究具有重要的参考价值。

第四节　本书研究思路及基本结构

尽管学界对当代中国小说的残疾书写已经有了许多重要的研究,而叙事伦理作为一种文学研究的理论也已经不是所谓最新的前沿理论,当下已有许多学者使用这一理论来研究当代中国小说,比如谢有顺的《重构中国小说的叙事伦理》、祝亚峰的《中国当代小说的叙事伦理问题》等都对当代中国小说所具有的叙事伦理特征进行了细致的论述与分析,这也充分说明了以此对当代中国小说进行叙事伦理的解析具有可行性。但是从总体上看,以叙事伦理的视角对当代中国小说残疾书写进行整体性研究,还是一个比较新的课题。一方面是因为残疾书写在当代中国小说中所占的比例还不是很大,人们对此关注的力度不够;另一方面叙事伦理作为一种文学研究理论引入中国还不太久,人们在实际的运用中还存在许多的误区与疑问。因此,对于此课题的研究,存在着两个需要克服的难点:一是当代中国小说残疾书写的素材虽然面广量大,但典型性不够,尤其是残疾作家的残疾书写难入学界研究视野,确定科学合理的

---

① 谢有顺:《文学如何立心》,北京:昆仑出版社,2013年,第8页。
② 江守义:《伦理视野中的小说视角》,《外国文学研究》2017年第2期,第22页。
③ 刘玉平、杨红旗:《从文艺伦理学到叙事伦理——兼论文艺学的知识生成》,《兰州学刊》2009年第8期,第181—185页。

标准,从中筛选出典型案例,需做大量收集、整理与分析工作;二是叙事伦理理论属于后经典叙事学的创新发展,本身有着诸多流变与不足,如何发挥该理论的优势并规避其不足,实现理论与研究对象的充分结合,是最需要解决的难点。

鉴于此,本书在准备研究时要达到的主要目标有以下两点:一是通过对当代中国小说残疾类题材的作品加以搜集,完成对当代中国小说残疾书写的系统梳理,并在此基础上归纳出当代中国小说残疾书写所具有的叙事伦理特色。二是以叙事伦理的"故事伦理""叙述伦理""接受伦理"三个维度作为理论基础,重点揭示当代中国小说残疾书写的叙事伦理特征。为达成此目标,可以按照以下结构进行研究:

总体来看,本书研究的基本框架除了导入性的绪论与反思性的结语外,主要分为五个部分,其内在逻辑是"总—分—总"的结构框架。

第一部分是总说部分,主要分析以叙事伦理解读当代中国小说残疾书写的缘由,可以归纳为三点:一是当代中国小说已经有了大量以残疾人物形象为叙事主角的作品,并把残疾人物的生存命运作为故事内涵讲述的重点,以对残疾人物在人性价值意义上的伦理表达作为故事文本的价值追求,具有直击灵魂、净化道德的故事伦理特征。如史铁生、阎连科、毕飞宇等人的残疾书写,都是把残疾人的故事作为伦理表达的中心事件讲述出来,在内涵表达上已经具有了叙事伦理的研究基础。二是就当代中国小说的残疾书写而言,作为创作主体的残疾作家与非残疾作家在身份意识的确认上显示出明显的认同与背离的矛盾性。这与他们对于残疾书写的切身感受有关,他们在叙述残疾故事时所持有的伦理立场决定着他们对于残疾书写的伦理取位。在残疾书写的身份意识上,大多数的残疾书写者,都是从创作主体自身的感受来体味文学的力量。而非残疾的叙事者,由于缺乏那种感同身受的体悟,他们的残疾书写在身份意识上则表现出同情式的认同、歧视式的背离以及"零度化"的客观等几种不同的关注意识。另外,讲述残疾故事的叙事方式也具有多元化伦理评价特征,这主要与作家本身的伦理修为有着直接的相关性。三是对残疾书写的阅读接受与阐释也有大量的读者参与其中,这种接受主要表现在内在审美方式和外在接受形式的多元化转型两个方面。当代中国小说残疾书写在内在审美方式的多元化上表现出审美与审丑、隐喻与写实等转型特征,显示出当代中国小说残疾书写由边缘向中心过渡的必然趋势;外在接受形式的多元化转型则主要表现为传播媒介的多样化和对话形式的多向性两个方面,多媒体时代的科技发展为当代中国小说残疾书写的传播提供了巨大的空间,在互动与互证的阐释形式上显示出正向式阐释、反向式误读以及多向式评价的对话伦理关系,这种关系极大地丰富了当代中国小说的残疾书写。

第二部分至第四部分为分说部分,重点是分析故事伦理与残疾书写故事层、叙述伦理与残疾书写话语层以及接受阐释伦理与残疾书写对话层三个部分的内涵(如下图所示)。

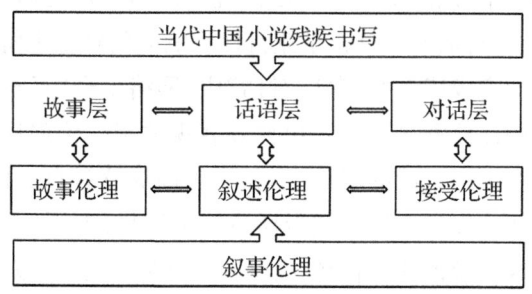

当代中国小说残疾书写的不同理论层面

其中故事伦理与残疾书写故事层主要体现在残疾人物所面临的生存方式、道德隐喻、爱之平等以及苦难救赎等四个方面。在生存方式的故事伦理中,残疾人在面临尊严得失、个人价值实现以及外在社会的同情与欺侮时会造成各种伦理上的不公与困惑。在道德隐喻的故事伦理中,个体行为的善恶与身体残疾之间构成了一种隐藏的伦理隐喻关系,同时残疾人身上所具有的人、神特征也隐含着励志与巫性的隐喻伦理关系。在爱之平等的故事伦理中,残疾人首先遭遇的是性爱能否的伦理质疑,然后是在爱情追求的公平伦理中表现出守望相助与不离不弃的精神特质,最后才是在对婚姻家庭的坚守中,显示出无私奉献的伦理内涵。在苦难救赎的故事伦理中,残疾人既要面对身体残疾造成的直接的现实苦难救赎,又要接受来自精神领域的间接的灵魂救赎,并借助自我价值的实现与爱之信仰的双重手段,完成他们在现实与精神上的双重升华。

在叙述伦理与残疾书写话语层,研究内容主要是对叙事主体在叙述残疾故事时的伦理取位、叙事策略以及叙事视点等方面进行论述。叙事主体的残疾与否决定着故事讲述的伦理取位方式,并最终形成励志式伦理与人性价值伦理的差异性。在残疾书写的叙事策略上,残疾书写文本立足重复性叙述以强化残疾叙述伦理的表达效果,借助多元化人物的塑造以凸显残疾叙述伦理的丰富性,注重叙事材料的取舍以丰富残疾叙述伦理的景观样态,强调叙述语言的变化以表现残疾叙述伦理的多重含义。而残疾书写在叙事视点的选用上,一般都是以全知型的零聚焦视点叙事为主,同时也有许多残疾作家选用限制性的内聚焦视点作为辅助进行叙事。

在接受伦理与残疾书写对话层,主要探讨当代中国小说残疾书写与读者之间以"对话"所具有的互动性构成了伦理接受的多层性。其中在与普通读者的初级"浅层对话"中,残疾书写显示出伦理塑形与伦理变形两种截然不同的伦理接受形式,这种对话要求仅止于流行性反响的阐释伦理特征;在与以知识精英分子为代表的高级读者的"深层对话"中,网络平台"豆瓣读书"中对部分典型性残疾书写的评价资料则显示出比较客观的接受伦理特征,这部分读者的阅读伦理评价在深层对话的层面上,显示出高级读者自身伦理感觉的净化与校正。在与专业的文艺理论研究者所进行的"批评对话"中,残疾书写的接受伦理影响则形成了批评性、引导性的阐释伦理特征,其中以中国知网上的专业学术论文作为统计数据,可以发现专业文艺批评者的阅读与阐释具有较强的互证性价值。这三种"对话"的伦理效果,既有来自读者接受的伦理熏陶,也有作者接受反馈的创作校正。

最后第五部分是总结。在总结叙事伦理三维式研究的基础上,对当代中国小说残疾书写的价值进行评价。这种价值评价主要体现为在文学史的视野中,残疾书写的底层叙事人人拓宽了当代文学的研究视域,丰富了文学表达的内涵;在叙事伦理的视域中,残疾书写的叙事要素融入伦理批评的价值研究,为残疾类型的人物形象分析提供了较好的研究视角,具有重要的创新价值。同时残疾书写的叙事伦理研究,也丰富了叙事学研究的边际,为当下世界叙事理论的发展提供了绝好的素材。

第一章　以叙事伦理解读当代中国小说残疾书写的缘由

　　1949年7月2日,中华全国文学艺术工作者代表大会在北京召开,大多数作家怀着对新中国的美好憧憬,在欢欣鼓舞中自然地完成了当代作家身份的转变,解放区文学的政治导向成为新文学发展的方向。从此开始,受政治巨大影响的当代文学一路前行,蜿蜒曲折,有失败,也有成功,在摸索中留下了不屈的探索身影。新中国成立后以政治话语为叙事题材的革命历史小说以压倒性的优势成为文学的主流,歌咏为革命而献身的共产党人为主要的叙事内涵。此后受各种政治运动的影响,作家们的创作之路越走越窄,延续至"文革"而走向所谓"三结合"的极致,小说创作几乎失去了它应有的艺术特质而成为政治的附庸。

　　改革开放后,政治经济领域的改革迅速波及了文学创作领域,真正百花齐放、百家争鸣的景象才得以产生,当代中国小说开始进入了一轮硕果累累的丰收期。当代中国小说中的残疾书写,在叙事的基本语境上与整个文学的发展趋势是一致的,但由于残疾书写的创作主体与叙事内涵的特殊性,它又呈现出自己独特的叙事状态。残疾书写借着残疾故事由浅层励志的描述走向深层人性的思考,由单一价值的评判走向多元价值的认同,极大地丰富了当代中国小说的发展。

　　叙事伦理的基本内涵在于对个体生命感觉的关注,每个独立的个体面对生死的感觉各有不同,而残疾人作为人类的特殊部分,尤其有着不同的生命感受。残疾书写正是将残疾人生命历程中的情感体验及伦理诉求作为叙事的基本点,把他们生命中的特殊情感伦理展示出来,将每一段痛苦的残疾生命感觉加以细致摹写,以此揭示人类在各种不同困境中的生存经验及认识价值。因此对当代中国小说中的残疾书写进行剖析式研究具有重要的文学开拓意义,而以叙事伦理解读当代中国小说残疾书写的缘由有三点:

一是残疾书写的故事伦理有独特的研究价值。残疾书写以残疾人的人生经历为叙事内涵,每个残疾人的生命过程都充满着悲剧性,故事叙述都以悲情为主基调,以残疾的痛苦历程为故事的中心。当代中国小说残疾书写以残疾人物为故事伦理的主角叙述改变了过去传统文学对于残疾人物塑造的偏见,同时残疾故事除了可以给人带来励志奋发的表层价值之外,还对人性本质的探问、生命意义的追索以及社会接受的悲悯等普遍意义上的社会价值进行了深层的挖掘与评判,尤其是作为个体的人面对身体"残缺"的故事内核所产生的直击灵魂、净化思想的伦理升华,有着独特的价值意义。

二是残疾书写的叙述伦理显示了独特的个性化特征。当代中国小说残疾书写的叙述伦理表达,一方面在残疾叙事主体的身份意识上,显示出叙述伦理价值认同与背离的矛盾特征;另一方面,在叙事方式上,由过去的单一扁平化叙事向现在多元立体化的叙事转变。

三是残疾书写的接受伦理,在阐释与对话层面所表现出的多义与歧义、正解与误解现象,也具有独特的解读特征。读者对残疾书写文本的阅读与接受在一定意义上与他们的身份特征有着重要的关联性,大众阅读接受所表现出来的世俗伦理评判,具有浅层的对话特质,而研究阅读所表现出来的文化伦理认知则又显示出深层的探究特质。读者与作者、作品三者构成的多元"对话"形式,形成了残疾书写接受伦理的独特价值。

第一节　残疾故事伦理的独特内涵

残疾书写以残疾人的故事为叙事底本,将残疾人物形象的塑造作为叙事中心。在人性评判的道德趋向上,残疾书写为社会发展预设了一种人性的底线思维模式,给予作为弱势群体的残疾人以伦理上的同情与关怀,并以此显示出社会价值认同的文明张力。残疾书写在对人类身体"残缺"的自我认知过程中,证明了人类在现实生活中的生存局限具有普遍性的意义,以道德隐喻的文学修辞暗示了生命存在的价值就是与命运的不断抗争。叙事伦理第一层内涵所指的故事伦理,包含了残疾书写的故事情节、价值判断以及道德影响等内容主旨。对于当代中国小说而言,随着时代的变化,对残疾人物形象的塑造由早期的边缘配角叙事向当下中心主角叙事过渡与转化,这种嬗变态势为从叙事伦理的故事内涵层面解读当代中国小说中的残疾书写,提供了可资研究的高水平作品素材。因此，研究当代中国小说的残疾书写，必须抓住其故事伦理所传达的独特内涵，具体表现在对残疾人物叙事地位、情感关注方式等方面的改变与提升。

一、残疾人物成为主角走进叙事中心

小说这一文体的特质在于借用虚构的艺术手法塑造人物、讲述故事以达成叙事的目的。所以小说首先要有作为叙事主角的人物形象，而在这些人物形象身上所包含的价值特征体现了小说的价值倾向，作者借助人物的事件、话语，乃至行为，把自己的价值倾向传达给读者。那些在历史上能够流传下来的经典小说，都塑造了成功的人物形象，并借助这些人物形象表现作者的伦理立场以及个人价值观念等。因此，可以说塑造出优秀的人物形象是小说成功的重要标志之一。

在中国传统叙事文学的发展历程中，具有人物传记特征的叙事形式占据主流位置。而能够成为这些文学叙事中人物形象的几乎都是健全人，少有的残疾人，一般也都是健全人的陪衬。因此主流叙事类文学作品在表达伦理价值时，也自然以健全人的价值观作为基本的伦理导向，残疾人物的配角地位基本上不具有这样的功能。神话传说时代，带领部落民众创建家国政权的先民英雄都是高大伟岸的健全者。在后来志怪志人小说的形成期，人怪共存，但在身体意识的表达上仍是非常明确的健全人。而后唐传奇、宋元话本、明清白话小说，基本上也都是健全人占据着叙事主角的位置，仅有的少量残疾人物形象也仅仅是作为表现健全人施舍同情怜悯的叙事对象，残疾人物形象配角化、边缘性的特征非常明显。这自然与文学的教化观念有着重要的关系，社会主流价值从来都掌控在健全者手中，健全人的伦理价值观念也决定着文学的发展方向。即使是后来通俗文学发展起来后，有了盲人参与的鼓书演唱，但他们也只是社会伦理道德的传播者，不能成为故事价值内涵的承载者，在故事中也只能作为配角来映衬主要健全人物。比如《水浒传》中武大郎的侏儒形象，被人戏称为"三寸丁榖树皮"，他作为肢体残疾者，仅仅是叙事的配角，用来与高大威猛的武松、外表美丽的潘金莲作对比衬托。故事伦理的天平从没有向他倾斜，他只是整个奸情故事、复仇故事的依托对象，在整个故事的讲述中，他与其他次要人物一起共同推动故事的发展。

随着中国小说发展进入现代时期，鲁迅的《狂人日记》开启了中国现代白话文学的大幕,其中的狂人形象在客观上具有了精神残疾的叙事伦理特征。小说叙事主要是以狂人在迷狂状态下的精神呓语为表现形式,具有现实精神疯癫者的客观属性。当然鲁迅创作《狂人日记》并没有从真正精神残疾者的形象塑造方面去立意,而是借助疯癫的曲笔方式,揭示了狂人实际上是最清醒的反封建、反礼教战士形象,体现了鲁迅深刻的批判意识。所以对狂人形象的认知评价,我们既要看到其本身所显示出来的客观属性,即精神迷狂、语言混乱、思维跳跃、不符合常人的逻辑判断;也要清醒地认识到这种特别的表现正是鲁迅有意设置的表达方式,通过这种不合常规的逻辑思维来表现反抗战士的精神价值。所以这个狂人尽管具有精神残疾的客观属性,但还不能把他作为真正的精神残疾者,他是鲁迅赋予了特殊精神隐喻内涵的斗士,他有着准确的目标、清醒的意识以及无畏的牺牲精神。甚至于以后许多作家受鲁迅的影响,在进行此类精神残疾书写的时候,都或多或少地学习借鉴鲁迅的象征手法。因此,只能说这些形象只是在客观属性上塑造了精神残疾者。鲁迅后来写的《长明灯》中的疯子也具有类似的特征。这种精神类型的残疾者,应该说是作者借以表现自己的文学政治意识的曲折隐喻,不属于真实残疾序列的类型,但具有残疾书写隐喻象征上的文化载体形式。这种借精神残疾者的隐喻意义再现小说主旨内涵的叙事方式为此后这类人物形象的塑写提供了重要参照。《孔乙己》中穿着长衫的落魄文人孔乙己,始终是作为咸亨酒店的特殊客人存在的,是人们喜欢取笑的对象。但在小说结尾,他以手代脚的肢残形象转换,深刻地表现了孔乙己悲剧的命运结局。孔乙己作为残疾者的形象叙事基本上也只是为了批判社会的冷漠与残酷,残疾只是加深了孔乙己的悲剧命运,不具有残疾书写的整体价值。

　　许地山在《春桃》中塑造的失去双下肢的残疾者李茂,具有比较典型的残疾书写特征,但他仍然不能算是这篇小说叙事的主要人物形象,他只是作为媳妇春桃的映衬而存在。春桃作为小说的叙事主角,在面对来自生活的困难压力时,毅然选择了同情与帮助,以一女二夫的方式来应对生活的困难。残腿的李茂为了不做春桃的累赘,想以自杀的方式来解脱自己,已经比较符合世俗社会伦理的价值评判,但残疾书写的配角性还未改变。张爱玲《金锁记》中瘫痪在床的姜家二少爷,基本上也是起了一个配角作用。他是金锁获得财富的依靠,但又明显是金锁的累赘。他从未走进读者的视野,在小说中也仅仅是大家议论的对象。从陪衬的角度来说,他是为金锁的主角叙事而设置的背景。总体来说,在现代文学时期,残疾人物形象基本上还没有走到叙事的中心位置,只是作为叙事的辅助成分而存在。尽管这些残疾人物形象已经受到很多作家的关注,但在叙事的本质上,边缘化、配角化的特征还没有改变。

进入中国当代时期,毛泽东《在延安文艺座谈会上的讲话》对新中国文学产生了重要影响,小说创作主要以革命历史叙事为主,残疾人物形象又一次被文学抛向了更加边缘的位置。很明显,这与当时的政治斗争倾向有着直接的关系。当时,国家发展要求以歌颂式的宏大叙事为主流,以塑造正面英雄人物来激励人们乐观积极地面对战后重建的困难。文学创作中的主角人物形象只能是那些具有强烈阶级对立特征的健全人,残疾人连配角的位置都没有了。脸谱化、类型化的反面人物角色中有时会点缀一些身有缺陷的残疾人物,比如用"独眼龙""瘸子""拐子""麻子"等带有明显歧视性的绰号来指称被批判的反面人物。而且这些反面人物形象在小说中基本上处于招之即来,挥之即去的叙事状态之中。如《烈火金钢》中狗腿子刁世贵的形象,"伛偻着腰……长大疮长得把鼻子烂掉了一块",被称为"吊死鬼"。[①] 正是因为他的汉奸形象而具有了令人恶心的残疾特征,这种类别的坏人形象基本上都具有模式化、类型化的符号特征。而至"文革"时期,"三突出"原则违背了文学的创作规律,文学失去了它应有的价值。

在进入改革开放后的新时期初期,残疾书写类的作品才开始有了自身成长的轨道,出现了多元化的叙事倾向。残疾人物形象在小说中虽然大多数还是保持着原来的配角特征,但是有些作品已经开始以残疾人物作为叙事主角来讲述故事。当时的残疾书写中,对残疾问题以文学叙事方式进行深入思考的作家当以史铁生为代表。他因在插队期间身体出现了下肢疼痛的症状而不得不返回北京医治,但从此就再也没有站起来。这段痛苦的经历,使得史铁生开始思考人生的价值与意义。他选择用写作来帮助自己度过这段痛苦的人生历程,并且以自身的残疾经历作为故事伦理的表达对象。残疾人也自然成为他小说的叙事中心。

比如《命若琴弦》中,弹弦说书的两个盲人就是小说叙事的主角。史铁生以他们的故事作为叙事的中心,并以他们对于生命过程的伦理感受作为小说的主题立意。老瞎子的执着与坚忍、小瞎子的童稚与无奈,成为史铁生残疾书写的象征基础。他们作为个体的生命价值意义都在史铁生所隐喻的弹奏过程中,而且他们在小说文本中始终处于叙事的中心位置。其他如《山顶上的传

---

① 刘流:《烈火金钢》,北京:中国青年出版社,2009年,第63页。

说》是围绕一个立志成功的瘸腿青年讲述的故事;《来到人间》则借一个连上幼儿园都会受伤害的侏儒小女孩的故事来进行人性伦理上的质疑;《原罪·宿命》把十叔与教师"我"的瘫痪归结于宿命,命运的不可抗争性注定了每个人的生命轨迹;《在一个冬天的晚上》则通过一对自己不能也不敢生育的残疾夫妇想抱养别人的孩子的故事,表达健康人对于残疾人歧视的伦理批判。还有《没有太阳的角落》中的几个残疾人、《傻人》中的傻子席二龙等,都是史铁生残疾书写中以残疾人为叙事主角的作品。他们从过去小说的叙事边缘走到了受人关注的叙事中心。史铁生的残疾书写成为当代中国小说的典范,与他有意识的努力尝试分不开,他对于自身残疾命运的思考,延伸至整个人类冲破局限束缚的普遍意义,使得当代中国小说的残疾书写有了题材选择上的价值意义。

韩少功在《爸爸爸》中把一个有智力缺陷且肢体残疾的侏儒丙崽作为小说叙事的主角人物,是具有非常强烈的寻根隐喻意味的。丙崽既不会讲话,又不会反抗,却具有一种无法言明的神秘性。因为丙崽不但在面临杀头献祭之时,会有神灵保佑,而且在喝了毒药之后也不会死亡,这一切违背现实的故事寄寓了作者对民族文化之根的深刻反思。当代小说中以这种具有儿童化特征的智力缺陷者为主角的叙事,基本上都是把他们放在社会底层进行故事伦理定位的,而在他们身上所显示出来的生存的弱势性则使他们成为叙事的主角。这与新时期中国文学的快速发展有着重要的关系。"儿童是成人主导的社会的弱者和边缘人物,而作为傻子化的儿童更注定了在成人社会中的弱势地位,他们处于成人社会和常态社会的强权与迫害之中。"[①]所以,很多作家都有对此类残疾人物形象进行塑造的小说。比如,莫言小说《透明的红萝卜》中描写的小黑孩就有类似丙崽的成长特征,生存的边缘化却在小说故事中成为叙事的中心。《四十一炮》中的罗小通在精神基因上也具有此类智力缺陷儿童的叙事特征。而莫言其他小说中的人物如《民间音乐》中的小瞎子、《白狗秋千架》中的"一眼暖"以及《丰乳肥臀》中双重残疾人孙不言等等,都是个性鲜明、形象逼真的残疾人物,小说对于他们的故事中心叙述也可以说达到了浓墨重彩的程度。阎连科《受活》中以以茅枝婆为代表的残疾群体作为小说叙事的主角,批判了"圆全人"对残疾人的欺凌与侮辱,进而提升了小说残疾书写的价值意义。残疾的受活人是小说叙事的主角,但在小说的故事叙述中,阎连科却有意地以以

---

① 沈杏培、姜瑜:《"傻子":符号的艺术和艺术的符号——论当代小说的"傻子"叙事伦理》,《艺术广角》2005年第2期,第19页。

柳鹰雀为代表的健全人凑集购买列宁遗体的钱款作为小说叙事的主线,把受活村残疾人群像的相关叙事作为絮言注释的内容进行故事叙述。看似配角的故事安排,正是残疾人社会地位的真实再现。因为他们始终处于社会的边缘,即使是故事的中心主角,也还是要受制于健全人的故事讲述,显示出作者力透纸背的讽刺力量。

　　2008年9月毕飞宇的《推拿》一面世,就迎来社会的极大关注,其中很大的原因就在于这部小说的主要叙事对象是盲人推拿师。也就是说,以盲人推拿师的群体生活作为小说的叙事中心,首先在题材上就赢得了人们的关注,而更重要的还是毕飞宇以盲人为叙事中心的处理方式,打破了以前残疾人励志式叙事的藩篱,把这些残疾人的日常生活作为叙事的中心内容,大大地拓宽了残疾书写的叙事边缘,也使得这群盲人真正地走上了当代中国小说残疾书写的主角位置。小说以沙宗琪推拿中心盲人推拿师的生活作为故事叙述的中心内容,以沙复明、王大夫、小孔、小马、张宗琪、都红、金嫣、泰来、张一光等一群盲人推拿师作为小说叙事的主要人物,以他们的爱情、亲情、友情的故事伦理表达作为主要事件,把他们对尊严感的获得作为残疾书写的伦理诉求,应该说《推拿》是当代中国小说残疾书写中最具有典型意义的一部代表性作品。如果把这群盲人推拿师的残疾身份特征滤掉的话,他们现实生活中的日常社会交往都似我们身边的朋友一样,有情有爱,有憎有恨,更有他们要面对的所有日常。所以这部具有典型意义的残疾书写作品,为当代中国小说的发展提供了具有典型研究价值的素材,也大大拓宽了当代中国小说叙事的研究领域,凸显了当代中国小说人物叙事地位的多元化特征。

　　虽然在当代中国小说的发展过程中,以残疾人物形象为主角的作品还相对较少,甚至于即使是作为配角进行故事讲述的作品也不是很多,但是由过去纯粹边缘化叙事向当下叙事中心转移与过渡的多元化倾向已经开始出现,以残疾人物形象对人性平等与尊严的获取为叙事中心的作品数量,已经远远超过了过去纯粹励志式讲述的作品。残疾人物形象作为叙事主角已经成为重要的文学现象,这正是当代中国小说走向多元化繁荣的非常重要的具体表现。新时期之后,残疾书写有如此重要的收获,一方面得益于改革开放对文学发展的重要影响。文学自身发展规律决定着当代中国文学必须寻找适合自己的道路,否则一直坚持"文革"时期的畸形之路,文学必然会走向僵死。另一方面还受益于海外近百年来各类文学思潮的冲击。此前束缚在文学身上的各种桎梏都随着政治意识形态领域的多元开放而被一一打破,人们对身体的自我感知比以前更深入,同时外来思潮对人性伦理价值的挖掘与当时中国社会知识分子对此前"文革"压抑的人性反思产生了共鸣。残疾人的社会边缘性特征也引起了文学的关注,探讨人的尊严、价值、信念等具有普遍价值特征的作品也越来越多,残疾人开始走向文学的中心地带势成必然。这一文学素材价值的提升也显示了当代中国小说在走向世界、关注人类自我成长上的发展趋势,这是文学发展的自身规律所导致的必然结果。

二、残疾故事注入新的叙事元素

残疾人的现实生存始终面临着社会"丛林法则"的淘汰问题,弱肉强食的自然法则,使他们从感知到残疾的那一刻起,就在内心深处织造出一层抵抗歧视、维护尊严的心理防护膜。他们在面对来自社会的歧视与同情时,经常会感到无所适从,甚至会产生逃避的心态,这是残疾人现实生存过程中自然而然地形成的一种防卫意识。而随着社会文明程度的逐步提高,健全人与残疾人之间在身体差异上的区分度,也在现代科学技术的发展中逐步变小,但存在于精神感知领域的尊严与平等等伦理诉求却依然不会有太大的变化,这正是文学叙事所应该重点关注的领域。因此,当代中国小说的残疾书写在以残疾人为叙事的主角时,对于故事伦理的精神性价值探索,也融入了具有现代性意识的人性价值新元素。

人类社会在文明发展的过程中,对于残弱群体的关心,具有先天的无意识特征,这也是社会进化过程中的本能问题。同情关心弱势群体,并给予力所能及的帮助,是人类社会的道德底线。所以从古至今,人类对于弱势的残疾群体始终持有基本的同情之念,在文学的叙事表达中,把同情作为故事伦理的情感基础,再现社会文明的价值追求。当代中国小说中的残疾书写在摆脱政治影响的时候,有意地融进了具有个体生命感觉的人性伦理内涵,把对残疾人的人性关怀与哲理思索结合起来,体现了当代文学发展新的内涵元素,具有以下几个独特之处:

一是史铁生残疾书写的独特性无人可以替代。21岁时的史铁生因双腿瘫痪,走上文学创作之路,凭借惊人的毅力创作出许多高质量的以残疾人为主要人物形象的小说,成为能够代表当代小说价值的重要作家之一。他的这些残疾书写虽然大多具有自我书写的特征,但他没有走向浅层的励志型写作,而将自身在与残疾、病痛抗争过程中的独特情感体验融入作品中,为人性关怀的生命感觉加进了哲理思辨的讨论。史铁生残疾书写的故事伦理内涵丰富而深刻。尽管他在塑造残疾人物形象时,并没有舍弃传统伦理的价值依托,以同情关怀的基本伦理来关注个体残疾的痛苦,但他将这种同情与关怀的伦理观念向前推演,从中发现所有的人都要在这种同情与关怀的伦理导向下而求得现实生存的可能,不仅仅只有残疾人需要这种伦理观念的指导。并由此而深入思考,他发现了所有个体的人在面对艰难的现实生存时,都会产生"残疾情结",即都会在"局限"面前变得不能作为,甚至于会退缩到自己的内心。如何摆脱这种"残疾情结",走出所谓的人生"局限",不只是残疾人要考虑的,健全人也要去思考,这样人类才会摆脱自我束缚的心理局限,向前走出更美好的未来。因此史铁生的残疾书写在伦理评判的理性思考上是对前人的突破与超越,他把人们对待残疾人的单一情感方式,拓展为同情关怀下的伦理诉求,提升了人类在文明进程中对自我的认识与思考,为当代中国小说的残疾书写提供了重要的研究素材,极大地丰富了这一叙事的基本内涵。正是史铁生在残疾书写上的贡献,才使得这项研究有了进一步加深的意义。

二是以阎连科为代表的冷酷叙事者,将健全人放在残疾人的对立面,以造恶者的审判来凸显残疾人可贵的自然天性。这一类的残疾书写以残疾人的痛苦生活为叙事架构,以健全者对他们的残酷掳掠为批判旨归,深刻地讽刺了现实世界健全者的暴虐之行。残疾人与主流社会之间构成了抗争与逃避、伤害与施舍的矛盾关系,他们在现实社会中所接收的东西不再是简单的同情与关怀,而是健全者的排斥与抢掠,人性关怀的美好情感被现实生活的残暴打击得面目全非,残疾者与健全人之间的情感维系被现实的饥饿与苦难切断了,所有人在生存面前,都沦为了食物的奴隶,作品借着残疾书写的外壳,展示出一种讽喻批判性的故事伦理内涵。阎连科作为此类冷酷叙事的代表者,他把现实社会中对于残疾人的歧视与欺凌表现得深刻至极,表面上受活村残疾人的故事是荒诞的伦理悲剧,但故事伦理的背后是对中国社会发展过程中这种人造成的悲剧所做的强烈的批判与讽刺。因此阎连科的残疾书写借助受活村残疾人物群像的塑造,在表现人性的自私与阴暗方面,显示出冷彻透骨的寒气,直逼人们的灵魂,给读者带来了难以忘怀的阅读感受。而此类残疾书写者中,韩少功以《爸爸爸》中残疾的丙崽所进行的故事讲述,也具有类似的寒气逼人的感觉。他笔下丙崽作为残疾个体所遭遇的一切,除了象征隐喻的价值内涵外,对现实的批判也许更加深刻。

三是毕飞宇《推拿》中的盲人群像书写,为当代中国小说的残疾书写开辟了新的叙事领域。对于残疾书写,毕飞宇的温情与阎连科的冷酷构成了批判性的对立两极,丰富了当代中国小说的残疾叙事。盲人在中国传统的文学叙事中,具有非常重要的地位,他们在一定意义上被认为是因"不见而见"的智者,看不见现实却能够看得见未来,具有神秘的象征色彩。现实社会中,盲人一般是作为算命者的形象出现在人们面前,中国传统文化中借"周易"占卜卦爻的神秘性被历代盲人演化成为一门玄学,盲人可以凭借自己的卦签感知宇宙天地的神秘未来,并以此告知生命过程中的吉凶事件,以便避害迎吉。其中的科学性无法进行实践性的考证,人们对这种东西也都是处在半信半疑之中。但盲人具有智者的形象特征,是人类未来的预言者,这一形象却在人类的潜意识中已经根深蒂固。关仁山《麦河》中的白瞎子白立国就具有这一神秘特征,他既可以唱地方鼓词,又可以借卦爻占卜,甚至可以与死去的亲人对话。但由于大多数盲人社会地位低下,即使个别具有神秘色彩的盲人能够预测未来,健全人所主宰的世界也不会真正地重视他们,文学叙事只强调他们的象征性,很少会关注他们真正的内心情感,普通的盲人更没有机会表达自己的喜怒哀乐。而毕飞宇却从手艺人的职业特征入手,展示了盲人作为社会现实中普通而又特殊的一类群体的真实生活景象。他们在面对无法改变的身体残疾时,靠给人们推拿按摩的方式来赢得自己的社会地位,达到自食其力的目的。对他们而言,他们与一般的手艺人没有什么区别,他们推拿技艺的水平高低决定着他们收入的多少,除了目盲所带来的生活不便之外,他们与普通人一样,每天上班下班,结交朋友,谈情说爱,牵挂家庭,乃至追求为社会提供更高服务的人生价值。毕飞宇在对此类残疾人物进行描绘时,融入了他独特的人文情怀,为残疾人在精神需求上实现平等尊严的价值认可,寻求到一条温情的救赎之路。这种叙事的成功为当代中国小说残疾书写提供经典样本的同时,也将传统文化的同情观纳入批判的视域中。残疾人的生存实际上不需要健全人过度干预,他们有自己的生活方式,与健全人一样,他们能够靠自己的双手养活自己,也可以追求自己的爱情,获得人生的幸福。而"自以为是"的健全人,却打着同情爱心的幌子做着伤害他们的事。同情关怀的情感植入了社会世俗名利的恶念,这是毕飞宇在小说中通过都红这个盲人形象的叙事所要批判的。温情脉脉的面纱是残疾人所不喜欢的,他们更渴求直接的、干脆的平等与尊严。因此,毕飞宇的残疾书写将健全人的强势有意化解,凸显了残疾者世俗生活的可能与必然,其情感的基调是平淡中的恬然,平常中的平凡。

四是以莫言、贾平凹、迟子建等为代表的一大批作家对残疾书写的真实描摹。这一类的作家虽然没有如史铁生、阎连科、毕飞宇等人那样,把残疾书写推到叙事的中心,但在他们的作品中,对残疾人的情感描写时时渗透在故事伦理的内涵之中。他们代表残疾书写的现实旁观者进行叙事,将残疾人的生活状况还原到本真的状态之中。莫言小说中的人物形象都有高密东北乡的烙印,这些人物形象丰富多彩,焕发着来自乡土的泥土气息。莫言也正是凭借着这些丰富多样的人物形象塑造以及独特叙事手法,赢得了诺贝尔文学奖。莫言笔下有一大批残疾人物形象。这些残疾人物,有盲人,有聋哑人,有肢体残缺者,也有智力缺陷者,但他们都来自民间,具有极强的民间真实性。他们是现实社会中不可或缺的一部分,没有他们,小说就失去了鲜活的生活背景。莫言把残疾书写融入他的故事中,又把这些残疾人的故事投射到真实的生活中,回归到民间真实的原初形态,所以莫言的残疾书写虽然也延续着传统文化的同情关怀,却自然地接近了真实。人们的关注方式有同情也有鄙视,有怜悯也有歧视。社会以真实的生存法则关注这些与芸芸众生没有多大差别的残疾人,他们一样有高尚或卑下的灵魂,有无私或贪婪的道德素养。因此,真实是莫言在残疾书写中所秉持的情感表达原则。

　　贾平凹、迟子建、韩少功、阿来等人的残疾书写,在数量上也都是比较多的,他们对于残疾人物形象的塑造,也有着非常独特的地域文化特点。贾平凹笔下的陕西商州、秦岭等地有着深厚的历史文化传统,在这块土地上的人都或多或少地遗留着中华民族传统文化的精神基因。贾平凹借助文化隐喻的方式寄寓了他对残疾人精神美德的肯定与赞美,无论是大鼻子的侏人,还是古炉镇乡人中的老弱病残,以及涡镇的蚯蚓、宽展师父等社会底层的残疾人,都显示出浓厚的儒家传统文化的大爱情怀。而韩少功笔下湘西边地民寨的丙崽、迟子建笔下东北边地额尔古纳河畔边民中的疯傻者,大都寄寓着作家自身的情感体验。阿来所关注的西藏土司制度下的傻子二少爷,所表现出的呆傻特征也具有典型的高原地域特色。他们对生活在其中的那些乡民们怀有深深的同情,更对那些边缘化的残疾者深怀悲悯关切之念。这种浓厚的人性关怀,在他们悲剧故事的伦理背后,再现了人类生存困境的共有特性——孤独的人类也必然要勇敢地面对生命的残缺与不完美,坚毅地接受命运的考验,并一直延续下去。

　　除了以上几类具有典型意义的残疾书写之外,当代中国小说还有一批影响力相对小些,或者并非有意识地参与残疾书写的作家,他们也写出了许多带有亮点的残疾叙事作品。比如张海迪、朱彦夫、张心平、阮海彪等残疾作家,他们笔下的残疾者,除了融入作家自身残疾的叙事经历之外,艺术审美上的追求都显得过于简单。但即使如此,作为残疾书写的一部分,他们在创作中以励志的精神情感直接给读者以激励,人们在阅读接受时也大都能从中感受到生命的坚韧与顽强,并从中认识到人生的价值需要用拼搏奋进的精神去追求。在情感表达上,这些作品也仅处于浅层的生命体验,作品的政治宣传性、社会学意义的示范性大于文学价值的审美性。其他如张贤亮、李佩甫、陈忠实、冯骥才、余华、苏童、刘恒、艾伟、东西等当代知名的非残疾作家,也都用各自不同的残疾书写,丰富了当代中国小说的残疾人形象系列。虽然有的作家只有一两部作品塑造了残疾人物形象,但不乏精彩闪亮的情感体验表达,也一样为当代中国小说的残疾书写提供了经典的案例。陈忠实曾说:"作家以自己的生活体验进行创作,这也符合通常的创作现象。但不能停留或满足于生活体验的层面,而应努力争取进入生命体验的更深层面。"[1]通过对残疾人形象的书写,进而达到身体残缺所引起的生命体验,正是此类作家偶然参与残疾书写的目的所在。所以,他们笔下的残疾者,虽然不具有上述作家在残疾书写上的典型性,但在引发对于生命体验更深层的故事伦理表达上则有着非常重要的价值与意义。

总之,当代中国小说残疾书写的故事内涵决定了残疾人物形象的叙事位置,由过去的边缘配角逐渐过渡到中心主角,显示了当代中国小说多元化发展的必然趋势。这些作为叙事主角的残疾人物成为社会伦理道德观念的传播者,也在经历读者的筛选后逐渐成为当代文学的经典人物。当代中国小说残疾书写的故事伦理在以残疾人物进行主角叙事时,又融入了具有残疾人故事特征的伦理内涵,极大地拓展了当代小说发展的新边际,也使得对这一文学现象进行叙事伦理的研究更有价值。

第二节 残疾叙述伦理的独特个性化

相对于叙事伦理的故事层,话语层重点探讨的是文本如何构成,即叙事者如何叙事。这是西方叙事学理论研究的重点,旨在探讨文本的话语结构、叙述方式、节奏顺序等话语层面的内容。在此基础上,西方解构主义者罗

---

[1] 陈忠实:《作家始终不忘关注国家和民族的命运》,出自徐江善等著《时代之问——当代文化名人的思考与呼唤》,上海:复旦大学出版社,2011年,第20—21页。

兰·巴尔特提出"零度写作"的理论。他认为,"零度的写作根本上是一种直陈式写作,或者说,非语式的写作。可以正确地说,这就是一种新闻式写作……于是我们可以说,这是一种毫不动心的写作,或者说一种纯洁的写作"①。他强调的就是文本的客观性与独立性,作者只是作品的观察者与复述者,没有任何介入的意图。实际上,真正的"零度写作"并不可能存在,因为作者本身就是作品生产的执行者,这个作品的生产过程,是作者一手包办的。从解构主义的理论上看,他们强调的是文本的独立性,它不受外在形式的干扰,具有新闻写作的直陈式特性。但是叙事者在如何讲述故事、如何结构文本的层次上都体现了作者本身的伦理倾向,而且用什么样的话语表达,也是由作者根据故事伦理的内涵进行伦理上的选择。或者也可以说,作者自身的伦理修为一定会在潜意识中影响作品的面目以及故事伦理内涵的选择。对于作为创作主体的作者的伦理修为、伦理立场以及伦理评判的研究,正是从叙述伦理角度进行解析论述的。

残疾书写在叙述伦理上显示出独特的个性化特征。成功的文学作品本质上都体现了创作者的个性化,或者说,个性化是检验文学创作成功与否的一个重要标准。对于当代中国小说的残疾书写而言,文本的叙述伦理显示出的个性化特色主要体现在两个方面:一是创作主体在身份意识上认同与背离的个性化;二是叙事方式上的多元化特征。文学创作对于残疾身体的关注,需要融入人性关怀的符码。

一、创作主体的身份认同

从创作主体的身份认同意识来看,残疾作家与非残疾作家因存在身份认同感的差异,即使他们都心怀同情,但因他们残疾书写的出发点不同,他们对于残疾人物形象的身份理解也存在着巨大的差异。残疾人对于残疾身份的认同意识,是从感知到自己与健全人不同开始的。因此无论是先天残疾,还是后天残疾,他们对身体感觉的差异性引起了他们对于身体功能缺失的恐惧,并想通过寻找到同类残疾人而获取外在身份意识的认同。因此,现实生活中的残疾人内心敏感多疑,一般不愿与健全人一起做事。比如盲人说唱卖艺,一般都由几个人一起。盲人推拿室也都是由一群盲人组成的,健全人一般不会与他

---

① [法]罗兰·巴尔特:《写作的零度》,李幼蒸译,北京:中国人民大学出版社,2008年,第48页。

们一起从事推拿工作。史铁生曾说过:"残疾人中想写作的特别多。……但还有一个原因不能躲闪:他们企望以此来得到社会承认,一方面是'价值实现',还有更具体的作用,即改善自己的处境。"①的确,残疾人渴求获得社会的认可评价,但潜意识的背后却是在残疾身份意识上的认同。而在现实社会中,真正能够通过写作获取身份确认的残疾人是很少的。因为残疾人的创作首先要克服许多无法想象的困难,稍微有点成绩,便会得到社会过于夸大的接受评价,有时还会组织各种与残疾人创作价值不相匹配的宣传活动,表面是对残疾人价值的肯定与褒扬,结果有时会适得其反,还会伤害残疾人的自尊心。因此,在当代中国小说残疾书写中,史铁生不仅仅是凭借着他在创作上的刻苦努力,更因为他对于残疾书写的高深立意及对人性的深入思考而成为当代中国小说残疾书写的真正代表者。即使如张海迪这样的残疾作家,也很少有人纯粹是从文学创作的客观标准出发对她的残疾书写进行品评,更多的是从励志感化的角度来认可她创作的价值,更不用说其他只有一两部作品具有自传式残疾书写特征的残疾作家了。因此,史铁生的代表性具有非常重要的时代意义。当然,其他残疾作家的残疾书写仍然是当代中国小说残疾书写不可或缺的一部分,他们的存在不仅提供了故事伦理浅层内涵表达的意义,也丰富了当下残疾书写的价值内涵。残疾作家作为创作主体,在身份意识的认同上主要体现出如下三种样式。

一是超越式认同。指的是创作主体能够超越身体残疾的现实苦痛,并能够实现精神上的超越。史铁生是最具代表性的残疾作家。史铁生的残疾书写经历了三个阶段,一是早期以身体残疾的现实苦痛为叙事中心,侧重于残疾所造成的实际困难,"对待肉体残疾的心态已由焦躁走向平和"②。二是在 1985 年以后,对于残疾的认识已由现实苦痛的描绘延伸到对心灵困惑的救赎。此期"史铁生的认识视角逐渐由肉体上的残疾上升为精神上的残疾,在对轮回、局限等观念的诸多深刻体味中认识到人存在的随机和偶然,从而生发出对人生诸多不公平境遇原因的新看法,对人与人之间相互找寻原因的新见解"③。三是 20 世纪 90 年代中期以后,史铁生对残疾书写的思考,有了质的飞跃。这主要体现为对个体残疾的思考延伸至对群体残疾的思考,乃至引申出所有人的"局限"就是"残疾"的结论。"局限"是人类存在的一种

---

① 史铁生:《病隙碎笔》,出自《史铁生作品全编》(第 7 卷),北京:人民文学出版社,2016 年,第 59 页。
② 张小平:《论史铁生的"残疾"世界》,《兰州学刊》2006 年第 5 期,第 76 页。
③ 同上。

普遍方式,区别只在方式、程度以及感受上的不同罢了。史铁生对于残疾身份的超越式认同,是从关注个体残疾的人开始,最后落到所有人都有"局限"式的残疾,将个体的残疾之苦上升到整个人类的局限之难,使小说文本成为生命哲理思辨的剧本,也使人们在阅读中感受到生命价值尊严的自我救赎。

史铁生这种超越式的身份认同是其他残疾作家所难以达到的。史铁生是站在生命的此岸观看彼岸生命在经受挫折时不屈而行的过程,内心的平淡与真实是超然淡然的,具有思辨者的深邃之思。史铁生的写作之路,正如他自己所说的那样,首先想到的是得到现实社会的认可。因为残疾人太渴望通过写作来获取世人,尤其是健全人的认可。但史铁生没有走上励志宣教的常规之路,甚至于在20世纪80年代初期,文学创作的禁路被打开之时,伤痕、反思、改革等文学样式一浪高过一浪,史铁生也没有紧跟着时代的潮流而大书伤痕与反思,而是以自己在残疾生活中所遇到的真实困难与想法作为残疾书写的素材,展示一个残疾人活着的艰辛,甚至于把自己未残疾之前的知青生活经历作为故事讲述出来。但他又与其他知青作家的知青叙事有着本质的不同,清新自然,又融注了对陕北农民艰难生活的浓重关切之情。此后,他对寻根文学以及先锋文学的参与也基本上是若即若离的样子,他不愿意走进任何一个可以贴标签的创作领域中。即使他后来创作的长篇小说《务虚笔记》《我的丁一之旅》,也基本上没有走进畅销书的行列,大多数阅读者都觉得读不太懂。但这两部深蕴史铁生对时代命运思考的作品,无论是在作品哲思的深入探索上,还是在故事叙事的技法表达上,都是其他残疾作家所难达到的。实际上,史铁生的残疾是后天造成的,对他的人生打击是巨大的。而在他对于残疾的身体已能够坦然面对时,却又遭遇了尿毒症的新打击。史铁生在经历过命运的一次次摔打后,开始认真地思索人生的价值与意义,并通过这种对人生苦难的思索,升华了他的精神世界,超越了个体生命的痛苦。因此,史铁生对生命意识的伦理叙事思考,超越了当代中国小说的其他残疾书写者,成为当代文坛在残疾书写方面的"这一个"。史铁生作为当代中国小说残疾书写的代表作家,在创作主体的身份认同上所具有的这种超越性是独特的,具有引领时代创作的价值意义。

二是励志式认同。励志式创作,严格说来,基本处于故事伦理的浅层表达中。它首先表现出文学叙事的功利性,对别人的励志宣教就是小说文本的最大功利。因此,对于大多数残疾作家来说,一旦选择了创作,自然而然地就会走进这种具有功利性目的、励志式的身份认同中。身遭残疾之时,就是他们对命运之神进行反抗之时。当他们面对残疾所带来的各种现实生存的问题时,那种心有不甘身却无力的痛苦感受都具有非常强的相似性。而当他们能够直面苦难勇于抗争,拿起笔把自己的痛苦经历变成文字展示给人们时,他们内心是充满成功的喜悦与自豪的。所以当他们把这种残疾经历的真实生活变成文字,展现在读者面前时,以自传为特征的残疾书写是他们首先想到的叙事形式,这种自我叙事的故事伦理自然也充满着强烈的励志性目的。张海迪的《轮椅上的梦》通过残疾女孩方丹的残疾经历,向读者展示了一种坚强乐观、积极向上的追求精神。方丹的形象就是以张海迪自己作为故事原型进行创作的。她说:"我姑且用方丹这个名字写这本书,我对她寄予了热切的希望,朋友们也许会从方丹身上看到我的影子,看到我的痛苦和快乐、理想和追求。如果说,方丹有优点也有缺点的话,那么,我正是这样一个人。"[1]张海迪所要表达的意思正是强调方丹这个人物形象与作者作为叙事主体之间的身份认同意识。很明显,这种励志式身份认同,是张海迪有意为之,也是她艺术地再现生活的真实,但这种真实叙事也造成了小说主题表达立意的单一性、直观性,使得小说的故事伦理内涵过于浅显直白,严重地削蚀了小说本应该具有的审美价值。因此,张海迪后来又创作了《绝顶》《天长地久》等小说,但它们在接受影响上都不及《轮椅上的梦》。

  总体来看,以张海迪为代表的这类励志式残疾书写的作家,难以达到史铁生创作的艺术高度,大都是由于他们的作品在故事伦理设置上的单一性和在艺术叙事技巧方面的浅陋性。一般说来,这类残疾作家都有过一段不堪回首的残疾痛苦经历,他们都渴望把这段刻骨铭心的残疾经历,变成文字,转化成励志宣教的伦理故事。但又由于他们个人的文化修为层次偏低,甚至于也不知道如何把一个好的故事素材转化成一篇立意深刻的小说,就直接把这种经历照原样讲述出来。其结果自然就是感人励志的思想内容只打动一些文化层次偏低的读者,至于残疾故事背后的人性价值思考几乎都难有更高的表述性解析,也就难以进入学界的研究视野之中。如山东残疾军人作家朱彦夫,曾经在抗美援朝战争中身负重伤,四肢被截掉,还失去了一只眼睛,可以说是一位重度残疾人。但在复员回到家乡后,他并没有接受国家安排好的养老生活,而是选择了带领乡民走上致富之路。有过这样生命历程的朱彦夫自然就是人们

---

[1] 张海迪:《轮椅上的梦》,北京:人民文学出版社,2005年,第1页。

学习的励志好榜样,而朱彦夫并没有觉得自己有多么伟大,反而还时时心生愧疚,觉得当年全连的战士都牺牲了,只有自己活了下来。他的生命不是自己的,他是代表他的全体战友在活着。他要把他们一代人的痛苦经历写出来,既是对过去的总结,也是对自己的后半生的交代。所以他历尽艰辛,写出了三十多万字的《极限人生》。这部作品以他真实的人生经历为底本,以石痴作为故事的主人公,重新演绎了他曾经经历过的苦难人生,表现了一个共产党人所具有的崇高品质。所以,朱彦夫的残疾书写无论是伦理内容,还是写作事件本身,都具有典型的励志型认同的特征。当然这种认同是建立在读者浅层阅读的基础上。因为这种类型的创作在刚开始的时候因为其故事伦理内涵的震撼性而很快就引起人们的关注,并且因其创作主体写作事件本身符合社会的励志宣传需要,其传播具有非常强大影响。但不可阻挡的是,作品在经过一段时间的沉淀后,就会慢慢地淡出人们的视野,被新的此类故事所替代。其中的原因一方面是这类创作主体在残疾身份认同上所表现出来的写实性过于浓重,消解了读者对于此类残疾书写的故事伦理的深度思考;另一方面则是创作主体本身在故事叙事的技术性上所显示出的相对浅陋的文学素养,使得作品缺乏艺术审美的推敲,也难有深入的理性思索。因此,此类残疾书写的完成即是他们创作生涯的终结,即使再有后续的创作,也基本上是重复性表达,或者超越不了此前的作品。艺术水准的过于粗浅,思想内容表达的过于直白,都成为制约这类创作者的瓶颈。这些励志式的残疾书写在身份认同上的超越,基本上是短暂的,也是缺乏持续的。这也使得他们的创作昙花一现,短暂的亮丽过后,就很快被人遗忘。

  三是非残疾书写的认同。这种认同强调的是残疾作家与残疾无关的故事伦理书写。以残疾作家作为创作主体的残疾书写,让人有一种先入为主的成见,那就是他们的创作一定要把自己的残疾经历写进作品才算是创作,否则就不会打动读者。在实际中,情况却不完全是这样,以残疾书写为故事伦理内涵的创作固然可以打动读者,但如果他们中有的人愿意继续创作,并且经过一段时间的写作,有了较好的文学功底后,也一样可以写出与残疾无关的文学作品。这显示了一种残疾作家在非残疾书写的身份意识上的认同,也表现了残疾作家对于舍弃残疾符号的自我认同意识。因此,史铁生的创作,也并非全部都是以残疾故事伦理作为叙事的中心,他也写了许多与残疾无关的伦理故事。这些作品体现着他对时代的认知与思考,如《一种谜语的几种简单的猜法》《中篇1或短篇4》《往事》等作品,基本上都与残疾书写无关,是史铁生创作的想象式超越。他想通过非残疾类书写的文学作品证明自己的创作价值,但读者确实对此类作品的关注并不多,主要还是对他残疾类书写的理性解析有更多的研究兴趣。

不以残疾故事伦理讲述为创作的残疾作家还有陕西作家贺绪林,他以具有传奇故事伦理色彩的《关中匪事》三部曲而为读者所知。这些故事与残疾人无关,主要是以粗犷豪放的土匪作为叙事对象,展现侠义之情,也赢得了不少读者的喜爱。湘西土家族残疾作家张心平留下了《岁月之磨》《草民》等系列短篇小说,这些小说通过底层农民的生活来表达与命运抗争的主题,也受到当地读者的认可。还有出版了小说集《飞越凡尘》的湖北籍残疾作家曾文寂,也表达了自己对美好的向往之情。辽宁籍残疾作家赵凯凭借着《想骑大鱼的孩子》这本小说集而入选"百位农民作家百部农民作品"的评选。综合来看,这类残疾作家的文学创作,基本上不以自我残疾作为叙事的中心,而是从一个作家的角度,有意识地驾驭素材、组织故事写出自己认可的文学作品。张心平的湘西故事就是以酉水河沿岸土家族的现实生活为题材,以土家人的精神情感作为故事伦理的基调,具有一定的研究价值。"其风格笃实、浪漫、深情、淡定、朴讷、丽质……作品写人们相互间的矛盾,但这矛盾如同茶杯里的风波——没有惊天动地的浪潮,却能揭示出生活的真谛。"[①]其作品能够使人们在平淡的甚至是善意的日常生活中,分明感受到生活沉重的压力。当然对这一类残疾作家非残疾类文学创作的阅读接受,人们多多少少会受到他们身体残疾的客观事实的影响,同时也由于此类作品本身的艺术价值也还难有较高的评价,因此也影响了作品本身的传播。这也许正是人们在提到他们的创作时,首先要肯定他们有关残疾书写的部分作品,而后才会评价这类非残疾书写的作品的真正原因。艺术性标准与阅读效果的轰动效应共同制约着这类作品的接受,同时也反过来影响着这些残疾书写者的写作兴趣。

因此,对于身份意识认同的理解,非残疾作家与残疾作家的不同之处在于塑造残疾人物形象时,他们所处的伦理立场的不同。残疾作家在身份认同上,具有天然的伦理认同性,而非残疾作家对于残疾人物形象身份认同的选择,则显示出更多的目的性。这不仅仅体现在题材选择的刻意搜求上,还显示在故事伦理的设置上,有时还有意地将残疾人物隐喻化、夸大化。比如阎连科的《受活》在以茅枝婆为代表的受活残疾人的身份认同上,有意设置了具有强烈

---

① 向成国:《张心平笔下老人形象的文化寓意》,《理论与创作》2011年第3期,第69页。

对比特征的故事伦理。茅枝婆的残疾人生与受活村的残疾历史在对比中显示出强烈的隐喻目的,革命者的身份与残疾人的身份,入社身份的确认与退社身份的公示,也都显示出明确的对比意识,并以此来加强残疾书写的伦理力度。毕飞宇的《推拿》对盲人故事伦理的运用,体现了作家在身份认同意识上的人性关怀与尊重,因此《推拿》的残疾书写给人一种温情喜悦却也不失低怨淡愁的美学风格感受。在身份意识的认同上,毕飞宇显示出非常明确的目的,即用盲人的伦理感受来进行故事叙事,以盲人的日常生活作为故事伦理的叙事素材,仅有的几个健全人全退居配角位置,推拿工作的日常叙事与盲人们的情感叙事结合为小说的主要故事。的确,非残疾作家在残疾书写中,对于残疾人物形象都或多或少地流露出潜在的优越意识,甚至有时还表现出一种明确的歧视性认同,并进而出现所谓的丑化与恶化式的残疾书写。这当然与作家的创作目的有着直接关系,例如先锋作家苏童笔下的疯妈妈、智障儿童扁金与演义,余华在《兄弟》中描写的福利厂残疾人等,他们的残疾形象在某些看似同情的叙述中,被附上了一层滑稽甚至于丑化的色彩,也就自然地显示出身份意识上的背离特征。因此,总体上来看,非残疾作家在进行残疾书写时,对于残疾素材的使用,都具有很强的伦理取位的目的性,至于这些残疾人物形象在读者的阅读接受中会产生什么样的效果,有时也是他们难以把控的。即使他们在运用此类残疾素材时,内心抱定同情为主的认同意识,也可能会收到相反的背离结果,这与小说创作的内在规律有关。

二、创作主体的身份背离

一般来说,身份意识的背离特征侧重于创作主体的主观伦理表达与实际阅读效果之间的矛盾性。现实社会中,人们对于残疾弱势群体的同情来自道德教化,只要是受过正常教育的社会人,都会站在同情与怜悯的伦理立场来对待残疾人。但作为个体的人在社会上发展,其潜意识中所养成的优越感有时也会显示出本能的歧视与冷漠。因此,作为创作主体的作家在身份意识上所显示的背离特征,也是各有不同的。

通常而言,残疾作家的主体背离意识与非残疾作家相比,相对要弱化一些,因为在身体残疾的切身感受上,他们都是亲历者。即使他们有意地使用一些带有明显歧视与丑化的背离性伦理表达,也大都是借助自嘲的方式来强化叙事的伦理效果,内心深处则还是以身份意识的认同为主。比如朱彦夫在《极限人生》的开头叙事中,就是以互相调侃的背离语言来表达对残疾的无奈接受。三个残疾人都经历过残疾之后的悲观失望,甚至于自杀,但当一切都过去后,他们接受了残疾的现实,笑着面对生活。三人会餐时,没有眼睛的张希德要给没有四肢的石痴与方仁喂饭吃,他自嘲地说:"三人两只半眼,一只半手,两张半嘴。我声明一条:你俩只许动嘴,听口令,看筷子,夹着饭吃饭,夹起菜吃菜,夹不起来也别见怪。"①这里三个人都是经历战争而残疾的人,生活无法自理,便互相帮助,苦中求乐,自嘲的话语,表面是对这些残疾人的歧视性指认,但因是他们从自我的实际状况出发,来表达残疾的困境,实际上就具有了背离式的认同效果。因此在创作主体身份意识的背离上,非残疾作家的残疾书写显得更加明确。它主要体现在以下几个方面。

一是在个体残疾命名称谓上的歧视性背离。在现实社会中,残疾人的传统命名称谓经历了一个歧视性背离的发展过程。如现在通称的盲人在社会传统上一般都称瞎子。史铁生《命若琴弦》中的老、少瞎子,莫言《民间音乐》中的小瞎子,都是没有名字直接以身体的残疾特征来命名身份称谓。其他一些只有一只眼睛的残疾人,则用"独眼龙""个眼暖"等带有明显歧视特征的称谓来称呼人物。而对语言听力障碍的人则称为聋子、哑巴,肢体残疾者则有瘸子、跛子、拐子、瘫子、"一把手"等称呼,这些都明显具有歧视性伦理特征。智障与精神疯癫等残疾者则多以傻子、傻瓜、呆子、痴子、癫子、疯子等来指称身份。这些明显带有社会歧视性语言特征的身份称谓,被作家们直接运用到小说的叙述中,则产生了明确的身份背离的伦理评价。因为只有借助这种身份称谓的背离才能更好地表现残疾人真实的社会弱势地位。当代中国小说残疾书写对于此类例子的叙述伦理表达是比较普遍的,甚至有些小说还有意拿残疾人的缺陷作为绰号的依据。古华的小说《爬满青藤的木屋》中,知青李幸福只有一条胳膊,而被取绰号"一把手",这带有明显的歧视性伦理表达,而小说也正是要通过这种带有明显歧视性的身份命名来批判那个时代对于人性尊严的践踏。李佩甫的《生命册》为主人公骆国栋起了一个"骆驼"的绰号,就是因为他的驼背。而现实生活中,驼背残疾人也基本上是以驼子来称呼。还有侏儒"虫嫂",既因为她是个子矮小的侏儒,又因为她家庭贫困生活艰难,村民便以"小虫儿窝蛋"的名字来称呼她。"虫"的命名已经剥夺她做人的资格,这种伦理的批判性只在名字的使用上就已显得非常深刻。莫言小说《丰乳肥臀》中鸟儿韩

---

① 朱彦夫:《极限人生》,北京:新华出版社,2014年,第7页。

称呼哑巴孙不言为"半截人",是因为孙不言在抗美援朝的战争中失去了整个下肢,只有身体的上半截。这种明显的歧视性伦理表达,也是作者在凸显社会底层伦理价值上的身份背离。实际上,这种命名称谓的歧视背离并不是作者有意进行伦理评判时所采用的叙事方式,它是作品在处理人物故事伦理时为切合现实社会的伦理表达所不得不采用的语言修辞。所以读者在阅读时,并没有因为这些带有明显歧视性特征的语言称谓在身份意识上的明显背离而消解对文本价值内涵的接受,有时还会觉得作者对于这些称谓的使用真是恰到好处。

二是在个体残疾行为叙事上的丑化性背离。残疾人在身体上的缺陷本来就是世俗社会取笑歧视他们的基本依据,而随着社会的文明进步,人们开始从身份命名到社会救助等各个方面提升残疾人的社会地位。但文学在选取此类人物作为叙事对象时,为了切合时代的需要,却会有意地在这些人物的行为叙事上选取伦理背离的丑化,来增强作品的批判目的,这主要表现在非残疾作家的创作中。比如在新中国成立之后的一些革命历史叙事的作品中,有时作者有意地借用残疾人的缺陷特征来丑化反面人物,造成行为叙事的丑化性背离。《敌后武工队》中的汉奸苟润田,被称为哈巴狗,并有意描写他的身体弯得像一条狗,汉奸侯鹤宜则被称为猴扒皮。《新儿女英雄传》中的反面人物郭三麻子,面相丑陋,《苦菜花》中的汉奸特务吕锡铅长着一颗驴样的长脸。这些明显带有丑化性的背离叙事,是典型的贴标签式叙事,显示出极强的时代脸谱化特征。当然这些作为配角的残疾人物本身不具有残疾书写的代表性价值。而在当代中国小说的残疾书写中,丑化性残疾书写的代表主要有莫言、贾平凹、东西等。

莫言的残疾书写立足高密东北乡,对残疾人物的塑造显示出多极化的身份意识,这主要是由莫言对这些残疾人物行为叙事的伦理选择决定的。莫言说:"我是一个出身底层的人,所以我的作品中充满了世俗的观点,谁如果想从我的作品中读出高雅和优美,他多半会失望。"[1]莫言童年时期的农村生活经历,使他看到了那些弱势残疾群体的悲苦生活。所以莫言在他的残疾书写中塑造了为音乐追求而舍弃金钱、美女的小瞎子,还塑造了为母亲能够活下去而甘愿自杀的盲女上官玉女,也有在身份评价上难分褒贬的哑巴孙不言,还有追

---

[1] 莫言:《饥饿和孤独是我创作的财富》,出自《清醒的说梦者》,济南:山东文艺出版社,2002年,第271页。

求自我身份价值认同的"个眼暖",等等,这些残疾书写与莫言创作的多元化特征是相符的。其中莫言在残疾书写中有意使用行为丑化、伦理背离的作品也具有非常典型的残疾书写意义。《食草家族》是莫言有意顺应时代而创作的一部具有明显先锋实验色彩的作品。作品叙述了一批残疾人超出世俗伦理表达的行为事件。这些人物形象包括了盲人、聋哑人、痴呆者以及肢残者等类型的残疾人,他们共同生活在一个非理性的以主吃茅草为特征的家族中,他们家族的最大隐秘就是手脚上长着蹼。莫言在塑造这些残疾人时,有意选择了以异化为特征的丑化背离叙事。小说中的残疾人不再是弱势的被同情怜悯者,他们基本上都比身体健全人要强大得多,不仅可以对健全人施以欺凌侮辱,甚至于残杀,还可以随意地决定事件的发展方向,因为他们的残疾来源于家族的宿命。所以在第五梦《二姑随后就到》中,莫言有意让"个头矮小、驼背弓腰、五官不正、牙齿焦黄"的残疾外甥"地"与英俊威猛却心狠手辣的"天"一起来为他们的母亲二姑报仇。他们先杀死大爷爷、大奶奶,又砍去了七奶奶的四肢,把七爷爷活埋,然后杀死了十五个舅舅,只留下一个,最后准备用四十八种酷刑来折磨杀死四十八个表姐妹。这种违背常理的残酷行为打破了过去残疾人始终处于弱势位置的叙事模式,他们代表着强势的恶魔形象,可以对健全的亲人施以任何形式的杀戮。"天""地"两兄弟还征召了身有残疾的三个表兄弟,在这三个人中,德高是聋哑人,却力大无比,甘作捆人的打手;德重是盲人,却因盲而内心阴毒;德强是痴呆的智障者,却有灵敏的直觉,借助直觉可以找到藏身在任何地方的叔伯辈的仇人。莫言有意地为这些残疾人赋予了代表杀戮之恶的残暴内涵,展示了人性之恶,也背离了传统叙事的伦理评价。面对这些弑父或弑祖的残疾人形象的丑化叙事,读者当然不可能对他们产生同情怜悯之感。莫言借盲人德重的背离叙事行为,有意地再现了残疾书写的非常规性。德重亲手剜掉大奶奶的眼睛,其内心却得到了极大的满足,复仇的快感中充满了浓重的反伦理特征。小说叙事时,有意地让德重带着一种报复的心理参与:"瞎子像长了眼睛一样,迈着大步走到大奶奶面前。他把马竿靠墙放了,伸出左手,揪住大奶奶的头发,使她浮肿了的脸仰起来,他的右手,攥着刀子,一点点凑近大奶奶的眼眶子,刀尖将细微的感觉准确地传达给瞎子,使他操刀无误。我看到那柄小刀像条小银鱼儿一样,绕着大奶奶的眼眶子游了一圈,紧接着刀尖一挑,一颗圆溜溜的乌珠,便跳出了眼眶。"[①]

[①] 莫言:《食草家族》,上海:上海文艺出版社 2012 年,第 322 页。

这种血腥残酷的叙事,在莫言的其他作品中也有类似的描写,但德重作为盲人剜去健全人的眼睛,却实在是突破了传统残疾叙事的伦理基础。因为大多数残疾人,尤其是盲人,他们在现实社会中,不可能有这样的机会去报复别人。所以莫言有意地设置了这样一个看似荒诞却又能突显盲人内心的复仇事件,是具有极强的隐喻之义的。"天地"兄弟俩与三个残疾表兄弟共同构成了一代人在精神上弑父的伦理反叛欲望,他们的复仇是残酷的,也是充斥着身份意识的背离的。当然这篇小说是莫言的实验性先锋作品,这种有悖常理的残疾叙事,既是莫言先锋性的实验,也是莫言渴望借助这样一些身体残疾者的怪诞行为,超越自我的尝试。实际上,此类具有典型背离式伦理的残疾书写,在莫言的作品中还不算是个例。比如《酒国》中的侏儒余一尺,具备残疾人的基本特征,却拥有残疾人所无法达到的酒国势力,他甚至于可以左右许多健全人的未来与命运。尽管莫言没有把他的故事伦理融入看得见的血腥描写,但在小说叙述的伦理表达上,却具有类似的身份背离式接受效果。因此,莫言的残疾书写既有以同情悲悯为主的身份认同意识,也有歧视与暴力等丑化式的身份背离效果。他说:"小悲悯只同情好人,大悲悯不但同情好人,而且也同情恶人。"①残疾人也是人,他们与健全人一样也可以做出令人难以想象的恶事,甚至因为对于残疾体悟的深刻而做出超出常理的罪恶。所以莫言认为:"只有正视人类之恶,只有认识到自我之丑……才可能具有'拷问灵魂'的深度和力度,才是真正的大悲悯。"②

其他残疾书写的作家如阎连科、冯骥才、贾平凹、东西等,在他们的小说中也部分地呈现了这种身份意识的背离性。只不过相对来说,他们在叙述的伦理依托上,没有莫言的叙述那样深刻罢了。但作为当代中国小说残疾书写的代表性作家,他们在身份意识的认同与背离上所坚持的叙事形式与内涵,都极大地丰富了当代中国小说的发展,对他们讲述残疾故事的伦理取舍进行详细的考究,结合当下的西方叙事伦理理论,具有非常大的研究价值。

三、叙事方式上向多元融合的立体化叙事转变

当代中国小说残疾书写在叙事方式上所显示出的多元化特征,是受时代

---

① 莫言:《捍卫长篇小说的尊严》,《〈食草家族〉代序言》,上海:上海文艺出版社 2012 年,第 2 页。
② 同上,第 3 页。

伦理的变化影响的。对于残疾人故事的选择,是作者人文关怀的体现,而如何讲述这些故事,则是作者需要依托时代的伦理价值趋向而有所取舍的叙事选择。中国传统文学的叙事基本上采用文史融合的形式,以文学手法记载历史,以历史事实作为文学的叙事内涵。杨义认为,中国传统叙事文学起于民间传说与神话,但与西方古希腊时期的神话叙事却并不一样,"二希为代表的西方神话是故事性的,英雄(或神人)传奇性的;而中国神话则是片段的,非故事性和多义性的"①。这就决定了对中国神话叙事文学的理解,"不一定要如某些结构主义神话学家那样把神话故事再割裂成功能性的碎片,而应该从中华民族多部族融合,以及漫长的历史发展中对某一神话产生的多义解释中,发现它的文化密码"②。这种所谓的文化密码实际上就是叙述伦理所依据的隐喻修辞,在中国传统叙事文学对残疾人素材的使用中,借助隐喻手法来表达叙事的伦理目的,具有深远的历史渊流,并延续至今,而且也一直是人们能够接受的一种主要叙事方式。

当代中国小说发展进入新时期,由于受西方叙事学理论的影响,残疾书写在传统隐喻叙事手法与外来叙事理论的结合中,实现叙事方式上的多元化蜕变。正是这种有着自身特色的蜕变,才使得当代中国小说残疾书写在叙述伦理的表达上有了研究的重要意义。主要表现为以下几点:

一是文本在叙述伦理上继承并发展了传统叙事的隐喻修辞。残疾书写的文本构成借用隐喻修辞来叙述故事,这与中国传统叙事有着重要的渊源关系。传统叙事文学对于重要的影响社会发展进程的人物,在进行史传性叙述时,往往会借助特殊的生命载体形式,来暗示人性道德的价值尊严。古人说"瞽者善听,聋者善视",虽然强调的是某种功能缺失的代偿机制,但在中国传统文化中,盲人由于看不见眼前而能预见未来,在很多文献中都有记载。这实际上就借用了隐喻修辞的叙述手法。史铁生在这方面就有继承与创新的尝试之作,比如《命若琴弦》。史铁生的残疾书写大多都以自身残疾的形象作为叙述伦理的文本载体,但在隐喻修辞的使用上有自己独特的创新之处。《命若琴弦》先预设了两个说书弹弦的盲人,一老一少,他们的生命希望就是真心实意地弹断一千根琴弦,然后取出由师父封进琴盒里的复明药方,按此拿药治好失明的眼睛,就可以去看看光明的世界。此处琴弦的数字符码与复明的药方之间构成

---

① 杨义:《中国叙事学》,北京:人民出版社,1997年,第9页。
② 同上,第9页。

了一种神秘的隐喻关系,它表面是上老瞎子生存下去的执念,但实际上是他师父当年生命过程得以延续的隐喻。当年老瞎子的师父被八百根琴弦的白纸药方所打败,然后顿悟出代代相传的生命伦理,就是必须设定一个虚妄的目标,为了这个目标,可以实现生命过程的价值意义。小说以老少两位盲人的生命追求隐喻了所有人类,不论身体残疾与否,每个人都必须为自己的生命预设一个可以实现的目标,并在实现这个目标的过程中,参透生命伦理的价值意义。

小说在叙述老瞎子参透无字药方的真正意义时,以他的心理透视来进行伦理解析,"他一路走,便怀恋起过去的日子,才知道以往那些奔奔忙忙兴致勃勃的翻山、赶路、弹琴,乃至心焦、忧虑都是多么欢乐!那时有个东西把心弦扯紧,虽然那东西原是虚设。老瞎子想起他师父临终时的情景。他师父把那张自己没用上的药方封进他的琴槽"[1]。老瞎子的心弦是被那个虚设的目标扯紧的,他每天奔忙的过程正是有了这个目标,才感到快乐。而当年自己的师父在顿悟了药方的价值时,告诫他的这句话,"人的命就像这琴弦,拉紧了才能弹好,弹好了就够了"[2],也正是自己现在必须告诉徒弟小瞎子的话。所以老瞎子也在彻底的顿悟之后,重新把药方封进小瞎子的琴盒,为他续上了必须弹断一千二百根琴弦的目标。这样小瞎子才能在如他一样的奔忙中实现生命过程的轮回。这里的故事伦理在隐喻修辞中完成了叙述的轮回,生命的坚韧就是在这样的过程中代代传承下去。史铁生借助琴弦的隐喻思考所有人的生命伦理意义,当然也包括残疾人。每个现实社会的个体生命,都必须有自己的预设目标,才能使生命的过程充满意义。每个人的无字药方的隐喻内涵,尽管各有不同,但在维持生命过程的快乐上却有着相同的价值指向。史铁生把自己的写作过程作为"弹琴"的隐喻,把自己写作过程中所思考出来的生命伦理价值作为"药方"隐喻。他的残疾书写本身就是一种隐喻式的生命过程,具有了西绪弗斯推石上山的不屈抗争性,隐喻的本质在于生命的过程,至于结果则必然也是隐喻结出的果子,并最终在苦难渡尽后,实现生命的救赎。史铁生借助自我身体残缺的叙事,运用隐喻手法,完成了对中国传统文学叙事的继承与创新。

韩少功的《爸爸爸》作为寻根文学的代表作而为读者所接受。小说文本对于丙崽这个残疾人物形象的塑造,也是对中国传统叙事文学中隐喻修辞手法的继承运用和发展创新。丙崽在残疾性征上,不仅仅是侏儒,而且还是一个智障的痴

---

[1] 史铁生:《命若琴弦》,出自《史铁生作品全编》(第4卷),北京:人民文学出版社,2016年,第39页。
[2] 同上。

呆人,甚至于也可以说是聋哑人。但在他身上,作者寄寓了许多神秘的民间文化与边地巫文化内涵。在精神传统的叙事隐喻中,读者读出了阿Q的精神特质。献祭而不死、浸毒而不亡的身体则是民间文化得以传承的隐喻载体。文本的隐喻式叙述,显示了韩少功在残疾书写上的伦理取位。他正是要通过这样一个特殊的残疾人物来再现边地民间文化的多义性,从而表达他对生命伦理在价值追求上的基本定位。丙崽这个残疾人物的隐喻式叙述,极大地丰富了当代中国小说残疾书写的多元化叙事方式。

二是文本叙述在吸纳西方叙事理论时形成了独具特色的现代叙事方式。西方叙事学对于中国当代小说的影响主要在20世纪80年代中期以后。这一理论本身就是一个发展的理论,在进入中国时,它的研究重心已经有了新的转向,即"从文本中心模式或形式模式移到形式与功能并重的模式,即既重视故事的文本,也重视故事的语境"①,而且还更进一步地转向读者的接受研究。对故事讲述的关注点不仅仅注重文本的呈现形式,而且更强调讲述故事的方式与接受阐释之间的复杂关系。这种强调文本话语与叙事修辞的创作研究新理论也就成了当时中国作家们乐意吸纳的精神养料,在吸收中力求"拿来",在借鉴中力求发展与创新。

以余华、苏童、格非、残雪等为代表的先锋作家在这方面都有一定的尝试与创新。在残疾书写的故事叙述创新上,尤其是余华、苏童、阎连科和莫言等都有比较好的创作收获。苏童的中篇小说《一九三四年的逃亡》,就是一篇先锋色彩很浓的作品,在文本叙事的过程中,塑造了一个配角小瞎子。小瞎子是整个故事的见证者,苏童使用了具有现代性特征的叙事手法,以转换叙事视角与人称的方式,讲述故事的发展过程,并以此表达叙事者的伦理立场。小瞎子第一次出现的时候,是以"我"作为叙事视角叙述的,但"我"那个时候实际上还未出生,祖父陈宝年应该是中青年,他因"我"的伯父狗崽多次偷他的大竹刀而恼怒,便暴发了父子冲突,但狗崽作为儿子也只能挨打。所以故事的叙事时间就产生了跳跃性,"我现在知道了这座阁楼。阁楼上还住着狗崽的朋友小瞎子"②。小瞎子那个时候是伯父狗崽的朋友,是他怂恿狗崽偷看陈宝年与小女人环子做爱。在叙述伦理上,小瞎子因盲而不能看见任何事情,但他却借狗崽的眼睛看到了事情发生的经过,这种偷窥行为本身就是反伦理的价值评判。

---

① [美]戴卫·赫尔曼主编:《新叙事学》,马海良译,北京:北京大学出版社,2002年,第8页。
② 苏童:《一九三四年的逃亡》,出自《罂粟之家》,上海:上海文艺出版社,2004年,第163页。

所以这种具有现代主义叙事技巧的故事叙述手法,产生的艺术表达效果就给人陌生感,也进而影响读者的阅读预期。当作者作为全知视角的叙事者站出来讲述故事时,他说,"小瞎子训练了狗崽十五岁的情欲。他对狗崽的影响已经到了出神入化的地步。我尝试着概括那种独特的影响和教育,发现那就是一条黑色的人生曲线"[1]。此处的"我"在叙事人称上的变化又显示出全知视角与限制视角的结合。可以说,"我"既是故事的叙事者,又是故事的参与者。小说最后的附言中,写了"关于陈宝年之死的一条秘闻",将陈宝年的死与小瞎子联系起来,但二人之间的恩怨情仇则是叙事的空白,留给读者去想象。很明显,苏童叙述故事的伦理取位在借助小瞎子这个配角人物时,显示出有意的留白目的。作为先锋小说的代表作家,苏童的残疾书写虽然不具有典型性,但他在叙述故事的伦理取位与叙事技法上吸纳了具有现代主义特征的艺术手法,体现了借鉴与创新的目的。他的其他作品如《罂粟之家》《三盏灯》《妻妾成群》等塑造了各类不同的智障与疯癫式的人物形象,此类残疾人物的故事伦理叙述,也都多少显示出现代主义的先锋意识,表现了苏童独特的残疾书写特征。

余华小说中的残疾人物形象有《活着》中的哑巴凤霞、她的偏头丈夫二喜,《兄弟》中福利厂的残疾群体。但这些人物基本上都是配角,不决定故事的发展方向,只起陪衬的作用。当然,余华在设置这些配角人物形象时也显示出非常明确的现代叙事技巧,从中也能感受到余华在故事的叙述伦理上所显示的伦理价值倾向。阎连科的《受活》在现代叙事技术的创新发展上,已得到学界的极高肯定。因为《受活》不仅在故事伦理的设置上将荒诞与现实相融合,而且在叙述伦理的实现上,突显了叙述话语的独具匠心,实现了伦理预设的价值评判。莫言在叙述故事的语言伦理表达上,向来具有狂欢式的叙事特征,他的残疾书写极大地丰富了当代小说残疾书写的现代性特征。其中具有典型现代叙事特征的作品就是他的《酒国》,"《酒国》中所截取的世界,是与清醒意识相对立的梦的世界。这也是一种被挫败的心灵状态,一种方向错乱的、精神分裂的心灵状态,被投射到后社会主义中国的客观世界"[2]。

相对于莫言的其他作品,《酒国》在国内的影响力还是偏低的,这可能与作品的主题立意过于敏感有关。这部小说在国外却有较大的影响,这固然与作

---

[1] 苏童:《一九三四年的逃亡》,出自《罂粟之家》,上海:上海文艺出版社,2004年,第164页。
[2] 张旭东、莫言:《"妖精现实主义"与"社会主义市场经济"的叙事可能性——〈酒国〉中的语言游戏、自然史与社会寓言》,出自《我们时代的写作:对话〈酒国〉〈生死疲劳〉》,上海:上海文艺出版社,2013年,第3页。

品反映现实的立意有关，但在先锋实验上所显示出的独特的现代性叙事技法应该是更为重要的原因。这部小说塑造了一个侏儒人物形象，通过这个侏儒余一尺相关的故事叙述，显示出莫言在残疾书写方式上对于西方现代主义叙事技法的借鉴与吸收。余一尺的叙事身份是复杂的，表面上看，他有两个身份，一个是一尺酒店的经理，经营着酒国的各种生意；另一个是李一斗的朋友，被李一斗写进了他的小说《一尺英豪》中，并通过李一斗与"我""莫言"结成朋友。但在故事的深层叙事中，他又是侦查员丁钩儿的调查对象，因为他借助一尺酒店，干着不可告人的勾当，拉拢腐蚀地方干部，靠贩卖、蒸吃肉孩子攫取巨额财富，最后被丁钩儿一枪打死；而实际上他却又没死，真正的余一尺不仅杀死了丁钩儿，而且还把"我"也拉进了这个黑色的势力圈中，无法自拔。所以余一尺这个残疾人物形象，代表的是这个地下酒国里的黑恶势力，是这个地方的实际主宰者。莫言对于接受西方现代主义的叙事技术，有过这样的解释："我个人的感受，比如说魔幻现实主义，卡夫卡他们这样的作品，最直接的效应是解放了我们的思想，把我们过去认为不可以写到小说里的一些东西也写到小说里去了，过去认为不可以使用的一些方法也使用了。……方法确实有一些借鉴，内容肯定是中国本土化的。"[①]甚至于在写作上不太喜欢跟风的史铁生，在学习接受西方现代主义的叙事手法方面，也有一定的表现。他的《务虚笔记》在现代性的解读中，就显示出非常明显的现代叙事伦理特征："时间经验的梦幻化和半框架化，使文本的边界显得模糊、开放而充满弹性；叙述的空间化倾向，视点逡巡的游移不定，语态的幽默、暧昧，心魂在重重疑难上的纠结、盘旋，都表明作品的语义释放方式具有弥散性、反复性、随机性。"[②]因此，在新时期，西方现代主义文学思潮对于当代中国小说的影响可以说是渗透到骨髓的，没有作家能够置身此影响之外。

　　三是文本叙述的伦理基础最终落实到日常叙事的伦理趋同上。当代中国小说残疾书写在继承传统叙事基因与吸纳外来现代主义叙事理念的过程中，最后还是要形成具有自我评价意义的叙述伦理。因此，在当代中国小说的发展过程中，残疾人物形象被作为主角推到叙事的中心位置，以人性尊严的价值

[①] 张旭东、莫言：《"妖精现实主义"与"社会主义市场经济"的叙事可能性——〈酒国〉中的语言游戏、自然史与社会寓言》，出自《我们时代的写作：对话〈酒国〉〈生死疲劳〉》，上海：上海文艺出版社，2013年，第3页。
[②] 王鸿生：《信仰与写作——北村和史铁生比较之二》，出自《叙事与中国经验》，上海：同济大学出版社，2008年，第67—68页。

评判作为残疾书写的精神指归,叙事视角、叙事技法以及叙事语言等具有话语特征的叙事要素都具有了伦理的倾向性,如何恰到好处地运用这些叙述要素已经成为作家们在创作时所必须思考的问题。新时期思想解放运动所带来的理性反思对于文学回归日常写作有着巨大的刺激意义。对于残疾人生命尊严的关注与书写是这一时期文学发展的一个重要变化,而残疾人的各种故事采用什么样的叙述方式讲述出来,坚持何种伦理立场来评判他们的生命意义,把他们作为何种角色进行塑造,等等,都是文学发展过程中所面临的实际问题。所以回归日常生活的叙事,不做宏大叙事的刻意拔高,是当代中国小说残疾书写真正成熟的标志。作家们要尽可能地从日常叙事的视角来描摹他们身体残疾而造成的现实与精神的苦难,残疾人的身体虽有残缺,但他们与普通社会人一样也可以获得平等、有尊严的生活。史铁生的残疾书写就具有这个标准的典型意义,他把残疾人日常生活的各种问题,既包括物质的现实生存,也包括精神的思欲人情,都作为叙述伦理的价值取位。一切日常都是人们所必须面对的,所有的人都是一样的,从容地过好每一天,平静地面对生与死,活在当下才是最重要的事情。他曾说:"人为什么活着?因为人想活着,说到底是这么回事,人真正的名字叫作:欲望。可我不怕死,有时候我真的不怕死。……我有时候倒是怕活。"[1]史铁生对于生与死的思考,不仅仅代表残疾人的观点,甚至于所有的人在面对日常生活的各种困难时都会有类似的感受。的确,不弄明白活着的意义,死也没有价值。毕飞宇借推拿室中的一群盲人成为当代中国小说残疾书写的重要作家,读者对他最大的认可就在于他写出了盲人推拿师的日常生活。每一位盲人推拿师虽然都有各自不同的致盲经历,但他们来到沙宗琪推拿中心后,就过上了日常应该有的生活,他们的喜怒哀乐,他们的家庭、亲人、朋友,都是他们要面对的日常。回归日常生活的伦理才是当代中国小说残疾书写最为亮眼的特色,也是学界研究的价值所在。

第三节　接受与阐释伦理的独特对话

不同读者阅读残疾书写类作品,接受的感受是各不相同的,阅读之后的阐释性理解也各有不同,这是由文学接受的层次差异性决定的。残疾书写所显

---

[1] 史铁生:《我与地坛》,出自《史铁生作品全编》(第6卷),北京:人民文学出版社,2016年,第50页。

示出的独特故事伦理和个性化的叙述伦理,也必然会形成读者在接受伦理上的独特差异性。读者身份的多样化固然是造成这种接受伦理差异化的主要原因,但残疾书写的故事毕竟不同于其他小说书写的内涵价值。它给读者的励志式感化、温情式怜悯、思考式升华,都可以使此类作品成为阅读者在接受过程中显示出与其他作品的接受与阐释不同的对话现象。

文学接受美学的诞生以德国文艺学家汉斯·姚斯发表《作为向文学科学挑战的文学史》为标志,他强调了读者在文学接受中的重要意义,并提出"读者决定一切"的论断。"在姚斯看来,文学史是一种读者与作品对话,亦即提出问题与回答问题的过程。"[1]这一文学理论的提出彻底改变了文学事件中作家与作品的二维关系,作为其中一维的读者与作家、作品共同构成了文学批评的三维模式。其后姚斯的同事沃尔夫冈·伊瑟尔发表了《本文的召唤结构》,再次将接受美学的理论加以系统化、理论化,使得文学接受美学真正成为走向世界的一种文学批评方式。英国著名文学批评家特雷·伊格尔顿对此曾说:"人们的确可以把现代文学理论大致分为三个阶段:全神贯注于作者阶段(浪漫主义和19世纪);绝对关心作品阶段(新批评);以及近年来注意力显著转向读者的阶段。"[2]正是在这样的大背景下,当代中国小说涉及残疾书写的作品,也成为读者接受过程中一个重要的研究对象。此前读者对中国残疾书写作品的接受,大都是被动的、单一的,纯粹限定文学审美的一极进行文学批评研究。而随着接受美学理论的引入,这种单一被动的局面也被彻底改变,人们开始走向多元化的综合诠释阶段。主要表现在内在审美方式的多元化转型和外在接受形式的多元化转型两个方面,内在审美方式的多元化主要是以审美与审丑、隐喻与写实等转型为特征,显示出当代中国小说残疾书写由边缘向中心过渡的必然趋势;外在接受形式的多元化转型则主要表现为传播媒介的多样化和对话形式的多向性两个方面,多媒体时代的科技发展为当代中国小说残疾书写的传播提供了巨大的空间,正向式阐释、反向式误读以及多向式评价的对话伦理关系则在互动与互证的阐释形式上极大丰富了当代中国小说残疾书写的接受伦理。

---

[1] 王锺陵:《论姚斯的接受美学理论》,《江苏社会科学》2012年第3期,第179页。
[2] [英]特雷·伊格尔顿:《二十世纪西方文学理论》(第2版),伍晓明译,西安:陕西师范大学出版社,1987年,第83页。

一、审美方式的多元化

叙事学研究对读者地位的提升，直接影响了作家、研究者对读者接受喜好的关注。文学接受研究中的读者实际上并没有一个绝对的标准，存在千差万别的特征，但在受众的文化层次及其与作品的关系上，可以分为一般阅读的普通读者、专门做文艺理论批评的高级读者以及作者本人。作者对于作品而言，实际上也是一个阅读者，他也会通过对作品重读来思考作品的内涵价值以及其他读者对作品的品评。接受中的正解、曲解、误读等文学接受现象也自然属于研究的内容。如何处理好这几种关系，实际上是文学接受研究所不得不考虑的一个问题。那么，就当代中国小说中残疾书写的经典性代表作品的审美接受而言，与普通读者的接受相比，学术研究者的接受从一定意义上而言具有重要的反馈指导价值。两类接受主体不仅在文化素养上存在着较大的差异，更重要的是对残疾书写的阐释性解读上，存在着浅层励志与深层探究的巨大差异。

对史铁生作品有关残疾书写的阐释，大众读者一般都是以表面浅层的励志内涵去理解作品的意义，而研究者的阐释解读则不仅仅是对这种浅层内涵的揭示，他们还立足于作家个人的经历对作品的影响作进一步的研究，探究史铁生残疾书写的普遍性意义，并从中挖掘出残疾这种人类个体的特殊存在形式，是对生命过程意义的提升的内涵。吴俊的《当代西绪福斯神话——史铁生小说的心理透视》，对史铁生早期残疾书写的心理依据进行了细致的分析。他认为，西绪福斯本是神话传说中的悲剧形象，但加缪将西绪福斯上升为与苦难抗争不屈的现代精神的象征，而"史铁生的小说无疑就具有这种'西绪福斯神话'的色彩"[1]。对此，史铁生也作了较为简短的回应，认为吴俊的这篇分析"确实写得不错。……除了他没有说到的，他几乎都说对了"[2]。因此史铁生以此来指导以后的创作，就具有了明确方向的作用，这种文学阅读的互动也体现了接受者对作家创作的影响。但大众读者对史铁生因残疾而走向创作之路的励志模式更感兴趣，甚至于有些残疾人在了解到史铁生的创作历程后，也开始发奋创作，希望能够通过自己的刻苦努力实现自身的价值，成为像史铁生一样的

---

[1] 吴俊：《当代西绪福斯神话——史铁生小说的心理透视》，《文学评论》1983 年第 3 期，第 40 页。
[2] 同上，第 49 页。

残疾作家。但实际上,这是不可复制的成长经历。学术研究者对史铁生残疾书写的阅读性阐释,则立足于知青作家的同类比较,评判其作品内涵立意的超越性。在知青叙事的大背景下,史铁生提出了对人的生存困境的极深思考,与时代文学发展的多向性有着极为吻合的轨迹,因此史铁生的残疾书写必然是要进入时代文学发展的重要行列之中的。洪子诚的《中国当代文学史》这样评价史铁生:"史铁生肉体残疾的切身体验,使他的部分小说写到伤残者的生活困境和精神困境。但他超越了伤残者对命运的哀怜和自叹,由此上升为对普遍性生存,特别是精神'伤残'现象的关切。"[1]这种学术评价的高度与深度就远超普通读者浅层励志性的接受阐释。

其他作家如莫言的残疾书写,则改变了过去文学的纯粹审美特征,而将审丑的元素融进了残疾书写之中。莫言描摹的残疾人,以盲人和聋哑人居多。但莫言更强调残疾书写的真实性、世俗性,他正是在这种真实的世俗中扩大了残疾书写的审美范围,将俗与恶、雅与美、真与善都融入他的残疾书写之中,把残疾书写过于单一的同情与怜悯的阐释视域,扩大到审丑式的批判与讽刺的解读视域。比如,他的早期作品《民间音乐》《断手》都还是以塑造残疾励志人物为叙事主旨的。《民间音乐》为小瞎子设置了追求音乐理想的高尚之志,其结局只能是甘愿放弃花茉莉的富贵温柔乡,走上了探求高雅音乐的辛苦不归路,这在一定意义上显示了莫言早期小说刻意拔高人物思想境界的毛病。而《断手》则更具有励志色彩,它为苏社这个从战场下来的残疾战士内心转化的心路历程赋予了时代说教的故事底色,并以残疾村妇留嫚成为苏社改过自新的启蒙者,并与其走到一起为结局,主题先行的叙事方式使得这部作品遵循了传统文化的立意内涵,即展示同情与怜悯的审美主旨,给读者以精神上的价值激励。但随着莫言创作的逐步成熟,莫言的残疾书写开始出现了另外的色彩。残疾者不再仅仅是阅读者同情怜悯的对象,而是走向了反面,甚至成为强势的造恶者。比如《食草家族》中的德强等四兄弟,虽各有不同的残疾,却都是杀人不眨眼的恶魔。这固然与莫言刻意的先锋写作有一定的关系,却极大地丰富了当代中国小说残疾书写的故事内涵,给阅读者带来的是全新的另类接受与阐释。而对读者的阅读接受产生更加复杂的阐释伦理效果的则是《丰乳肥臀》中的哑巴孙不言这一人物形象。从审丑的元素来看,孙不言是令人厌恶的残疾人,他外形丑陋,做事凶狠,结局悲惨。可他却是共产党领导下的游击队队

---

[1] 洪子诚:《中国当代文学史》,北京:北京大学出版社,1999年,第349页。

员,打仗勇敢,在抗美援朝的战场上,还失去了双下肢,成为双重残疾,立下赫赫战功。在主流价值观的接受上,他应该是为新中国做出巨大贡献的英雄人物,但莫言并非简单地塑造一个残疾英雄人物形象,而是从一开始就写出这个身有残疾却无法让读者同情的人物的恶行,他强奸了三姐上官领弟,并生了两个哑巴儿子。领弟死后,他成为志愿军的功臣,又通过政府逼着大姐上官来弟嫁给他,最后被来弟打死,孙不言的命运结局不能说是罪有应得,但在读者的接受伦理感受上却表现出复杂的矛盾现象。以社会集体大伦理的视角审视这个人物,他参加抗日战争、抗美援朝战争,勇敢无畏,冲锋在前,是功臣的代表,应该是人们敬仰的英雄;但从个体伦理的视角审视,他却是一个凶恶蛮横的造恶者,他欺负弱者,强奸女性,是一个无法引人同情的作恶犯罪者。读者在解读这个人物时很难有恶有恶报的伦理接受之感。这样一个个性复杂多元、功过俱存的人物,体现了莫言塑造人物的深层透视性,他将人性的多元化特质真实地表现出来,给读者的接受阐释提供了多维度的阅读模式。这种审丑式的残疾书写,也代表了莫言残疾书写的基本特征。当然,莫言在其他的残疾书写中也设置了各种不同的残疾人物形象,都给人留下极其深刻的阅读记忆。如果从接受伦理视域来审视莫言小说残疾书写的整体价值的话,莫言最大的贡献就是对残疾人善恶之行的原生态描绘,极大地拓展了当代中国小说残疾书写的外延,丰富了这个领域的人物形象,也使得阅读者对这一类小说的阐释性对话更具有复杂多元的接受特征。

而对阎连科《受活》中残疾书写的接受阐释,又是另一种审美形式的再现,隐喻象征手法的运用丰富了当代中国小说残疾书写的接受阐释伦理。阎连科在《受活》中塑造了残疾人群体的形象,这与一般残疾书写对单一残疾人物的描摹有所不同。这个群体的生存与发展是读者阅读时所时刻关注的重点,从接受主体的角度去思考这个残疾群体的文学价值意义,读者就必然要超越同情与怜悯的接受伦理层次,重点思考这个残疾群体的命运应然性,从时代的荒谬中感知作者隐喻的主旨内涵。残疾的受活村村民在追求乌托邦的道路上背上"入社"与"退社"的沉重包袱,而这一包袱却是他们的代表茅枝婆拼尽性命换来的。茅枝婆是个腿残的女革命者,在她的内心深处有着对国家深入骨髓的精神认同。在她的人生教育中,她是革命者的后人,更是一个忠于革命队伍的红军战士。因缘巧合,她成了残疾村石匠的媳妇,也是受活村最有文化的人。她义不容辞地要为受活村的残疾人找到可以依托的政府,带领受活人"入社"就成为她至高无上的荣耀,她起初的使命感是神圣而崇高的。她认为,受活村的残疾人也应该接受新中国的阳光雨露,也应该感受到中国共产党领导下新社会的幸福。但出乎她意料的是,入社后的生活却走向了受活人希望的反面,他们一次次遭受到残酷的掳掠,这让茅枝婆无法面对现实的残酷,她的精神追求最终回归到人性的本真,她不再追寻革命,她只要带着受活人回到原初的生存状态就心满意足了。在此之后,带着受活人"退社"则成为她后半生活着的意义,哪怕是等来一份超过时限的"退社"公文。读者在阅读接受时最难理解的就是茅枝婆的精神信念,这种信念的伦理基础与时代的政治悲剧之间构成了重要的隐喻关系。受活人代表的弱势群体,被弱肉强势的丛林法则所吞噬。时代的隐喻性成为阅读阐释的重点,残疾书写的伦理性不再是单纯的美丑之分,而是人性道德的多重属性的再现。阎连科把受活的残疾人写成了一个个隐喻的道具,在他们身上负载着历史因缘的必然命运,因为受活村本身就是历史灾难的遗留物,是明代大将胡大海内心善化过程的精神隐喻,他让这个与世隔绝的乌托邦只与天地自然共存。但在革命战争、土地改革、"文化大革命"、改革开放这些与新中国命运相连的大背景下,受活人被带进了历史的旋涡之中,经受着人性善恶与政治归依之间的矛盾所带来的肉体与精神上的磨难,小说极强的隐喻目标与象征手法,给阅读者带来多重阐释的伦理感受。因此,阎连科的残疾书写为当代中国残疾书写的阐释伦理又开辟了一条新的路径模式,残疾书写不仅仅是善恶美丑的简单辨析,更是一种文学隐喻,对于文学研究而言,他的创作具有个性研读的案例特征,是文学史上无法绕过的重要作品。

相对于残疾书写的隐喻手法,毕飞宇则借《推拿》将盲人的生活过程带回了文学写实的基本状态。从读者的阅读接受而言,这是毕飞宇残疾书写的巨大成功之处。因为文学无论是审美还是审丑,真实人性的展现、自然生存的描摹以及生活日常的伦理等才是最基本的支撑。写实是文学的基础,也是文学最终要回归的家园。毕飞宇的《推拿》在这个特殊题材的写实中,独创出毕飞宇式的残疾书写,不得不说是写实文学苑地的一朵奇葩。这部作品在发表之后所收获的赞誉也足以说明读者在接受伦理上对传统写实文学的真正喜爱。确实,写实类文学作品的阅读是所有文学接受中最没有障碍的阅读,但也是读者眼光最苛刻的地方,只有真正回归写实的最深处才能打动读者。《推拿》对盲人生活的日常书写,是依托社会伦理道德最真实的价值标准,把盲人这类残疾人最真实的情感尊严展示出来了,读者在阅读时的感受也是既感到新奇陌生又感到真实自然,因为这些生活在推拿室的盲人始终是被社会大众所忽视的群体。他们除了因盲而从事的推拿职业会引起人们的关注外，没有人会在意他们在亲情、友情以及爱情关系中的位置，好像他们是这些关系中的局外人。而《推拿》则成功地把读者内心最敏感的地方给打动了，读者在阅读时突然感到他混进了这群盲人推拿师的群体中，时时观察他们，与他们一起痛苦，一起感受快乐。原来他们如我们健全人一样，也需要为生活打拼，为爱情喜悦与痛苦，为家人朋友而挂念，唯一不同的是他们看不见光明。毕飞宇对残疾书写的真实描绘，既取得了大众的普遍认可，也得到了学术研究者的较高评价，为写实性的残疾书写走出了一条既传统守真又新鲜独特的创作之路，为当代中国小说残疾书写增添了新的风景区。

实际上，正是由于当代中国小说残疾书写在故事伦理内涵上所具有的独特性，读者在阅读阐释的接受伦理上自然也会产生出多元化的审美解读。除了史铁生、莫言、阎连科、毕飞宇等具有独特个性的残疾书写给读者带来各不相同的阅读感受之外，其他作家的残疾书写也各有自己的独特之处，只是这些作家作品的特色更加鲜明罢了。在读者的阅读接受中，这些审美元素的多元化展现都可以是当代中国小说残疾书写存在巨大研究价值的最好明证。比如迟子建小说中描摹了许多残疾人物形象，读者在阅读接受时的新鲜感显示出东北边陲地区伦理文化的奇特性，这极大地丰富了当代中国小说的残疾书写。阿来以《尘埃落定》中傻子二少爷的形象拓宽读者对西南藏族地区土司制度的解读，读者对痴呆者形象的象征性理解融入了当地文化的伦理风情。东西在《没有语言的生活》中，把底层残疾人的生存艰难展示给读者，读者在阅读接受中，直接感受的是弱势残疾者无力反抗社会的痛苦及无奈。因此，在对当代中国小说残疾书写的阅读接受中，审美形式上的多元化特征决定了读者对话的多元性，也决定了研究对象的重要价值。

二、接受形式的多元化

对当代中国小说残疾书写的接受在外在形式上的多元变化主要表现在两个方面，一是传播媒介的多样化；二是对话形式的多向性。传播媒介的多样化与时代发展紧密相连，更与当下传播媒体多维化发展有着直接关系。过去单一的纸媒形式已经无法满足当下人们对于文学艺术的接受，人们由单一的纸媒阅读开始进入多元视听结合的多媒体时代，审美感受也走进了多维式的参与体验之中。以前的文学作品大都是借助文学报纸期刊传播，形式单一，受众面相对较小,传播的速度也相对较慢。而随着传播媒介技术的巨大发展,现在的读者接受渠道也日趋多样,除了纸质媒介的传播接受之外,影视媒介的传播接受也日益成为大众接受的主要形式。甚至于好的作品一面世,就有许多导演编剧开始谋划改编为影视作品,以便大众的接受更加快捷方便。互联网的快速普及则更加提高了人们的阅读接受速度,这也极大地改变了文学接受的受众形式与接受效果。科技飞速发展也必然带来文学接受的多维解读,多媒体与互联网的结合,更是让好的文学作品能够瞬间暴红,走进受众的阐释接受视域。

比如,毕飞宇的《推拿》在 2008 年发表之后,即受到人们的好评。因为小说选择"日常尊严"作为叙事伦理的基点,揭示盲人生活这一残疾题材的特殊价值内涵,并以此展现普遍存在的"自强、自爱、自重、自尊"伦理欲求也同样适合于盲人这个残疾群体,在残疾书写方面取得了意想不到的叙事效果。更重要的是,《推拿》在 2011 年就获得茅盾文学奖,这也是对这部作品的最大认可。商业嗅觉敏锐的影视媒体也马上参与进来,作品先后被各类传播媒介所关注,先是被编为话剧推上舞台,后被改编为电影搬上荧幕,再后来又被改编为电视剧进入电视频道。这些改编都获得观众的极大认可,其中娄烨导演的同名电影上映后获得了一系列国际国内电影奖,取得了巨大成功,而这种影视媒体上的成功又反过来对小说作品的传播接受产生了重要的影响。《推拿》作为残疾书写的代表性作品在接受传播上无疑是非常成功的,这种成功又进而影响到社会大众对盲人群体的爱心关怀。《推拿》在大众接受的伦理视域中,首先是故事伦理内涵的日常化叙事,受到了接受者内心的伦理认可,更重要的是媒介多元化的传播方式为大众的接受与阐释提供了极快的伦理取位,二者恰到好处的融合,使得该作品成为当下残疾书写的经典性代表作品。相对来说,类似《推拿》接受的模式,在当代中国小说早期的残疾书写中,也有过相类的例子。比如,史铁生的《命若琴弦》在 1991 年被陈凯歌改编为电影《边走边唱》,该片获得了第 44 届法国戛纳国际电影节金棕榈提名奖,极大地提高了原作传播的影响力。而受众的多维度理解与阐释,也反过来与史铁生的小说创作有着重要的反馈式互动,影响着他后来对于此类作品的思考与创作。阿来的《尘埃落定》在 1998 年出版,两年后获得了茅盾文学奖,三年后同名电视剧上映,虽然没有产生太大的反响,但也对这部作品在西部地区的传播产生了重要的影响。此外还有根据张海迪长篇小说《轮椅上的梦》改编的电影《我的少女时代》于 2011 年上映,也是以小说主人公方丹为叙事主角来讲述励志奋斗的故事,媒介不同，社会接受的认可度也相对不同。东西的中篇小说《没有语言的生活》也被编为20集同名电视剧在2009年播放，并获得了第十一届精神文明建设"五个一工程"奖。作品对残疾书写的故事内容虽然进行了较大的改编，但其展现残疾人生活困境与抗争的主旨立意没有改变。这仅仅是影视改编对于作品传播所产生的影响。实际上，在当下科技迅速发展的时代，当代中国小说残疾书写的传播还有更加广泛的技术手段，各种短视频、人工智能技术都可以为阅读性的接受提供更加便捷的途径，而参与改进这种传播接受的群体也更加广大。因此，媒介传播的多样化大大地拓展了当代中国小说残疾书写传播接受的范围，使得此类作品的影响也更加广泛。

对话形式的多向性，主要是指读者对当代中国小说残疾书写的阅读阐释接受过程显示出更加多向的对话方式，表现为正向式对话、反向式误读，以及多元式评价等三个方面。首先，与当代中国小说残疾书写的正向式对话，是当下文学接受的主流。这种主流的接受对话主要是对残疾书写价值的基本肯定。比如许多残疾作家在实现自己发表作品的愿望时，社会给予了极大的正面认可与宣传，并借此展示社会主流价值观的温情与关怀。客观而言，这也是社会传统伦理道德所要推崇与宣扬的。张海迪《轮椅上的梦》，正是在社会极大鼓励与认可的基础上完成的，这种肯定也促使她后来写出了更多的作品。写作《极限人生》的朱彦夫虽然只有小学文化水平，但他以自己的顽强毅力完成自传式的残疾小说时，社会给予他极大的肯定，并作为社会励志的典型宣传报道。这些都是社会主流文化与残疾书写的正向式对话，希望作家能够自强不息、自立自尊。如果剔除政治价值宣传的因素，在文学审美接受的正向式对话上，史铁生的残疾书写得到了普通读者和学术研究者的肯定性阐释。史铁生的残疾书写完成了浅层励志的超越，表现出深层理性思考的哲理思辨，是他的作品能够在正向式对话中走得更远的主要原因，但其基本的励志内核还是大多数读者通过阅读对话而认可其作品价值的本质要素，他后期较为深刻的思考性作品《我的丁一之旅》实际上就失去了很多的普通读者，即使是专业学术研究者也难以深探其旨。这正说明了文学作品阅读接受的主流正向式对话是面向大众的，很难进入深层对话之中。对于毕飞宇《推拿》的普遍叫好，反证了正向式对话的肤浅性。因为《推拿》在残疾题材的使用上，走出了一条独特创作之路，回归残疾人生活的日常叙事，成为学界普遍接受的认识，但小说在回归日常的故事表达上除了温情的怜悯与对健全人社会的滥情批判之外，并没有真正将对话延伸到更远的地方。该作写实手法运用的价值评价是一个令人深思的问题,毕竟此类作品在回归真实的表达元素上具有重要的价值意义,但如何走进更为深刻的人性思考之中,也许还需要对这部作品作更为深入的探究。

　　反向式误读的接受对话则体现了读者对于残疾书写在伦理基础上的认知差异。当《推拿》以各种媒体形式推向读者时,尽管也得到了盲人读者的普遍认同,肯定毕飞宇对这一残疾题材的巨大贡献,认为毕飞宇写出了他们的真实生活状况,但也不乏具体的个例批判与责难。其中有的盲人就认为毕飞宇的残疾书写是对盲人的人格侮辱与不尊重,并扬言要封杀毕飞宇。这虽然是极端的个案误读,但也体现了反向式误读的存在。残疾人内心巨大的敏感性可能会因其中的一个小细节而激起轩然大波,这种现象也是客观存在的。所以普遍认同的背后,反向误读与曲解的阅读接受更应该为创作者与研究者所关注。当然除了这种绝对的个案之外,也存在着普遍性反向式误读。例如阎连科《受活》发表,莫言《丰乳肥臀》出版,都产生过非常大的社会争议,这种争议即具有反向式误读的特征。这种具有社会性的对话误读虽然有着许多的社会政治因素,但对作品中残疾书写内涵的主旨解读一定存在着较大的争议性误读。因为这两部作品在发表之后,首先是得到很多读者的认可与接受,他们感受到了这种不同的残疾书写所带来的巨大震撼,然后才有人发出反对的声音,这种争议式的误读客观存在。《受活》中的受活村残疾人面对圆全人的多次掳掠,超出了人们的接受极限,被认为是作者的过于夸大与贬损。而新中国成立之后的批判性叙事,则被认为是政治意识上的不纯洁,有意抹黑新中国的社会主义建设。《丰乳肥臀》中的母亲所做的超出社会世俗伦理的生子事件,虽然与残疾书写无关,但作品塑造了具有"恋乳癖"的上官金童、天生失明的上官玉女以及是非争议难定的哑巴孙不言等一系列残疾人形象,也使得该作品触及了许多读者的阐释底线。误读式的社会批判,使得作家不得不思考如何应对现实的生存问题,甚至于这些反向式误读也影响了他们后来的创作。因此,对当代中国小说残疾书写的反向式误读与曲解产生的原因分析,首先要注意到残疾书写这类题材内涵在叙事伦理的表达上有着天然的相关性,人们无法绕过各种与残疾相关的歧视性用语,更无法把健全人世界的主观感受施以简单的道德文明标准。其次就是对于优秀的残疾书写作品要报以宽容的心态,客观地去接受它,理性真实地去阐释其中的价值意义,这样才可以尽可能地减少反向式误读与曲解造成的非文学意义的阐释。

　　对于残疾书写多元式评价的对话接受,实际上体现了正反向式阅读的中和。单纯的正向式对话使得阐释变得过于简单,而反向式误读则显示出过于极端化的阐释解析。因此,立足客观的多元式评价才是真正的接受性伦理对话,显示出公允不失理智,标准多元不求绝对。多元式评价的阐释背后,人们更加看重作品叙事的艺术性。一般的残疾书写作品,大都有一定的功利性色彩,即通过作品的完成以传播社会对残疾人的关爱之情。这其实也正显示了文学创作的功利性与审美性的统一。因为任何一部成功的文学作品,都不可能完全是纯审美性的,也不可能是纯粹功利性的。它必须是这两者完美有效的结合,并达到一个相对合理的度。所以当代中国小说残疾书写中的大多数典型代表作品都能做到审美与功利的结合,成为能够经得起时间考验的优秀作品。阅读者以基本的伦理评价基础去审读这些作品时,也总能够以客观公允的标准来评价这些残疾书写的文学价值与意义。因此,总体看来,史铁生的系列残疾人物形象都有作者深入思考的影子,是史铁生人生经历的另样模拟与预测,史铁生做到了一个残疾人对生命过程的最深入透彻的思考。阎连科笔下的残疾系列群像,显示了阎连科残疾书写在面对苦难时痛彻心扉的人性关怀,尤其是对社会底层者无法与命运抗争的关怀与无奈,象征隐喻手法使他的残疾书写负载了伦理道德的沉重批判。迟子健笔下充满温情的残疾人,体现了作者对于东北边远地区少数民族群体精神的神秘展示,那些古灵精怪的智障者本身就是民族巫化内涵的继承者,对这些残疾书写的解读必然要回到这样的民族场域之中。韩少功笔下的丙崽,是一个残疾的侏儒,但又是一个湘西边民不死精神的化身。毕飞宇笔下的沙宗琪推拿室生活着一群现实中的盲人,他们平静的生活如同我们每个人每天都要面对的日常,单调乏味中又不缺乏生活的多彩。甚至如莫言刻意描绘的那些乡村残疾者,每个人物形象都是一道风景,给人难以忘怀的印象。经典作品的艺术性标准要求,向来是人们在接受文学作品的过程中所看重的内容。因此,无论是史铁生哲理性的思辨叙事艺术,还是阎连科狂欢式的叙事特色,或者是莫言回归自然的本土化叙事,抑或是毕飞宇日常生活的描摹式叙事,都显示出较高水准的艺术性特色,读者从中感受到的是一种人性之美的真实表达。对于当代中国小说残疾书写的阅读接受,我们必须以多向式评价对话方式来审读这些鲜活的人物形象,以宽容理智的心态阐释其中的深刻寓意,为这些作品的经典性传承提供根本上的研读依据。

综上所述,正是当代中国小说的残疾书写所具有的独特复杂内涵,决定了此类作品在故事伦理上具有独特的叙事研究价值。残疾人物故事内涵的独特性又决定了叙事者在讲述这些故事时，必须考虑到叙述伦理在创作主体上的个性化与叙事方式的策略性。这在一定意义上，又直接决定了阅读者在接受与阐释过程中，对残疾书写文本在审美解读与接受对话上显示强烈的多元性。因此，以叙事伦理的三维式解析来研究当代中国小说的残疾书写是一种具有创新性解读的研究模式，对丰富当代中国小说的研究具有重要的开拓意义与价值。

第二章　故事伦理:残疾书写的内涵层

残疾故事的基本内核是由身体"残疾"所引发的"残缺体验",也就是以残疾人为故事的讲述中心。这些故事在伦理内涵上强调残疾人一定要融入社会伦理道德的价值评判,并将此类价值评判作为社会良性发展的道德底线,以指导人们的社会行为。当代中国小说残疾书写的故事伦理主要体现在四个方面的内涵上:一是讲述残疾人现实生存过程中由困难造成的孤独体验的故事,重在表现残疾人弱势边缘性的现实地位;二是讲述残疾人背负的道德隐喻故事,意在表现残疾人因果宿命的轮回报应;三是讲述残疾人在两性之间的性与爱、婚姻与家庭等方面追求平等的生活故事,重在批判残疾人在性、爱与家庭等方面所遭遇的歧视与不公;四是讲述残疾人在面对现实与精神的苦难时如何救赎的故事,强调残疾人的救赎之路在于爱与宗教。

第一节　残疾人生存的故事伦理

残疾人由于身体的缺陷,在现实生存中一般都会选择远离健全人的社会组织。即使是取得成功的残疾人,也不愿与健全人有深入交流。这正是普通残疾人大都甘愿处于社会边缘的基本原因。在某种程度上,这种选择会使他们把自己封闭起来,从而形成只有残疾人才能体会到的一种孤独感。这当然源于他们因残疾而自然产生的自尊与自卑的矛盾心理。但是,从某种意义上看,孤独是人存在的社会属性,孤独体验是人在社会中的生存方式。孤独感促使人类学会沟通,学会团结协作。对于个体而言,孤独体验的精神感受是向内的自我抚慰,它潜隐在个体守护的自我内心之中,是自卑与自尊交互作用之后的灵魂再现。个体生存的孤独感受源于对自尊与自卑的认识与接受,过度自卑与过度自尊都会让人脱离社会而走向自我的孤独深处。残疾人的自卑感与残疾同时降临。自卑必然产生向内的心理防护,这种潜在的防护又使残疾人走向离群索居,向往没有歧视的孤独生活,这也是他们因自卑而借自尊织就的心理屏障。

因此,孤独感是自尊的外延,自卑与自尊的矛盾在残疾人身上的统一性表现得尤其突出。让·卢梭说:"人是生而自由的,却无往不在枷锁之中。"[1]这实际上是说,孤独体验是人类生存的内心常态。因为人类社会的群体化生存,建立在个体的生存基础上,个体对于生命意识的感知是以孤独为前提的。因此,当我们每一个人被"抛向"这个世界时,就注定了要孤独地面对各种不同的社会现实,在自卑与自尊的矛盾斗争中求得生存的意义。"我们不能以孤独的外化表现的消除而把生命的孤独感从内部一起消除掉。"[2]在现实社会中,残疾人孤独的生命体验比健全人要来得深刻,因为他们既有作为普通人面对现实生活的共性一面,又有作为残疾人面对更多不同困难的特性一面,他们的人生困境也远比健全人大得多。

残疾人作为人类社会中的弱势群体,他们因自身的残缺有更多的心理失衡。文学叙述其生命故事时,所显示出的伦理内涵就是对这种孤独体验的诠释。当代中国小说中关于残疾书写的故事伦理,在诠释这种孤独体验的生命感觉时,必须把自卑与自尊结合起来,从二者矛盾统一的特性中去探讨孤独造成的故事伦理。

一、残疾人尊严的伦理叙事

每个人都渴望过有尊严的生活,尊严是指人在社会中的价值得到认可后的心理感受,它是一种结果式的评价。残疾人从感知到自己残疾那一刻起,就已经走上了寻找尊严的道路。他们要想获取正常的社会尊严,就必须付出超常的代价,甚至在许多情况下,即使付出了努力,也难以得到应有的尊严,这势必给他们的内心造成极大伤害,心理上也自然会留下难以去除的阴影。因此,残疾书写在讲述残疾人孤独体验的故事时,主要是以尊严得失的伦理感受作为叙事内容,并以此完成故事的伦理价值评判。

---

[1] [法]卢梭:《社会契约论》,何兆武译,北京:商务印书馆,1980年,第8页。
[2] 陈少华:《孤独体验》,广州:花城出版社,1990年,第11页。

（一）获取尊严的伦理

帕斯卡尔说："人的全部尊严，就在于思想。"现实社会中的残疾人每时每刻都有一种被挤出健全社会的恐惧与自卑。在这种恐惧与自卑面前，他们或者幻想能够用超自然的力量恢复自己的健全，或者通过无数次叩问命运之神的不公来获取心理上的平衡，或者向外探求以毅力完成常人难以完成之事来获取生存意义上的尊严。这种痛苦适应的过程，是每个残疾人的必修课。孤独感是人类个体生存的心理感觉，侧重于精神状态上的无依无靠，每个人都曾有过这种感觉。只不过健全人的孤独感多源于个人信仰和价值的失落，内心体验的哲学意义在于人的基本存在状态与生存意识的社会价值相背离。而对于残疾人群体来说，他们除了这种基本精神状态的背离之外，还有"不能"所带来的缺席与歧视，并进而形成内心的自卑情结。这种自卑情结，在A.阿德勒看来，"是指一个人面对问题而无所适从的表现"[①]。这种无所适从感是无法克服的，是在许多次碰壁之后的心理退缩，是条件反射式的心理庇护。残疾人天生就有这种自我心理庇护的自卑情结。所以残疾人的孤独是一种叠加的成倍的心理防护，他们要走出这份孤独，就必须付出超常的代价，这种代价就是残疾人突破世俗伦理之后的精神信仰。在这一故事伦理的内涵上，毕飞宇的《推拿》最具典型性。因为《推拿》的主旨就是以"盲人的尊严"为伦理评判的标准，凸显残疾人为社会伦理所抛弃的孤独体验。其他如史铁生、阎连科等作家的残疾书写也表达了同样较为深刻的伦理内涵。

毕飞宇《推拿》的故事内涵有两个基本伦理点，一个是盲人群体在面对健全人各种不同的伤害时，借助尊严之旗守护自我的诉求式伦理；另一个是盲人群体由交流上的困难而导致的被社会抛弃的疏离式伦理。《推拿》的残疾书写是以盲人推拿师这一群体的日常生活叙事作为故事伦理的基本元素，通过对这些日常生活事件的组合，再现这个群体在实现个体生命价值过程中的情感历程。小说中的每一位盲人都有各自不同的残疾经历，他们在致盲的人生历程中，如何面对命运的选择，如何选择自己的命运，实际上都是立足于他们在现实生存中对价值诉求的伦理选择。沙复明是一个有主见且有志向的先天盲人，他立志要过上"有眼睛的人"的生活。实际上，他也是按照这个目标进行奋斗的，他在盲校时就与别人不一样，不甘人后，学的也比别人多。毕业后他通

---

① ［奥］阿德勒：《挑战自卑》，李心明译，北京：华龄出版社，1996年，第39页。

过自己的聪明，赚的比别人多，并通过与张宗琪合伙开店做老板而开始他心目中的人生新起点。但无法左右的命运也曾在他上盲校时捉弄过他。少女向天纵为了向自己的男友宣泄不满，把一无所知，也一无所见的沙复明拉去冰淇淋店逃课、吃冰淇淋，并假装与他谈恋爱。但"两个多小时的'小爱情'对沙复明后来的影响是巨大的。……他对自己的爱情与婚姻提出了苛刻的要求：一定要得到一份长眼睛的爱情。只有眼睛才能帮助他进入'主流社会'"①。向天纵的不道德行为显示出健全人的自私，却给沙复明带来终生的影响，他想自己以后一定要找到属于自己的"眼睛"，这就是沙复明人生价值实现的伦理诉求。所以沙复明通过自己的聪明与努力渴求获得"眼睛"的尊严感，实际上是想过一个健全人的生活，体验与健全人一起有尊严生活的感受。但沙复明的这种诉求在伦理的公平性上是失衡的，向天纵的爱情诱惑使他走上了爱情的绝顶而不自知，现实生存中所突发的胃部大出血，却给他的生命能否继续画上一个问号，这都是沙复明无法左右的。而推拿室的其他盲人在面对他们的老板生死未卜的状况时，也都好似有了顿悟之感，任何人的生命都是如此脆弱，抓住当下才能拥有未来。因此，先天失明的沙复明在渴求"有眼睛"的爱情时，是全身心投入的，而健全女孩向天纵的不道德，是对残疾人的羞辱，但伦理的天平并没有倾斜到故事的结局之中，因为沙复明从未知晓自己的受骗，对此当真的沙复明的人生悲剧也才愈加沉重。

　　实际上，对沙复明而言，他对于爱情的伦理诉求因向天纵而起，却因电影导演对都红的评价而终，而这一切都是由"有眼睛"的人做出的价值评判。因此，沙复明的被骗不是因为他的天真，而是因为他内心对于"眼睛"的渴求。他渴望"有眼睛"的爱情正是他对健全社会的一种理想诉求，代表着他的人生目标。因此，向天纵虽有不道德的行为，但年轻的沙复明又何尝不想生活在这种虚幻之中呢？他获取尊严正是以逃离自卑为目的的，此后他的人生之路也必然顺此而行，悲剧的人生之路是他的性格决定的。这种诉求式的伦理表达显示了沙复明所代表的这类盲人内心强烈的理想意识，即加入主流社会而摆脱自卑情结。推拿中心的另一个老板张宗琪的人生悲剧，来自他独特的生存经历。也可以说，张宗琪的残疾故事体现了一种疏离式的伦理特征。他从小就生活在被后母毒死的恐惧造成的自卑之中。他一岁时致盲，基本上就是先天性失明，到他五岁时，父亲娶了后母又生了孩子。这种组合的家庭也必然给孩

---

① 毕飞宇：《推拿》，北京：人民文学出版社，2008年，第127—128页。

子带来没有确定性的未来。文化层次不高的后母将丈夫对她的家暴转嫁到他残疾的儿子身上,整天不露痕迹地虐待他、恐吓他,并以会毒死他的话来威胁他。这也许仅仅是后母吓唬他的话,但对张宗琪来说,他不可能分辨得了其中的谎言,所以防止被后母毒死成了他每天必须面对的心灵炼狱,以至于他渐渐地对所有吃到嘴里的东西都有了戒备心理,这种无形的伤害是巨大的。一个幼小的盲孩子却要在心理上负担如此沉重的防卫包袱,这确实是有违伦理的。但在那样现实的家庭中,根本没有人会真正去关心这个盲孩子的内心感受。他小心翼翼地生活在可能被毒死的恐惧中,一直到长大离开家庭。这种内心筑起的防卫潜意识成了他身体的一部分,在任何时候都会被调动起来,甚至在与恋爱中的女友接吻时也造成了心理上的障碍,无法接受任何自己不熟悉的东西入口。张宗琪这种心理障碍上的悲剧,只能由张宗琪一个人去消化,他无法与别人沟通,也无法通过其他的心理代偿机制来弥补。而进入社会后他与沙复明虽然是因推拿而结识并合伙开办沙宗琪推拿中心,但实际上两个人并不是完全互相了解。沙复明的胃病没有人知道,他也不愿告诉别人,甚至是张宗琪。而张宗琪也不可能会把自己的内心完全敞开给沙复明。二人名义上是合作的朋友,但在关键时刻,还是各有各的打算。张宗琪以沉默的方式守护着自己内心的秘密,孤独地品味着这份源于失明的自卑,以向后退缩的方式防卫外来的攻击,既包括他身边的亲人朋友,也包括无法感知的陌生社会群体。沙复明与张宗琪二人所受到的伤害都是来自健全人。他们因自身的残疾,遭受健全人的加害而无力反抗,正是他们对于生存方式的无法选择而造成的伦理失衡。张宗琪的残疾故事具有典型疏离式的伦理特征,他的内心基本上是完全封闭的,因为对现实生存的恐惧使得他再也不可能向别人敞开。

"美女"盲人都红的故事伦理,则更多地显示为对尊严的伦理诉求。她遭遇了来自包括残疾人群体的歧视性伤害,其根源在于她对自尊的强烈渴求而产生的自卑感。都红作为盲人,因长得漂亮,且又具有音乐天赋,本可以成为学校励志的典型推向社会,但因为无法直面社会虚假的同情怜悯,而逃离自卑之地成为沙宗琪推拿中心的推拿师。但在推拿中心,客人们点她的钟也并非因为她的推拿技艺高,而是因为她的"漂亮",甚至沙复明也因为她的"漂亮"而甘愿放弃自己原来定下的女友必须"有眼睛"的标准,向她表达爱意。这一切都深深地伤害了都红的自尊,她在生存伦理诉求上本来是想逃避社会的虚假同情,却又掉进了歧视的旋涡。命运之神借着自然的风让推拿室大门把她的大拇指夹断,她成了双重残疾人。而来自盲人群体的同情怜悯却又进一步将她推进孤独的深渊,她连做一个正常盲人推拿师的资格都被剥夺了,只好以再次出走的方式逃避现实。都红的逃避实际上是源自她对尊严的选择,她要有尊严地活,不愿意接受别人的施舍,哪怕是来自残疾人群体的募捐。她一次次地逃避,一次次地抗争,"痛定思痛。都红最后陷入的其实是自伤。她的自尊没了。她的尊严没了。……她的尊严彻底丢在了'沙宗琪推拿中心'的休息区了"[1]。都红在经历过钢琴事件之后,逃离了舞台。好不容易获得的推拿师身份,却又在这个偶然事件中被剥夺。沙复明因"有眼睛人"对都红漂亮的赞美而对都红动心,甚至改变他选择女朋友的标准。但沙复明的单恋又让都红难以选择,既不能拒绝,又不愿接受。这与都红对盲人尊严的特殊理解有关。她因为尊严而摆脱继续留在舞台上弹钢琴,她更因为尊严而不愿意接受老板沙复明的示爱,甚至在她二次残疾后,因为尊严而选择离开沙宗琪推拿中心,重新寻找能够给予她盲人尊严的工作。对此,沙复明是理解的,他认为,"看起来盲人最大的障碍不是视力,而是勇气,是过当的自尊所导致的弱不禁风。……许多东西,其实是盲人自己强加的。这世上只有人类的尊严,从来就没有盲人的尊严"[2]。但是也正是基于这种外部的伦理价值评判,盲人内心向后退缩的那种强烈的自卑感显露无遗。"盲人的自尊心是雄浑的,骨子里瞧不起倾诉——倾诉下贱。它和要饭没什么两样。"[3]沙复明对自尊心的这种感觉正是大多数的残疾人所共有的。都红在这种追求尊严的一次次逃避中,走上了甘愿孤独的生存之路,显示出强烈的疏离式伦理特征。

小马的残疾是后天的,九岁生日时,突发的车祸夺走了他母亲的生命,也带走了他的光明,幼小的心灵遭到毁灭式的打击,他渴望重新看见光明的愿望比先天的盲人要强烈得多,"那时候的小马没日没夜地期盼着这样一个早晨的来临:一觉醒来,他的目光像两只钉子一样从眼眶的内部夺眶而出,目光刺破了他的上眼皮,他眼眶的四周全是血"[4]。但现实是残酷的,他的父亲带着他跑遍能够医治眼睛的地方,希望他能康复,最终一切都是徒劳,他永远地失明了。绝望至极的小马选择以自杀的方式来应对这个结局,但也只是在脖子上留下了一个长长的疤痕后,与命运妥协,走进生命的孤独阴影中。他在孤独中进入一种灵魂出壳的境界,他从闹钟的"咔嚓""咔嚓"中体会到时间的形状,将时间

---

[1] 毕飞宇:《推拿》,北京:人民文学出版社,2008年,第307页。
[2] 同上,第72页。
[3] 同上,第36页。
[4] 同上,第131页。

变成生命的玩具。他害怕被别人嘲笑,也害怕不懂事的孩子们会制造恶作剧来捉弄他,他更害怕面对社会公众。当乘公交车被司机误认为逃票后,他再也不敢坐公交车出行。这说明小马在自尊受到伤害后,没有勇气抗争,只能以自卑的方式来对抗这个社会,选择孤独地接受来自社会的歧视。这种疏离式的伦理悲剧,是小马在现实生活中的必然结果。

其实,现实生存中的残疾人与小马有相似经历的很多,但也大都选择了逃避。当年史铁生在21岁不能行走时,也曾有过类似的表达。他说:"'不能'写满了四周!这便是残疾最根本的困苦。"[1]"能"意味可以胜任,而"不能"就代表着失败,物竞天择,适者生存,残疾人始终处于被淘汰的位置上。与残疾抗争的结果必然是向内退缩,封闭自己,史铁生对这段痛苦的心路历程是这样描述的:"可我已经没了读书的兴致。整日躺在床上,听各种脚步从门外走过,希望他们停下来,推门进来,又希望他们千万别停,走过去走他们的路去别来烦我。心里荒荒凉凉地祈祷:上帝如果你不收我回去,就把能走路的腿也给我留下!"[2]可见,这种时候,对于一个残疾人来说,只能向命运之神祷告与哀求,但这种明知没有结果的乞求,只能给自己以心理上的安定与抚慰。实质上是在尊严丢失时给自己寻找一根救命的稻草,没有实际的价值。所以当他们在受到残疾命运的突然袭击之时,内心就会产生激烈的冲突,行为上就会出现极端的暴怒与自虐,这实质上是一种自卑情结的心理转移。A.阿德勒对这种自卑情结的自虐式转移的研究,提出了一种代偿式补充的理论。他认为,每个人都有程度不同的自卑情结,如果能够将这种自卑情结转化为积极的代偿,则会对人有心理救护的价值,可以适当地缓解精神上的压力,并最终实现人生的超越。但如果驾驭不好,任凭这种自卑蔓延发展,则势必会给人造成极大的伤害。因此,残缺的机体在丧失了此一部分的基本功能后,就会本能地发展其他健康的机体,并使它变得比以前更加强壮,超出它本来的能力。盲人一般在听觉功能上比较灵敏,这就是机体的代偿功能转移,由眼睛接收的信息转化为听觉与触觉。而聋哑人丧失了语言与听觉能力,但在视觉感受能力以及身体的强壮方面则会表现出超乎一般的特征,这都是A.阿德勒个性心理学所说的自卑心理补偿功能的表现。《推拿》中的小马可以通过超常的听觉能力,听到医生与父亲的谈话,昭示了他眼睛永不再见光明的未来,还可以通过听觉与嗅觉

---

[1] 史铁生:《病隙碎笔》,出自《史铁生作品全编》(第8卷),北京:人民文学出版社,2016年,第48页。
[2] 史铁生:《我二十一岁那年》,出自《史铁生作品全编》(第6卷),北京:人民文学出版社,2016年,第76页。

的敏锐去感受"嫂子"小孔的存在,甚至于他与小孔在打闹时用手触碰到小孔的胸部,也使他一下回到童年与母亲在一起的回忆,触觉中的感受更让这个青春期的年轻人产生了性幻想,这些都属于机体功能转移的代偿机制。从 A.阿德勒的个性心理学角度来看,所有的自卑都有其积极的一面,关键是如何将这种来自个人内心的退缩自卫,转化为一种补偿式的心理救护。当残疾人面对来自外界的冷漠、歧视,甚至是侮辱,他的外在抗争招致更加惨重的打击时,强烈的自卑感必然驱使他们走向社会边缘,孤独地面对生活的艰难。张宗琪在受后母的折磨与恐吓时,他的痛苦成倍地增加,除了视觉残疾的痛苦外,由恐惧而引发的超常听觉力,也是一种心理上的补偿,那种恐惧式的孤独感,嵌进了他生命的防卫意识之中。

　　残疾人渴望回归原本正常的生活,正是一种尊严获取的虚幻想象。当获取尊严成为一种奢望时,自卑式的孤独体验便应运而生。史铁生对此提出的解脱方式就是"放弃",他说:"被压迫者,被歧视或被忽视的人,以及一切领域中弱势的一方,都不妨警惕一下这'残疾情结'的暗算,放弃自卑,同时放弃怨恨;其实这两点必然是同时放弃的,因为曾经,它们也是一齐出生的。"①此处的"残疾情结"其实也正是 A.阿德勒个体心理学中所提出的"自卑情结"。"放弃"这一情结是残疾人在自身精神升华后心理上的一种达观与解脱,也是一种自我放逐后的心理释然。因此,残疾人在体验孤独的伦理伤害时,由假想的尊严获取而实现的"放弃",是一种对自卑的超越,也是生命在残缺中的自赎。尊严也是伦理内涵的基本要素,当代中国小说残疾书写的故事伦理正是依托这一要素,再现了残疾人为获取尊严而踏上伦理诉求之路,其中也显示了人类摆脱孤独,享受群体关爱的精神追求。

(二) 失去尊严的伦理

　　尊严是人在社会中得到价值认可的一种心理感受,每个人都渴望有尊严地生活,但获取尊严需要付出巨大的努力。残疾人内心对于尊严的感受远比健全人深刻得多,这主要是因为他们获得尊严所花费的代价比健全人大得多。对残疾人而言,一旦丢失了尊严就失去了生存意义,他们内心的那种尊严丢失后的绝望是常人难以想象的。其中最主要的原因就是残疾人获取社会认同感的艰难,从他们明白自己与正常人不一样那一刻起,他们就构建起了自卑的防

---

① 史铁生:《病隙碎笔》,出自《史铁生作品全编》(第 8 卷),北京:人民文学出版社,2016 年,第 57 页。

护栏,将自己圈了起来,即使偶尔走出这个圈子,那也是为了能够获得社会认可的尊严。他们从知道真相时的沮丧失望,到内心燃起渴望的希望之火,再到彻底绝望,经过无数次心灵炼狱之火的烘烤,最后才真正地感知到这是来自获取尊严的认同感。"天哪,原来这就是我活在世上的价值!废物、累赘、负担……没有人相信我们可以独立,可以享受平等,就像没有人相信我们可以得到正式工作一样。"[①]心理学家罗洛·梅说:"对于从众的那些人来说,孤独是一种常见的体验,一方面他们因为孤独而被迫从众,另一方面,通过变得与其他人一样来证实自我的这种做法减少了他们的自我感和个体认同体验。"[②]残疾人的这种自我认同感正是叙事伦理所强调的个体生命感觉,是单一性的自我隔离。而健全人社会对他们的歧视与侮辱,实际上是一种伦理性的文化现象,侵犯了他们的尊严,也降低了社会的道德要求。在当代中国小说的残疾书写中,这种因失去生存的基本尊严而无法完成生命历程的伦理故事还是比较多的,其中艾伟的短篇小说《整个宇宙在和我说话》中盲童喻军的故事在伦理诉求的表达上最具这一典型性。当然《推拿》中的都红在寻找尊严的过程中也有类似的故事伦理特征,史铁生的《命若琴弦》中老瞎子对琴弦与无字药方的关系探寻,也是对现实生存中尊严意义的伦理解读。

《整个宇宙在和我说话》是艾伟借助残疾书写来实现伦理评判的小说。盲人喻军是因为偶然事件而失去了视觉的,这对一个正在疯长时期的少年而言,是致命的打击,喻军在走进黑暗的同时,也失去了尊严。《推拿》中的小马也是因为偶然事件失去了视觉,他是在完成心灵炼狱的淬火之后,从闹钟的"咔嚓"声中感受生命的过程,并从中找回尊严。而喻军则假借谎言说自己在听觉上有特异功能以骗取尊严的回归,并渴望能够在小伙伴们面前重拾过去的自己。喻军在眼盲之后,却告诉他的同学说自己能够"看"得见玻璃珠的七种颜色,甚至要与"我"一起到水塔上去"看"星空,实际上这些都是喻军的自欺欺人,但也反证了喻军是多么不愿自己失去眼睛后成为真正的盲人。其实这根本上是喻军失去尊严之后的痛苦转化,他对于残疾人的痛苦感受是有体验的,他说:"我从前看到瞎子、瘸腿、断臂的人也很排斥。这就是我讨厌'白头翁'李弘的原因,看到李弘那双兔子一样的红眼睛,我浑身起鸡皮疙瘩。现在我成了个瞎

[①] 史铁生:《没有太阳的角落》,《史铁生作品集》(第1卷),北京:中国社会科学出版社,1995年,第37页。
[②] [美]罗洛·梅:《心理学与人类困境》,郭本禹、方红译,北京:中国人民大学出版社,2010年,第93页。

子,你是不是也从心里面排斥我？觉得我是个怪物？"①他的这番问话就足以说明他之所以刻意地装出自己能够看到一切,是因为他害怕失去尊严,借助一种虚假的谎言,骗得不可能的尊严,最后当这种伪装的尊严失去之时,他像一只"巨大的蝙蝠"一样从水塔上跳了下来,用自杀来求得尊严的回归。尊严在伦理天平上失衡后,生命必然经不起谎言之重,喻军的残疾故事伦理是对生命绝望的另类解读。

《推拿》中有一段对先天盲人和后天盲人的比较,这种比较意在说明后天盲人在尊严丢失与获得时的艰难与无奈。书中是这样说的:

> 就说沉默。在公众面前,盲人大多都沉默。可沉默有多种多样。在先天的盲人这一头,他们的沉默与生俱来,如此这般罢了。后天的盲人不一样了,他们经历过两个世界。这两个世界的链接处有一个特殊的区域,也就是炼狱。并不是每一个后天的盲人都可以从炼狱当中穿越过去的。在炼狱的入口处,后天的盲人必须经历一次内心的大混乱、大崩溃。……
>
> 从这个意义上说,后天的盲人没有童年、少年、青年、中年和老年。在涅槃之后,他直接抵达了沧桑。他稚气未脱的表情全是炎凉的内容,那是活着的全部隐秘。他透彻,怀揣着没有来路的世故。他的肉体上没有瞳孔,因为他的肉体本身就是一只漆黑的瞳孔——装满了所有的人,唯独没有他自己。这瞳孔时而虎视眈眈,时而又温和缠绵。它懂得隔岸观火、将信将疑和若即若离。②

喻军与《推拿》中的小马、张一光等都是后天失明的残疾人,小马经过了一次次从寻找到失望,再寻找,再失望,最后绝望的挣扎过程,实现了"杀死"自己后的涅槃式重生。喻军则不同,他始终没有接受自己的眼盲,靠一种虚幻的想象遮盖残疾的事实,借助制造各种与"看"有关的事情,来引起小伙伴们的关注,其实他知道这种关注是其他小伙伴不能接受的,但他陷在自我欺骗的伦理谎言之中,始终没有能够回到尊严获得的路上。小马则在他获得新生、获得新的尊严之后,安心地做了一名推拿师。二人在尊严面前的感受是不一样的,这

---

① 艾伟:《整个宇宙在和我说话》,上海:上海文艺出版社,2014年,第248页。
② 毕飞宇:《推拿》,北京:人民文学出版社,2008年,第45—46页。

与张一光这个后天盲人对待尊严的感受又完全不同。张一光残疾之前，辛苦劳作也不能维持一家的生活，而失去眼睛之后，他反而放下了因缺钱而失去的尊严，在他残疾之后却得到了双倍的返利。他的尊严又回来了，但不用再承担整个家庭的责任，因为他是盲人，不拖累家人就是获得了一种新的尊严，而且通过推拿换来的金钱还为他争取了可以潇洒的尊严，他可以用钱去嫖、去点钟。故事伦理的天平在他身上是反的，他是死过一次的人，重生对他来讲，就意味着尊严的丧失。而在做了推拿师之后，他表面上又重新获得了尊严，他可以随意地"翻牌子"，但其实张一光也知道这是见不得光明的丑事，只能解决身体的问题，这种看似光鲜的尊严获得实际上是对尊严的亵渎。

  重获尊严的小马却并没有真正享受到重生的快乐，他与小孔之间的关系又一次将他推到悬崖边上。他对小孔的单恋，本身就是故事伦理方向的跑偏，但在潜意识里是他在九岁失去母亲后，缺失母爱造成的。他对小孔这份朦胧的爱，是一种对母爱缺失的补偿，并非简单的男女爱情。当张一光察觉到他的单相思时，害怕他会做出有违朋友伦理之情的傻事，便以他的方式来解决小马的精神之困，将他带进了洗头房，泄掉了他的欲望之火，但是这对纯洁得几乎没经过世俗浸染的小马来说，非但没有移去他的心病，反而让他重新陷入了又一个轮回的尊严寻找中。他对自己在洗头房与小蛮的皮肉生意，既觉得对不起他心中的"嫂子"，又觉得自己玷污了推拿中心的名声。他没有脸面再与他们在一起工作，只好离开。对他而言，离开就必须再次面临重生的选择，得而复失的尊严看上去很痛苦，但正是因为他对生命意义的看重，他的故事伦理中所体现的生命感觉是真实的，也是感人的。虽然他是一个盲人，失去了做一个健全人的机会，但作为人，他的精神价值追求丝毫没有减少，仍然可以做一个有尊严的盲人。然而他失足洗头房后，知道自己又一次失掉了做一个有尊严的盲人的机会，他的绝望与恐惧是可以想象的，孤独无助，无人可以诉说，出走是最好的选择，到一个没有人知道他的地方重新获取做人的尊严，然而他内心深处那种绝望的孤独感却是永远无法解脱的。这三个目盲者的残疾故事，其伦理评判的标准是有区别的：喻军的自杀是因为虚幻尊严感的破灭；张一光的潇洒是自我舍弃尊严的苟活之路；小马的出走，则是尊严又一次丢失后的寻找。每个人的命运价值都因他们面对残疾时所理解的尊严不同而不同。

  同样作为盲人的都红在这种摆脱命运枷锁的征途中，却走得更远更艰辛。都红面对自己的失明，没有如其他盲人那样感到绝望痛苦，反倒是乐天安命。但她在获取尊严的伦理诉求上，却遭遇一次次不愿接受的打击，所以她的尊严得而复失。这使得她无法面对来自健全人,乃至自己同类人的同情与怜悯。因为这种居高临下的同情与怜悯严重地伤害了都红的尊严感。她选择一次次出走,就是选择了孤独,也是选择了自我认同的价值伦理。她虽然是盲人,但她可以安心地做自己的事,但无论是健全人虚假的掌声,还是无意中的真实赞美以及盲人们不掺虚假的友情,都是对她维护真实自我的伤害。这看似难逃的孤独体验是都红的自我放逐,但也无法躲避,因为都红是一个"美"的盲人。残疾书写的故事伦理就是通过这种充满悖论的情节,再现了人物命运的必然结局。

《命若琴弦》中的老少两个盲人,将命运寄托在弹断 1000 根与 1200 根琴弦的期望中。史铁生正是借助这个虚设的目标,来强调残疾人如何度过这漫漫的残疾人生。琴弦是盲人师父们一代代对抗残疾的尊严接力,理解它需要用一生的时间。白纸药方实际上是一个悬置起来的希望,灵魂在生与死的本能中游弋,盲人对重见光明的尊严感一旦失去,绝望所带来的恐惧又让他们回到了生命的起点,杀死自己才能获得新生。老瞎子再次将那空白的纸条塞进小瞎子的琴盒时,他的生命重新复活,悬置的 1200 根琴弦的目标,是小瞎子一生的尊严追求,师徒二人重操弦子,又走在了"莽莽苍苍"的山野上,失去与获得生命的尊严就这样反反复复在他们的身上传承,无尽无止,如生命的延续。生存的意义体现在孤独体验的感知中,这正是生命伦理的价值体现。

这种绝望之后的重生,正是弗洛伊德精神分析学中所提出的生之本能对死之本能的一种抗争。人生而必死的结局,是人的共识。但是对于这个过程的理解却需要有足够的耐心,否则人在面对生存过程中的各种绝望时,可能会难以承受。史铁生也曾解释过这种原因,他说:"事实上你唯一具有的就是过程。一个只想(只想!)使过程精彩的人是无法被剥夺的,因为死神也无法将一个精彩的过程变成不精彩的过程……你立于目的的绝境却实现着、欣赏着、饱尝着过程的精彩,你便把绝境送上了绝境。"[1]还说:"生命的意义就在于你能创造这过程的美好与精彩,生命的价值就在于你能够镇静而又激动地欣赏这过程的美丽与悲壮。"[2]老瞎子也是经历了这样的心灵炼狱之后,才悟出自己师父当年的谎言,也悟出了弹奏弦子的过程是最重要的,寻找的目的在于寻找的过程,结果注定是孤独无依,只要把过程演奏得精彩,其他都不重要。尊严的获得与丧失,对每个人来说都是一样的,区别仅仅是过程。

---

[1] 史铁生:《好运设计》,出自《史铁生作品全编》(第 6 卷),北京:人民文学出版社,2016 年,第 71 页。
[2] 同上。

二、残疾人需求的伦理叙事

人本主义心理学家马斯洛将人的需求分为五类:生理的需求、安全的需求、归属和爱的需求、尊重的需求以及自我实现的需求。其中生理需求是最基础的需求,自我实现的需求则是最高级的需求,它包括认知和审美的需求。[①]人类社会的发展正是建立在对这五类需求层级逐步满足的过程中,这种需求动机理论为人的自我发展提供了一种清晰的认识路径。作为人类社会特殊部分的残疾人也一样需要在这五类需求层级中实现自我的发展,但因其身体的残疾,即使他们在最基础的生理需求满足阶段,也比健全人艰难得多,而在向更高级的需求层次递升的过程中,他们首先要摆脱生存、职业等的现实困难而走向自我实现的精神终点,以实现个体的自我价值认证。把他们所面临的这种生存过程中的现实与精神困难以故事的方式讲述出来,也必然会产生强烈的伦理关怀,因为他们中大多数人都是孤军奋战的。即使有来自社会爱心人士各种形式的救助,残疾生命的过程也是他们要孤独面对的,战胜这种灵魂深处的孤独,正是残疾书写所要表达的生命伦理给读者的严肃思考。

(一)现实生存的艰难

对于残疾人而言,最初级的生理需求,就是如何在现实困难中求得生存,然后才能考虑如何获得安全感的需求。因此,小说在描摹残疾人的生存状况时,最重要的是看他们的生活场景。史铁生说,残疾人的周围写满了"不能"。残疾使他们没有办法达到与健全人同等生存的水平,残疾也使他们失去了很多生存的能力,甚至也限制了他们的个人发展。其中最基本的现实生存就是他们在意识到自身残疾时,能够接受残疾,坚持活下去,并活出自己的价值,当然这并非说明他们只能依赖别人才能生存。实际上,大多数的残疾人都有各自不同的生活出路,这是千百年来形成的基本模式。比如盲人可以给人算命、测字,靠智慧,凭口才谋取生存的资本;或者通过说书、唱戏、弹奏各种乐器获得社会的认可;还可以通过推拿靠技艺谋生等。即使是那些生活不能自理的残疾人,代表社会的政府组织也会采取相应的福利措施,给他们提供必要的生存保障,这正是人类社会文明进步的重要标志。但对每个残疾人个体而言,现

[①] 马欣川主编:《现代心理学理论流派》,上海:华东师范大学出版社,2003年,第260—261页。

实生存的艰难是他们的生活常态,他们在面对职场竞争、力量抗衡等社会现实时,由"不能"造成的困难无处不在,无时不在。把残疾人生命过程的艰难表达出来,首先要考虑的是他们的生存,也就是在最基本的生理需求与安全需求方面的满足,而这种满足却经常会受到来自社会的歧视性排斥。所以残疾人要想求得生存,并进而求得爱和尊重,乃至达到自我实现的需求满足,就不得不以公平平等的身份参与社会的竞争,艰难程度可想而知。当代中国小说残疾书写的基本故事伦理就是要把这种竞争的残酷表达出来,因为这种最基本的生存需求的满足所造成的伦理层次感对读者的冲击最大。

广西作家东西的《没有语言的生活》,讲述了一个残疾家庭面对现实生存的困难而无所适从的伦理故事。这个故事的伦理基点就是这个残疾家庭在满足基本生存需求时所面临的无法逃避的困境。这个困境建立在三个不同残疾人的生命体验之上,他们无法逃避来自健全人世界的歧视与欺侮。这三个残疾人分别是瞎子、聋子与哑巴,他们生活在南方的一个偏远乡村,共同组成了这个特殊的残疾家庭。本来是健全人的父亲王老炳与聋儿子王家宽在田间锄草时,被受到惊扰的马蜂蜇得昏死过去,等到治愈蜂毒后,王老炳因这个偶然的事件,"成了一个货真价实的瞎子"[①]。瞎父亲与聋儿子的生活凭空增加了许多意想不到的困难,儿子听不到父亲的话,父亲看不到儿子的手势,这使得他们之间形成了很多误解。同村的村民更多是看他们父子的笑话,甚至有些无德的村民还欺负捉弄他们。而这时卖毛笔的哑巴姑娘蔡玉珍,因生活所迫走进了他们父子的生活中,三个不同的残疾人组成的这个特殊家庭,需要克服的生活困难更加复杂。瞎子、聋子、哑巴,三个不同的残疾人一起生活,要面临内外双重困难的考验。在家里,三个人的交流面临信息沟通的困难,王老炳通过听觉、蔡玉珍通过视觉与王家宽借助语言进行沟通,经过一段时间的磨合,总算能够实现交流。但他们又无法摆脱村里无德小人的欺侮,精神上的屈辱造成现实的生存焦虑,逼迫他们逃离村庄,希望通过搬家,逃避现实的歧视。但当王老炳一家三口在河对岸的祖坟上建好新房,准备享受那种与世无争的独立生活时,又一次遭到村人的欺负。蒙面人趁着夜色掳走蔡玉珍,并强奸了她。村民的伤害带给这个家庭的痛苦可以想象。小说故事伦理的天平已经失衡,批判健全人的野蛮与残暴,为残疾人的生存困境鸣不平,村民的无德与残疾人的善良形成了鲜明的对比。当三个残疾人通过艰难的沟通最终查清了强

[①] 东西:《没有语言的生活》,北京:华艺出版社,1996年,第3页。

奸犯的特征时，他们却没有办法给犯罪者以惩罚，而悲伤沮丧，无处诉说。小说是这样交代的：

> 蔡玉珍走到王老炳床前，王老炳说你看清是谁了吗？蔡玉珍摇头。王家宽说爹，她摇头，她摇头做什么？王老炳说你没看清楚他是谁，那么你在他身上留下什么伤口了吗？蔡玉珍点头。王家宽说爹，她又点头了。……王老炳说家宽他听不到我说话，即使我懂得那人的脸被抓破，嘴上长满胡须，这仇也没法报啊。如果我的眼睛不瞎，那人哪怕跑到天边，我也会把他抓出来。孩子，你委屈啦。①

王老炳用蔡玉珍的眼睛，王家宽的嘴巴，加上自己的脑子，猜测到那个强奸犯的特征，但结果也仅仅是明白，但无法抓到那个人。后来他们通过默契的配合成功地伏击又想来占他们便宜的村人谢西烛，却无法惩罚他，因为他们都是残疾人。最后只好把与村人相连的木桥拆掉，他们终于过上了自我独立的生活。但小说的结尾又一次将伦理的平衡打破，王家宽夫妇生了儿子，当儿子长大上学回家时，却跟着村里的孩子学会了一首骂他们的歌谣："蔡玉珍是哑巴，跟个聋子成一家，生个孩子聋又哑。"这对全家人来说，是个沉重的打击。"蔡玉珍的胸口像被钢针猛猛地扎了几百下，她失望地背过脸去，像一匹伤心的老马，大声地嘶鸣。"而王老炳却生气地打了孙子，当孙子得知这个歌谣的真实意思后，"王胜利变得沉默寡言了，他跟瞎子、聋子和哑巴，没有什么两样"②。残疾故事的伦理又回到了起点，残疾人不可能逃离健全人的社会，他们注定要始终生活在歧视与欺凌的现实社会中。这既有来自现实生活的艰难，又有来自精神侮辱的委屈。因为这在生存需求满足的伦理追求中是无法逃避的，底层的现实社会本来就依据弱肉强食的丛林法则来运行。

《推拿》中盲人们的生存故事，都是以推拿这一职业劳动来搭建他们的生存伦理平台。王大夫与沙复明是盲校时的同学，但他们选择了不一样的未来，在面对现实生存的艰难时，王大夫有自己明确的奋斗目标，"知道将来自己要干什么，说白了，就是靠自己的身体吃饭"③，所以他把自己的课余时间都花在了健身房，锻炼"臂力与指力"，以便将来可以靠推拿这项手艺生存。沙复明则

---

① 东西：《没有语言的生活》，北京：华艺出版社，1996年，第31—32页。
② 同上，第39页。
③ 毕飞宇：《推拿》，北京：人民文学出版社，2008年，第32页。

不同,他有着"自视甚高"的聪明,读书刻苦认真,但他"从来不练基本功。沙复明坚信,手艺再好,终究是个手艺人。武功再高,终究是个勇士。沙复明要做的是将军"①,因此他课余时间学英语和日语。在毕业踏入社会后,他们取得了各自不同的成功,王大夫靠技艺赢得客人,获取较多的报酬;沙复明则以自己在外语上的优势,做老外的生意,挣得自然比其他推拿师多得多。改革开放给当时的每一个人都带来了提高生存质量的机遇,残疾人也分到了一杯羹。但改革的红利转瞬即逝,王大夫没有控制住自己的欲望,将钱全部投进股市而被套牢,沙复明的小聪明也渐渐被熟悉中国的老外所抛弃,他的生存方式急切需要转型,此时的身体也开始出现大病的隐患。这些生活上的变化既是受时代的影响,又与他们的残疾有直接的关系。沙复明与张宗琪在南京合开了沙宗琪推拿中心,他们都是老板,看似转型成功,却也面临着更大的生存焦虑。推拿中心要运营下去,必然要有优秀的推拿技师,也要有大量的回头客。王大夫因股票与爱情造成的困难,投奔到了这个正缺好技师的推拿中心。每一位盲人都面临着生之艰难,存之困顿。生存的焦虑又无法与别人沟通交流,只能在内心深处孤独面对。小说对其他盲人面临生存艰难的故事安排也具有同样的故事伦理特征。自卑的泰来希望用力气的释放为失恋的痛苦疗伤,而被泰来"杜鹃泣血"式的爱情所感动的金嫣,却陷进为情所困而无法超越的困境之中,单纯的小马则必然为自己青春期的放纵付出重新活一次的代价。

《受活》中的残疾人本来是在自然生成的受活村中自在地生活,他们虽有田间劳作的艰辛与困难,但靠着互助方式依然能够无忧无虑地生存下去,然而在新的时代风暴到来时,他们被无情地推到了灾难的风口浪尖。有着红军身份的茅枝婆费尽辛苦将受活村带入农业社,从此残疾村的伦理天平被打翻。残疾不是他们满足生存需求的最大障碍,政治伦理的社会需求却让他们遭到了前所未有的折磨。在全国大灾年时,他们一次次地资助那些面临饿死的村外人,但粮食最终也被借完,而被饿得濒临疯狂的"圆全人"将受活村洗劫一空,把粮食抢走的时候,还愤愤不平地说:"天下哪有残人比圆全人过得好的道理。"②健全人都活不下去了,那些受活村的残疾人自然也没有理由活下去,弱肉强食的"丛林法则"自然应该先淘汰残疾人,因为弱势的一方保护不了自己的权益。《受活》里健全人的基本逻辑是:"啥王法,圆全人就是你们残疾人的

---

① 毕飞宇:《推拿》,北京:人民文学出版社,2008年,第32页。
② 阎连科:《受活》,沈阳:春风文艺出版社,2004年,第166页。

王法。"①县长柳鹰雀为自己的私欲,组建出卖受活人尊严的绝术团,本身就是对受活人的侮辱,但金钱的诱惑没有人能抵挡住,这也正是受活残疾人在面对生存的艰难时舍弃尊严的必然选择。茅枝婆的奋起反抗也只是精神需求的本能,因为生存需求远超过尊严的价值,她必须带着受尽折磨的受活人退社,最后也只好屈辱地接受演出的条件,同意并参加残疾二团的演出。任何人在生存的艰难面前,都没有办法奢谈尊严,残疾人尤其如此。而当他们的演出获得巨大成功,他们也从中获得巨额收益的时候,为他们服务的"圆全人"内心又无法平衡,"这年月,你们残疾着,竟能挣下那么多的钱,叫谁看了心里不急呀"②,"翻天啦,这世界倒成了你们瞎盲瘸拐的天下啦"③,他们再次伸出了强势的黑手,又一次将残疾人洗劫一空,瞎盲瘸拐的受活人欲哭无泪。对受活人的一次次洗劫,实际上是阎连科有意进行伦理强化的结果,他正是借助这些强化使得残疾故事伦理产生巨大的失衡性,以再现小说深刻的批判性。

残疾人对健全人的心理防备是残疾之后被逼而成的。他们与健全人之间天生就有一道精神上无法逾越的鸿沟。这一方面是因为在生存的物质面前,他们无法与健全人竞争;另一方面是因为他们内心那份因自尊而生成的孤独体验。毕飞宇在《推拿》中曾用残疾人物的内心独白,表达了这种伦理感受。他说:

> 从打工的第一天起,沙复明就不是冲着"自食其力"而去的,他在为原始积累而努力。"自食其力",这是一个多么荒谬、多么傲慢、多么自以为是的说法。可健全人就是对残疾人这样说的。……就好像只有残疾人才需要"自食其力",而他们则不需要,他们都有现成的,只等着他们去动筷子;就好像残疾只要"自食其力"就行了,都没饿死,都没冻死,很了不起了。去你妈的"自食其力"。健全人永远也不知道盲人的心脏会具有怎样剽悍的马力。④

的确,沙复明自从进入盲校,甚至也可以说自与向天纵谈过"两个小时"的爱情之后,他就有了清晰的奋斗目标。他在现实生存中就不用再去考虑所谓

---

① 阎连科:《受活》,沈阳:春风文艺出版社,2004年,第164页。
② 同上,第210页。
③ 同上,第212页。
④ 毕飞宇:《推拿》,北京:人民文学出版社,2008年,第31页。

的"自食其力",他完全可以通过自己的智慧实现人生的跨越,而且还要实现"有眼睛的"人生目标。但现实社会的生存法则中,健全人对底层弱势的残疾人始终持有一种居高临下的俯视性,只要是残疾人都会给社会带来负担,所以他们就必须想方设法地为残疾人解决现实生存的困难,这样他们就可以"自食其力",而不用社会去照顾了。从这个词义本身而言,实际上是具有褒奖意义的。但是为什么不能为残疾人所接受呢?从问题的实质上看,"施舍"性的歧视意义被隐藏在了褒扬词义的背后,只要是对自己有尊严诉求的残疾人都会对此产生心理上的抗拒。毕飞宇在这部小说出版并引起巨大社会反响后,曾在接受采访时作了这样的解释。他说:"我不想写成励志小说,也不想为残疾人唱赞歌。这是一部写人的小说,只是小说里的人看不见。……而我之前所看过的一些影视作品,基本是三种我不能接受的模式:一是把残疾人当成工具、陪衬,用来塑造健全人的形象;二是把残疾人作为一种象征,用来反映社会问题;最糟的就是励志和煽情,为了表明社会多有爱心,把人弄得眼泪汪汪的,其实严重伤害了残疾人的自尊。"[1]因此,毕飞宇在《推拿》中就是要真正展示残疾人作为普通社会人的生存故事,剔除了那种"励志""煽情"的虚伪写法,力求写出真实的残疾人,并把他们的真实想法还原到残疾书写的文本中,以此来打动读者。

(二)职业归属的无奈

残疾人出于身体的原因能够从事的工作相对较少,这在一定程度上限制了他们个人需求层次的提升。当通过超出常人的努力实现基本的生理需求与安全需求的满足后,残疾人在职业归属的选择上,遭遇的实际困难也是巨大的。实际上这种爱与归属的满足是人类实现自我发展过程中所必需的职业需求上的满足。[2] 因为爱与归属是社会群体之间相互认可的一种伦理表达。它体现在职业选择的伦理法则上,物以类聚,人以群分。残疾人在选择职业时,其归属需求一般是寻找群体特征相似的团队,这就极大地限制了他们在职业归属上的需求满足。只有同类才能互相接纳,不是同类的残疾人自然也被排除在圈子之外。这主要是因为:一方面他们由于身体的残疾而被主流社会排斥,甚至于抛弃;另一方面,残疾群体内部也有如主流社会一样的伦理法则,弱

---

[1] 邢虹:《盲人题材长篇小说〈推拿〉面世——毕飞宇:尊严感是生活里必不可少的东西》,《南京日报》2008年11月6日,第B06版。
[2] [美]亚伯拉罕·马斯洛:《动机与人格》,许金声译,北京:中国人民大学出版社,2007年,第177页。

肉强食并不仅仅存在于健全人与残疾人之间,残疾人与残疾人之间也一样有着以强欺弱的现象。史铁生对此曾说过:"说残疾人首要的问题是就业,这话大可推敲。就业……在于它表明着残疾人一样有工作的权利。"①尽管有所谓的工作权利平等,但就每个残疾个体而言,这种平等也是相对的,能够进入他们能够参与的职业,是他们最理想的伦理满足,而现实的情况却又千差万别。

残疾人在职业选择上,受社会的制约很大,他们一般都会选择避短就长,只要适应即可。视觉残疾者因目盲,会发挥耳朵的听觉功能,或者是其他与口才、手艺相关的特长,做调琴师、说唱艺人和推拿师等。聋哑人一般都会选择一些与手脚相关的需要力气或技巧的职业,做手艺人、舞者等。而肢残与精神残疾者,在职业选择上的难度和所受到歧视相对要大一些,因残疾程度的轻重不同,社会认可度也各不相同,甚至有些重残者,都无职业可言,因为他们在基本的生活自理上都需要别人的帮助,何谈从事就业劳作。残疾人在职业归属上所遭遇的歧视与排斥是随处可见的,现实社会中能够有自己职业的残疾人大都是处于边缘化的状态。

《推拿》中的沙宗琪推拿中心可以作为盲人们职业选择的典型场域,在群体伦理的保证上,盲人在此实现了职业归属的需求满足。盲人推拿师在这里凭借各自的技术能力实现了职业需求满足,自己作为职业人也赢得了尊严。但即使在这样一个看似全是盲人的职业群体圈子中,他们也仍然会受到来自两个方面的歧视与排斥:一方面是他们的服务对象,这些人大都是健全人,三教九流,什么样的人都有,但他们在这些盲人推拿师面前,都会从潜意识中流露出对盲人的职业歧视。比如小说开头举了一个沙复明给卡车司机做推拿的例子。这个粗鲁的卡车司机在心满意足享受完全身的推拿后说:"前天是在浴室做的,小丫头摸过来摸过去,摸得倒是不错。日亲妈的,屁用也没有,还小包间呢——还是你们瞎子按摩得好!"②这句看似随意的褒扬话语,把盲人推拿师与按摩小姐进行了比较,那种对盲人职业的轻视是随心而出的。这是一句无意的恶语,但对盲人而言,他们又能如何抗辩呢?只能自嘲地接受这种强势的社会选择。另一方面是他们的亲人或朋友,这些人最熟悉他们,但有时对他们在职业选择上的影响也很大。比如都红在盲校学习时,老师偶然间发现她有极高的音乐天赋,便希望助她成才。都红只喜欢唱歌,而老师却认为残疾人只

---

① 史铁生:《病隙碎笔》,出自《史铁生作品全编》(第8卷),北京:人民文学出版社,2016年,第48页。
② 毕飞宇:《推拿》,北京:人民文学出版社,2008年,第4页。

有在"特殊教育"中完成特殊的事情才是最大的成功,盲人会唱歌不稀奇,盲人通过克服种种困难能够在舞台上演奏钢琴才是最励志的故事,况且都红有这样的天赋。所以都红在她未来的职业选择上妥协了,在老师的教导中,三年不到就完成了钢琴八级,都红未来的职业基本上可以说被老师给安排好了,尽管不是都红最喜欢的。然而在一场向残疾人"献爱心"的大型慈善晚会上,都红很糟糕的钢琴演奏依然获得了大家热烈的掌声。自尊心极强的都红从掌声中听出了虚伪,更明白人们给予的掌声不是出于对她的音乐的欣赏,而是出于对她励志式演奏的怜悯,尤其是主持人声情并茂的虚假台词。这对都红的打击非常大,以至于她断然舍弃了弹琴而选择了推拿。所以盲人推拿师这个职业是都红的无奈之选,虽不擅长,但可以让自己生活在真实中。随着故事的发展,被挤断大拇指的都红连做推拿师都不能,职业选择又遭到新挫折。都红对自己未来职业的选择表面上看,是她对现实虚伪的抗争,她想以真实的自我来实现人生的价值,但结果事与愿违,把都红逼到了生活的墙角而无法转身。渴望都红能够成为"特殊人才"的老师,以及沙宗琪推拿中心的盲人朋友,没有一个人是站在伤害都红的伦理立场上为都红安排人生道路的,却把都红一步步地推向了职业的反面,逼走了都红,这种不能决定自己职业选择的无奈感是大多数残疾人的共性特征。

王大夫与小孔从深圳回到南京加入沙宗琪推拿中心,也是他们在职业选择上的无奈之举。因为他们本来在深圳的职业规划并不是这样,王大夫通过自己几年的辛苦劳作,挣得了一笔钱,本想以这笔钱回南京老家开一家属于自己的推拿室,自己当老板,小孔当老板娘,共同发展,过上幸福的二人生活。但不承想,投入股市的钱被割了韭菜,套死在里面。他带着小孔回到南京的打工生活却与他们想象的完全不同。回家之后,一系列事件的发生打乱了他们的生活节奏。家里的父母对弟弟与弟媳的"啃老"束手无策,不仅要为他们还各种外债,还被索债的人逼上门催债。这两个身体强健的年轻人却毫无羞耻之感。王大夫和小孔的生活也陷进了为他们还债的深渊之中,甚至于王大夫不得不采用耍横的方式,割伤自己而了了弟弟的赌债。但之后他们的生活还是不能确定,他们夫妻二人在推拿中心只能住在各自的集体宿舍,职业归属的不确定性也促使他们俩产生了各种误会,如何解决还需要交给生活。王大夫与小孔的职业归属与其他几位盲人相比,应该算是最有未来确定性的,但在现实生存的压力中,他们依然要面对许多无法确定的选择,更何况其他盲人呢。

盲人张一光在职业归属上,可以说是残疾人中的另类。他不仅受健全人的排斥,而且推拿室的同事也不愿接受他。因为他有两段职业经历,这两段经历的差别太过巨大,以至于直接改变了张一光对生命价值的伦理诉求。致盲前他是煤矿的矿工,为了家庭他每天辛苦地到井下挖煤,挣得还很少,几乎没有任何生活的乐趣,但他毕竟有了三十多年的光明生活。当煤矿发生瓦斯爆炸时,113个矿工都死了,只有他活了下来,但"他付出了他的双眼"①,从此他开始了盲人推拿师的职业经历。这场事故对于张一光来说,既是一场痛苦的灾难,使他人生的后半段只能生活在黑暗之中,但相对于他的工友而言,他失去了双眼却捡了一条命。所以张一光在职业选择上与那些经历心灵炼狱的盲人是不一样的。张一光经历了人生的突变,他从矿工到推拿师,没有经过任何炼狱式的过渡,可以说他是盲人推拿师群体的外来者。他实际上并不属于这个盲人群体,所以在推拿室里也缺少真心交往的朋友。他后来迷恋上去洗头房做嫖客,去做幻想中的"皇帝",去"翻牌子",这都显示出了张一光作为后天盲人的分裂性人格。他的职业归属感也是分裂的,原来做矿工时,是健全人,但因养家糊口而拼命挣钱,在巨大的灾难过后,他经历了"死",又再次感受了"生"。残疾对他而言,变成了一种存在的幸福。他既不用再承担原来的责任,也不用为自己的盲而感受自卑和压力,他寻求推拿的职业是用来享受他的后半生,所以他的职业归属是失衡的。他挣到钱就花到洗头房里,这一看似荒唐的行为,也可以找到解释的理由。"《推拿》最伟大之处就在于,作者毕飞宇将盲人作为正常人来写。他改变了千年来几乎固定不变的成见。这个成见就是认为盲人是非正常人。这个成见也基本上左右着文学中的盲人形象的塑造,盲人形象往往成为一个符号或象征,盲人作为正常人的资格长期被剥夺了"②。

在当代中国小说的残疾书写中,残疾人在职业归属的需求满足上所表现出的伦理意识,基本上都是同类残疾者的相互认同,这与主流社会的排斥性构成了一种若即若离的关系。盲人的师徒传承性来自同类的伦理认同,这种伦理关系与其他类型的残疾人相比,具有最为明显的典型性。《推拿》中的推拿师有专业的老师传授,《命若琴弦》《麦河》中的说唱盲人,也都是师徒同行,一起谋生。但也有许多无法进入职业行列的残疾人,他们只能接受来自社会的帮助与救济,很难融入无论是同类还是主流的从业队伍中,伦理上的认可与评价自然而然地走向孤独。《明姑娘》中的盲人赵灿、《没有语言的生活》中的王

---

① 毕飞宇:《推拿》,北京:人民文学出版社,2008年,第214页。
② 贺绍俊:《盲人形象的正常性及其意义——读毕飞宇的〈推拿〉》,《文艺争鸣》2008第12期,第31页。

老炳、《插队的故事》中的瞎老汉等残疾人都无法走进社会主流之中,他们只能以自己的生活方式实现个人生存的价值。而其他类型的残疾人在职业归属的需求满足上,可以说是各有各的不幸,但他们的伦理诉求则基本相同。史铁生笔下的肢体残疾人大都是走进社会福利企业,靠社会的救济实现最基本的生存需求。比如《山顶上的传说》中的跛脚青年,《夏天的玫瑰》中卖风车的残疾老头,《没有太阳的角落》中的肢残铁子、克俭和"我",都属于这种伦理归属。但也有如《原罪·宿命》中瘫痪的十叔、瘫痪的"我",《务虚笔记》中的 C 等与生命伦理内涵直接相关的思考者形象,这与职业归属性的伦理满足有着本质的不同。可以说他们都是史铁生生命伦理思考的肉身载体。莫言笔下的残疾人,如《民间音乐》中的小瞎子,《断手》中的肢残者苏社、留嫚及卖樱桃老人,《白狗秋千架》中的"个眼暖"及哑巴丈夫、哑巴儿子,《丰乳肥臀》中的哑巴孙氏兄弟、盲女八姐上官玉女、瞎子徐仙儿、独腿杨公安、独臂龙青萍、失去双腿的孙不言以及鸟仙三姐,等等,在伦理诉求的满足上更是各有各的不同,有的要生存,有的要满足精神的提升,也有的为了自己的价值追求而孤独坚守着自己的精神理念,这种故事伦理的精彩性与多样性是其他作家所难以达到的。这当然与莫言的童年生活记忆有着必然的联系,他的残疾书写的故事伦理构建是以生活在社会不同层面的残疾人为故事原型,融入自己的生命体验而成的。其他具有象征隐喻类残疾书写的相关作品,如《爸爸爸》《受活》《尘埃落定》等,表现出的生存伦理需求的满足,则更多地属于时代历史的象征伦理范畴,即使有生存伦理的表达需求,也是为了再现时代的伦理隐喻。

(三) 自我实现的艰难

自我实现是人追求自身价值的自我感知,是生命体验中的理想目标。马斯洛认为自我实现就是一个人力求变成他能变成的样子。[①] 在此基础上,马斯洛后来又进一步分析这一理论,将自我实现分为两类:一类是健康型自我实现。这种人更务实、更能干,除具有一般自我实现者的特征外,很少有超越的体验,主要是入世主义者,如我们中国儒家所提倡的济世之才。另一类是超越型自我实现。这种人更经常意识到内在价值、生活存在水平或目的水平,具有更丰富的超越体验。他们更重视高峰体验的意义,能从永恒的意义上观察和理解人和事,真、善、美的统一是他们的重要动机,更重视整体论的世界观,有

---

① 马欣川主编:《现代心理学理论流派》,上海:华东师范大学出版社,2003 年,第 261 页。

更强的协同意识和倾向,能超越自我,超越人我之间的分歧,更重视创新、创造和发现,更关心人类的命运,更尊敬他人,能更平等地对待人,更重视精神生活。要真正做到自我实现,是需要付出巨大的努力的。[①] 现实生活中的残疾人要想真正达到自我实现的目标,需要有强大的精神支撑和坚忍不拔的意志力。《民间音乐》中为了实现音乐至上追求的小瞎子、《命若琴弦》中为了参透复明药方而终生弹弦的老瞎子、《受活》中为了受活人退社而甘愿背上各种污名的茅枝婆、《推拿》中想要获取"有眼睛"生活的沙复明、《麦河》中能够在人鬼之间对话的白瞎子白立国、《轮椅上的梦》中为实现个人理想而奋斗的残疾少女方丹等都具有自我实现的个人伦理追求,他们的故事伦理依托于明确的个人奋斗目标,基本完成了需求满足的最高境界。

《受活》中的茅枝婆作为一名红军后代,也是一名红军战士,从小形成的人生观、价值观具有非常重要的满足自我实现的指导性。尽管经历了各种椎心泣血的事件,但她始终怀有一种巨大的献身精神,追求人生理想价值的实现。所以她在受活村被石匠收留后,虽然不知道外面发生了什么,但当她得知山外共产党已经解放了全中国后,她个人价值的自我实现需求便被重新激活,她要带领受活人过上她理想中的那种生活。于是她与丈夫石匠一起费尽千辛万苦为受活人争得了一个自然村的政治身份,并由此正式入社。茅枝婆人生价值的自我实现看似圆满了,但令其无法想象的是,她拼尽全力挣来的入社身份给受活人也给她个人的生活带来了灭顶之灾。严格说来,茅枝婆的革命经历,是她作为一名党员的故事伦理基础,她愿意用自己的真诚为革命、为受活村村民尽一份革命者应尽的力,这也是茅枝婆作为一名共产党员的政治信仰。但生存伦理的现实境遇击垮了茅枝婆内心的崇高信仰。入社之后,与世隔绝的受活人遭遇了一次又一次的灾难。这些灾难如厉鬼猛兽一般,让受活人度过了一个个噩梦的清晨,让茅枝婆感到残疾人在所谓的健全人主宰的社里,难以生存下去。更令她无法接受的是,这一切的结果,都是她费尽心思争取入社的副作用,所以从个人理性的角度,她认为必须改正她的这个错误,她要把套在受活人头上的这个像"枷锁"一样的社退掉。因此她坚决彻底地申请退社正是她对原来自我实现过程中错误的纠正,再苦再难,退社是她后半生所有的追求,也是她对自我实现的伦理校正。因此对于茅枝婆而言,她的人生历程是在自我完善的追求中实现她的人生价值。健全人对于她以及受活残疾人的伤害,

---

① 马欣川主编:《现代心理学理论流派》,上海:华东师范大学出版社,2003年,第264页。

使她彻底认识到受活人应该回到过去的意义,只有脱离"圆全人"箍在他们身上的那个体制的"社",他们才能回到原来世外桃源般的受活日子里。当那张具有讽刺意味的退社文件发到受活村时,茅枝婆的精神罪责终于得到了拯救,她也在宣布完这个对她后半生具有使命意义的文件时,结束了伤痕累累的一生。

莫言的《民间音乐》表现了小瞎子以追求音乐至上为精神需求的故事伦理,小瞎子对人生价值实现的追求具备了满足个人自我实现需求的典型特征。虽然这篇早期的作品不是莫言的代表作,但小说对小瞎子这个人物故事的讲述已经显示出莫言创作的天赋。小说中的小瞎子是个民间音乐的天才,箫笛笙管,样样精通,且能直指人心,打动听众。小说通过前后对比的叙述方式再现了小瞎子对于音乐的态度,也展示了世俗民众对小瞎子前倨后恭的态度转化。小瞎子刚到马桑镇时,没有人愿意收留他,而花茉莉却把他带回了家,不但给他提供食宿,而且还给他提供演奏音乐的场所。令人意想不到的是,小瞎子的音乐美妙至极,使马桑镇成了音乐的殿堂,吸引人们每天都来花茉莉的店里听小瞎子的音乐演奏,这也使花茉莉的店铺得到了巨大的实惠,并引起了其他几家店铺的嫉妒。此时的小瞎子毅然决然地选择了离开,因为他感到他在马桑镇每天的演奏已经阻碍了他对音乐的提升需求。他需要去下一个可以提升自己音乐水准的地方,他对音乐的追求是任何东西都无法羁绊的,他的生命与音乐相伴。小瞎子的自我实现也以精神式的涅槃飞升到至高境界。在莫言的小说中,这一短篇小说应该算是一篇充满浪漫色彩的残疾书写,其中的故事伦理既表现了温情浪漫的价值追求,又借小瞎子精神需求的自我实现达成了伦理价值的提升。

在这一点上,毕飞宇在《推拿》中通过以沙复明为代表的一批盲人,表达了他们在人生价值的追求上渴望达到一种自我实现的人生境界。推拿中心的这群盲人作为生命存在的个体,也需要显示自我存在的价值,也渴望能够做一个普通人为社会所尊重。不仅仅因为他们是盲人,更重要的是他们作为社会大众的普通一员,希望过有尊严的生活。因此"毕飞宇要告诉我们的生活真相,不只是人与人之间的金钱关系,也不只是道德的沦丧和社会的畸变。在金钱之下,在道德的底端,还涌动着不能扼杀的人的尊严。这才是最深的真相,让人充满敬畏,也充满希望"①。所以沙复明的故事伦理基础就是个人奋斗的成功与爱情追求的完美,但这种自我实现的伦理需求超出了他驾驭生活的能力,悲剧的发生成为必然。而其他作家笔下的残疾人物如白立国、方丹等,在自我实现的伦理追求之路上,也走得很艰难,但他们都能坚持下去,并执着于理想目标的实现,这样的残疾故事伦理也一样能够打动读者。

三、同情与欺侮的伦理叙事

不管社会文明程度高低,作为社会弱势群体的残疾人在社会交往中始终会面临两种境遇:一是同情,一是欺侮。同情与怜悯是人们对弱者的关怀,是人类文明发展的一个评价标准。但对这个标准尺度把握不好就会伤害弱者,这与对残疾人施以欺负与凌辱造成的伤害一样,都是残疾人所不愿意接受的。残疾人天生就有一种游离于社会主流之外的防卫意识,因为他们对于同情与关怀的接受是有限度的,而对于欺侮的强势侵犯基本上又是没有抗拒能力的。史铁生作品中的那些残疾者在面对社会各种另类的眼光时,表现出一种自我退缩、向内求索的精神追求;阎连科笔下的受活人,始终生活在健全人的世界之外,即使被健全的"圆全人"一次次洗劫时,他们也没有反抗的能力,只能在饮恨泣血的屈辱中接受现实的残酷;毕飞宇笔下的盲人王大夫则要在养活自己的同时,肩起家庭的重担,为健全亲人的恶习来买单;东西笔下的王家宽一家人,虽然能够齐心协力共同应对生存的现实艰难,但仍无法抵挡住村人的歧视性侮辱。当代中国小说残疾书写中的这些残疾人所负载的心理负担,远比健全人要沉重得多。因此,在现实社会中,人们与残疾人的相互关系往往会走向两个极端:一个极端是滑入过度同情与怜悯的旋涡之中。作为残疾人在面对社会的同情与怜悯时,他们有时会被过度的爱心所刺伤,他们敏感而柔弱的内心会自然地升起一道防护栏,甘愿走向更深的孤独。另一个极端则是弱肉强食的社会法则会使残疾人直接遭遇强势社会的欺侮与掠夺。尤其是在物资匮乏或灾难来临之时,残疾人首先会被社会所抛弃,甚至会被用作献祭神灵的供品,有时也会被当作满足社会大众恶俗心理的娱乐对象。这种世俗伦理背景下的旁观自然也将使残疾人感到更加痛苦与孤独,使得他们在痛苦中走向

---

① 梁平:《生活真相与普世价值——毕飞宇推拿的两个文学穴位》,《小说评论》2012 年第 1 期,第163 页。

更加边缘的困境。社会对残疾人的态度选择主要体现为同情式的伦理与欺侮式的伦理两个方面。

（一）同情式的故事伦理

同情是人类的本性，任何人都有同情的伦理感受。同情的伦理指向是他人的苦难与不幸，以移情心理为情感基础，它可以面向人类，也可以延及自然。同情作为一种情感反应，是同情者以自身的主观感受作为道德伦理判断的标准，对其同情的对象而言，具有外在的施与性。所以在大多数情况下，同情是社会道德良知加于弱势个体的关怀与帮助，具有重要的积极价值与意义，也是人类社会伦理秩序中的基本价值追求，在社会的主流价值观中始终处于主导的中心地位。但是如果同情的伦理限度被打破，同情的接受者也会拒绝与排斥，尤其是残疾人在经受巨大的人生变故时，需要很长的时间来自我消释不幸的后果，外在的同情只能起到辅助的舒缓作用，不可以用过度的同情关心来增加他们的内心负担，打乱伦理感觉的平衡。当代中国小说的残疾书写，在故事伦理内涵的设置上，运用了许多这种伦理的同情方式来表现残疾人的真实接受心理，其中对同情限度的挑战就是这些残疾故事伦理关注的重点。

史铁生的许多带有自传性质的小说都有这种同情伦理特征，如《山顶上的传说》中瘸腿的青年借寻找鸽子的事件，执着于自己的写作事业，体现出对爱情的坚守，但外人的劝说与不解都具有一定的过度同情，对他在事业与爱情上的坚持都是一种伤害。毕飞宇《推拿》中的盲人在选择学习推拿技术时，就选择了他们未来的生活之路。他们可以作为社会普通的一员通过自己的推拿技术给社会服务，并养活自己，这正是他们为维护个人尊严的当然选择。他们既不愿成为拖累家庭的负担，又不希望别人对他们另眼相看，他们想与社会大众一样过上一种平等的生活。因此，这些作品中的残疾书写集中表现健全人对残疾人施与关心同情，乃至怜悯之时，给他们造成的精神压力及心理上的伤害。

《推拿》中都红的两次逃避都是对过度同情的伦理拒绝。都红作为一个有着极高音乐天赋的先天盲人，如果按照她的兴趣发展，也许她能成为一个非常有前途的歌手，但她在特殊教育学校的老师认为都红既然有音乐天赋，就应该去弹钢琴，这样才能显示都红身残志坚的励志精神，也可以显示特殊教育的教学成果。因为"特殊教育一定要给自己找麻烦，做自己不能做的事情。比方说，聋哑人唱歌，比方说，肢体残疾的人跳舞，比方说，有智力障碍的人搞发明，这才能体现出学校与教育的神奇。一句话，一个残疾人，只有通过千辛万苦，上刀山、下火海，做——并做好——他不方便、不能做的事情，才具备直指人心、感动时代、震撼社会的力量"①。所以都红自然应该去弹钢琴，并为未来设定目标。接受了老师建议的都红在钢琴弹奏上也的确进步很快，超过了一般学习钢琴的人，三年考过八级。但不承想在"献爱心"的慈善晚会上，都红被主持人与观众的过度同情给伤害了。因为都红知道自己由于第一次登台紧张，并没有演奏好巴赫的《三部创意曲》，"那种热烈的、经久不息的掌声"②深深地伤害了她，她知道别人并不是真的来欣赏她的钢琴演奏，而是把她和她的演奏作为慈善晚会的道具，她只要能弹奏出曲子，大家都会给予她热烈的掌声，只要有了掌声，就有人会给晚会捐款。她知道人们的赞美都是假的，因为"她这样的人来到这个世界只为了一件事，供健全人宽容，供健全人同情。她这样的人能把钢琴弹出声音来就已经很了不起了"③。这个慈善晚会对都红的伤害是巨大的，健全人根本没有考虑作为盲人的都红是什么感受，只觉得把都红这个道具用好，他们就可以募得捐款。所以都红彻底放弃了钢琴，转行学习自己并不擅长的推拿，以摆脱那种给人做道具的屈辱感。而在克服各种困难成为沙宗琪推拿中心的一名推拿师后，都红又一次被迫选择了逃避。这次是因为都红不愿意接受盲人同事的施舍，而逃离沙宗琪推拿中心。本来推拿技术就不过关的都红，是难以在推拿中心混下去的。但因为她被"有眼睛的人"夸赞漂亮，且有回头客乐意找都红做推拿，都红才勉强靠推拿技术挣得报酬。然而一场意外，使都红的大拇指被大门框给夹断了，这样都红连做推拿师的资格也没有了，但过于热心的小孔与金嫣却在沙宗琪推拿中心为都红的受伤搞了一次隆重的慈善募捐，又一次大大伤害了都红的自尊心，这种过度的同情又一次逼走了都红，她选择了静悄悄地离开，就是避免自己再被伤害。都红的逃避实际上是从伦理价值评判的角度对来自社会过度同情的拒绝。

的确，社会大众的同情具有两面性，掌握好同情的分寸，是对残疾人最好的尊重。奥地利作家褚威格曾说过："同情是把两面有刃的利刀，不会使用的人最好别动手。同情有点象吗啡，它起初对于痛苦确是最有效的解救和治疗的灵药，但如果不知道使用的分量和停止的界限，它就会变成最可怕的毒物。……如果人人放任同情，这世界就完了。"④所以对同情的运用必须把握好

---

① 毕飞宇：《推拿》，北京：人民文学出版社，2008 年，第 61 页。
② 同上，第 63 页。
③ 同上。
④ [奥]褚威格：《同情的罪》，沉樱译，济南：山东文艺出版社，1984 年，第 84 页。

尺度,过犹不及。

现实生活中的残疾人,一般都不愿意因为自己的残疾而拖累家人、亲戚、朋友,宁愿到同类残疾人的生活圈中与他们一起面对同样残疾的不幸。这实际上就是一种伦理认知上的解脱,因为人与人之间的交往最基本的伦理基础是平等,残疾人与健全人在身体上已经不平等了,交往的伦理基础已经丧失,所以只要生活能够自理,大多数残疾人都不是非常愿意与健全的家人生活在一起。而当健全人以社会伦理的标准来表达自己应有的同情伦理之时,可能会引起同情的伤害。航鹰的《明姑娘》中,后天失明的盲人赵灿不愿意接受同为盲人的明姑娘的帮助,也基本上是出于心理防卫。明姑娘虽明知自己的眼睛已不可能复明,却还有意假装与赵灿一起看眼病,这说明明姑娘在同情伦理的运用上恰到好处,使得赵灿并没被这种有限的同情伤害并治愈了眼睛。艾伟的《整个宇宙在和我说话》中的盲少年喻军也曾面临这种难以掩盖的伦理同情,只不过其他不太懂事的孩子并没有按喻军母亲的要求去安抚喻军的自尊,反倒是喻军自己难以走出这种虚假的同情伦理,选择了自杀。

迟子建在《盲人报摊》中为读者讲述了一个关于同情伦理限度的残疾故事。小说的主人公是一对盲人夫妇,"吴自民是十六岁的一场大病后失明的,而王瑶琴则先天失明",他们每天摆个报摊,挣点零用钱,以度余生。夫妻二人一块出摊,一起回家,恩恩爱爱,比正常人的生活还要满足与安定,却被一件意外打破了生活的平静,那就是王瑶琴意外怀孕了。这个突然而至的胎儿,使他们俩既高兴又担心。高兴是因为他们有了自己的孩子,担心是因为按照遗传,孩子有可能会是盲人,毕竟妻子是先天失明,而且他们作为盲人的苦痛不愿意让孩子再经历一遍。于是就先假定孩子是个盲孩,他们先募捐一些钱为将来的孩子治疗眼睛,却遭到了周围人们的质疑与嘲笑,人们认为他们的募捐是欺骗,孩子还没有出生呢。此时的社会人对他们的质疑是建立在他们各自不同的伦理价值评判之上的,而盲人夫妇却又无法证明他们募捐的真实性。因此在他们决定放弃募捐时,却发生了与他们同住在大院里的邻居刘奶奶因与孙子阿强吵架而自杀的悲剧。这时他们夫妻在反思中认为,"全院落子里只有我们是不吵架的夫妻,因为我们相互看不见,在我心目中,你是世上最美最好的女人""他们像新婚那夜一样拥抱在一起,失明的痛苦早已被抛到九霄云外。孩子不管是否盲人,都是上帝赐予的。他们觉得会加倍爱惜那孩子的"①。他

---

① 迟子健:《盲人报摊》,出自《逝川》,武汉:长江文艺出版社,2001年,第326页。

们虽然没有得到社会人士的同情与支持,却觉得他们正因为是盲人才没有健全人那样的争吵与不满,他们宁愿生活在这种无视的同情之外,至于孩子是不是盲人已经不是什么重要的事了。迟子健的残疾书写从残疾人的角度反证了健全人的丑陋与低下,他们简单的欲求背后却是健全人的生命悲剧,他们也能释然地放下自己的欲求,过平静自足的生活。在伦理表达的深层意义上,他们被这种同情伦理的怀疑伤害了。因此,把握好同情的限度,可以使残疾人更好地提升他们的生活质量。

(二) 欺侮式的故事伦理

人性的善恶像硬币的两面,而善恶的出发点有时又与人的利己与利他有着直接关系。作为个体的人,在不同的环境、不同的时间,选择利己还是利他,是建立在他们自身道德修为的高低上。健全大众在面对弱势的残疾人时,大多会施与善意,显现自己较高尚的文明修养。但有时在生与死的巨大利益面前,在一定的大众娱乐狂欢的情景中,他们对那些处于弱势中的残疾人所显示出的那种冷漠的自私与恶俗的旁观,则将人性的天平打翻。他们攻击那些残疾人,欺侮他们,以他们的残疾为笑料,满足一时的快感。一方面,弱势的残疾者为了生存,不得不忍受甚至接受那些强加给他们的不公与屈辱,有时还不得不采用自虐的方式来求得自我心理上的平衡。另一方面,有优越感的健全人在潜意识中本能地会对残疾人的成功产生心理上的失衡,以致采用欺凌侮辱的手段以满足自我的心理平衡。毕飞宇曾讲过他在生活中经历过的一件真事,"我至今还记得一位这样的盲人,他叫老大朱。为了取悦村子里的父老乡亲,他练就了一身过人的本领,他的耳朵会动,他会模仿各种家禽与各种家畜的叫喊,他还能模仿瘸子、驼背和痨病患者。只要有人对他吆喝:瞎子,来一个。他就会来一个。请允许我这样说,他的生活是牛马不如的,但他很快乐,因为他知道,要让健全人快乐,他自己首先要快乐起来,他所谓的快乐就是作践自己"[①]。盲人老大朱就生活在健全人的欺侮之中,但他不能不接受这些带侮辱的"吆喝"。因为他要生存,而现实社会的这种带有侮辱的伤害只涉及尊严的伦理评判,当生存是第一位的时候,这种尊严自然也可以交易。所以可悲的是这种明显带侮辱性质的尊严交易换来了物质生存的可能,他自然也就心甘情愿地把自己的残疾表演给周围人看,通过取笑自己而博取别人的关注,同

---

① 毕飞宇、张莉:《牙齿是检验真理的第二标准》,北京:人民文学出版社,2014年,第382页。

时也可以获得健全人的施舍。

　　莫言小说中的许多残疾书写也体现了这一特征。如《白狗秋千架》中的暖本是一个心气极高的美丽女孩,但命运之神把她从秋千架上打落之时,就已经给了她一个略带屈辱的歧视性称谓"个眼暖"。她从此失去了选择幸福婚姻的权利,只能嫁给一个哑巴做妻子,拼命劳作以获得现实的生存。而更加让她难以接受的是,她与哑巴丈夫一连生了三个哑巴儿子,这就使她在村民面前更加抬不起头。摆脱这种生存的困境,并能过上属于自己的可以与人说话的生活,就成了她后半生的精神追求。所以她刻意安排与"我"野合,想生一个会说话的孩子,也就有了合理的解释。《透明的红萝卜》中的侏儒小黑孩,既缺少家庭的温暖,又被村民们当作呼来喝去的玩偶,没有人把他当作一个正常的社会人对待,而小黑孩以无言的沉默来对抗这些不公。在某种意义上,可以说,他是借助肉身的折磨来换取灵魂的升华,尤其是他在炉火的光照中看到了透明的红萝卜。鲁迅在描述阿Q式的国民劣根性的时候,就是借助未庄人对阿Q的嘲弄与恶意欺凌来展示他的伦理批判性。实际上,在现实社会中,鲁迅作品的这种批判性显示了人类文明发展过程中所无法绕开的一种现象。其中的原因既有大众狂欢娱乐的欺凌因素,又有弱势群体无力反抗的实际情状。因此,社会大众对弱势群体的戏耍、欺凌是有历史渊源的。中国古代的各种刑罚基本上都是以摧残人的身体为主要方式,如黥刑、鞭刑、杖刑等。对人的肉体施加刑罚,即便受罚者活了下来,也会让世人知道他曾经是一个受过惩罚的罪犯,他们一辈子都要背着耻辱的烙印生活,这对人内心的伤害是无法修复的。而在西方文化中,由于宗教的因素,神对人的惩罚也以肉体的伤残为主,如俄底浦斯王,因无力承载命运的神示,犯了大错,自己便刺瞎了双眼,以惩罚自己所犯的罪恶。所以古已有之的这种集体无意识,代代传承,以至于现代社会中大众对弱势的残疾群体,施以歧视、嘲弄甚至欺凌时,也有人并不觉得有违伦理道德,而是觉得好玩,娱乐化的狂欢背后是受辱者内心的泣血伤悲。类似有违社会伦理的残疾故事,也正是作家们所深恶痛绝的。对此类残疾书写的故事伦理表达,意在揭示社会人性之恶的一面。

　　阎连科的《受活》包含隐喻性极强的残疾书写。县长柳鹰雀作为小说叙述的主要对象,在作者表达残疾故事伦理的内涵时,实际上是被放在批判与讽刺的伦理位置上的。柳鹰雀代表着地方政府的官员,一县之长,但他又不具备一般意义上的官员形象特征。柳鹰雀是一个弃儿,无根的身份特征隐喻这个人物在个人成长的奋斗之路上,缺乏基本的社会伦理底线。作为他养父的社校柳校长在去世后,给年仅十六岁的他留下了一个"敬仰堂",以此来激励他向未知的人生巅峰发展。当柳鹰雀在"敬仰堂"里看到那些政治名人的成功简历时,他内心的政治欲望被刺激得膨胀起来,面对养父给他留下的空白履历,他开启了人生的政治征程。按照养父设定的目标,他从最底层的通讯员做起,一步步走到了县长的位置。他在政治上所取得的成功,折射出他灵魂的阴暗与扭曲。为了让华侨给他们投资,他不择手段,通过虚假的场面打动华侨,甚至在魂魄山的列宁纪念堂里,私下里给自己也留下一块"永垂不朽"的墓碑。由此可以看出,他是多么渴望自己将来也与列宁等伟人一样,被人们所纪念。善于钻营的柳鹰雀竟能从报缝中看到政治上的机遇。当他在面对受活村的残疾人时,"土皇帝"的心理使得他根本不顾及残疾人的尊严与感受,以强势的心理肆意践踏他们的生活。在受活村做通讯员时,他就诱骗了茅枝婆的女儿栾菊,并生了四个侏儒女儿,又无耻地抛弃了她们。在受活村遭遇了六月雪的大灾之年时,他又借赈灾之名,来到受活村,以发放救济款的名义赚取个人的威信。受活庄共有"一百九十七口人,有老少瞎子三十五口哩,聋哑四十七个哩,瘸子三十三个哩。那些少了一条胳膊、断了一根手指,或多长了一根指头的,个儿长不成人样的,七七八八,不是这不全,就是那残缺的也有几十口人"①。面对这样一个残疾人群居的村庄,他从没有考虑这些人的生活问题,心里想的全是这些残疾人对他这个县长的看法。他亲自给每个残疾人发放 50 元扶贫救灾款,并且随意调整数额,以满足自己高高在上的权力欲望。在受活村的"受活庆"上,他看到残疾人自娱自乐的表演后,萌生了组织"残疾人绝术团"的想法。这个名义上的绝术表演,实质上是通过各种造假与包装来展示残疾人的缺陷,是让残疾人通过出卖尊严来为他挣得政治荣誉,并获得经济收益。这样他就可以很快凑齐所谓的"购列款",实现他自己的政治飞升。这遭到了受活村代表茅枝婆的强烈反对,因为茅枝婆在经历了入社之后的一次次磨难后,她活着的唯一目的,就是带领受活人退社,让受活人再回到他们以前无忧无虑的日子里。善于抓住破绽的柳鹰雀也正是抓住茅枝婆的这个弱点,以退社作为诱饵逼迫茅枝婆答应他,甚至在第一个绝术团获取巨额财富时,他又使伎俩让茅枝婆亲自带队组织了绝术二团。柳鹰雀最后以自己的无耻骗术把受活村的残疾人推向了全国各地,编织各种谎言,包装残疾人的缺陷,用他们的尊严换来了政治上升的资本。柳鹰雀对受活村残疾人的这种人格与尊严的欺凌,实质上

---

① 阎连科:《受活》,沈阳:春风文艺出版社,2004 年,第 40 页。

突破了两种伦理的价值底线,也注定了他必然失败的结局。一个是他凭借手中的权力,以政治伦理的原则逼迫受活村残疾人甘心去全国各地出卖尊严。他以退社作为要挟的条件,使得茅枝婆不得不退让。另一个就是他以金钱作为诱饵,诱惑那些只看小利的残疾人进入他的圈套,把金钱至上的伦理原则运用到极致。柳鹰雀借着手中的权力与金钱,把受活村残疾人玩弄于股掌之间,显示出柳鹰雀在人格伦理上的无耻与无底线。

以茅枝婆为代表的受活村残疾人,作为底层弱势群体,他们在面对以柳鹰雀为代表的强势圆全人的欺凌与侮辱时,所进行的抗争几乎全是失败的。茅枝婆作为受活村的灵魂人物,十一岁就跟随母亲参加红军。她后来在"爬雪山时,五对脚趾被冻掉了三对,左腿又在一山上坠沟骨折,从此彻底致残,离不开拐杖"[①],偶然中被受活村的石匠救回,后来带领受活人入社,成为受活村的实际领导人。但当外来的圆全人对受活人进行欺侮时,敢于以死抗争的茅枝婆也无能为力,因为圆全人太过强势与阴险。小说叙述了受活残疾人被圆全人欺凌侮辱的两次事件,意在批判圆全人在伦理上的强势地位。第一次发生在全国都闹饥荒的时代,与外界隔绝的受活人却家有余粮,每顿还可以吃上面食。这种对比自然引起了山外圆全人的心理失衡,他们凭借着政府的权力,批下了各种借条,到受活村借粮。而随着缺粮问题的逐步加重,受活人毕竟也无法满足这一批批来借粮的圆全人。当茅枝婆在山外得知许多村子都已饿死人之后,要求村民在各家的床头挖坑埋粮,并"定了三条村规,一是各家不能吃捞面,二是各户不能吃烙馍,三是各家各户都不能睡到半夜肚子饿了起床烧夜饭"[②]。但这个时候,山外已经饿红了眼的灾民开始涌进受活村,他们觉得,"一世界人都在地狱里,只有你们受活人活在天堂上"[③]。最后,这些身体健全的圆全人自然不甘心于饿死,便在一个夜晚抢劫了整个受活村。他们的逻辑是,"这老天不公平,我们圆全人一个一个活饿死,你们缺胳膊少腿的瞎子和瘸子,竟全村儿没有一个挨饿的,全村的坟上没有一个新坟堆"[④]。被洗劫一空的受活人也与他们一样,有的饿死了,有的硬挺了下来。这个抢劫故事的伦理基础是天下没有残疾人比圆全人过得好的道理,只有圆全人比残疾人过得好才符合事理。这的确是"弱肉强食"的丛林法则,受活残疾人在面对强势的欺凌之

---

① 阎连科:《受活》,沈阳:春风文艺出版社,2004年,第5页。
② 同上,第157页。
③ 同上,第150页。
④ 同上,第164页。

时,也只能无奈地接受。而第二次圆全人对受活残疾人的敲诈与抢夺,则显示了他们典型的强盗心理。他们不仅偷走残疾人的劳动报酬,而且还敲诈他们仅存的贴身钱,甚至对四个侏儒女孩子进行了兽性的奸污。受活残疾人也因此而重回一贫如洗的从前,他们在面对强势圆全人的欺侮时,无论是在权力的倾轧方面,还是在蛮力的抢劫方面,基本上没有任何招架之力。《受活》的残疾书写虽然具有很强的故事隐喻内涵,但在描述残疾人被欺侮的伦理故事上具有极强的写实效果,让人在读后会有心灵被震撼的感受。

一般情况下,当残疾人与健全人在一起生活工作时,残疾人经常会在比较熟悉之后,被拿来开玩笑,残疾人一般是没有办法反抗的,只能屈辱地接受这些不公。恶俗的娱乐戏弄严重地伤害着他们的自尊。《爸爸爸》中的丙崽是被当地人随意戏耍的对象,经常被当地的小孩子们欺负,打他的头,扇他的耳光,让他喊"爸爸",而被折磨的丙崽则没有能力反抗,只会骂一句"X妈妈",则又招致更恶意的打骂与戏弄。当然智力残疾的丙崽不会说其他的话语,母亲以为他不注意跌跤了,便也骂他。这时的丙崽也知道要表达自己的愤怒,他会"眼睛翻成全白,额上青筋一根根暴出来,愤怒地揪自己的头发,咬自己的手指……疯了一样"①。这种发疯式的表达,其实是一种表白,是对社会上人们的那种无耻行为的愤怒,其内心的痛苦孤独无可诉说。

《没有语言的生活》中的聋人王家宽,因为他的残疾,经常受到村民的欺负。这种欺负显示出当地村民对王家宽在伦理表达上的歧视性嘲笑,既有无恶意的取乐,也有纯粹恶意的欺凌。比如王家宽把买回的收音机整天挂在自己的脖子上,把声音放到最大,在村里到处走动串门,让大家取乐时,他也感到很快乐。可不怀好意的村民谢西烛却用淫秽下流的动作嘲讽他,这实际上是对王家宽的侮辱,而谢西烛可能觉得这只是自己跟他开了粗俗一点的玩笑罢了。同村的几个小混子狗子、刘挺梁、光旺等,因好吃懒做便去偷王家宽家的腊肉烧了吃,就是典型的纯粹恶意的欺凌。尽管刘挺梁的父亲将刘挺梁抓过来给他们赔罪,但因父子俩的残疾,他们也无法对这几个偷他们腊肉的人施加惩罚,只能饶了他们。后来狗子又恶意串通老黑、杨光将王家宽骗到老黑家中,把他捆起来,将他的头摁到一盆热水中,然后给他剃了一个阴阳头,恶意地戏耍欺侮了他。如果说这些年轻人对王家宽的欺侮仅带有恶作剧的性质,纯粹是为了报复他们偷他家腊肉吃所受到的惩罚,那么后来的村民在黑夜里强

---

① 韩少功:《爸爸爸》,上海:上海文艺出版社,2017年,第67页。

奸了王家宽的哑巴老婆蔡玉珍就属于典型的恃强凌弱的强盗行为,带有直接掳掠的犯罪性质。蔡玉珍会遭此噩运,主要还是他们这个残疾人组合的家庭,瞎子的父亲无法看见犯罪者的容貌,而哑巴的蔡玉珍又无法说出犯罪者的样貌,王家宽也不能听到犯罪者何时来的。健全村民给这个残疾人组成的家庭所造成的伤害,既来自对现实生存物资的直接抢夺,也来自那些劣质人格的人物对他们精神上的戏弄式折磨,具有典型的欺侮式的故事伦理特征。

其实王家宽在遭受这些欺侮式的伦理伤害时,他是有反抗的,只不过这种反抗过于弱势,根本改变不了事情的发展方向。因此,当代中国小说残疾书写中有许多作品是以逃离作为叙事伦理的故事背景的,比如受活村实际上就是逃避而来的残疾人组建的,故事以他们自助式的乌托邦叙事为基本伦理标准,他们对山外"圆全人"戒备心理的养成,是建立在多次血的经历基础上的。而沙宗琪推拿中心的盲推拿师也大都有远离明眼人的戒备心理。王老炳一家人逃到河对岸的祖坟建房也正是这种心理的表现。然而从社会伦理的形成关系而言,他们的逃离只能是暂时的,想要完全脱离基本上是不可能的。他们必须与社会打交道,他们的生存离不开健全人组成的社会,这样势必造成他们内心的精神困境会越逃避越深重,内心的孤独感也越加强烈,这也正是这类故事在伦理上给读者以深沉思考的价值所在。综合来看,当代中国小说残疾书写中所展示的残疾人由社会欺侮而产生的孤独体验具有很强的时代烙印。这类残疾书写让读者深思的是如何在我们今天的社会上根除这种蛮暴现象,让所有人,尤其是残疾弱势群体,真正享受到关爱与快乐。

第二节　道德隐喻的故事伦理

当代中国小说有关残疾书写的道德隐喻主要是以善恶故事的价值评判进行伦理探讨的。民间世俗社会经常会有这样的观点:残疾的身体是个体"作恶"而遭受的报应,是对他们不做善事的道德惩戒。因此,借残疾的躯体展示劝人做好事做善事,在一定意义上就具有了道德劝善的隐喻价值。当代中国小说残疾书写中的故事伦理所要表达的隐喻内涵,主要存在以下两种表达方式:一是从善与作恶的伦理隐喻,二是人性励志与神性巫化的伦理隐喻。这两种隐喻都以人性伦理的道德标准作为评价的依据。

一、从善与作恶的伦理隐喻

残疾身体所具有的善恶隐喻,具有深远的历史渊源。古代时期,对于罪不至死的人,往往会加以肉体的惩罚以警示其犯罪行为。膑脚、黥刑等各种在身体上留下印迹的惩戒,都是罪犯做了错事的结果。身有残疾,或深陷穷困的人如果能够行善为义,就会得到世俗社会的认可。这种文化传统对当代中国小说残疾书写也有着非常明显的影响。当代中国这么多小说家对残疾书写给予关注,与社会世俗的传统有着直接的关系。能够在道德伦理上对人们进行感化式宣教的小说,大都是具有励志色彩的残疾书写。这些作品有的通过个人的残疾经历叙述渲染个人战胜残疾困难的故事;有的抒写在家国情怀的感召下,人物为国立功而损伤身体,导致不同程度的残疾;也有的通过个人对残疾后生存苦难的思考来表达残疾故事伦理的理性升华。这些为善为义的残疾故事大都建立在个体残疾的叙事基础上,引发读者对善的深入思考。相反,对残疾故事中以作恶为内涵的伦理解析,则又表现出惩戒宿命的伦理隐喻,报应轮回的传统文化叙事在一定意义上又使这种恶之惩戒的隐喻得以强化。

(一) 善之隐喻的故事伦理

"善恶不但是道德总原则,而且也可以叫作道德总标准,因为标准既可能是人制定的——当它是行为规范的时候;也可能是人发现的——当它是主体的需要欲望目的的时候。"[①]的确,中国传统文化对人性的概括,以善恶的两极进行评定,在二者起源的认识上有着许多的分歧。春秋战国时期儒家文化的代表孟子主张"性本善",也是儒家文化代表的荀子却坚持"性本恶",其他诸子更是各有各的不同观点与伦理立场。所以,善恶的起点并不重要,重要的是每个人在现实社会中应该如何对待善与恶的行为。传统文化之所以能够成为我们今天接受的精神基因,是因为人们在个体道德的修为上,都坚持必须行善去恶,扬善惩恶,这是社会伦理价值评判的底线标准,也是文学在讲述故事时所要遵守的基本原则,甚至也可以说是今天社会伦理价值观所提倡的基本规范。当代中国小说在把这种善恶伦理的评判融入残疾书写的故事中时,表现出了丰富多彩的叙事情态。残疾作家的残疾故事基本上是建立在励志伦理的价值

---

① 王海明:《伦理学原理》,北京:北京大学出版社,2009 年,第 167 页。

基础上,表达善之隐喻的精神追求;非残疾作家的残疾叙事则更多地借助残疾人物的美好道德来再现为善好运的故事伦理,这里既有传统道德守成的侏人,还有为尊严而生的盲人推拿师,更有为追求美好理想而努力进取的盲艺人等,在这些残疾人的故事中,都寄托着作者对善的赞美与颂扬。

首先,残疾作家在以个人残疾经历作为故事内涵进行伦理叙事时,基本上都具有这种善之隐喻的励志色彩。吴运铎在《把一切献给党》中,讲述了自己的个人成长经历。在战争年代,作为新四军兵工厂的弹药专家,吴运铎在检验雷管、引爆炸弹的数次试验中,有三次遭遇了意外,炸瞎了一只眼睛,炸掉了四根手指,还炸断了一条腿,可以说是典型的多重残疾人,但他并不灰心,而是坚定地听从党的召唤,全身心地投入弹药的制作中。因此,吴运铎自豪地说,他一定要"做一个毫无自私自利之心的高尚的人、纯粹的人,把我们的力量、我们的智慧、我们的生命、我们的一切,都交给祖国、交给人民、交给党吧!"①这种自传式的叙事显示出明显的时代印迹,吴运铎作为部队上培养出来的武器专家,冒着生命危险,真正地做到了把自己的一切献给党。这种励志式的残疾伦理表达,就是把为革命事业贡献自己力量作为最大的善。作者太过直白的宣教式励志书写消解了小说的艺术审美特性,读者的阅读接受基本上也是把它定位在青少年励志的红色读物上,而残疾书写的价值定位也只与红色故事的伦理内容有关,在其他方面很难成为经典叙事作品。大多数残疾作家的励志故事无论是伦理内涵的表达上,还是艺术审美的价值上,人都具有类似的叙事特征。一般来说,这种励志式的残疾书写基本上都与作者自身的文学素养有一定的关系,张海迪、朱彦夫等残疾作家的残疾书写也大都如此。当张海迪笔下的少女方丹,在面临身体残疾而走向自我封闭时,是身边的小伙伴与她一起渡过了难关,而来到农村的方丹则又凭借着自己的知识为乡亲们治病,教孩子们识字,帮他们成长。残疾人方丹作为善的化身,既有自身为善修身的提升过程,也有以善助人的伦理表达。但《轮椅上的梦》这样的作品,也基本上定位在青少年的励志读物上,得到人们认可的也是作品的浅层励志式的故事伦理内涵,很难成为专业文艺批评者所关注的典型作品。朱彦夫的《极限人生》在故事伦理的选择上,定位于幸存的石痴为善而活的人生追求上。作为抗美援朝的战士,石痴是他们连唯一的幸存者。虽然失去四肢,瞎了一只眼睛,但他是代表他们全连牺牲的战友而活的,他必须活出战友想要的样子才行,他不能躺

---

① 吴运铎:《把一切献给党》,北京:中国工人出版社,1953年,第151页。

在功劳簿上享受国家的待遇，他要回到家乡再干出一番事业，造福子孙后代。所以石痴对善之伦理的选择带有一种深刻的还债心理，这正是朱彦夫克服重重困难以自己为原型完成这部三十多万字的励志小说的创作目的。在这个意义上，朱彦夫通过这样的励志书写表现了他作为身残志坚的共产党员为民做事的善行。

其次，是非残疾作家以残疾人物形象进行励志式故事伦理表达时，把他们的善作为叙事的基本内涵，以再现善之隐喻的精神价值。总体来看，励志式的浅层伦理表达也占有较大的比例。比如贾平凹的短篇小说《美好的侏人》，在对善行的故事伦理解读上有着非常典型的诠释意义。小说讲述的是一个生活在贫困之中却能拾金不昧的侏人的故事。这种有些俗套的小说叙事，虽然有着较明显的劝善隐喻，但作者有意把故事附载在残疾的侏儒身上，旨在升华故事背后的伦理意义。这些贫困的侏儒与《受活》中的受活人一样，身有残疾，但大都心地善良，愿意济人危困。主人公是善良的大鼻子侏人，家里需要凿一眼井，他每天不分昼夜地劳作，将掘出来的土石挑到村外的碴畔上去。黎明时分，他回到村口的香椿树下时，发现了一个丢在路边的麻袋。但已疲惫不堪的侏人并没有查看袋里的东西，而是靠在麻袋上歇息睡着了。不承想，天亮时一个赶着骡马车的老头，急匆匆来到，认领了这个麻袋，并说这麻袋里装了一万五千元钱。老头在口头谢完大鼻子侏人之后，将麻袋搬上车就走了。侏人无意间做了一件拾金不昧的事，这个消息也一下子传遍了整个村子。对此，大家都觉得那个丢钱的老头做得过分，应该留下一半或更多的钱答谢侏人，不应该只是口头谢谢就完事，甚至有人自发地要去追赶那个已跑远的老头，讨要个说法。故事伦理的失衡是由于匆匆而去的失主的答谢不够真诚，也不够实际。失衡的平息则源于村里的女侏人，她们对为善奖励的方式有了更深一层的诠释：

> 女侏人们直跺脚，在庭院里鸭子般地走动，为打井侏人叫屈，但这么鸣不平着，后来就不言语了，平静下来，呆呆地举头看起天空。……
> "这也好。"一女侏人说，"不义之财怎么能发得呢？凭良心安妥……咱这村子好仁义的。"
> "这也好。"女侏人们都这么说。
> 她们望着侏人短短的胳膊，短短的腿，觉得这侏人太可爱，做得

对,若不这样,他一下子有了一万五千元的钱,这村子里还会这么和和气气吗?钱是人造出来的,钱多了反过来要害了人。口大气粗,在家里就打老婆,骂孩子,甚至闹到重新倒腾老婆,去赌博。现在不能抽烟土了,就酗酒,勾引别家的媳妇女子。……女佧人们几乎觉得这被勾引的媳妇女子就是她,是我,是你,是她们中的任何一个人了。①

女佧人们心里虽然也为这个和他们一样贫穷的大鼻子佧人鸣不平,但又觉得那笔钱毕竟是不义之财,必须还给人家,这样才能显现这个村子的仁义。同时,又对这笔不义之财获取之后的可能进行了种种假设,全是恶的后果,所以还钱反而成了大鼻子佧人自我救赎的最好选择,为善的伦理又回到了平衡状态中。对于这个佧人的村庄来说,为善是不需要任何奖励的,相反得到了不义之财,或者接受了答谢却不一定是好事,甚至有可能会招来恶报,向善的伦理诉求必须是来自个人内心的真实意愿。

史铁生《命若琴弦》中的老瞎子,在弹断 1000 根琴弦,发现真相后,感到"心弦断了"②,失去了活下去的理由,只求等死。但当他想起他的徒弟小瞎子时,生命的顿悟使他走向了行善之路,故事伦理的设定意义也再次选择了生命价值的隐喻。他要帮助那个与自己年轻时一样的小瞎子,为他设定同样的生存目标。他的生命就具有了中国传统的道义价值,他活下去不再是一个人的事,而是此类残疾人借助师徒的名义解除生命磨难的道德隐喻,经过磨难之后的生命传承才是人类得以延续的保障。他为他虚设了 1200 根琴弦的目标,并继续带着小瞎子走进生命延续的"山坳"弹弦说唱,"无所谓从哪儿来、到哪儿去,也无所谓谁是谁……"③老瞎子生命伦理的道德隐喻,在小瞎子身上继续延展,故事的象征性使得残疾变成了道德的载体,在理解生命意义的同时,也实现了善行道德所蕴含的故事伦理。

《推拿》中的小马在寻求释放单恋导致的性压抑的道路上,选择了离开沙宗琪推拿中心。表面上看,他是因为内心的羞愧与歉疚,毕竟他去洗头房寻欢且被警察抓到这件事是不会得到同事们原谅的,甚至于还会瞧不起他。但真正的原因是他的善良。他进洗头房寻求解脱,一方面是由于张一光的诱引,另一方面是由于他因单纯而产生的单恋。后天失明的小马,不仅失去了视力,还

---

① 贾平凹:《妊娠》,桂林:漓江出版社,2013 年,第 5 页。
② 史铁生:《命若琴弦》,出自《史铁生作品全编》(第 4 卷),北京:人民文学出版社,2016 年,第 38 页。
③ 同上,第 41 页。

失去了母爱,失去了多彩而美好的童年。当他遇到成熟善良的小孔时,他在小孔身上找到了缺失已久的母爱,并在懵懂之中把这种依赖性母爱变成了深陷其中而不能自拔的性爱。当这种压抑之痛宣泄之后,他内心的伦理天平失衡了,他知道这种不符合社会道德的解脱让自己走进了伦理的旋涡,他的离开就是最好的救赎,也是他善良人性的体现。

类似残疾人为善的故事伦理表达还有许多,航鹰《明姑娘》中的明姑娘为帮助赵灿宁愿让自己走很多路,吃更多的苦,更重要的是明知自己复明无望,却假装陪伴赵灿一起治疗,为善的行为虽然仅仅证明了明姑娘有着助人为乐的美好心灵,但伦理教化的小说叙事目的还是很明确的。莫言《断手》中农村妇女留嫚姐的形象也具有这种助人自助的伦理价值内涵。而《民间音乐》中的小瞎子,为追求音乐艺术而舍弃温柔富贵之乡走上探索之路的结局,也可以说是莫言表达向善而行的叙事伦理。即使受活村的残疾人,在为善生存的伦理表现上,也呈现出一种本能的居住划分,"村庄是倚了沟崖下的缓地散落成形的,这儿有两户,那儿有三户,两户三户拉成了一条线,一条街,人家都扎在这街的岸沿上。靠着西边梁道下,地势缓平些,人家多一些,住的又大多都是瞎盲户,让他们出门不用磕磕绊绊着,登上道梁近一些。中间地势陡一些,人家少一些,住的多是瘸拐人。虽瘸拐,路也不平坦,可你双眼明亮,有事需要出庄子,拄上拐,扶着墙,一跳一跳也就'脚到事成'了。村庄最东、最远的那一边,地势立陡,路面凸凸凹凹,出门最为不易,那就都住了聋哑户。聋哑户里自然是聋子、哑巴多一些,听不得,说不得,可你两眼光明,双脚便利,也就无所谓路的好坏了"①。按照社会伦理的自然法则形成的受活村,正是以善作为奉行的行事规则。总之,善行伦理的故事内涵,体现了残疾书写的道德评判标准,是残疾人人性伦理自我升华的必然选择。

(二) 恶之惩戒的故事伦理

俗语说,"善有善报,恶有恶报"。社会世俗伦理通过这种直接的逻辑关系来劝善惩恶,教育人们要多做善事,少做恶事。因此,在现实社会中,为了达到行善戒恶的目的,人们有意地将一些偶然性的事情附会于残疾者身上,主观臆想地认为残疾者的悲剧来自上天对他们或者他们的祖上曾经做过恶事的惩戒,并借此劝告人们引以为戒,以免遭到上天的报应。这种社会的通约性逻辑

---

① 阎连科:《受活》,沈阳:春风文艺出版社,2004年,第13页。

也造成了残疾者在不同的文化背景下都或多或少地负载着道德的惩戒隐喻。实际上,这种带有世俗命运惩戒的逻辑是错误的,但现实社会为什么会有这种根深蒂固的认识呢?苏珊·桑塔格认为:"古代世界对疾病的思考,大多把疾病当作上天降罪的工具。"①上天对于犯了错误的人或群体给予不可知的疾病或残疾的惩罚。比如"在《伊利亚特》和《奥德赛》中,疾病是以上天的惩罚、魔鬼的附体以及天灾的面目出现的。对古希腊人来说,疾病要么是无缘无故的,要么就是受了报应(或因个人的某个过失,或因群体的某桩罪过,或祖先的某起犯罪)……把疾病视为惩罚的观点衍生出疾病是一种特别适当而又公正的惩罚的观点"②。中国传统文化也具有类似的隐喻内容,尤其是民间信仰中的鬼神文化,都是劝世人一定要行善积德,否则就会有来世报应,或后代报应。残疾是广义的疾病,是疾病造成的一种有障碍的生存形式。对于每个残疾的个体而言,身体的残疾都属于偶然事件,与善恶命运没有必然的逻辑关系,而先天性的残疾与祖先的基因传承有一定的联系。苏珊·桑塔格有身患癌症的经历,她在与癌抗争的过程中,亲身体验到了许多外在强加的社会道德隐喻的无奈。她写这篇文章的目的"是平息想象,而不是激发想象"③。文学创作在叙述残疾故事时,却有意无意地将此中的道德隐喻潜藏在故事伦理中,这也是文学所无法绕过的现象。

李佩甫的小说《羊的门》对蔡瘸子的故事处理就显示出这种世俗伦理的惩戒隐喻。蔡瘸子原名蔡花枝,实际是个男的,却起了一个女人的名字。这个名字本就是为了避灾,因为在他出生后,母亲给他算过卦,卦象说他命里有大灾,于是便给他起了一个女孩子的名字来躲避灾祸,甚至于在他六岁时,"上树掏喜鹊,一不小心,从树上摔了下来,把右腿摔坏了。家里人得信儿,可以说是欣喜若狂。一个个说:'破了,灾破了。这下娃有救了!'也不给他治,就这么落下'戴破儿'了。"④按照当地的习俗,只要是"戴破儿"就代表这个灾避过了,蔡花枝以后不会再有什么大灾祸,这正是那种前世命定的大灾得以消除的好兆头。蔡花枝却因这样一个虚无的卦语而以瘸为喜,甚至于他后来也凭借残疾带动了整个村走上了造假的"致富路",身残破灾看似是成功了。但具有讽刺意味的是,他最后还是因为制售假烟的事情而被抓进了监狱,宿命好像紧箍咒一

---

① [美]苏珊·桑塔格:《疾病的隐喻》,程巍译,上海:上海译文出版社,2003年,第37页。
② 同上,第40页。
③ 同上,第90页。
④ 李佩甫:《羊的门》,北京:作家出版社,2009年,第190页。

样,无法破除,即使付出了一条腿。这个残疾人的故事似在诠释残疾命运的道德隐喻是无法逃避的宿命。

史铁生小说《来到人间》中的夫妇俩面对幼小的侏儒女儿在学校里遭遇同学的歧视时,他们觉得对不起女儿,觉得是他们做了错事,让这个侏儒的孩子来到人间。而幼小的残疾女儿还不能理解这些歧视的原因,只是感到与别人不一样就会受到委屈。年轻的夫妇却要因此背上道德惩戒的隐喻,侏儒女儿的降临暗含着一种道德上的惩罚。另一个短篇《原罪·宿命》更是把残疾的偶然性当作一种宿命来叙事。瘫痪的十叔每天躺在床上,做着各种强者的梦,而每天磨豆子做豆腐的父亲却背负着儿子残疾的惩戒。他每天辛苦劳作,只为儿子延续生命。十叔为什么会遭遇厄运,故事虽没有交代,却暗示有道德惩戒的原罪潜隐在故事的伦理之中。小说中的"我"被一辆汽车撞倒并导致终身瘫痪在床,也仅是由于一个偶然而不可思议的原因,即教室外面的一条狗不早不晚放了一个屁,多么荒谬,又多么无奈。正是这个偶然性的事件,推倒了厄运的第一张多米诺骨牌,最终导致残疾的结果。这也是史铁生大多数残疾书写故事伦理的主旨所在。人生的偶然命运都有一种天生命定,逃脱不掉的含义,这种道德隐喻的内涵都潜隐着善恶奖惩的必然伦理因素。"史铁生认为永远的生等于不断的死……站在宇宙的高度来看待生命轮回,任何的生命都是以个体的'我'而存在,无数个'我'连接成一个充满生机的世界,'我'的不断更替推动世间万物的不断发展,'我'是世界存在的基点。"[①]因此,史铁生残疾书写的道德符码隐含在故事的事件中,其内涵最终指向了文化传统的道德解构。他作品中残疾故事的伦理隐喻有些是构建在天生命定的无奈中,是上苍对人世的安排,难以挣脱,这与他自身残疾有着重要的关系。

莫言的小说在残疾书写的故事伦理上有着与众不同的独特之处。莫言塑造了大量各具特色的民间底层残疾人,在经历生活的痛苦后都有着令人悲伤的结局,这与行恶惩戒的道德隐喻有着一定的联系。《白狗秋千架》中的"个眼暖"在秋千架的绳索崩断后,失去了一只眼睛,从此也就失去了追求美好生活的权利。她的残疾成为村民取笑的素材,她也失去了嫁给健全人的资格。命运对她的惩罚是嫁给一个同样生活在社会底层受人嘲笑的哑巴。而与暖青梅竹马的"我"在离开这贫穷的地方成了城里人之后,也不可能再接受暖作为妻子。故事伦理的惩戒却还未结束,暖与哑巴竟然又连续生了三个全是哑巴的

[①] 张小平:《论史铁生的"残疾"世界》,《兰州学刊》2006年第5期,第78页。

儿子,异样的目光昭示着社会伦理的判断,这是对暖的道德惩戒,是上天的报应。对此,暖的内心是反抗的,她不愿意接受这种没完没了的屈辱,她要拯救自己,哪怕是以违背世俗伦理的出轨方式,她也要再生一个能讲话的孩子。因此,"我"还乡时与她的偶遇就成了她的救命稻草,她在"我"要返城的路上拦下我,并要"我"与她在高粱地里野合,以便能够生一个健康的会说话的孩子,来反抗社会对她的歧视。用她自己的话来说,就是:"我要个会说话的孩子……你答应了我就是救了我,你不答应就是害死了我了。有一千条理由,有一万个借口,你都不要对我说。"①暖的超越世俗伦理的特殊要求,是她对具有惩戒隐喻的命运的反抗,但这一反抗注定是以悲剧结束的。别尔嘉耶夫说:"恶的原因在于虚幻的自我肯定……这种自我肯定将永远导致自我毁灭,导致作为与神相似的个人的消灭,它必将回到世界由以创造虚无的深渊中去。"②暖的这种选择是违背社会伦理价值的恶,但其恶的原因却是导致自我毁灭的"虚幻的自我肯定"。她的行为是一种自我的救赎,借助外界的"肯定",得到村民的认可。但实际上,她不知道这种选择的结果可能会走向反面。所以莫言在这里的叙事留下了没有结果的悬念,让读者自己去体会这种善恶伦理背后人性的痛苦与扭曲,也更加深刻地显示时代所传达的荒谬感。

在《丰乳肥臀》中,莫言将残疾书写中与恶之隐喻相关的故事伦理推至一个复杂多元的价值评判中。除了那个一出生就失去视力的八姐外,小说中的大多数残疾人都有着因恶行而遭惩戒的伦理报应。孙氏五兄弟都是哑巴,个个凶神恶煞,没有善终;四姐因从事卖身染病而遭人唾弃,最后变成了瞎子而亡;那个控诉还乡团罪恶的徐瞎子,以谎言的方式展示着人性的恶;还有独乳老金和她的残疾老公方金,无不呈现着恶的外形,同时也有着恶的内心。孙氏五兄弟中,老大孙不言的故事最为复杂,他不仅有哑巴的特殊身份,还是大姐来弟、三姐领弟及鸟儿韩等人命运安排的参与者。莫言对这个彪悍的哑巴寄寓了较为深刻的伦理惩戒隐喻。他一出场就是恶人,与其他四兄弟一起,牵着恶狗,"手持棍棒、弹弓,或是木棍刮削成的刀枪,瞪着眼白很多的眼睛,阴沉沉地盯着每一个从胡同里经过的人,或是别的动物"③,在大街上逞恶。当日本人打进村子时,他成了上官鲁氏解决大女儿来弟人生大事的救命稻草。在她一手包办的情况下,孙不言与上官家的大姐来弟定下了婚约。这个婚约是来弟

---

① 莫言:《白狗秋千架》,北京:作家出版社,2012年,第238页。
② [俄]别尔嘉耶夫:《罪与赎》,出自龚群编《善恶二十讲》,天津:天津人民出版社,2008年,第277页。
③ 莫言:《丰乳肥臀》,杭州:浙江文艺出版社,2017年,第14页。

与黑驴鸟枪队的首领沙月亮已经私通,母亲上官鲁氏无法接受这种看不到未来的婚姻而临时采取的策略。因此,这个本就不会有结果的仓促婚约,自然以来弟与沙月亮的私奔而结束。但对于新媳妇即将到手却又立刻失去的孙不言来说,是莫大的耻辱。他无法善罢甘休,后来借机强奸了三姐领弟,领弟因此怀孕生了两个哑巴儿子。孙不言先是被骗的受害者,后又变成施害者,其行为的恶是那个时代所必然产生的果。后他在共产党领导的独立纵队里,因打仗勇敢,做事凶狠,而成为队伍的骨干。后来他随部队参加了抗美援朝战争,以一级战斗英雄的形象荣归故里,并通过当地政府组织取得了大姐合法丈夫的地位。但此时的孙不言不仅是哑巴,而且双下肢都已失去,成为一个"半截人",具有双重残疾的特征。母亲和已经有点精神失常的大姐来弟,无法接纳这个丑陋又粗俗的双重残疾人,但又无法拒绝政府安排与一级战斗英雄结婚的要求。孙不言复杂的身份特征,使得他无法融入这个家庭中,他便以残暴的手段在来弟身上发泄兽欲,之后就到街上酗酒瞎逛。备受折磨的来弟与从日本回国的鸟儿韩因同病相怜而走到了一起。此时伦理的天平已失衡,孙不言再次成为罪恶的制造者和伦理背叛的受害者,悲剧的发生成为必然。当一次偶然的汽车撞击使他失聪的耳朵能听到声音之后,他撞上了来弟与鸟儿韩在一起恩爱的场面,怒不可遏的他上前与他们拼命,在搏斗中被来弟用门闩打死。人性的善恶冲突达到了叙事的高潮,孙不言以恶而终,遭到了命运的惩戒。此时伦理关系已经混乱,孙不言靠强硬的恶获取了来弟合法丈夫的身份,但来弟与鸟儿韩的乱伦行为惩罚了他的恶行,这种注定不会善终的乱伦也将他们二人推上了道德的审判台,来弟被判枪毙,鸟儿韩死于铁轨之下。几败俱伤的结果,显示了作者对罪恶的人性的批判。孙不言的死,也让人在阅读中感到他罪有应得,却又觉得命运对他有些许不公。恶行必遭惩戒的道德隐喻,成为故事伦理的内涵所在。

  刘恒的小说《狗日的粮食》,借助一个"瘿袋"女人曹杏花的不幸命运,将恶行必报的道德隐喻升华为对时代不幸的批判,应该说在故事伦理的内涵表达上有较好的突破。这个大家都已不知道她叫曹杏花的女人,因脖子上长着一个大瘿袋,而被人称为瘿袋。她因此被人卖了六次,最后杨天宽以二百斤粮食把她换回家做了媳妇,她为杨天宽生下了六个孩子。遭人耻笑的瘿袋为了一家人的吃食,舍弃了所有的尊严,显示出一个恶女人全部的恶行,其中背负的正是文化伦理的世俗性,她占邻居家、生产队的便宜,"收工进家手不知怎么一揉,嫩棒子、谷穗子、梨子、李子……总能揪一样出来"①,从来都不脸红,可以说是用脸面换来全家的吃食,但不承想她到粮栈去购粮却把全家人的粮本给弄丢了,这使得瘿袋感到魂丢了一样,往日的刚强一下子没有了,甚至还遭到懦弱丈夫的一顿暴打,失去了精神支柱的瘿袋选择了自杀。没有了生存的粮食,只有去死,这狗日的粮食"哪里是骂,分明是疼呢"②。人性的善恶在最原始的生存面前也显得虚空,世俗化的温饱远比带有尊严含义的精神重得多,这样的叙事只能发生在特殊的时代。瘿袋的身体是恶行的代名词,丢失粮本表面上是对她恶行的伦理惩戒,实质上是对时代荒谬的控诉。

同样,李佩甫在《生命册》中也塑造了这样一个侏儒小女人——虫嫂。她同样因为身体残疾,嫁给了无梁村的瘸腿残疾老拐。两个残疾人共同组建的家庭,在村里始终是大家调笑的对象。虫嫂虽是侏儒,长得很小,却生了三个健康的孩子,这令虫嫂感到既满意又骄傲。但在那样一个饥荒年代,对于由两个残疾人、三个孩子组成的五口之家,填饱肚子是他们生活的最大问题。因此,虫嫂与瘿袋一样,开始不择手段地获取食物来支撑这个残疾的家庭。但因为她人小,没有瘿袋的刚强,不敢与别人争斗,在她偷地里的农产品而被一次次捉住,游街示众时,她舍弃了做人的尊严,不要了脸皮,只是以一句"娃饿啊"作为自己偷窃的理由。人性的尊严在生存面前失去了意义,世俗化的温饱问题才是根本。后来在偷摘枣子时,被看枣园的光棍老头抓住,无耻的老头以枣子作诱饵奸污了她。从此以后,她便不顾颜面,以彻底"解放"的方式一次次地与村里的大小头目有了肉体的来往,以换取能让家人生存下去的粮食。但这种以丧失尊严换得生存的方式却产生了另一个层面的伦理伤害,那就是自己的丈夫老拐在村人面前抬不起头,遭人唾骂,三个孩子在学校遭同学嘲笑侮辱并招致毒打。善恶伦理的价值评判无法放在这个只想着自己孩子的残疾人身上,她的灵魂一面是魔鬼,一面是圣母,背着道德的枷锁膝行在世俗伦理评判的路上。随着孩子的长大,她开始赎罪,她不再做这丢人的事情了,但孩子们没有一个原谅她,她是带着遗憾离开人世的。虫嫂这个人物形象的伦理意义在时代的背景中被消解了。她所有善恶是非标准都来自她的母性,她不要任何的尊严,只要能给孩子以食物。但这种带有兽性的索求毕竟要放在社会伦理道德的天平上衡量,健康世界的眼光抹杀了她的母性,三个孩子在羞愧侮辱

---

① 刘恒:《狗日的粮食》,南京:江苏文艺出版社,2003年,第6页。
② 同上,第12页。

中成长,造成了他们内心对母亲的怨怼,甚至于自私无情,这也许是虫嫂义无反顾地舍弃自己时所没有想到的。

总之,扬善惩恶作为社会伦理的一个重要标准,在残疾书写的故事中,如何加以权衡评价是需要站在客观理性的立场上来分析的。但当代小说叙事面对一个个鲜活真实的个体残疾者时,理性标准也变得苍白。因为人性是复杂的,任何人都不可能真正做到所谓的无私无我,全身心地投入助人行善的事件之中,合情合理的行为决定了他们命运的方向。

二、人性励志与神性巫化的伦理隐喻

当代中国小说的残疾书写除了故事伦理的善恶内涵负载道德隐喻的意义外,最基本的故事伦理在于对人性励志的价值教育。一般这些故事的伦理旨归都是通过描述残疾人事业成功的艰辛以达到对社会的讽喻劝善。如张海迪的《轮椅上的梦》、朱彦夫的《极限人生》等自传式小说都是代表。这些励志性的作品具有明确的伦理教化指向,写实手法与励志教育是其基本特征。而就与写实相对的神秘性虚构而言,有些带有神巫启示的残疾书写则显示出别样的故事伦理内涵。比如以韩少功《爸爸爸》中的丙崽、阿来《尘埃落定》中的傻子二少爷以及迟子建小说中的残疾类巫师等为代表的小说形象,在表现神性的伦理隐喻方面就有着独特神秘性的艺术价值。

(一) 人性励志的道德隐喻

中西文化历来都强调道德的教化意义。身残志坚者如孙膑、司马迁,为完成伟大事业而忍辱偷生,最后成为世人敬仰的历史人物;当代作家张海迪、史铁生残疾之后,忍着病痛的折磨写出了许多优秀的作品,成为当代的道德榜样;西方文学中如盲诗人荷马、多重残疾作家海伦·凯勒,都是人们熟知的励志楷模。因此,残疾书写的故事伦理最基本的应该是励志,是为人类社会树立道德榜样。当代小说中相关的残疾书写如果仅从量上看还是非常大的,但如果以严肃文学的标准来衡量它们的价值,真正的精品除了史铁生的作品之外,其他残疾作家的创作还是很难达到学术研究的高度。这些作品通过对残疾人克服各种意想不到的困难而实现人生理想的叙述,来实现人性励志的伦理教化目标。此类作品励志教育的思想价值一般要大于其文学审美的艺术价值。而一些非残疾作家的残疾书写在励志故事伦理的讲述上却有着重要的收获。

莫言的短篇小说《民间音乐》就是这样一篇赞美具有艺术追求精神的盲人的小说。小说以小瞎子来到马桑镇，又离开马桑镇为叙事线索，重在表现小瞎子在追求音乐艺术的道路上，舍弃金钱、名声，甚至是美女，并以此表达对小瞎子艺术至上的精神追求的赞美，具有一定的励志性。小瞎子一出场，就带着神秘，他是在夜晚九点多的时候走进马桑镇的河堤上，"浑身上下横披竖挂着好些布袋，那些布袋有细长的、有扁平的、有一头大一头小的，全不知道里边装着一些什么玩意。他手里持着一根长长的竹竿，背上还背着一个小铺盖卷"[1]。他虽然看起来孱弱，却不失尊严。当瘸腿方六等人都不愿提供住宿时，他是"挥动竹竿探路，昂然向前走去"[2]，身上有一种能支撑他尊严的精神。花茉莉最后把他领回家中，并提供食宿。此后，小瞎子的音乐征服了花茉莉，也征服了马桑镇，使镇上的人痴迷疯狂。甚至于小瞎子的音乐都具有了魔力，"连那些好奇心极重、专以搬弄口舌为乐的娘儿们也不去议论小瞎子与花茉莉之间是否有风流韵事。因为这些娘儿们在最近的日子里也都有幸聆听了小瞎子魅力无穷的音乐，小瞎子魔鬼般地拨动着她们的柔情，使她们一个个眼泪汪汪，如怨如慕。一句话，小瞎子已经成了马桑镇上一个神秘莫测高不可攀的人物，人们欣赏畸形与缺陷的邪恶感情已经不知不觉地被净化了"[3]。小瞎子高超的音乐不仅能够净化人们的灵魂，而且还为花茉莉的酒店带来了超额的利润。这种利益自然引起了其他一开始不愿意接待小瞎子的三家嫉妒眼红，他们提出要与花茉莉分享小瞎子，不能只在花茉莉家演奏。花茉莉为了小瞎子只在自家演奏音乐，便毫不掩饰地表达自己对小瞎子的喜爱之情，愿意与他相爱永远。这固然有争夺财富利益的原因，但花茉莉被小瞎子的音乐所打动也是非常重要的原因。此时的小瞎子却觉得自己总是拉这几个曲子，脑袋已经空了，他"需要补充"，需要"去搜集新的东西"，而"当听到酒徒们把自己的音乐与花大姐的烧酒相提并论时，小瞎子的脸变得十分难看，他的两扇大耳朵扭动着，仿佛两个生命在痛苦地呻吟"[4]。小瞎子对音乐的追求促使他痛下决心，他必须赶快离开，去开拓新的音乐领域。因为他是为音乐而生的，他的生命就是音乐。如果答应花茉莉的请求，他既可收获爱情安定下来，又可以借着处在市镇中心的花茉莉酒店取得巨额财富。但小瞎子对音乐的执着追求使得他毅然选

---

[1] 莫言：《民间音乐》，出自《白狗秋千架》，北京：作家出版社，2012年，第127页。
[2] 同上，第128页。
[3] 同上，第136页。
[4] 同上，第139页。

择了离开,去探求那个不可知的未来。小瞎子是一个为音乐理想的实现而行走的残疾人,丰富充实自己的艺术追求,成为励志故事的样板。这与史铁生《命若琴弦》中老少两个瞎子通过弹琴说唱以获取命运的药方有异曲同工之妙。只不过史铁生笔下的两个瞎子不是以说书弹弦为艺术理想追求,而是以生命的延续为活下去的理由,但行走在音乐的道路上是他们的共同宿命。

莫言的另一部短篇小说《断手》,则是以从对越自卫反击战战场回来失去一只手的战斗英雄苏社为叙事对象,通过他的悔过自新来达到劝善励志的教育目的。这篇小说写于 1985 年,正是莫言创作的摸索期,立意先行的问题还比较突出,但通过对比映衬的叙事方式表现人物性格变化的艺术特色还是收到了较好的效果。苏社作为残疾英雄返乡,受到了当地政府及村人的尊敬及帮助。他们为他修建房子,请他到家吃饭。少女小媞也因仰慕他,愿意同他谈恋爱,这一切都使他的虚荣心得到了极大的满足,并迅速膨胀。此时残疾英雄却走向故事伦理的反面,人们由敬慕转向厌恶,甚至认为他前面讲的残疾故事都是骗人的,他的残手也是因他贪吃核桃,用手榴弹砸核桃炸伤的。而苏社却变本加厉地借着自己的残手,到处占别人的便宜,贪婪使他丧失了良知。故事伦理在樱桃老汉与留嫚姐出现后,开始出现了转变。樱桃老汉是抗美援朝时的立功军人,虽然失去了一条腿,却坚持自食其力,靠自己的力量种植樱桃赚点小钱养活自己。苏社却在他的樱桃摊前,擎着一只残手,吃了一颗又一颗樱桃,又不愿付钱,这一行为激怒了樱桃老汉。当樱桃老汉将自己装了假肢的残腿亮出来,并言明身份时,苏社的内心受到了强烈的震撼。回村后他又受到了恋人小媞父母的讥讽,自尊心受到打击的苏社开始反思自己的行为,灵魂深处的自立自强精神也促使他振作起来。从小就只有一只手臂能用的残疾人留嫚姐成为苏社灵魂觉醒的引路人。她也曾因残疾的手臂受到别人,也包括小时候的苏社的嘲笑与捉弄,但她最后还是坚强地面对生活的挫折,走出了生活的阴影,平静地面对残疾人的日常生活。苏社在留嫚的感召下,开始了自我改造,甘愿做一个平凡人,而不是一个假冒的残疾英雄。小说写了三个残疾人的生活故事,但在伦理的隐喻表达上,却有意塑造了樱桃老汉与留嫚这两位品德高尚的残疾形象,作为苏社人生成长的道德感化者,励志的劝善隐喻从生活的底层出发,小说通过残疾书写实现了故事伦理的道德教化。

航鹰的小说《明姑娘》在残疾书写中,借用两位失明者残疾故事的对比也达到了同样的效果。盲人姑娘叶明明开朗乐观,积极向上。在面对生活的困难时,她选择了坚强;看到痛苦中的赵灿,她愿意伸出援手,让他鼓起生活的勇气。遭受失明挫折打击的赵灿，在得知一次次帮助自己的姑娘也与自己一样时被打动了，最终走上了与残疾生活勇敢斗争的道路，乐观地走出了人生的误区。史铁生《山顶上的传说》中的那个寻找鸽子点子的瘸腿少年，实际上也具有这方面的精神追求，他每天都在大街小巷里孤独寻找，却始终没有找到点子的下落。鸽子点子成为他的人生理想，他寻找点子，其实是在寻找自己的人生理想。小说的象征意味较浓，但对于残疾青年而言，矢志不渝的寻找就是追求人生的成功，其故事伦理的主旨具有明显的励志精神。

张海迪的小说《轮椅上的梦》，通过残疾少女方丹的成长故事打动了读者，成为励志故事的优秀作品。方丹是一个从小就失去了行走能力的女孩子，当她知道自己与其他小朋友不一样时，也曾痛哭过；当她思考自己的人生道路时，也曾迷惘过。但在故事伦理的表达中，她遇到了一群有爱心的小伙伴，她们与她共成长，同欢乐；她还遇到了给予她无限关爱的爱心奉献者，帮助她走出低谷，实现人生的理想。方丹的成长成功历程感动了读者，成为时代的励志榜样。

同样，朱彦夫的《极限人生》则通过一个抗美援朝归来的多重残疾战士石痴的生命历程的叙述，歌颂了一个坚强的优秀共产党员形象。石痴从朝鲜战场回国时已经是失去四肢的"肉轱辘"，而且还失去了一只眼睛，基本上是一个生活上无法自理的残疾人，但他没有被这些困难所吓倒，凭着顽强的意志带领乡亲走出了一条致富路，还把这些真实的故事用小说的笔法演义出来，成为人们学习的励志榜样。朱彦夫说："我是雪地里的蚯蚓，虽然没手没脚，却可以使冰封的土地松软，只要永不言败，敢于挑战极限，绝路也可以逢生。"[1]类似的残疾书写，大都具有自传色彩，比较真实感人，故事伦理的励志性也相对较强。但毋庸置疑，这些作品也大都存在着主题立意先行的通病，其艺术价值相对逊色一些。

残疾故事伦理隐喻中的实际指归——人性励志因过于写实的伦理需求，很少能够有艺术价值较高的作品出现。这也正是此类残疾故事在伦理评判中为大众所接受的原因所在，写实性的励志伦理表达在赚取普通读者眼泪的同时，也感化启示了许多现实困境中如小说主人公一样的残疾人。但此类残疾书写过于浅层的故事伦理内涵表达，使得小说在艺术性处理上显得过于直白，

---

[1] 张伟、高亚楠：《这三本书，让你读懂"人民楷模"朱彦夫》，出自 http://news.iqilu.com/shandong/yaowen/2019/0929/4354378.shtml。

叙事手法太过写实,削弱了小说叙事伦理的艺术张力。

(二) 神性巫化的隐喻伦理

当代中国小说的残疾书写中还有这样一批特殊的残疾人物形象,他们被赋予了超出残缺肢体的民间神性特征,比如韩少功笔下的丙崽、阿来塑造的土司二少爷、贾平凹故乡的引生、李佩甫笔下的春才,还有迟子建小说中的一系列人物:《雾月牛栏》中的宝坠、《群山之巅》中的单夏等。这些残疾人首先与正常人在智力上有着不一样的地方,要么痴呆,要么无法与人正常交流,但他们都有一个共同点,即内心纯洁,与神相通,能感知到人所不能参悟的神性内涵。甚至有的残疾人物在与当地巫性民俗结合后,具有地方民俗的神性特征。这提升了小说内涵的丰富性,实现了残疾书写在神性巫化上的伦理隐喻。

韩少功的《爸爸爸》是被贴上了文化寻根的标签的,它一出现就引起了人们的关注,读者对丙崽这个人物形象的独特内涵产生了无限想象。的确,小说描绘了湘地农村少数民族的地方风情,具有文化寻根的精神内涵,但如果单从丙崽这个独特残疾人物形象来分析其中的伦理隐喻,我们可以发现有截然相反的两个特征:

一方面,丙崽是处于民间最底层的被欺凌者。他因长相奇特,且永远也长不大,"吃饱了的时候,他嘴角沾着一两颗残饭,胸前油水光光一片,摇摇晃晃地四处访问,见人不分男女老幼,亲切地喊一声'爸爸'。要是你大笑,他也很开心。要是你生气,冲他瞪一眼,他也深谙其意,朝你头顶上的某个位置眼皮一轮,翻上一个慢腾腾的白眼,咕噜一声'×妈妈',掉头颠颠地跑开去"①。他成了村民取笑的对象,甚至于堂哥仁宝对他百般欺辱,打他耳光,"逼着他给自己磕了几个响头,直到他额上有几颗陷进皮肉的沙粒"②。他除了肢残、失聪、失语等身体上的残疾外,还被父亲抛弃,母亲也无力保护他,甚至被选为祭谷神的牺牲品。韩少功对他现实生存状况的叙写,真实地再现了残疾人在恶的社会层面里卑微生存的无奈,从社会道德的批判视角激发人们对残疾人的深深同情。

但另一方面,小说并非仅仅借助残疾者丙崽来展现社会伦理的恶,因为丙崽身上寄寓了深刻的民间巫觋特征。也就是说,丙崽的残疾正是巫觋文化附

---

① 韩少功:《爸爸爸》,上海:上海文艺出版社,2017年版,第55页。
② 同上,第67页。

属的外在形式,其故事伦理的深层内涵在于神性的道德隐喻。巫觋在中国传统文化中有着非常悠久的历史,各民族对巫觋的尊崇也各有不同。但大多数具有巫性特征的人,都会在身体上出各种不同的特异现象。比如迟子建《额尔古纳河右岸》中的尼都萨满,有与神相通的先知能力,是家族精神的象征。贾平凹《古炉》中的侏儒狗尿苔能用鼻子闻到一种特殊的气味,"而且令他也吃惊的是,他经过麻子黑的门口时闻到了那种气味,不久麻子黑的娘就死了,在河堤的芦苇园里闻到了那种气味,五天后州河里发了大水。还有,在土根家后院闻到了一次,土根家的一只鸡让黄鼠狼子叼了,在面鱼儿的身上闻到了一次,面鱼儿的两个儿子开石和锁子红脖子涨脸打了一架"①。这种特异文化现象往往都与地方的各种神明有着或隐或显的联系。丙崽是"眼目无神,行动呆滞,畸形的脑袋倒很大,像个倒竖的青皮葫芦,以脑袋自居,装着些古怪的物质"②。奇异的身体外形,也具有神性的隐喻内涵。当他被选为肉祭的牺牲品时,人们"把昏昏入睡的丙崽塞入一只麻袋,抬着往祠堂而去。不料只走到半道,天上劈下一个炸雷,打得几个汉子脚底发麻,晕头转向,齐刷刷倒在泥水里"③。丙崽因此而没有被献祭,甚至还被村民敬为"丙神",并且开始思考丙崽奇异的暗示已经有很多次。比如"丙崽有一次从山崖上滚下来,不但没有死,还毫发未损,不是神了吗? 丙崽有一次被棋盘蛇咬了一口,不但没有倒地立毙,还活蹦乱跳手舞足蹈追着蛇要打,不是更神了吗? 这样一件大神物,只会说'爸爸'和'×妈妈'两句话,莫非就是泄露大机的阴阳二卦?"④而丙崽之所以会长得如此丑陋,且先天失语失聪,是因为上天对丙崽的妈妈做过一件恶事的报应。"多年前,有一次她在灶房里码柴,弄死了一只蜘蛛。蜘蛛绿眼赤身,有瓦罐大,织的网如一匹布,拿到火塘里一烧,臭满一山三日不绝。那当然是蜘蛛精了,冒犯神明,现世报应,有什么奇怪的呢?"⑤而当整个寨子里的老弱病残都喝了仲满的毒药而死后,丙崽"居然没有死,而且头上的脓疮也褪了红,净了脓,结了壳,葫芦脑袋在脖子上摇得特别灵活"⑥。可见,韩少功笔下的丙崽所要表达的故事伦理内涵,在巫性隐喻的伦理指向上,是超出纯粹肉体残疾的基本生存伦理内涵的,他的神秘性具有强烈的文化暗示。失聪失语失智是文化原型的外

---

① 贾平凹:《古炉》,北京:人民文学出版社,2010年,第8页。
② 韩少功:《爸爸爸》,上海:上海文艺出版社,2017年,第55页。
③ 同上,第81页。
④ 同上,第95页。
⑤ 同上,第56页。
⑥ 同上,第109页。

在表现,不死之身喻示了文化内涵的精神不灭。

除了丙崽这个具有典型文化隐喻的残疾形象之外,贾平凹笔下的引生、狗尿苔、蚯蚓等具有典型智力障碍的人物形象,也承载着陕地文化的神秘巫性特征,只是在故事的讲述上没有丙崽的特征明显罢了。迟子建在表现东北地域文化的神秘性时,也有类似的人物寄托,比如傻子大鲁、二鲁兄弟,傻子小磨盘,痴呆儿宝坠、单夏等,但她基本上是以一个智障儿童的视角来审视这个地方和他们民族所发生的超自然现象,并以此再现人物形象的神性隐喻伦理。阿来《尘埃落定》中的土司二少爷,天生就是一个傻子,十八土司中,没有人不知道麦其土司在喝醉酒之后,与汉族女人生下了傻子二少爷。傻子的外在特征也为他的成长提供了极大的便利,没有人猜忌他,更不会觉得他有多少心机,甚至于土司大少爷平时非常喜欢他,因为他不会与他争夺土司继承人的位置。但大智若愚的背后,却是二少爷一次次的成功,他先是押对了种粮而不种罂粟,后来又在与北方土司的争战中获取了巨大的利益,为麦其土司家族开创了前所未有的辉煌。然而这种辉煌的背后却是时代命运的选择,二少爷的神秘预言成为藏族土司制度必将灭亡的谶语。因此,土司二少爷的傻是对土司制度的伦理隐喻,只有傻子才能看清土司制度的未来。阿来借助这样一个智力残疾人物形象,为藏族地区特殊的奴隶制度的结束设下了一道神秘的伦理密码,只能在模糊的解析中,才能真正看清并领会时代选择的真正意义。

第三节　爱之平等的故事伦理

当代中国小说对残疾人面对爱情这一事件的叙事中,更多侧重于平等追求与歧视嘲讽的伦理矛盾。瓦西列夫说,爱情"就是像一道看不见的强劲电弧一样在男女之间产生的那种精神和肉体的强烈倾慕之情"[1],爱情对每一个人来说都有一种不可言明的神秘感。"爱情是人类特有的感情,指男女两性之间产生的相互吸引和依恋的一种特殊的强烈感情。"[2]爱情面前,人人平等,但残疾人无法在爱情面前享有这种平等的伦理要求,一方面由于个人身体上的限制,他们无法享受爱情的平等;另一方面来自社会的丛林法则,社会歧视把他

---

[1] [保]瓦西列夫:《情爱论》,赵永穆、范国恩、陈行慧译,北京:生活·读书·新知三联书店,1984年,第1页。
[2] 时蓉华主编:《社会心理学词典》,成都:四川人民出版社,1988年,第234页。

们排斥在爱情的美好追求之外。但是残疾人有追求爱情平等的权利,只不过他们对这种权利的获取要比正常人付出更多。实际上,爱情是建立在性爱与家庭的基础之上的,美好的爱情必须统一在性爱的自然和谐与婚姻家庭的幸福美满上。性爱是"以性欲为基础的对异性的倾慕、亲近的感情"①,它是一切美好爱情的基础,爱情通常是情与欲的对照,而婚姻家庭是爱情发展成熟的必然结果。残疾人在享受爱情、组建家庭的过程中,经常会受到来自社会群体的影响,有同情怜悯所促成的美好婚姻,也有欺侮伤害而造成的精神痛苦。残疾人敏感自尊的情感在爱情面前很容易受到伤害,人类对其呵护关爱的伦理救助更需要一定的智慧与耐心。爱情是文学表达的经典内容,也是人类永恒的情感话题。当代中国文学对爱情的美好表达丰富绚丽,"情爱叙事的话语方式变革注释了当代女性在情爱关系中的变革,也因此引起文学写作和文学研究对'身体''感觉''激情''性别'的重视和重新发现,情爱叙事参与了当下人精神世界的建构,情爱叙事的大行其道与女性身份的觉醒为文学的写作增加了新的质素"②。残疾人的爱情书写所展示的故事伦理尤其具有这样的元素。当代中国小说残疾书写的爱情伦理叙事,以残疾人的情感描摹为叙事中心,展现其认知自我的伦理感觉,借助性爱与情爱、婚姻与家庭等方面的故事内蕴,体现出深刻的叙事伦理价值。对于残疾个体而言,这一价值体现既有来自身体本能的性爱渴求,也有来自情感维系的情爱显示。身体残障的制约,使得他们在追求爱情的过程中,时常伴随着社会与自我的双重压力,其中的故事伦理主要体现在残疾书写的性爱伦理、爱情伦理以及婚姻家庭伦理三个维度上。

一、残疾书写的性爱伦理

"性爱指由人的生物本能引起的两性间的爱慕之情,它是性欲与爱欲的结合,体现了人类爱情的自然属性。但性爱不同于动物本能的性交,它是人类异性间所特有的饱含感情的美好性行为。"③在人类社会的发展中,性爱首先是以种属传承为特征的自然本能,然后才是由本能而升华为精神的社会伦理属性。也就是说,性爱的自然属性必须与情爱关怀的社会属性相结合,人类才能在更好地满足自我的同时,完成社会的传承与发展。性爱作为人

---

① 何立婴主编:《中国女性百科全书·婚姻家庭卷》,沈阳:东北大学出版社,1995年,第3页。
② 周志雄:《中国新时期小说情爱叙事研究》,山东师范大学博士学位论文,2004年,第59页。
③ 朱贻庭主编:《应用伦理学辞典》,上海:上海辞书出版社,2013年,第565页。

性自然释放的一种行为,在人类认识自我的过程中,经历了不同时代的变化。"性爱具有排他性、冲动性、直觉性和隐曲性的特点。"①对于具有肉体特征的性欲,人类很多时候把它当作批判的对象,认为它是不洁的、肮脏的。中国传统文化中的礼教思想就有"存天理,灭人欲"的说法,将自然本能的欲望当作道德伦理评判的对象,去要求所有的人。而西方在基督教神学思想统治的时代,也同样将人的原欲视为不洁,性的冲动被看作魔鬼的附体。残疾人作为人类社会中的特殊群体,在性爱面前始终处在社会质疑的尴尬境地,从社会伦理的角度怀疑他们在性方面的能力,甚至歧视他们享受性生活的伦理需求。他们始终处在性爱不平等的伦理失衡中,他们想与正常人一样享受性爱的愉悦与幸福,但是对于残疾人而言,性爱平等的伦理诉求从没有得到社会的正常认可,这里既有残疾人身体不便的原因,也有社会大众对这一群体的歧视,这也是他们在追求性爱平等时的最大障碍。性爱作为生命原欲的自然流露,一样可以激发残疾人对生命意识的膜拜之情。但残疾人毕竟是社会中的弱势群体,他们在获取性爱平等的同时,时时刻刻会遭遇强势社会的欺凌与侮辱,肉体遭受蹂躏的同时,精神的创伤也许更加沉重。

(一) 和谐性爱的伦理接受

性,是人的本能,其自然属性与社会属性都以平等为前提。史铁生曾经对于残疾人在性爱方面所遭受到的歧视作过这样的解释:"残疾人的爱情所以遭受世俗的冷面,最沉重的一个原因,是性功能障碍。这是一个最公开的怀疑——所有人都在心里问:他们行吗?同时又是最隐秘的判决——无需任何听证与申辩,结论已经有了:他们不行。"②他认为,这正是残疾人在性爱方面的困境,是社会大众对残疾人性爱权利的歧视,是上帝要"以残疾的人来强调人的残疾,强调人的迷途和危境,强调爱的必须与神圣"③。史铁生进而又分析人们相信残疾人一定是性无能的原因有二,"一是以为爱情仅仅是繁殖的附庸,你可以子孙满堂而不识爱为何物,却不可以比翼双飞终不下蛋。……二是缺乏想象力,认定了性爱仅仅是原始遗留的习俗,除了照本宣科地模仿繁殖,好

---

① 时蓉华主编:《社会心理学词典》,成都:四川人民出版社,1988年,第234页。
② 史铁生:《病隙碎笔》,出自《史铁生作品全编》(第8卷),北京:人民文学出版社,2016年,第49—50页。
③ 同上,第49页。

歹再想不出还能有什么更美丽的作为,偶有创意又自非自责,生怕混同于淫乱"①。这种结论来自传统伦理对人性的压制,不仅仅是对于残疾人,实际上,健康人谈性也是为传统世俗伦理所否定的,至少是不能在大庭广众之下来谈。所以,残疾人在人的本能要求方面遭到了健全人社会的冷眼与歧视,残疾人只能苟延残活,不可奢望性欲的满足与性爱的完整。实际的情况不应是这样,因为残疾人除了残障带来生活的不便外,他们与正常人一样也具有爱的权利,在性爱方面也有正常的生理需求。所以这种"难言之隐一经说破,性爱从繁殖的束缚中解放出来,残疾人有什么性障碍可言?完全可能,在四面威逼之下,一颗孤苦的心更能听出性爱的箴音,于是奇思如涌、妙想纷呈把事情做得更精彩"。的确,就人自然流露的性爱而言,残疾人与正常人一样,它是一种本能的释放,也是一种情感的依赖,和谐美好的性爱交流也是他们人生的美好追求。

《推拿》叙写了几对盲人的爱情,这种爱情的根本首先是性爱的完美表达,是人的本性的自然流露。其中王大夫与小孔这对恋人,从同病相怜,到同情相惜,再到共枕而眠,他们的爱情是一种水到渠成的自然之果。但这并不说明他们的爱情没有受到来自外界的歧视与质疑。王大夫与小孔都是先天性的盲人,小说在对他们爱情的叙事中,对性爱的伦理内涵有较为成功的展示。王大夫虽然眼盲,但是作为男人,身材"魁梧,块头大,力量足,手指头上的力量游刃有余"②,做推拿的手艺也好,而且又不好言谈,给小孔的感觉就是踏实可靠。而小孔虽不是做推拿的好手,但人长得文静漂亮,对王大夫的爱矢志不渝,可以说是天生的一对。尽管有残疾的缺憾,但两情相悦也让人羡慕。毕飞宇在处理有关性爱书写的故事伦理时,多是从人性中的善良来表达他们的性爱追求,显示出一种自然人性的生命感受。残疾人的生命伦理体现在性爱伦理表达的自然流露中,当千禧年的钟声要敲响的时候,他们在互诉感情,确定恋爱关系后,性爱便水到渠成:

> 小孔在那头就喘。很快,整个人都发烫了。小孔突然就觉得自己的身体有了微妙的却又是深刻的变化,是那种不攻自破的情态。小孔就从推拿床上下来了,往前走,一直走到王大夫的跟前。王大夫也站起来了,他们的双手几乎是在同时抚摸到了对方的脸,还有眼

---

① 史铁生:《病隙碎笔》,出自《史铁生作品全编》(第8卷),北京:人民文学出版社,2016年,第50页。
② 毕飞宇:《推拿》,北京:人民文学出版社,2008年,第11页。

睛。一摸到眼睛,两个人突然哭了。……这是他们的第一个吻,也是他们各自的第一个吻,却并不热烈,有一些害怕的成分。因为害怕,他们的嘴分开了,身体却往对方的身上靠,几乎是粘在了一起。和嘴唇的接触比较起来,他们更在意、更喜爱身体的"吻",彼此都有了依靠——有依有靠的感觉真好啊。①

两个同残相恋的人,就这样走到了一起,彼此心心相印,互相体谅,虽然不能看见,但可以互相感知。这里的性爱关系除了世俗的需要之外,更多的是双方精神的需求。但从世俗的伦理需求来看,王大夫承诺回老家南京开一个推拿室,让小孔做老板娘。而小孔则是瞒着自己的父母勇敢地选择了自己的爱情,其中的伦理伤害是对父母的不敬,因为她的父母把对她的爱变成了一个目标,就是要小孔找一个看得见的人结婚,以弥补她的残疾。而王大夫的母亲也从世俗伦理评判上要求儿子,以世俗的"睡了她"让小孔没有反悔的余地。性,成为世俗伦理评判的一个标杆。

毕飞宇在对王大夫与小孔的爱情描写中,却有意地让伦理的天平失衡于王大夫的弟弟与弟媳的婚姻上。他们俩虽然身体健康,但精神上已经残疾,每天只想着啃老,不工作,不挣钱,游手好闲,好吃懒做,成为家庭的累赘。王大夫感受到来自父母的压力,又因股票被套,经济一时无法周转,觉得对不起小孔,但生活所迫,他们只好去王大夫同学沙复明的推拿室暂时打工以渡危机。两个内心相通的人在面对家里现实状况时的无奈,王大夫与小孔在父母家里的压抑,通过他们心灵相吸的性爱结合,完成夫妻之间的精神沟通:

> 夜里头和父母一起在客厅里"看"完了晚间新闻,王大夫和小孔回房了。王大夫坐在床沿,拉住了小孔的手,是欲言又止的样子。小孔却奇怪了,吻住了王大夫,这一来王大夫就更没法说了。小孔一边吻一边给王大夫脱衣裳,直到脱毛衣的时候王大夫的嘴巴才有了一些空闲。……小孔把她的双腿抬起来,箍住了王大夫的腰,突然问了王大夫一个数学上的问题:"我们是几个人?"王大夫撑起来,说:"一个人。"②

---

① 毕飞宇:《推拿》,北京:人民文学出版社,2008年,第10页。
② 同上,第25—26页。

王大夫与小孔的性爱是在双方心灵相通、精神相依的状况下实现的。作者的叙事细腻真实,没有色情的渲染,更多的是人性真实的显现。两个残疾人面对生活的现实,需要将两个人变成一个人,这样他们才能更加有力地面对生活的困难。王大夫感动于小孔的温柔多情,善解人意;小孔则明白残疾人的生活需要双方共同面对,她爱的是王大夫这个人,而与这个家里的其他人无关,只要王大夫能够真心实意地珍爱他们的感情,她就心满意足了。性爱的满足,也实现了两人感情的共同发展。

小说对小马的性爱伦理的展示,则主要是以他母爱缺失而单恋"嫂子"小孔所导致的性压抑为叙事基础,其故事伦理体现了人性原欲的痛苦与迷惘。小马是一个天真纯洁的孩子,后天失明的痛苦消解是在经历人生重大事故之后痛定思痛而完成的,他平静地在黑暗世界中接受命运的安排,与其他盲人一起每天上班下班,体会安静生活的快乐。而与"嫂子"小孔偶然的戏谑打闹造成的肌肤相触,点燃了小马的情欲。这一次打闹是小马在九岁失去母爱以后与女性的第一次肌肤触碰,不小心碰到小孔的乳房,激发了小马对母亲的记忆,也成为小马青春期性欲成长的一个契机。小马于是陷入了对小孔"嫂子"的单恋,每天沉浸在对嫂子的幸福遐想中。小马的单恋是直接的,也是单纯的,其情欲灼烧的伦理伤害是对内的,他没有办法去追求小孔,但又无法自拔,只好接受了张一光的引诱,到洗头房去释放这种本能的原欲。甚至于在洗头房他也把发廊女小蛮想象成"嫂子"小孔。

瓦西列夫说:"单恋仿佛是从内部烧尽了个人的精神力量,给个人造成看不见的深刻伤痕,引起痛苦的缺乏自信心,有时甚至是完全丧失了自信。"[①]单恋在心理学意义上被认为是一种畸形的爱情。单恋的一方感情痛苦,却无法表白,而爱恋对象要么一无所知,要么即使知道由于其他原因而不能接受。此时的小马面对成长过程中的性爱欲求,需要一定的引导。但正因为后天的残疾,他内心产生了那种难以自拔的执着倾向,所以当他一天天地陷在单恋的幸福与痛苦之中时,他所感觉到的甜蜜而痛苦的爱情实际上是一种在九岁时失去母亲的心灵记忆,他将嫂子当成了母亲,当作了可以依赖温存的能够解决饥渴的性对象,实际上也是一种很危险的性爱欲求的精神依存。小马的第一次尽管使"他的身心完全地、彻底地松弛下来了,他是如此的安逸。他宁静了,无

---

① [保]瓦西列夫:《情爱论》,赵永穆、范国恩、陈行慧译,北京:生活·读书·新知三联书店,1984年,第378页。

欲无求。他的身心体会到了一种前所未有的好光景,从头到脚都是说不出的安慰。他射出去的绝对不是一点自私而又可怜的精液,他射出去的是所有的焦躁和烦恼"①。但是一天之后,这种单恋造成的欲望、冲动又变本加厉地折磨着小马的精神。"身体内部再一次出现了一种盲目的力量,满满的,恶狠狠的。……当小马意识到自己忍无可忍的时候,剩下来的事情也只有妥协。他再一次摸向了洗头房。"②小马一次又一次到洗头房去只找小蛮,甚至无理要求小蛮"你不许再对别人好!""你只能对我一个人好!",看似荒诞的背后,却是小马性欲伦理的真实再现,小马的"嫖客"行为,是不符合常理的,也是违背世俗伦理的,从性爱意义上来讲是性欲的低级发泄,但他在性欲对象的转移中完成了性爱的蜕变。就小马的嫖客行为而言,他是在寻找自我的精神救赎,性欲的冲动与压抑,没有找到合适的释放渠道,他的"堕落"也许应该看作人性的自然流露。

　　性爱是以基础的性欲冲动为起点,并进而达到互爱双方的完美结合。性欲的这种原始冲动,却是每个人人生成长过程中的必经阶段。健全人可以通过学习、模仿等来实现对这种冲动的释放,然而对于残疾人而言,他们可能会误入歧途,走向伦理道德的反面。小马之所以会走进洗头房,张一光的引诱虽然起着一定的作用,但他对自身性欲冲动的释放则是主要原因,生活教会人们如何成长。《没有语言的生活》叙述王家宽与蔡玉珍两个残疾人的爱情时,就是立足于人的本能性欲,他们实际上是没有所谓的爱情可言的。王家宽因听觉障碍而经常遭受健全人为主体的社会的羞辱,所以当他看到哑巴蔡玉珍卖毛笔遭到别人欺负时,自觉地站了出来,他内心有自己的逻辑,他觉得是他保护了蔡玉珍,否则那些男人不但会摸她的脸蛋,"还会摸她的胸口,强行跟她睡觉"。所以在回家的路上,王家宽"闻到女人身上散发的汗香……看见她的裤子上沾了几粒黄泥,黄泥随着身体摆动。那些摆动的地方迷乱了王家宽的眼睛,他发誓一定要在那上面捏一把,别人捏得为什么我不能捏?"③王家宽自然本能的性欲冲动在屈辱中寻找着释放的渠道,阿Q式的凌弱心理促使他上前去抓蔡玉珍,而蔡玉珍则以为他是在开玩笑,于是两个人在追逐的嬉戏中笑闹着。但是路边两只正在做爱的狗却教会了他们如何性爱。"他们放慢了脚步生怕惊动那一对牲畜。蔡玉珍突然感到累,她的腿怎么也迈不动了。她坐在

---

① 毕飞宇:《推拿》,北京:人民文学出版社,2008年,第258页。
② 同上,第259页。
③ 东西:《没有语言的生活》,北京:华艺出版社,1996年,第18页。

地上津津有味地看着狗。牲畜像他们的导师,从容不迫地教导他们。……蔡玉珍听到狗们呜呜地唱,她被这种特别的唱词感动。她在呜咽声中被王家宽抱进了树林。"①两个身有残疾的人看到狗的做爱,实现了他们自己的性爱学习,王家宽与蔡玉珍两个对性无知的人从大自然中找到了老师。如果从性欲发泄的方式来看,王家宽的性爱冲动是野蛮的,是原始本能的,但王家宽与蔡玉珍的野合,却又直接显示了生命本能欲望的真挚与热烈。虽然两人之前已有一段时间的相处,但也仅仅是共同接受健全人对他们的欺凌,而此时的二人却是由狗教会了由性爱而情爱,并进而真正走向爱情的结合,实现了婚姻家庭的组建。王家宽与蔡玉珍的性爱结合,正是自然人性的真纯释放,是世俗的,也是神圣的,是与自然融为一体的,在性爱伦理的价值评判上是符合人性本能的释放,也是一种人性精神的升华。

(二) 欺侮性侵的伦理反抗

残疾人处在社会的底层,遭遇社会强势群体的欺凌侮辱是他们生活的常态。健全人对他们在精神上歧视凌辱,在肉体上也经常肆意侮辱践踏,尤其是对女性残疾者的施暴,在现实社会中比较普遍。对于女性残疾人而言,性是她们难以言说的痛。现实社会中遭受性侵的女子,大都是一些智障残疾人,遭到性侵而不自知,这种违背社会伦理的性侵,是文明社会所唾弃的。但也有一些小说叙述的是对那些非智障残疾人的性侵,其故事伦理是要揭示人性中的恶。

阎连科在《受活》中借助遭性侵的残疾女子的故事,意在表达强势社会的卑劣,其伦理指向在于表现残疾女子的精神抗争。在性的表达上,她们中的每个人都有一段无法言说的痛苦经历,既有从小就在革命队伍中成长起来的茅枝婆,也有她的女儿栾菊及栾菊的四个侏儒女儿。阎连科的残疾书写在一定意义上具有狂欢化的叙事色彩,描写具有完全悲剧特征的残疾人时,他是站在黑暗里,描写黑暗。他说:"我成了一个最能感受黑暗的人。""最大的黑暗,是人们对黑暗的适应;最可怕的黑暗,是人们在黑暗中对光明的冷漠和淡忘。"②茅枝婆是一个从小就生长在革命队伍中的女孩子。还不很懂事的茅枝婆经历了亲人的屈死之后也成为红军中的战士,并在其后的战争中受伤致残,后来队伍被打散时,她与一个红军排长一起藏身于墓穴里躲避敌人的追捕,但就是这

---

① 东西:《没有语言的生活》,北京:华艺出版社,1996 年,第 19 页。
② 阎连科:《阎连科卡夫卡奖受奖演说:上天和生活选定那个感受黑暗的人》,http://cul.qq.com/a/20141022/039677.htm,2014 - 10 - 22。

个革命的同志,却在她因发烧而昏迷时,破了她的身子,并甩掉了她。其中所受的侮辱与伤害,所产生的讽刺效果是令人战栗的,伦理评判的天平彻底倾覆。那个革命同志对一个自己的名为同伴实为恋人的残疾女孩子,实施性欲的发泄,而且还抛弃了她。这种叙事消解了许多革命战争时期革命友爱的崇高叙事,因为人在本性上的兽性特征是一样的。革命者也是具有凡性的人,他对这种弱势的女同伴的性侵,具有相当强的现实真实性与伦理讽刺性。而遭到性侵的茅枝,才仅仅是一个十五岁的小女孩,她无法判断这个对她造成致命打击的军哥哥为什么会这么残暴地对她。但命运之神还是让她勇敢坚强地活了下来,并成为受活村最有威望的人。这段痛苦的性侵经历,成了她终生无法抹去的痛,即使宽厚的石匠感化了她,她也不能直面自己的过去,这种身体的伤害是她对石匠的伦理歉疚。她的女儿在与社校娃柳鹰雀苟且之后,生下了四个女侏儒,其中老大桐花既是侏儒又是先天的盲人。随着这四个女孩子渐渐长大,能够挣得大钱的绝术团却又将她们送进了万劫不复的性侵深渊。那几个"圆全人"在榨干了受活人的血汗后,用最卑劣奸诈的手段将她们四个儒妮子骗出来,并轮奸了她们。兽性的"圆全人",残暴地奸淫了四个儒妮子的时候,所有绝术团的受活人,都被锁在旁边的纪念馆里,他们成了这个强奸案的旁观者,四个女孩子凄厉悲伤的哀叫,以及那些对她们施以兽行的"圆全人"的欢叫,他们都听得清清楚楚,茅枝婆更是后悔得想以死了结,因为四个孙女是她亲手送入虎口的。茅枝婆一生的命运都与残疾有关,而与她有关的性侵事件都具有椎心泣血的伤痛,这些罪孽都来自"圆全人"对她们的伤害,她最后用自我送终的方式,身穿寿衣,静等受活村退社的消息。

　　阎连科的残疾书写,没有受害者的心理表白,他只是用外在的客观来映衬受害者的悲惨。四个儒妮子本身个子就小,却遭受了那些健壮的"圆全人"的野蛮暴行,"她们在那一排屋子里,衣裳都被脱光了。……桐花和槐花是被捆在两间屋里的两张床上的,榆花和四蛾子被捆在另两间屋里的两张椅子上,桐花、榆花和四蛾儿,三个儒妮子,她们不仅是被人家破了身子了,还因为人儿小,下身被圆全男人的物件给撑得撕裂了,各人的腿间、腿下都有一大摊儿腥气扑鼻的血,像流在那儿殷红黏稠的水"[①]。这样的叙事背后,是冷得让人彻骨的心寒,"圆全人"的残忍已经无以言表,但四个受害的儒妮子又会如何呢? 作为外祖母的茅枝婆心如刀割,她们面对强大的圆全人,毫无办法,只能受辱,其

[①] 阎连科:《受活》,沈阳:春风文艺出版社,2004年,第253页。

中所要表达的批判则更加深刻。残疾人在受到伤害之后,会走向更深的孤独与绝望,所以茅枝婆带着受活人再次回到村里后,除了身着寿衣等死之外,内心只有退社一个念想了。因为只有退了社,受活人才能重新回到原来的生活中,再也不受"圆全人"的欺负与歧视,乃至抢劫。而实际上,这种悲剧在他们以后的故事中仍然不会结束,受活人已经融入整个经济社会的发展之中,断腿猴接续受活村经济执政权的故事还会继续复演,具有乌托邦性质的受活人永远也不可能再回到原来的生存状态中。

健全人对残疾女性的性侵式伤害,是借着强势的身体优势,而受伤的残疾女性则大多在无法反抗的情况下遭受性侵。所以这里只有性欲,没有爱;只有野蛮的发泄,没有爱情的抚慰。所谓健全者在实施这种野蛮之行时,大都是要遮遮掩掩的。他们内心灵魂的重压感也还是将这种兽性掩盖起来。排长选择在茅枝昏迷的时候强暴她;四个儒妮子被强奸是在黑夜中,施暴者不让人们看到他们那些兽欲的眼神。《没有语言的生活》中,蔡玉珍在被人强奸时也是在月黑风高的夜晚,而且强奸者还把她挟持到野地里,打掉了蔡玉珍的手电筒,不让她认出自己。那些强暴者在发泄野蛮兽性的时候,实际上也是害怕的,害怕事情败露之后遭到社会伦理的谴责。遭到强暴的哑巴蔡玉珍却在被强奸的状况下喊出一句话:"我要杀死你。"这不管是否符合事实,却将强暴者吓得抱头鼠窜。屈辱的哑女在被强暴时竟然能喊出狠话,可以想象出她被逼迫的内心受了多么大的伤害。《生命册》中的虫嫂,为了一袋枣子,被一个五十岁的光棍汉给强暴了,这里的强暴带有虫嫂被迫式的自愿。因为她觉得一袋枣子比所谓贞节要重要得多,她的几个孩子和残疾的丈夫活命比什么都重要,所以她甘愿献身。因此当她后来被整个村里的各种大小头目约了进行各种形式的"谈话"时,性成了这些男人在虫嫂身上唯一可以榨取的精神享受,治保主任一次次地找她"谈话",当性欲发泄被冠上"谈话"这一冠冕堂皇的借口时,就是人们在为自己的丑行寻找一块掩人耳目的遮羞布,丑恶的伦理戴着美丽的花冠,却干着吃人的勾当。强势的健全人在对弱势的残疾女发泄兽欲,实施性侵之时,正说明人类自身的那种原始野蛮的动物性还没有褪尽,文明的进化还需要所有人继续努力。

莫言的作品中也有类似的例子,如《草鞋窨子》中聋子六叔与五叔每天晚上都到地窨子里编草鞋,但家里只有一个老婆,哥儿俩只能轮流回家睡觉,其中的悲伤屈辱也都只能放在心中,无处释放。三个人的生活可以想象得出来是如何尴尬,但生活没有其他办法可以改变,性的饥渴使他们违背了人伦道德。而《丰乳肥臀》中独臂的龙青萍因为性欲无处发泄,强奸式地与上官金童发生性关系,但是在性功能上本来就有问题的上官金童无法做成此事,痛苦的龙青萍最后在绝望中自杀。可见这种畸形的、压抑的性欲对于残疾人也具有同样的伤害,其中的屈辱与伤心也只有当事人才能明白。

(三) 畸形性欲的伦理污名

残疾人在性方面始终遭遇现实社会的歧视与不解,这势必对他们在性欲的伦理表达上造成向内的伤害。性变态式的畸形欲望,有时也是许多残疾人所无法接受的事实。尽管残疾人在性爱欲求方面时常会招致社会的误解,但他们的性爱欲望与要求与健全人实际上没有本质的区别,他们也有正常的欲望表达,也会有由各种社会压力所造成的畸形性欲发泄。残疾人这种畸形变态的性欲发泄,凸显出这一群体在社会伦理方面的表达欲望。

在现实社会中,多数残疾者在性格上都是属于内向型的,心理上的自卑感促使他们的内心敏感而多疑,在性欲的要求方面也总是处于劣势位置,担心别人的嘲笑与漠视。《推拿》中的张一光,在对性欲的理解与释放上,却显示了另一种不同的伦理解读。他畸形性欲的表达不符合正常的社会伦理。张一光的人生经历实际上分为两段,一段是眼睛未盲之前的正常矿工生活,一段是眼睛盲了之后的推拿师生活。两段人生经历存在巨大反差,眼睛失明成了他整个人生的转折点。一般情况下,一个健全人在经历失明这样巨大的人生挫折时,后面的人生将会进入黑暗的未知世界,人会意志消沉,甚至于寻找各种方式结束这种没有光明的生命。只有在经历过痛苦的人生磨炼之后,人才能获得新生。小说中的小马就是经历了"杀死"自己再重获新生的涅槃式过程,生命才归于平静。但张一光不是这样,他之前暗无天日的矿工生涯,对他来说是精神与肉体的双重折磨。每天通过辛苦的地下挖煤工作获取微薄的工资,来养活全家人,而自己的老婆孩子却又不能与他生活在一起,所以"对他的老婆来说,他是一头被骗了的公猪,对他的矿主来说,他是一头没有被骗的公猪——等放完了空炮,他就连皮带肉一起被卖出去了,所谓的补偿金,不就是最后的那么一点皮肉价么"[①]。贫困而又危险的矿工生活基本上是无性的,每天面临生死,又不能夫妻共眠,性饥渴的折磨使他产生扭曲的性爱伦理。突发的瓦斯爆炸夺走了113个矿工兄弟的生命,

---

[①] 毕飞宇:《推拿》,北京:人民文学出版社,2008年,第217页。

但张一光仅仅失去了一双眼睛,"他用黑色的眼睛紧紧盯住了自己的内心,那里头装满了无边的庆幸,自然也有无边的恐惧"①。所以对张一光来说,后半段的人生是捡来的,虽然内心时时处在恐惧之中,残疾好像是幸运女神的礼物,在惊恐中姗姗而来。从此他可以不必再承担那些沉重的家庭责任了,因为他是残疾人,不用别人照顾已经是对家人的帮助,他要自由地去享受剩下的另一半人生。推拿中心对一个地下的矿工来说,简直就是天堂,他不用再那么辛苦就可以享受生活的眷顾,对于过去在性上的亏欠,在性上所受到的压抑,他找到了补偿的办法。他"隔三差五就要去一趟洗头房,三四回下来,张一光感觉出来了,他的内心发生了相当大的变化,他不再'闷'着了,他再也不'闷骚'了,比做矿工的那会儿还要活泼和开朗"②。张一光在洗头房的性欲发泄是畸形的,带有人生放荡的不负责任的行为。然而对于张一光来说,他的人生与以前完全不同了,他做推拿挣的钱,再全部花到洗头房,而且在洗头房里,虽然他双目失明,但有钱他可以做"皇上",可以"翻牌子","眼睛好好的,他什么也没有看见;眼一瞎,他这个农家子弟却把什么都看清了,他哪里是'地对空',他是皇上"③。而且他还给自己定了个硬指标,要嫖满八十一个女人,"等他嫖满了八十一个女人,他就是皇上,起码也是个业余皇上"④。张一光对性的理解完全是建立在他人生前期苦难的基础上,那时他也知道有洗头房可以嫖,但他想也不敢想,因为他还有家庭,有责任。而失明之后,张一光放下全部的责任,因为他是一个已经"死"过的人,家庭得到了一大笔残疾补偿金,他完全自由了。他离开了家,来到了花花世界中再次靠双手挣钱做"业余皇帝"。心理上的扭曲,使得他对性的理解显露出畸形的认知,他的发泄完全是一种病态的心理释放,他要做"皇帝",也仅仅是在对性对象的数量设置上。张一光的性欲释放本质是长期压抑的性欲的畸形转移,其伦理表达上具有污名式的特征,别人所不齿的事情,他却大张旗鼓,甚至于把纯洁天真的小马也带进性欲释放的泥淖,几乎把小马钉在了污名伦理的耻辱柱上。

现实社会中因为对性器官的厌恶而自我阉割的人,大都是精神残疾类的人,他们对生殖器官的伤害基本上是畸形的性欲表达,具有较强的伦理污名化特征,这与传统文化对于性的压抑有着重要的关系,性被认为是不洁的、肮脏

---

① 毕飞宇:《推拿》,北京:人民文学出版社,2008年,第214—215页。
② 同上,第217页。
③ 同上,第217页。
④ 同上,第218页。

的。贾平凹《秦腔》中的人物引生,就是担心自己对于白雪的爱会使自己把持不住而做出错误的事情,所以他干脆把生殖器割了下来。这一事件的伦理内涵是因追求纯洁而选择了污名,他对自己的阉割,实质上是对于爱情圣洁性的维护,他认为性欲在一定意义上是肮脏的,是为人不齿的。引生对性欲意识的畸形认识导致了极端行为的发生。同样,李佩甫《生命册》中的春生,也是一个受到性压抑而不得释放的性欲畸变者,他选在一个夜晚将自己阉割,也具有同样的伦理污名化特征。他们都有因性压抑而变态的精神残疾。但如果从这些残疾者内心所受到的性压抑的痛苦来看,这实际上是自我解脱的一种最好方法。尽管身体受到巨大的伤害,但与他们内心所受的那种伤害相比,则要小得多。精神残疾者身上发生的许多违反常理的事情都是他们内心精神压抑的释放,看似伦理上污名化处理,实是在自我救赎之路上的难以自拔。

《丰乳肥臀》中的哑巴孙不言是先天的言语残疾,他后来参加抗美援朝战争又失去了双下肢,成为一个双重残疾人,但他在骨子里是一个好勇斗狠的残疾人。他的人生经历复杂,早年与上官来弟有婚约,但来弟不愿接受这个强加的婚约,与沙月亮私奔跑了。伦理的天平是倾向于孙不言的,因为来弟与孙不言的婚约毕竟是上官鲁氏定下的。但粗鲁暴戾的孙不言后来却强暴了来弟的三妹领弟,差点被游击队枪毙。对于孙不言来说,无论是谁,只要是上官家的女儿,他就可以施以性欲的发泄,这是对他在婚姻伦理上所受伤害的弥补。他作为残疾人的伦理感觉已经走向了反面,具有反伦理的特征。归国后他要与来弟继续原有的婚约,上官家无法拒绝这个英雄的再次求婚,况且还有当地政府的强行安排。对于来弟来说,则无疑是噩梦的开始,孙不言借助强壮的上半身对大姐进行兽欲性的折磨,大姐被他折磨得死去活来,上官家成了孙不言畸形兽欲发泄的人间地狱。孙不言在畸形性欲发泄中的快乐是建立在来弟的痛苦之上的,其反伦理的性行为背后,显现了一个丑恶的灵魂。被日本掳去做劳工的鸟儿韩此时从日本归来,怀着对来弟的同情,把来弟拉进了他的怀抱,而鸟儿韩本是三妹领弟的丈夫,与来弟的性爱关系就是乱伦,这对孙不言而言则是又一次的伦理伤害。这种偷偷摸摸的乱伦偶然间被孙不言撞见,在奋起护卫丈夫位置的伦理互殴中,孙不言被大姐来弟打死。孙不言因残疾而产生的畸形性欲观,是反伦理的性欲发泄,他与来弟的悲剧都是源于这种畸形变态的性欲。

总之,残疾人性欲需求的满足,是人生理本能的一种原欲释放,只有在互相尊重与互相接受的前提下,才能自然释放,并进而由性爱走向情爱,实现人类最美好的情感关系——爱情。残疾人与健全人的情感需要完全是一样的。残疾书写中的性爱在健全人眼中,有怀疑,有鄙视,有同情,也有嘲笑,但它注定成为残疾人生命延续意义上不可或缺的链条之一,值得全社会认真地关注与思考。

二、残疾书写的爱情伦理

"情爱是男女两性在社会生活中产生的具有丰富精神内容的崇高情感,是两性在品质、修养、气质、爱好、情趣、生活理想等各个方面的相互吸引与倾慕。它是性爱的升华,是人类爱情的社会属性的最直接体现。"[①]性爱延至情爱而升华为爱情,爱情是人类社会发展中最美好的精神伦理追求,它始终是文学作品精描细绘的主要内容之一。古往今来,经典文学对于爱情伦理的叙写都能打动读者,除了技法上的因素外,更多的是由于故事伦理所显示的精神价值。而残疾人之于健全人在爱情上的最大问题即在于身体,残疾的身体在现实的爱情追求中筑起一道道障碍,使他们的爱情之路困难重重。史铁生曾说过:"我想,上帝为人性写下的最本质的两条密码:残疾与爱情。残疾即残缺、限制、障碍……是属物的,是现实。爱情属灵,是梦想,是对美满的祈盼,是无边无限的,尤其是冲破边与限的可能,是残缺的补救。每一个人,每一代人,人间所有的故事,千差万别,千变万化,但究其底蕴终会露出这两种消息。"[②]残疾人在面对各种"不能"的现实时,其内心的绝望与无助也许只有当事人理解得了,但是爱情则能使他们走出这种人生的困境。当人们对残疾人的性爱持有疑虑的时候,对残疾人的爱情则大都抱有同情的心态。因为大多数人都只愿显示各自的爱心、同情心,而对残疾人在性爱上的实际困难则很少愿意施以援手。所以残疾人在追求爱情的过程中,存在这样一些矛盾的特征:一是残疾人对爱情的执着相守与外在现实困境所造成的被迫相离的矛盾;二是残疾人对爱情的理想化想象与来自社会世俗的歧视之间的矛盾;三是残疾人对爱情结果的完美追求与现实注定残缺的事实之间的矛盾。

(一) 爱情伦理的守望相护

瓦西列夫说:"人的爱情不仅是一种本能、性的欲望和两个人交往中纯生

[①] 朱贻庭主编:《应用伦理学辞典》,上海:上海辞书出版社,2013年,第365页。
[②] 史铁生:《病隙碎笔》,出自《史铁生作品全编》(第8卷),北京:人民文学出版社,2016年,第44页。

理的享受。它按照和谐的规律把自然的冲动和意识的金线、把机体的生理规律和精神准则交织在一起。……爱情从来就既是令人激动的回忆，又是明快清彻的期待。"①这说明人们对爱情认知有不同的阶段性特征，性爱的初始阶段归为两情相悦的本能冲动，而爱情的持续发展则是人们终生相守的命运祈盼。所有的人都希望拥有一段美满而长久的爱情，不仅仅是性爱满足的需要，更重要的是人生意义的完成。残疾人尤其渴望拥有一份美满的爱情，而现实却总适得其反，他们往往要背负爱情伦理的重担，与艰难求索的另一半相守相伴。

残疾人身上的残疾标签注定了他们追求爱情的道路不可能一马平川，每个残疾人的爱情都曾经历过来自社会伦理的审视。从生活追求的现实而言，残疾人一般都希望能找一个健全人作为终身伴侣，但实际上大多数残疾人都不能如愿，最后都是同残而爱，并最终走向婚姻家庭。《推拿》中的盲人王大夫与小孔、泰来与金嫣、沙复明与都红等都是盲人，他们的爱情伦理基础是身份上的相同，只不过追求爱情的道路走得不完全一样罢了。王大夫与小孔已领了结婚证确定了夫妻关系，泰来与金嫣还处在热恋之中，而沙复明与都红则是沙复明的单恋而已。迟子建《盲人报摊》中的吴自民和王瑶琴则是一对过着平凡生活的盲人夫妻。这几对盲人在追求爱情的过程中，都是奉献式的守望相护，其中的过程各有不同的艰难悲苦。

王大夫与小孔的爱情相守，在一开始就经历了许多的波折。小孔因为先天全盲，那种看不见的难处是与生俱来的，爱她的父母为了女儿的幸福，坚持要小孔找一个有眼睛的对象，否则他们绝不答应。而小孔也是如此想的，但命运没能带给她幸运，而是让她遇到了一个和她一样全盲的王大夫。王大夫的父母虽没有这样的想法，但也一定希望自己的儿子找一个能帮他生活的健全人。所以当二人在确定爱情的时候，王大夫早就放下了那种不可能的想法，他对小孔的决定是"你知道的，我不重要。主要还是你"。小孔最终还是把自己的幸福看得很现实。因为她只是一个盲女，又不是公主，她只能爱这个与自己一样全盲的男子。两个人都是一样的残疾，才能互相理解，也才能接纳对方。但确定了恋爱的小孔无法告知父母实情，只能以谎言掩盖事实，其中的痛苦自然是来自自己的残疾身份。王大夫与小孔从深圳回到南京准备结婚，却受到了王大夫弟弟无赖事件的牵连，搅得王大夫身心疲惫，两个人的爱情也因此出

---

① ［保］瓦西列夫:《情爱论》,赵永穆、范国恩、陈行慧译,北京:生活·读书·新知三联书店,1984年,第32页。

现了波折。正是二人对这份爱情的执着与坚持,才能够最终花好月圆。小说在二人定情、同居、结婚、分居、闹别扭、和好的叙事模式中,完成了两个人的情感表达,与一般的爱情叙事方式没有什么区别。但在叙述具体爱情感受时,作者还是从盲人的内心角度表现了爱情叙事的特别之处。比如小孔从深圳与王大夫一起回南京之后,却由于王大夫的家庭原因,未能正式举办婚礼,而且两个人也不能天天待在家里吃闲饭,只好一起到沙复明推拿中心再打工,而中心也不愿为他们俩单独租房过夫妻生活,两个人便各自到男生、女生的宿舍里过起了集体生活。这两个如胶似漆的恋人,无论是情欲,还是爱情,都是那么渴望能够得到互相的安抚。但现实是两人只能下班后互相探望一下而已。小孔内心躁动的情欲便转嫁到与小马的打闹上,这让王大夫吃醋,但又不好发作,只好以生闷气的方式不理小孔。而小孔意识到这样的行为伤了王大夫的自尊后,也很内疚,但又不好表白。两个人互致电话以诉衷情的方式,表现出作者残疾书写方式的独特之处。王大夫跑到洗手间给小孔打电话,而正在上钟的小孔不便说出亲热的话语,只说了一句:"知道了。我在上钟,回头再说吧。"便挂了电话,这让王大夫"心口早已经凉了半截。他听出来了,小孔的口气是在打发他"[1]。而实际上,小孔因王大夫打来示好的电话而"心里头甜蜜蜜"的。两个恋爱中的人一惊一喜的这种描述,也只有这样两个看不见的人才能如此表达。当小孔也瞅着空闲的时间跑到洗手间给王大夫打电话同样示好时,正在上钟的王大夫也是一样的心情,但也只能说"知道了。一样的。回头再说吧"。这两个电话的细节叙事,包含无限丰富的内容,两个心心相印的恋人,再一次走到了一起,而且走得更近了,因各自的残疾,将相守的承诺交付给了短短的、略显生硬的电话中。因为他们的残疾,健全人的眼神交流没有了,话语的交流,又因空间的限制难以倾诉,这种欲说不能,不诉不行的内心叙述,也只能是这样的两个盲人所独有的,从中也可以看出作者对二人爱情相守叙事的推敲。

弗洛姆说:"爱情是一种积极的,而不是消极的情绪,是人内心生长的东西,而不是被俘虏的情绪。一般来说可以用另一个说法来表达,即爱情首先是给而不是得。"[2]同样身份的沙复明与都红,二人在爱情追求的路途中,却走向了反面。身份意识在同为盲人的沙复明、都红身上,也一样有着难以企及的高

---

[1] 毕飞宇:《推拿》,北京:人民文学出版社,2008年,第83页。
[2] [美]艾·弗洛姆:《爱的艺术》,李健鸣译,上海:上海译文出版社,2008年,第20页。

度。沙复明对另一半的渴望也是一定要选个"有眼睛"的人,这样他才能够进入主流社会。这当然部分是由于健全女孩向天纵对他的愚弄,但主要还在于他内心那种强烈的自尊,所以他一直在为理想目标做着准备,并且有点矢志不渝的样子。而美丽的都红的出现,则改变了沙复明原来的想法。他要追求都红,要与都红谈恋爱。因为都红的美,让"有眼睛"的导演等一批有艺术修养的人都啧啧称奇。所以沙复明降低了自己内心渴求"有眼睛"身份的标准,但这种降低,说白了,还是因为有眼睛的人,而且还是有眼睛的人里边有艺术家身份的人的一句高度评价,为沙复明带来了另一种理想恋人的想象。尽管自己不能看到都红的美,但都红的美会让有眼睛的人,即主流社会的人认可并称赞,这就够了。他不能找到有眼睛的人,却可以通过美丽的都红来与主流社会结交。因此,沙复明的恋爱,本质上还是残疾人身份意识的认同问题。但一厢情愿的沙复明,根本没想到心性比他还高的都红如何选择。都红不即不离的缄默折磨着沙复明的神经。都红的默而不应,实际上也是体现在身份意识的确认问题上。都红虽然天生失明,但都红的内心有一种比一般残疾人要强大的勇气,她有自己的人生准则,她厌恶健全人的那种虚夸的同情。所以她对于自己残疾的身份始终是清醒的,也是自尊的。她不愿意沙复明施舍她工作,她也不希望因为自己的美而得到他的爱,她想通过努力实现工作上的认可,更重要的是她在爱情上的依赖。但命运之神再次将她从残疾人的群体中挤走,她不能接受健全人的施舍,更不可能接受来自残疾人群体的施舍,沙复明在她大拇指被门挤断之后的爱情施舍更是她不可能接受的。所以都红与沙复明的爱情只能以相离结束,都红离开推拿中心,沙复明也因病住院,接受了未知生死的大手术。小说对于他们二人的爱情叙事更多地放在沙复明的单恋上,那种欲罢不能的爱情心理只能是他那样的残疾人才具有的。

爱情叙事的解读在一定意义上主要侧重于双方精神层面的相悦与相恋,对于身体意识的渴求则基本属于性爱范畴,但两者并非截然分明的两部分。对身体的渴望是性爱欲求的形式,是爱情的起点,或者也可以说是爱情得以维系的基础。因此当残疾人面对身体的欲望而进入爱情延续的叙事中时,身体所具有的隐喻修辞则贮满了社会因素,体现为性的满足与否,身体的占有与精神的满足是否一致,对身体的渴望是否会引起社会的鄙视。王家宽与蔡玉珍的爱情叙事,严格意义上还只有性爱内容。尽管两人没有恋爱的基础,只有同残相怜的体恤,王家宽与蔡玉珍最后还是以身体的性爱结合走向了爱情的升华。蔡玉珍的身体具有了隐含寓意的爱情内涵,即使她被人强奸了,王家宽也并不在乎,他需要与父亲联手为蔡玉珍复仇。王家宽作为一个耳聋的残疾人,他在未遇到蔡玉珍之前,是有自己的爱恋对象的。但这个爱恋对象因村人张复宝的卑鄙而自杀身亡,王家宽却遭到了朱家人的误解与谩骂。王家宽虽然残疾,但对于自己的爱情还是有主见的,所以当身体欲望的满足成为爱情基础时,王家宽选择了蔡玉珍,实际上,也是蔡玉珍对王家宽的选择。所以当两人破解了身体隐喻时,他们的爱情也就水到渠成了。

如果说王家宽与蔡玉珍的爱情叙事,由身体修辞的解密而引发了两人从性爱向爱情的升华,那么,关仁山《麦河》中的盲人白立国与健康女孩桃儿的爱情叙事,则更加体现了身体所具有的深刻的爱情隐喻。白立国是后天的盲人,是乐亭大鼓的传人,靠给乡亲们说段大鼓、测算命运等来谋生。桃儿是一个健康美丽的女孩子,与同村青年曹双羊有恋爱关系,但是出于生活的种种原因,桃儿与曹双羊的恋爱失败,她跑到城里做了一段时间的洗头女郎。桃儿的这段人生经历,从身体意义上来说,是曾经卖过身而具有了不洁意义的符号,她自然也不可能再与曹双羊走到一起,而身有残疾的白立国,其残疾的身体本身就是具有不完整意义的符号,二人因此走到一起,完成爱情的结合,是世俗意义上的完满与成全。桃儿喜爱上盲人白立国,首先是由于自身的不洁,否则她不可能屈尊嫁给白立国。其次才是二人从小青梅竹马,他们还是具有一定的情感基础的。也只有在身体都负载了一定的隐喻符码时,才能实现二人的爱情关系。二人的爱情结合也曾经历生死守离的矛盾痛苦,桃儿因为自己的卖身而为村人所不齿,她也曾有过自杀的念头,但经白立国的精神调养,桃儿勇敢地面对生活中各种异样的眼光,并与白立国相恋。而白立国因自身的残疾,从不敢奢望得到桃儿的爱情,但桃儿的经历却给了白立国精神平等的爱情感受。他喜爱桃儿,是因桃儿的美,桃儿喜爱白立国,是因他不嫌弃她的脏。小说在二人的爱情叙事上,又借着身体残疾的转换而提升了二人爱情相守与相离的价值。白立国在桃儿的帮助下,通过手术重新获得了光明,而桃儿却在奔忙的过程中,遭遇车祸而失去了眼睛。小说过于生硬的叙事巧合对于残疾人爱情叙事的意义有些损伤,但还是存在着身体意义的隐喻特征的。

对于残疾人而言,残疾的身体始终是自我压抑的现实存在。一方面渴求爱情是他们作为人正常的精神需求,另一方面残疾人在得到心仪的爱情时首先会考虑是不是会给对方的生活造成困难,会不会成为对方的累赘。所以残疾人在追求爱情的过程中,始终处于情感的矛盾中,难以平衡。史铁生在《我二十一岁那年》中叙述了一方已瘫痪的一对恋人的故事。两个年轻的恋人,男子在即将出国之前,因一次医疗事故而瘫痪在床,一往情深的女子坚持要等男子恢复健康,并与他结婚。"男的既盼着她来又说服着她走。但一年一年,病也难逃爱也难逃,女的就这么一直等着"①,女子甚至下了狠心,调离北京。但还是千里迢迢来回往返地看他,互相难以割舍这份爱情。但双方在理智上都知道这是不会有结果的,瘫痪的男子,因为爱女子,所以一定不会答应与她结婚,而健康的女子,则知道男子可能永远不能站起来,她与他相守注定是痛苦终生,但她没法割舍这份感情,也不愿抛下困境中的恋人。情与理的纠葛很难抉择,也很难说清。最后这对恋人还是以悲剧终结。史铁生对此也有过这样的疑问:"十九年中,我自己也有过爱情的经历了,现在要是有个二十一岁的人问我爱情都是什么?大概我也只能回答:真的,这可能从来就不是能说得清的。无论她是什么,她都很少属于语言,而是全部属于心的。"②只属于心而难属语言也许正是人们无法摆脱的爱情困境。史铁生在《命如琴弦》中描绘的小瞎子与兰秀儿的爱情悲剧也寄寓了这种情与理的悖论,小瞎子只能听任命运的摆布,兰秀儿最后也只能嫁到山外。怀着必死之心的小瞎子在老瞎子的照看下复活,他也理解了这种被爱情击伤之后的命运,操起琴弦继续上路。他们的命运只在路上,他们没有爱情,只有残疾的现实。小瞎子不能与兰秀儿结合,不是因为他们没有爱情,只是因为残酷的现实。这种带有先天悲剧命运的爱情叙事,是能够打动人的。莫言《民间音乐》中小瞎子与花茉莉之间的爱情伦理,有金钱的诱惑,也有理想的执着,小瞎子为了理想而舍弃了这份看似美好的爱情,本质上也是对他与花茉莉的未来不看好,因为一旦接受了花茉莉,残疾身体的不便必然会经受现实的考验,小瞎子对此应该是没有信心的,所以没有开始的爱情是最好的结局。

(二) 爱情伦理的理想追求

爱情理想化的目标是男女双方在理想、情操、道德、品性等追求上达到一种互相尊重、互相认同且能够互相依赖的结合。而世俗化的爱情则是在性爱的基础上建立起一个稳固的家庭,实现人类社会传宗接代的现实目标。所以对残疾人而言,以性爱为基础而实现的理想化爱情建立在双方精神的互相沟通上,是要经历人生欲望的挣扎与奋斗,经受世俗异样眼光的洗刷与猜测,然

---

① 史铁生:《我二十一岁那年》,出自《史铁生作品全编》(第6卷),北京:人民文学出版社,2016年,第83页。
② 同上,第84页。

后才能修成正果。史铁生对爱情的艰难思索,体现着对世俗的冲击与修正。他在《务虚笔记》中,对残疾人 C 的爱情故事的叙述,具有非常强的思辨式的探讨。主要体现了以下几个特征:

一是残疾的 C 在爱情的理想化追求上与所有人一样都有着痛苦的爱的抉择。残疾人 C 在一定意义上是作者的自我叙事。他下半身瘫痪,"两条塌瘪的裤筒随风飘动……如果你见过他赤裸的下身——近乎枯萎的双腿,和,近乎枯萎的整个下半身——那时命运才显露真相"①。这个整天坐在轮椅上的残疾人 C 在四十岁的那年夏天与 X 结了婚。但他们的爱情经历了漫长的等待与煎熬。C 与 X 的爱情叙事具有人类对爱情理想追寻的共同性,"谁都可以是 C,以及,谁都可能是 C。但是没有谁愿意是他,没有谁愿意终生坐进轮椅,那恐惧,仅仅是不能用腿走路吗?"②人的残疾体现着人类的困境,人对爱情的追求则是对困境的超越。每个人都有可能面临各种人生的困境,对爱情的抉择一样需要面临世俗的评判。所以当 C 与 X 在爱情的追寻之路上长跑时,他们面临着许多种声音的道德伦理评判。史铁生借着人物内心的真实表白将这种痛苦的挣扎放在灵魂的"祭坛"上进行审判:

> 脚步声和车轮声,惊起古园里的鸽子,白色的鸟群漫天飞起在祭坛的上空……C 说我什么都不怕,不管别人说我什么,不管他们怎么看我,C 说,我不再害怕……X 走向祭坛的石门,走进落日,又一声不响地转身回来,站在落日里看着 C,茫然若失……只要你也不怕,C 说,只要你坚持,C 对他的恋人说,我相信我没有什么不应该,我不再像过去那样相信我不应该,我不再相信别人的指责……我现在相信,如果我们是真心相爱,C 说这残疾就不能阻挡我……③
>
> X,C 的恋人,站在祭坛上,泪水犹如星光……那星光中全是她的诉说:就让我们永远做朋友吧,好吗……只做朋友好吗……我们还是朋友,行吗……是一般的但是是最好的,永生永世的朋友……
>
> ……不,不不!C 喊,为什么?凭什么我被判定在那个位置上?告诉我,你是不是真的爱我……
>
> ……原谅我,饶恕我,我是个软弱的人,我害怕……X 在那祭坛

---

① 史铁生:《务虚笔记》,出自《史铁生作品全编》(第 1 卷),北京:人民文学出版社,2016 年,第 10 页。
② 同上,第 374 页。
③ 同上,第 365 页。

上说,我害怕那些山和海一样的屋顶和人群,害怕那些比星光还要稠密的灯火,害怕所有不说话的嘴和总在说话的眼睛……在那样的躲躲闪闪的表情后面,我好像是一个不正常的人……我害怕我总要解释,我害怕其实我并没有解释的机会,我害怕无边无际的目光的猜测和探询,我们的爱情好像是不正常的,在那无尽无休的猜测和探询的目光之下,我们的爱情慌慌张张就像是偷来的……我害怕,也许我们永远就是这样……

……嫁给我,好吗?做我的妻子……

……我害怕我的父母,他们会气疯的,他们会气死的……我害怕别人的谴责,我的兄弟姐妹,还有别人,我害怕他们谴责的面孔……我也害怕你的追问,害怕你这样不肯放弃……我害怕我不能嫁给你,我害怕别人说我只是怜悯,说我只是为了满足自己的怜悯却让你痛苦,这些都让我害怕……人们曾经说我是一个好人,这样的称赞让我害怕,我害怕因此我得永远当这样的好人,我害怕我并不是人们所认为的那样的好人,我并不是为了做一个好人才走近你的,我害怕有一天我想离开你我就不再是一个好人……让我们分开吧,我是个软弱的人,不管别人说什么我都害怕,每时每刻我都感到恐惧……就让我们永远只做朋友吧,好吗……天涯海角永生永世的朋友

……星光渐渐寥落,祭坛空空独对苍天……不,不!为什么?这是为什么?这毫无道理!不,回来,你回来,你回来呀……但是 X 已经离去,恋人已在遥远的南方,让男人翘首终生的南方呀……[①]

痛苦的 C 与 X 面对强大的世俗,无法冲破层层的壁障,分手好像才是他们的最佳选择,因为他们内心的"害怕",他们无法想象结合之后世俗的眼光给他们带来的冷嘲热讽,他们只要想做一个社会认可的"好人",C 就不能用残疾肉身去拖累 X 的灵魂,X 也不能凭借同情与怜悯的内心暂时取代现在的施舍与以后的抛弃。然而两个真心相爱的人,分手了却又引起了无法想象的怀念,鸿雁传情的书信又岂能解得了双方内心相见的渴望。所以当两个人最后回到现实,实现了结婚的愿望时,才发现一切都是那么平静,那个婚姻登记所的老太

[①] 史铁生:《务虚笔记》,出自《史铁生作品全编》(第 1 卷),北京:人民文学出版社,2016 年,第 367—368 页。

太尽管还有些许的怀疑与猜测,但一切都变得那么平淡,C 的思考体现了所有爱情追求中的同质性的困境:"那老太太的表情我再熟悉不过。把那怀疑的表情扩充千倍万倍,把那无言的回避扩充千倍万倍,否决便获通过,便足够 C 和 X 天各一方互相思念多年。若再把那同情和摇头转换为对坚强与乐观、无私与奉献的千倍万倍的赞许,便是一个人渴望爱而又不敢爱、指望死却又不能去死的可靠处境了……"①所以,人类对待理想化爱情的方式就是要抛弃所有世俗的误判与假想,主宰自己的情感目标而不为世俗所迷惑,C 与 X 的最终结合,虽然是渡尽劫波,但终归是在十几年之后,时间的代价消化了世俗人间的异样目光。

二是残疾的爱情在性爱实现的可能中一样有着理想爱情的快慰。史铁生对残疾与爱情的思考,显现出对人类自身终极问题的责难。他认为人性的本质就是残疾与爱情的问题,人性本质的物质性始终处于无法冲破的各种障碍中,是不能满足的各种残缺、限制的组合,而具有灵魂意识的精神载体则是充满无限欲望的爱情,它是对现实残缺、限制的补足与拯救。因此,当 C 寻找到生的意义与爱的权利时,他抛弃了残疾,选择了爱情,而且实现了性爱的爱情。他在性爱中完成了爱的救赎,也实现了他对爱情的执着追求。当他面对自己恋人的身体时,他的内心一样充满着战栗与恐惧,"男人颤抖着扑进那片梦境,急切地看那现实,惊讶而焦灼地辨认:她丰盈的胸,她光洁修长的腿,肩膀,腰腹,动荡的双臀间中间隐没,埋藏进一道神秘的幽谷……哦,男人知道那是女人的召唤,是她的允诺……可是,C 不行。面对女人的召唤,他浑身发抖,但是,不能回应。触摸不能使他迸发,不能,只能更加使他焦灼、惊骇、恐惧。那花朵不能开放"②。然而在这个"爱的仪式"面前,双方的坦诚与真切,互诉与互慰最终还是完成了性爱的结合,残疾者 C 的"伤残的花朵刹那间找回他昂然激荡的语言……放浪跟随着欲望,'羞耻'已沉冤昭雪,自由便到来……走过寒冷的冬天、残酷的春天、焦灼的夏天,到了灿烂的秋天了,也许生命就是为了等候这一场狂欢,也许原野和天空就是为了筹备这个盛典,昂耸和流淌的花朵是爱的最终的语言、极端的语言,否则再说什么好呢?"③性爱升华为爱情,残疾的人生终于得救,人世间的一切语言都难以形容这种性爱快慰所带来的精神完满,C 的爱情也在这样美丽的性爱中有了根本的转机,但现实

---

① 史铁生:《务虚笔记》,出自《史铁生作品全编》(第 1 卷),北京:人民文学出版社,2016 年,第 19 页。
② 同上,第 250—251 页。
③ 同上,第 254 页。

社会的世俗眼光仍然是他爱情道路所必须突破的最大障碍,他对爱情的困惑还需要更大的精神冲力才能解脱。

三是残疾爱情也需要面对社会的接纳与品评。史铁生认为残疾与爱情是上帝留给人间的"地狱和天堂","即原罪与拯救",所以在地狱与天堂的边缘,残疾人在爱情的追求中面对的是社会世俗的接纳与品评。当C与X决定了二人的恋爱时,社会中的各种人都在猜测与怀疑,两个人的爱情背上了世俗无尽的眼光,这里面包含着无限的可能:"这行吗?C,他行吗?""C能结婚吗?唉,可怜的人他可怎么结婚呢?""C他,怎样做爱?他能吗……"世俗的现实性是可怕的,也是真实的。人们在关心别人的爱情时,好像比自己的事情还要重要,那么私密的、难以启齿的、有关性的话语包含多种多样的色彩,在人们的议论中腾起又落下,他们为热恋中的两个不对称的现实中的人提出各种质疑并提供各种解决的办法:

C,你太自私了。C,你不要把一个好姑娘的青春也毁掉。

X,你太自私了。X,别为了满足你的同情和怜悯,让一个痛苦的人更痛苦吧。

X,你不如只把C当作朋友吧,一般的朋友,哪怕是最亲密的朋友。

C,你让X离开吧,你仍然可以做她的朋友,一般的但是最亲密的朋友。①

残疾的C与健康的X是难以做成夫妻的,因为他们的差距太大,社会世俗的劝说带有先见的明智与审判,所以二人的分手是最好的选择。中国传统文化中向来就有这种以众评寡、以多定少的先例,大家说的都是对的,个人的特立独行必将遭到现世报。中国传统文化中对爱情的抉择向来有门当户对、郎才女貌、才子佳人的世俗化的指定与期待,而一旦身份极其悬殊的两个人走到了一起,便会有"群起攻之"的架势,不拆散他们不罢休。C与X的爱情正是陷进了这样一个无法摆脱的困境,二人只能选择以分手的方式来迎接世俗满意的眼光,两颗相爱无果的心只能天各一方地思念,只有等着时间的沧桑去平复

---

① 史铁生:《务虚笔记》,出自《史铁生作品全编》(第1卷),北京:人民文学出版社,2016年,第359—360页。

他们心中的创伤。最后经过十多年的苦苦相思与不弃,再没有人对残疾的爱情感到惊奇时,两个人便修成了正果。但世俗社会的压力带给他们的却是漫长的十多年。

史铁生对爱情理想化与世俗化的矛盾冲突是从性爱的根本上寻找答案,所有真实理想的爱情都必须建立在和谐美满的性爱基础上,没有性爱的爱情不是理想的爱情,"残疾人以及所有的人,固然应该对艰难的生途说'是',但要对那无言的坚壁说'不',那无言的坚壁才是人性的残疾"①。人性的残疾远比人的肉身的残疾要严重得多,人可以通过各种辅助的工具来完成身体残疾而不能做的事情,对人性的残疾却无法施以援手,因为那种根本的残疾来自社会文化的根,是人没法逃脱的宿命,或者也可以说是西方文化中的原罪。因此当世俗爱情回到现实本身时,残疾者的爱情有时也会变得充满温情。迟子建《盲人报摊》中有一对盲人,日出而作,日落而息,每天重复着不变的生活,他们之间的爱情也一定是和谐性爱的延伸,因为他们有了自己的孩子。但这种叙事的背后,迟子建举起的是一面温情的旗子,他们的爱情是完全世俗化的,有日常生活的锅碗瓢盆,有相濡以沫的情感依赖,更有作为人的善的本性。他们身虽残疾,却靠自己的双手谋得生存的可能,甚至于他们反而觉得正因为他们的残疾,全院里就他们的爱情最真,那些健全人每天的争吵打斗没有半点人情,只有利益的纷争,所以这对盲人的爱情乃至他们的婚姻家庭都是理想化与世俗化的完美结合。

(三)爱情伦理的弥补还原

罗素曾说:"最高级形式的爱,应是双方互受其惠,彼此喜悦地接受,自然地给予。因为有了交互的快乐,彼此都会感到整个世界更有趣味。"②人类对于爱情的追求是双方相互的需求,而非单方面的个人满足。但现实的爱情常会因单方思恋的痛苦折磨而显示为爱情的悲剧,在残疾人爱情的完整性要求上更加明显。身体的残障造成许多现实性的困难,爱情的完美化追求又使得人们把追求精神满足放在物质满足的基础上。

史铁生在他小说的爱情叙事中,对于男女双方对完美爱情的寻找有过较多的探索。他的爱情叙事的模式大都是以残疾的男主人公在爱情路途上对自

---

① 史铁生:《务虚笔记》,出自《史铁生作品全编》(第8卷),北京:人民文学出版社,2016年,第51页。
② 周兆平编:《心灵激情的抚慰——情爱卷》,北京:中共中央党校出版社,1998年,第42—43页。

己爱的一方苦苦等待与寻找为主要线索,以相爱,遭反对,离开,再寻找,未知的结果为叙事的情节模式,其中插进了对残疾人爱情的深沉思索,并进而对人类自身残缺的原爱意识进行深入的挖掘。《山顶上的传说》中那个一直在寻找鸽子"点子"的瘸腿男青年,实际是在寻找自己曾经拥有的爱情。瘸腿青年白天与一个胳膊有残疾的老头一起扫街,晚上在自己的小屋里写作,年轻美丽的姑娘爱上了他的坚持,认为他的写作一定能够成功,并每天给予他精神的鼓励与安慰。但女孩子家人并不同意,"在他们相爱的那些年里,当他们在一起的时候,恐惧总压在他们心头——她不能回家晚了,不能在应该回家的时候不回家,否则她的父母就又要怀疑她是和他在一起了,就又要提心吊胆或者大发雷霆。他就像是瘟疫,像魔鬼;他们在一起的时候像是在探监;他们的爱情像是偷来的……这些感觉就像是一把'达摩克利斯剑',悬在他们心上,使幸福的时光也充满了苦难"[1]。但是女孩必须到南方去,而且一去要好几年,他们的恋情也就有了许多的未知,尽管女孩子仍然坚持她一定会回来继续陪他,但谁又知道这漫长等待会有多少变数呢。所以女孩送给他的一只名叫"点子"的"黑尾巴、黑脑瓜顶的鸽子",就成了他们爱情的信物。残疾青年每天以放飞"点子"为乐事,"点子"成了他生活的寄托。"每回'点子'从天空中飞下来,飞到他身旁的时候,他都觉得是一个启示,心中于是升起一种莫名的柔情和希望。"[2]他生活中的"点子"成了女孩的替身,他仍可以感到女孩还在身边,两情相悦。"可是,后来'点子'也不见了。据说是在早春的风中,'点子'飞走了。不知那依然强暴的寒风把它刮到哪儿去了。瘸腿的小伙子简直快疯了,白天也不去扫街,呆呆地坐在门前,望着天,盼着他的鸽子飞回来;天一擦黑,他就离开家,到处去喊,去找。"[3]残疾青年每天不停在街头巷尾寻找着,最后他决定到山顶去,因为山顶上有鸽群,也许"点子"加入了那个鸽群,而且山顶也曾经是自己与女孩想一起去的地方。史铁生为这个爱情的完美找寻留下未知的悬念:"关于山顶上这群鸽子的来历,至少有两种说法。一种说法是,山顶上住着一个瘸腿的老人,养了一大群鸽子。……另一种说法是,山顶上住着的并不是一个瘸腿的老人,而是一个姑娘。她从南方回来。她还是那么年轻。为了让和平布满人间,她养了很多鸽子,一到天快亮的时候,就让鸽子都飞起来。鸽群中有

---

[1] 史铁生:《山顶上的传说》,出自《史铁生作品全编》(第3卷),北京:人民文学出版社,2016年,第268页。
[2] 同上,第291页。
[3] 同上,第262页。

一只'点子'——一只黑尾巴、黑脑瓜顶的鸽子……"①不管是哪一种说法,青年对自己的爱情始终怀着执着的信念,并完成了生命的升华,残疾的爱情也在尊严里获得了丰满的收获。史铁生借着具有隐喻色彩的鸽子与残疾青年难以登上的山顶,展现了残疾人对于爱情理想的追求与困惑。难以摆脱的命运也只能放在未来的叙事中处理,一个未知时长的叙事时间的转换实现了残疾与爱情的内涵传达。

  史铁生因自身残疾的问题,借着自己艰难的爱情经历表达了残疾人在追求爱情时的坚持与抗争。他对残疾人爱情的思考有着非常深刻的哲理意义,他的大多数爱情叙事作品都有自己的影子。《务虚笔记》中的残疾人C与X的爱情叙事可以看作史铁生自我的深刻思索,《我的丁一之旅》中则干脆将史铁生放在小说中,将"我"与丁一合为一体。其中的丁一,作者虽然没有直接将其写为残疾人,但通过描述他在小说中对于爱情的执着寻找也可以看出史铁生对于爱情的深入思考。那个一直在寻找"伊甸盟约"里夏娃的丁一,带有爱情的原始意识,人类诞生之初的伊甸欢乐就是因为身体的蒙羞与性爱的可能而丢失。但从此一分为二的人便成为苦苦找寻对方的爱情载体,"此时此刻,以及永远的此时此刻,都是我们寻找夏娃的时间;别处,以及别处的别处,都是我们走向夏娃的道路"②。亚当与夏娃的"伊甸盟约"成为人类自身寻找完美爱情的最终依据。这寻找的难点有三:"第一,唯当你找到夏娃,你才能认出她不是别人,而此前她与别人毫无二致。第二,你不能靠展示上帝赋予你的信物去昭告她,不能滥用那独具的语言来试探她——就譬如,人是不可以试探神的!……但是第三,丁一你听着:最终我们又必须靠这信物,靠这独具的语言,来认定那伊甸的盟约!"③这里的寻找,实际上已经是人类自身在寻找自我的另一半,是灵与肉的结合。所以,号称情种的丁一便在"夏娃藏于别人"的箴言中,先后与小姐姐、阿春、阿秋、依依、泠泠、秦娥、吕萨等几个女性有了寻找爱情的经历,其中掺杂着对性爱与爱情的矛盾的深思与辨析。丁一一生短暂的爱情经历,是在找寻与失败,再找寻与再失败的轮回中一步步完成的,他与各个女性的性爱关系都是以夏娃的寄存对象为精神指归。"所以我和丁一不断地张望,朝向陌生

---

① 史铁生:《山顶上的传说》,出自《史铁生作品全编》(第3卷),北京:人民文学出版社,2016年,第334页。
② 史铁生:《我的丁一之旅》,出自《史铁生作品全编》(第2卷),北京:人民文学出版社,2016年,第82页。
③ 同上。

的人群,朝着一切墙的背后,朝着所有可能被遮蔽的地方……甚至,以黑夜的梦景作为呼唤,以白昼的想象(白日梦)作为祈祷,我和丁一张望复张望……想象那枯寂的墙后的真确生命,想象那呆板的衣内的蓬勃肉体,想象那拘谨之身中的鲜活心魂……"①这种执着的寻找过程正是整个人类爱情寻找的象征。

  残疾人对爱情的渴望与寻找体现了人类精神意识层面的自我价值的实现,其中的艰辛与执着正说明了人类情感的需求与满足。而人一旦拥有了这种情感互慰式的爱情,其中所要经受的磨难与考验,又需要他们以坚毅来面对。因为这完美爱情的对立面是残缺,是不完整,任何人的爱情结合,都是在修补中取得情感的复原与灵肉的一致。精神层面的吸引与物质层面的相合,仍然需要世俗社会的认可,而后走向婚姻家庭的巩固,实现人类自身的繁衍与传承。所以人在满足欲望的同时,走向灵魂的相依,必须经过反反复复的爱情修补与加工。沃罗比约夫说:"爱情和人性是同义语,所以爱情的秘密也就是人的一般秘密。"②探讨人性,就需要理解爱情,残疾人的爱情也不例外。人性的复杂性自然也表现在对爱情的复杂认识之中。叔本华也说过:"爱情事件,是战争的原因,也是和平的目的;是严肃正经事的基础,也是戏谑玩笑的目标;是智慧无尽的泉源,也是解答一切暗示的锁钥——男女间的互递暗号、秋波传情、窥视慕情等,这一切,无非是基于爱情。"③因此,中国当代小说对于残疾人的爱情叙事,也为人性精神的解读提供了较好的范本。

  《推拿》中金嫣与泰来的爱情事件就具有这种修补的功能叙事特征。泰来是一个内心极其自卑的盲人,他的自卑不仅因为他是盲人,更严重的是他苏北口音方言味很重,他的普通话说得不好,所以经常遭人学舌,被人认为是乡巴佬,自尊心受到很大的打击。但不承想另一个有浓重方言口音的陕北姑娘小梅,也不讲普通话,以陕北方言与人交流,但从不觉得有什么不好,而且她竟觉得泰来的苏北方言很好听。这让泰来重新有了自信,与小梅的关系日渐亲密,并进入了恋爱阶段。然而来自陕北农村的小梅难以抗拒父母的"请求",他们让她回家与当地能给她们带来好处的人家的智障儿子结婚。小梅在回去的前一天与泰来一起住进了宾馆,将自己的身子给了泰来,

---

① 史铁生:《我的丁一之旅》,出自《史铁生作品全编》(第2卷),北京:人民文学出版社,2016年,第99页。
② 周兆平编:《心灵激情的抚慰——情爱卷》,北京:中共中央党校出版社,1998年,第82页。
③ 同上。

并给泰来留下了一封情真意切的信。痛苦的泰来拿着小梅的信,伤心至极,便开始引吭高歌。宾馆的人把他送回了推拿中心,他在宿舍里继续一首首地接着唱下去,而且能唱得字正腔圆,一点苏北的方言音也没有。就这样,一直唱了一天半,唱到最后,"已经失声了,只有气流的喘息"①。泰来"杜鹃啼血"式的爱情故事感动很多人,消息在盲人中间传播。远在大连的金嫣听到这样的痴情故事,被泰来感动了,在爱情追求上具有唯美倾向的金嫣一下子从故事中爱上了这个未曾谋面的主人公泰来,并从大连千里迢迢地来到上海泰来工作的推拿中心寻找泰来。但伤心的泰来不愿在这个曾经受到伤害的地方工作,离开了上海,来到了南京的沙宗琪推拿中心。失去了泰来所有消息的金嫣只好在上海苦等了五个月,才探听到泰来在南京的消息。于是她又直奔南京寻找泰来。而一切还都不知道的泰来又一次面临爱情。金嫣凭借着自己的聪明与推拿技艺在沙宗琪推拿中心对泰来展开了女追男的爱情攻势,并最终获得了泰来的接受。泰来是爱情事件的受伤者,他与小梅的爱情关系是通过尊重的方式赢得的,而且二人身份认同的乡下人特征也将他们推进情感的互融之中。小梅离开时的以身相许,体现了性爱在爱情中的分量。小梅不得已舍弃这段凄美的恋情,泰来却难以接受社会对残疾人的不公,但他无力抗争,他每天的劳动所得不能成为他们爱情的物质保障,他与小梅都无法面对家庭这个沉重的包袱所带来的世俗目标,以性爱结束他们的爱情,双方都是带着一颗伤痕累累的心分手的。小梅的爱情献给了世俗的家庭,泰来则在痛苦中思恋。所以金嫣对泰来的爱情一开始就有着一种圣洁的修复意识,她喜爱泰来,不是因为泰来的长相、收入、家庭等世俗的一切,她是奔着泰来的痴情来的。这样一个痴情的男子,正符合她对爱情的浪漫唯美理想。而泰来一开始却不能真正地接受金嫣的爱,"他如此这般的胆怯,天性是一个方面,另一个方面还是被他的初恋伤得太重了,是一朝被蛇咬十年怕井绳。然而,这恰恰是金嫣迷恋泰来最大的缘由。……破碎的心是多么的值得怜爱啊,不管破成怎样,碎成怎样,金嫣一定会把所有的碎片捡起来,捧在掌心里,一针一线地,针脚绵密地,给它缝上。她要看着破碎的心微微地一颤,然后,完好如初,收缩,并舒张。这才是金嫣向往的爱情哪。"②泰来最终接受了金嫣的爱情,那水到渠成的结果,自然应该是结婚,

---

① 毕飞宇:《推拿》,北京:人民文学出版社,2008年,第100页。
② 同上,第147—148页。

然而追求唯美爱情的金嫣一定要举办一场有声有势的婚礼,并录像保存,她每天都沉浸在婚礼的想象中。金嫣与泰来情感的维系得益于二人对爱情的态度,泰来沉默寡言、自卑内向,但内心又无比强大,他对待爱情执着坚韧。而金嫣却易感外向、唯美钟情、敢爱敢恨,为爱情可以舍弃一切,具有一种不顾一切的追求精神。所以当面临沙复明胃部大出血事件时,看到命运难测的金嫣与泰来选择尽快结婚应该是必然了。

爱情需要双方的维护,更重要的是需要用各自的真心去修补其中的不足。尤其是对身有残缺的人而言,他们的爱情在萌芽之初就已经百般艰难,出土后的嫩芽则又难禁风霜雨雪的侵袭。等到在艰难困苦中,爱情终于能够健康成长之时,两个人应该是彼此交心,心魂相应了。所以残疾书写中对爱情事件的叙述都有着与常人不同的奇异之美,不仅在于它们实现的艰苦,更重要的是这个过程中,参与其中的双方对情感的投入,大都是倾其所有、心无旁骛的,其中的真纯圣洁最能触动人们的内心。

三、残疾书写的婚姻家庭伦理

以爱情作为基础的婚姻是人们对理想婚姻评价的基本条件,只有怀着互爱之情的夫妻双方组建的婚姻家庭才是幸福的。而现实社会中的婚姻家庭并非都是互爱幸福的家庭。如果从伦理评判的视角来看,其中有符合婚姻家庭伦理的有爱家庭,也有违反婚姻家庭伦理的无爱家庭,甚至于有更多的婚姻家庭并非完全符合如此截然而分的两种家庭伦理,这也正体现了现实社会中婚姻家庭的复杂性。残疾人实际上也同样生活在这种复杂的婚姻家庭伦理之中,他们在经历爱情追求的坎坷之路,面对婚姻家庭的未来时,所付出的努力要比健全人大得多。在当代中国小说的残疾书写中,现实与情感因素的相互作用共同影响着残疾人婚姻家庭的组建。在残疾人组建的婚姻家庭中,他们感受着爱的传播,也体味着真实生存的艰难。

(一) 立足现实的婚姻伦理

"婚姻,是为一定时代、一定地区的社会制度、文化观念和伦理道德规范所认可的男女两性的结合形式。婚姻关系的建立,意味着夫妻双方权利和义务的确定。"①人在现实社会中,都渴望能够在各自情感依赖的基础上拥有自己的婚姻,按照恩格斯的认识,"婚姻具有自然和社会两种属性。婚姻的自然属性,是指男女两性的生理差别和人类所固有的生殖生理本能,这是婚姻的生理基础。婚姻的社会属性是指婚姻是男女两性间的一种特殊的社会关系,它的产生与发展、性质和特点为生活资料生产所决定,在根本上受经济基础和上层建筑的制约"②。所以婚姻伦理的契约式关系来自人类社会发展的自然进化要求,也形成于社会文明进步发展的社会伦理需要,它需要双方的忠诚与担当。而残疾人在这种后天决定的社会伦理需要方面,对于忠诚的要求更加苛刻。文学对于婚姻的描述,注重的正是这种社会属性关系所依赖的社会伦理基础。

对残疾人而言,他们的爱情对物质基础有较强的现实需求,浪漫的爱情经不起现实婚姻的考验。因此他们从一开始就要考虑未来的可能与否,当他们能够确定谈婚论嫁的时候,这种物质因素的考虑实际已经成熟,只不过这种成熟的背后他们已付出了更多的情感代价及伦理考量。《推拿》中泰来与小梅没有能够走到婚姻的道路上,不是他们之间没有爱情基础,而是现实生存的物质基础不够。小梅是一个从农村到城市打工的盲女,靠推拿技艺挣得微薄的经济收入。她不仅要养活自己,有时还要贴补远在农村的贫穷父母,甚至她的父母还让这个盲女儿以出卖身体的方式为家庭挣得一份巨大的好处。而泰来作为打工者,处境极其相似,他也没有足够的经济实力来维系他与小梅将来的婚姻。所以他们婚姻的大门实际上是没有敞开的,两情相悦的爱情在面对艰难的现实生存时,都会变得不堪一击,更何况是两个盲人。所以泰来与小梅的离散是现实社会生存伦理所必然导致的结果,他们没有继续走下去组建家庭的经济基础。而后来金嫣能够与泰来走到一起,尽管有金嫣的苦苦追求和倾心相许,但重要的是金嫣有牢固的经济基础。她虽然也需要靠打工养活自己,但她的家庭没有累赘,她可以倾其所有地与泰来结成自己的婚姻。王大夫与小孔由爱情走向婚姻,也与此有着非常重要的关系。尽管两个人也经历了许多波折,但走向婚姻的基础是牢固的。所以婚姻物质基础的社会属性在残疾人的婚姻存续中起着至关重要的作用,其中所包含的艰难困苦是只有当事者才能感受到的。《推拿》中几对盲人的爱情最终能否经受得住现实生存伦理的考验而最终走向婚姻的殿堂,也还是有一段很长的路要走。当沙复明胃部大出血的现实突兀地呈现在众人面前时,他们全都明白了生命伦理的价值

---

① 张彦修:《婚姻・家族・氏族与文明:〈家庭、私有制和国家的起源〉研究》,北京:中国社会科学出版社,2007年,第27页。
② 同上。

所在,活着才是王道。王大夫一下子抱住误以为是小孔的金嫣,痛哭着说要结婚,而且还要办一个像样的婚礼。而明知是被抱错了的金嫣也哭着要求泰来说话要算数。这正是这些盲人对于家庭婚姻的认可,家庭伦理是所有个人伦理价值的依托,组建一个美满幸福的家庭,才会有安定的未来,这与身体的残疾与否已经没有太大的关系。因为生命实在是太过脆弱,经不起太多的挫折。

莫言《白狗秋千架》中的暖对婚姻的要求更加现实,她与"我"的关系,具有典型的青梅竹马,两小无猜的特征。但是在现实的婚姻面前,她首先不会选择"我",她会很现实地选择那个能带她出去的军人蔡队长,并且声称:"他不要我,我再嫁给你。"这就是现实伦理的残酷。因为蔡队长可以给暖一个美好的未来,青梅竹马的我只能做"备胎"。但更加残酷的现实把暖的眼摔瞎了一只,"我"也成为离乡者,做了一名高校的教师,双方地位悬殊。现实的婚姻伦理决定了暖只能选择一个残疾人组建没有爱情伦理可言的家庭。在这里爱情是第二位的,物质基础才是第一位的,"我"与蔡队长相比,蔡队长显然优于当时在农村务农的"我",而残疾的暖与健全的暖相比,残疾的暖已没有了选择的权利,她只能嫁给一个也有残疾的人,所以残疾人在婚姻面前几乎是不谈爱情的。莫言小说的残疾书写在这方面的强调则更能显示出乡土中国的真实苦难。《丰乳肥臀》中的哑巴孙不言在抗美援朝回来后,尽管已经是双重残疾了,既不能听,又不能行,被鸟儿韩蔑称为"半截人",但他是抗美援朝回来的功臣,政府把一切物质基础都给他备齐了。与他早有婚约,但根本没有爱情的大姐也只能接受与这个"半截人"的婚姻,并与他维系家庭关系,以现实需求为基础的婚姻伦理舍弃了爱情。孙不言天真地以为自己有厚实可靠的经济基础,渴望能够与来弟重续婚约,这本来也是符合他的社会伦理需要的,但可悲的是这种看似牢不可破的基础在健全与残疾的鸿沟中,也变得弱不禁风,一个偶然的事件就可以使它灰飞烟灭。

《受活》中茅枝婆与石匠的婚姻,实际上是没有什么爱情可言的。茅枝婆因为从小就参加革命,她的内心始终在山外,所以当石匠救了她时,她虽感恩于石匠,但还是时时想着能走出去,离开受活村。直到石匠的母亲去世,她在感恩心情驱使下才与石匠开始了真正的婚姻生活。这里既有走不出去的无奈,也有恩情难了的念头,所以茅枝婆对于婚姻伦理是心存不甘的,但现实生存的根本需求则很明显起着重要的作用。更重要的还有茅枝婆在面对受活村的残疾人群体时,她内心依然有一种责任担当,她要凭借自己的革命身份为受活人赢得一份政治权利。所以茅枝婆与石匠的婚姻家庭伦理关系是靠着重要的革命伦理的信念来维系的。

关仁山《麦河》中所叙述的盲人白立国与健全人桃儿的婚姻,虽经重重磨难,但终成正果,是残疾人的婚姻结局中相对完满的。但作者在叙事的过程中,也为他们的婚姻达成设置了多重考验,完满的婚姻融入了悲剧伦理的色彩。首先是桃儿的身份,她虽然是健全的美女,但她曾有过卖身的经历,被认为是不干净的女孩子,正常人不可能接受这样一个遭人戳脊梁骨的女人。这种失贞的背后隐含着人性的残疾,即人性因金钱、权力等社会因素而失去了它本应完整的内涵,缺失的是灵魂安息的净土。其次是桃儿曾经是赵双羊的恋人,两人也有过一段刻骨铭心的恋爱经历。而白立国与曹双羊是一起长大的发小,这种婚姻的状态也会使人觉得尴尬而难以接受。这里虽有三角恋的因素在,但作者还是意在强调残疾的白立国与身体健全的桃儿之间,如果没有缺憾事件的悲剧因素产生,则根本就不可能达成婚姻的结合。小说最后让白立国的眼睛复明,桃儿却因车祸变成了盲人,残疾感受的主体转换了,但残疾人婚姻的悲剧色彩还是一样的,只不过是面对婚姻的人有了别样的感受罢了。正是由于有如此多的悲惨经历,因此当复明的白立国与后盲的桃儿结为夫妻之时,读者从这样的残疾转换的叙事中所能体味到的悲剧感也才更深更重更浓。当然这种生硬的转换叙事方式在一定意义上消解了作品的批判力度。

残疾人内心天生的孤独意识,一方面来自健全人制造的排挤感,另一方面来自他们内心的自我封闭性。在结交朋友方面,他们选择的范围也相对狭窄。真正能够走入他们内心的朋友也大都是与他们一样的残疾人,互相之间在面对现实生存困难的感受上是相同的,而内心深处的痛苦则很难找到宣泄的出口。健全人要么以过度的同情怜悯吓跑了他们,要么以强凌弱赶走了他们。因此,当残疾人的爱情婚姻出现问题时,很难找到可以倾诉的对象,那种噬心的痛苦只好独自消化。比如《推拿》中的泰来,将自己失恋的悲伤,以唱歌的方式吼出来,"杜鹃啼血"虽然感人,但自我的伤痛仍然还是需要自己化解。他与小梅的爱情走到尽头的原因不是他们不相爱了,而是无法提供现实的生存可以延续的保障,对泰来来说既没有解决的办法,也无法向其他人倾诉这种无奈的感受。他只有在自我的痛苦中走向更深的封闭。而王大夫与小孔虽然彼此相爱,甚至于已经不分你我,合二为一,但二人婚姻的困境,有时也无法找到沟通的方式,只好各自伤心流泪。尤其是他们在与各自父母之间的沟通上,小孔一直不敢将自己与王大夫的恋爱关系告诉父母,而王大夫与弟弟之间的关系也很难沟通。甚至于王大夫与小孔实际上已经成为夫妻,但在进入沙宗琪推拿中心后,却只能以恋人相称,不能告诉别人他们已经结婚了。后天失明的张一光虽然有自己的家庭,但矿难之后的失明,使他彻底背离了自己的家人。他从地下的矿工变成了推拿师,他放弃了对婚姻家庭的责任,把原来缺失的两性情感全都发泄到洗头女的身上。他的逻辑是以前的矿工身份已经终结,他将自己死掉的价值全部付给了原来的家庭。如今的推拿师身份是他死过之后的再生,所以他的世界就只剩下做盲人"皇上"。性爱的满足替代了人生的价值,只剩下挣钱与嫖妓两件事情。张一光的悲剧是带着戏谑的面具的狂欢剧,是一种以喜衬悲的叙事表达。即使是史铁生《务虚笔记》里的残疾人 C 与 X 的婚姻,也是在劫波渡尽、情老半生之后才实现的,但其间所经历的种种痛苦,也只有他们两个彼此相恋的人独自品赏,世俗社会中的人们正是制造这种痛苦的罪人,他们的无奈与悲伤谁又会愿意认真倾听呢?作者史铁生与希米的婚姻所经历的种种挫折也许比小说中呈现出来的苦难表达还要深刻得多。

总之,残疾人在追求爱情的过程中,首先要考虑的可能就是他们将来的婚姻应该是什么样子的。其中虽缺少了一些浪漫,却无比真实。当代中国小说在对婚姻家庭的叙写中,大多是以浪漫的爱情为基础而升华为灵肉一致的精神追求,而在残疾书写的描摹中,即使有浪漫的叙写,其基调也是以现实生存的沉重感作为叙事基础的,这也正是残疾书写的重心所在。

(二) 倾其所有的家庭伦理

家庭是在婚姻基础上的延续。人们对于家庭有着多样的认识。中国传统文化对家庭观念的重视,有着悠久的历史。"家庭是婚姻关系、血缘关系或收养关系组成的社会生活基本单位。"[①]中国人对于血缘关系的重视有着悠久的传统。人作为社会的个体,首先是由具有群体特征的家庭单位组建起各自不同的社会关系。家庭中血缘关系是个人无法割舍,也无法选择的自然关系。家国意识历来是中国传统知识分子的精神依托,而家庭意识的温情关怀则更体现着人类自身发展过程中的情感维系方式。残疾人在情感意识上相对敏感,对于家庭的观念也会因感知到残疾之后的家庭维系方式而各有不同。但在以婚姻关系为基础而组建起来的家庭中,残疾人对情感的付出永远是无法想象的大。当代中国小说对于残疾人由爱情而组建的婚姻家庭关系的描述,

---

① 张彦修:《婚姻·家族·氏族与文明:〈家庭、私有制和国家的起源〉研究》,北京:中国社会科学出版社,2007 年,第 28 页。

是站在两个维度进行诠释的：一是来自残疾人自身的、由亲情自生的那种无私的奉献；一是来自外在社会对残疾人施与同情怜悯与歧视欺凌的那种矛盾方式。

　　残疾人身体缺陷制造的麻烦使得他们在组建家庭时产生无法预知的困难，所以一旦建立婚姻关系并进而形成稳固的家庭关系，他们对这个家的付出便自然而然地显现那种天然的无私与善良。他们会倾尽全力地维系家庭的社会地位，并将自己全部地奉献给这个家庭。贾平凹在《天狗》中塑造了瘫痪的井把式李正为家庭而付出一切的奉献者形象。井把式靠给村民打井为生，天狗作为他的徒弟真心实意地跟随师傅打井，但井把式怕手艺传给天狗后，自家的儿子五兴就没有饭碗了。于是辞了天狗，让儿子跟着自己打井，但不承想有一次打井时他因意外而下身瘫了，整个家庭的生活失去了着落。井把式便与妻子商量，以招夫养夫的方式把天狗招进家门，支撑这个即将垮塌的家。忠厚善良的天狗虽然内心始终喜欢师娘，但他又不愿让师傅难过，虽然答应了师傅的请求，但他只住在家里的单房内，没有与师娘同居。瘫痪的井把式在知道天狗与妻子为了他而不愿住在一起时，最后选择了自杀。这个故事的结构类似于许地山的小说《春桃》，一女二男模式，一个残疾者，两个健全人，而残疾者都以自杀的方式来结束累赘的处境，只是一个成功，一个未成功。《天狗》的背景却是改革开放之初的经济变化时代，井把式最终舍弃了自己完成了对自己家庭的拯救。其中所显示的人性善良是以残疾家庭的悲苦为基础的，井把式的无私奉献在许多残疾人身上都能找到印迹。

　　《生命册》中的虫嫂自然也应该算一个典型。她因为身体弱小，经常成为别人欺负的对象，但她结婚之后，为自己家庭的付出则具有惊人的潜力。因丈夫老拐也是残疾，而且在娶虫嫂时已经花去了所有积蓄，还欠下一笔他们的家庭难以承受的巨额外债。虫嫂的婚房夜话不是男欢女爱，而是家里为结这个亲"塌了多大窟窿"。新婚的"第二天一早，当太阳挂在树梢上的时候，远远望去，人们看见村口滚动着一个巨大的'刺猬'。那'刺猬'背对着朝阳，看上去毛炸炸的，还一歪一歪地滚动着。一直到近了的时候，人们才惊讶地发现，这是老拐家的新媳妇，背着一个大草捆。"[①]这一个草捆有五十二斤半重，一个早上挣了八个半工分，她的能干已可见一斑。为了这个家庭，虫嫂付出的可以说是生命的全部。后来随着她的三个孩子陆续出生，她的困难就越加沉重，她不得

[①] 李佩甫：《生命册》，北京：作家出版社，2012年，第200页。

不在下地回家的时候顺手牵羊地把队里的茄子、玉米、地瓜等农作物捎带回家,时间一长,她就被村民们捉住了,并示众惩罚。但虫嫂为了全家的生活,为了身体都很健康的孩子,丢弃了脸面,舍掉了尊严,还是一如既往地朝家偷偷地搬运着各种东西。甚至于不惜为一袋大枣而失身于看枣园的老光棍汉。虫嫂迫于无奈的失身充满屈辱,但她把这屈辱的泪水吞进肚里,背着一袋身体换来的枣子回家了,"一路走一路哭。到了家门口,把泪擦了擦,才进的门。大国、二国、三花围上来,说:枣。枣!虫嫂一人给了一巴掌,尔后说:一人俩。花小,给仨。老拐从床上爬起来,说:枣?笨枣还是灵枣?灵枣吧?给我俩,叫我也尝尝。虫嫂眼里的泪一下子就流下来了,她抓起一把枣,像子弹一样甩了过去,说:吃死你!……老拐弯腰拾起来,在被子上擦了,咔嚓一口,说:嫁接的,怪甜呢"①。这种包含辛酸的叙事体现了虫嫂作为女人的价值。当虫嫂在失掉脸面,又失掉了身体的时候,虫嫂为了整个家庭全部豁出去了。丈夫老拐因身有残疾而无力承担起家庭的重担,虫嫂屈辱的泪水中也包含着对老拐的怨。村里有点权力的干部都揩虫嫂的油,找各种借口来与虫嫂"谈话",虫嫂也半推半就地以此为借口获取更多的物质来供养这个处在极度困乏中的家,甚至于出卖自己的肉体给村里那些饥渴的男人以换取少量的物质。她的这种带有自辱性的舍弃却犯了众怒,村里的女人选择了一个时机将她们心中的仇恨倾泻到虫嫂身上,"女人们恨她恨到了极点。她们把虫嫂包围在场院里……虫嫂十分狼狈地在雨中奔跑着,她的下身在流血(那是让女人掐的),血顺着她的腿流在雨水里,她一边跑一边大声呼救,一声声凄厉地喊叫着:叔叔大爷,救人哪!救救我吧!婶子大娘们,饶了我吧!……虫嫂围着谷垛在场院里一圈一圈奔跑着,躲闪着,一边哭喊着求饶……直到最后跑不动了,一头栽在了泥水里"②。虫嫂为她的"解放"付出了血的代价,但家里吃的仍是不够,她对食物的偷窃一如既往,直到她的儿子大国考上了县一中。虫嫂所做的一切,反噬了家庭中的孩子,使得虫嫂的三个孩子背上耻辱的枷锁,在村人面前抬不起头。他们自然也对虫嫂的行为羞愧至极,但只能接受,否则他们就会饿死。当虫嫂知道自己为了家庭舍弃一切,却使孩子们背上了沉重的耻辱时,她决定改邪归正,再也不做偷盗的事情。为了儿子的尊严,她每周给儿子送钱送粮时,都偷偷地选在没人看见他们的学校外面的小石桥上。虫嫂为她的家庭付

---

① 李佩甫:《生命册》,北京:作家出版社,2012年,第209页。
② 同上,第212页。

出全部，包括自己的尊严，换来的却是家庭伦理的背叛，没有一个孩子愿意接纳她，她最后死在无尽的遗憾中。

如果说虫嫂为了家庭奉献的是自己的尊严与肉体，甚至于自己的整个生命，那么《盲人报摊》中盲人吴自民和王瑶琴则奉献的是他们温情的关爱。迟子健的叙事本身就充满着温情，小说一开始就说"吴自民和王瑶琴是一对如胶似漆的盲人夫妻"①。吴自民后天失明，王瑶琴先天失明，二人恩恩爱爱，夫唱妇随，每天准时到长虹农贸市场的门口摆摊卖报。但王瑶琴的意外怀孕打乱了他们平静的生活。他们将面临许多种可能，最坏的可能是孩子也是盲人。这会让他们觉得太对不住孩子了，孩子一出生就失去光明，那将是多么痛苦的一件事。所以他们必须倾其所有为孩子治眼，可是那需要一笔很大的费用，他们每天卖报的收入也仅仅能满足日常生活。他们因此想到了充满爱心的募捐，但这种个人发起的靠大众同情心来完成的募捐，其结果只能以失败告终。当他们所住的四合院里，阿三家里发生孙子被奶奶扎伤，奶奶因而上吊而死的人间悲剧时，他们想通了，不管孩子生下来是什么样的，只要把爱传给他就够了，因为没有爱的家庭，即使身体都是健全的，也可能会发生类似阿三家的惨剧。因此，残疾人对家庭付出的，除了残疾的身躯，更多的是他们的灵魂。他们在痛恨上天对自己的不公的时候，却把卑微的身躯献给了自己的家庭。

人对于弱者的同情心是天生的，没有人不愿意在力所能及的情况下帮助那些身处危困之中的人。但人也天生喜欢看别人的笑话，甚至于在无端的情况下也欺负弱小者，这种"丛林法则"是人所具有的动物天性特征。所以当人们面对残疾人时，他们自然而然地发出同情的目光。但在群体的竞争中，他们也会对残疾者产生一种歧视或欺凌的心理。残疾人在组建家庭之后，往往面临许多现实的困难，《盲人报摊》中的盲人夫妇，本可以夫妻双双享受生活的快乐，但妻子的怀孕带来了未知问题，他们渴望社会能够伸出援手，以帮助他们未出世的孩子。但世界毕竟是非常现实的，他们的困难是不是真的？他们是不是借怀孕的幌子做不劳而获的事情？人们质疑他们的真诚。这里既有同情者零碎的捐赠，也有歧视者质疑的目光。现实社会对残疾人组建起来的家庭持有的这种矛盾心理也成为一种常态。

史铁生在他的短篇小说《在一个冬天的晚上》中，将残疾人家庭所受的冷落歧视与痛苦表现得非常真切。一个腿残的男子与一个侏儒的女子组建了家

---

① 迟子健：《盲人报摊》，出自《逝川》，武汉：长江文艺出版社，2001年，第312页。

庭,夫妻双方希望去抱养一个别人的孩子以寄托未来。但就在他们历尽艰辛找到介绍人老石的月亮胡同七十六号时,他们被眼前所看到的景象深深地刺伤了。在院门口他们远远听到中年夫妇与抱孩子的母亲在交流,当孩子母亲知道收养她的孩子的人是一对残疾夫妇时,表现得很生气,并且抱走了孩子。作为中间人的中年夫妇的对话如下:

"你不该告诉她。"中年男人说,"换了我,我也不愿意把孩子给两个残废人。"
"我不会说瞎话。唉,下回我可不管这样的事了。"中年妇女说。
"一会儿他们来了,可怎么跟他们说……"
院门"砰!"的一声关上了。①

夫妻二人是非常希望有一个孩子的,但作为侏儒的女人,担心生下来的孩子遗传母亲的残疾基因,那被人歧视的痛苦她不愿意让孩子再次承受,于是决定抱养别人的孩子来满足他们的愿望。所以当他们俩带着饼干,买了一辆儿童车满怀希望找过来时,却不曾想到在这个中间人的家门口看到这样的一幕。健全人内心瞧不起他们,残疾夫妇无奈地离开是他们必然的选择。这种意外撞见或听到的叙事模式,属于故事讲述的偶发性因素,但对于残疾夫妇而言,这种偶发的背后隐含着必然的结局。健全人对他们的同情大多是装出来的同情,一旦离开他们,或者残疾人不在眼前,他们歧视的内心便会自然显现。残疾夫妇没有孩子的痛苦,远没有别人瞧不起他们所引起的痛苦大。尤其是社会上所谓同情的面纱下的歧视,给他们带来的伤害是最深的。

残疾书写中的残疾家庭各有各的不幸,在经历重重磨难之后,都残留着千疮百孔的伤痕。其故事伦理的内涵价值更多地体现在这个家庭的维系过程中。不管叙事者讲述故事时,是以客观口吻,还是夹杂主观情愫,都是对现实社会人情冷暖的真实表达。婚姻家庭是人类社会得以延续的基本元素,有残疾人的家庭一定会有很多的困难,但人性的本真之爱则会化解这些现实之难,深深地感化读者,提升人类社会的文明标准。

---

① 史铁生:《在一个冬天的晚上》,出自《史铁生作品全编》(第3卷),北京:人民文学出版社,2016年,第159—160页。

第四节　苦难救赎的故事伦理

"苦难在文学艺术表现的情感类型中,从来都占据优先的等级,它包含着人类精神所有的坚实力量。苦难是一种总体性的情感,是终极的价值关怀,说到底,它就是人类历史和生活的本质。"[1]所以文学描写苦难就是在记录人类历史发展的过程。当代中国小说中的一个个残疾者形象,如屈辱中的丙崽、被洗劫一空的受活人、被村人侮辱的王老炳一家、推拿中心的盲人群体等,无不体现残疾者在苦难生存中对生命伦理的价值认同。所有的苦难都是生命延续的现实救赎,无论是肉体上还是精神上。与西方基督教关于苦难救赎的认知相比,当代中国小说的残疾书写关于苦难的伦理评判则更多地基于中国现实社会的伦理基础。它不是基督教的"原罪",而是时代苦难的轮回。人类对苦难的认识,是伴随着文明进程的发展而逐步清晰的。对于残疾人而言,他们对这种来自现实与精神的苦难的感受与理解尤为深刻。所有的残疾者在经历这种苦难救赎的过程中,都会有各自不同的炼狱式考验。灵魂的依托,精神的追求,自我的放逐,最后都要在现实中升腾起一股不息的火焰,烛照人生的道路。阎连科曾说:"苦难是中国这块大地上共同的东西,应该是由中国作家来共同地承担,如果说有问题的话,我觉得是民族和最底层的人民的苦难有许多的作家不仅没有去承担,而且有意地逃避走掉了。"[2]综观当代中国小说的残疾书写,有关苦难的故事伦理表达既有来自现实苦难的社会式伦理拯救,又有来自精神苦难的个体式伦理救赎。

一、现实苦难的伦理拯救

残疾女诗人余秀华说:"生活很苦,也很难,这个难是困难的难而不是灾难的难。我以为活着的、还在呼吸的人,无论什么样的际遇都不能叫'灾难'。因为选择权在你的手里,你随时可以逃之夭夭或者自杀,没有人强迫你在这个世

---

[1] 陈晓明:《表意的焦虑:历史的建构与解构——当代中国文学的变革流向》,北京:中央编译出版社,2002年,第404页。
[2] 阎连科、梁鸿:《巫婆的红筷子》,沈阳:春风文艺出版社,2002年,第125页。

界上一直活下去。"①每一个活在世上的人都经历着生活的苦难,苦难是人类前进的动力,苦难不是灾难,苦难是人的生存状态,而灾难是外在自然的突发。她因自己的残疾体验着这种现实生存的苦难,并说:"我十分想问:你以什么标准来判断我的生命就是苦难的呢?首先是因为残疾?对,残疾是一个不能忽视的词,它左右了一个人的身体,因而也改变了一个人灵魂的走向。……但是有一件事情是公平的:这个身体里的灵魂对外界的感受不会比别人少,这是至关重要的一件事情。……我只想活着,咬牙切齿,面目狰狞。"②可见,残疾人对苦难所带来的伦理感受具有社会评判的一致性,对残疾人而言,因苦难而来的痛苦与挫折更多来自社会现实的"不能",这正是他们渴望在与社会交往过程中,能够在社会性上显示出伦理的现实拯救的原因。

(一) 身体苦难的伦理拯救

残疾人身体的残障是苦难的根本缘由,这也是残疾人内在苦难无法对外言说的永恒之痛。他们一旦感知到自己身体上的残疾,内心都会产生一种伦理上的负罪感。因为自己的不便给周围的人,尤其是给家人制造了许多额外的负担。因此,大多数能够自理的残疾人都不太希望与健康的家人生活在一起,而是希望进入同类残疾的社会人群中,去自谋生存之路。现实生活中的亲人、友人以及社会上与其相关的人,都会因他们生活不便或多或少地表现出对他们的关心、同情与怜悯,这势必会制造出许多不同程度的内心负罪感。因此残疾人在现实生活中,首先面临的就是身体残障造成的生存苦难的拯救问题。

阎连科的《受活》中的残疾人,大都是从村外健全人的世界逃离到受活村的。这自然是因为身体的残障使他们无法与健全人共同生活,受活村成了残疾人躲避生存苦难的庇护所。尽管他们在种田时会遇到各种现实的困难,但这里可以让他们的灵魂自在地面对彼此的残疾。阎连科对残疾人面对生存苦难的故事讲述,表现出了深刻的伦理隐喻内涵。在伦理拯救的意义上,受活村一开始就是残疾人的苦难拯救地。"据传,受活庄源自洪武至永乐年间明王朝的晋地大迁徙"③,"迁徙"所包含的苦难就是流离失所、骨肉分离,但关键是其中涉及一户残疾人家,"父是老盲,双眼失明,哥是瘫痪,生来不能站立,弟为表

---

① 余秀华:《无端欢喜》,北京:新星出版社,2018年,第40页。
② 同上,第40—41页。
③ 阎连科:《受活》,沈阳:春风文艺出版社,2004年,第4页。

孝心,就把父亲和哥哥用车推着送往洪洞县的槐树下,自己回家等候迫迁"。这个有孝心的弟弟,却不曾想到,当局者的命令只是个阴谋,所有到槐树下的人都被掠走,被迫迁徙,自然也包括这两个本应留下的残疾人。

> 无奈,老人虽双目失明,也得在队伍中背着自己那瘫儿步步蹒跚。一路上,儿子用双眼给父亲指路,父亲用年迈的双腿替他行步,其景其状,惨不忍睹。昼行夜宿,日日不停,从山西洪洞,到河南豫西耙楼山脉,直走得老人双腿红肿,脚底流血,儿子在老人的背上泪流不息,几次都欲自杀。①

健全人在迁徙的路上虽也有痛苦,但那仅仅是迫于迁徙而离开故土的伤感与身体的疲惫,对这对父子来说,他们的身体成了最大的困难,父亲看不见,需要有人指引,儿子不能走,需要有人背着,二人合二为一,但行进中的痛苦就是别人的数倍。执行这次迁徙任务的是当年落魄时遭到洪洞人羞辱的胡大海,他使用这个阴谋意在报复自己在此地所受的侮辱。因此当有人报告有这样一对父子时,"胡不仅没有同情,而且颇有复仇快感,所以他决然不会同意将那盲父瘫儿中途留下,随地为生"②。最后当他们到达河南耙楼山脉时,盲父残子因体力不支而昏倒在地,人们便再次向胡大海求情让他们父子二人留在此地。胡大海仍不答应,但他发现了这些求情人中竟还有当年他落魄时"给他烧了一顿上好饭食的"又聋又哑的耙楼老妇。于是他感念这段恩情,对这对残疾父子给予了照顾。不仅让他们留下,还给他们留下了足够的银两,让士兵给他们盖了房子,从此永久地住在这耙楼山沟里,受活地生活着。受活村的由来就是对残疾人苦难拯救的伦理隐喻,残疾人善良的灵魂成为受活村起点的伦理支撑,胡大海对于仇怨恩德的消解隐喻受活的残疾人对现实苦难的伦理拯救。

然而过着受活生活的这些残疾人,却因在民国时期收留了一个残疾的女红军战士茅枝而又经历了新的生活苦难。这一次受活人最大的苦难就是茅枝婆千辛万苦讨来的"入社",茅枝婆这个参加过革命的人对于"入社",内心深处是怀着崇敬之心的。受活村的石匠收留了她,她为了带领受活人过上集体"入社"的好生活,与丈夫石匠一起跑了好几个月,历尽千辛万苦才加入双槐县,过

---

① 阎连科:《受活》,沈阳:春风文艺出版社,2004年,第5页。
② 同上,第6页。

上所谓的好日子。但入社之后，他们在经历了社会身份认同的短暂喜悦后，就迎来一个又一个新的苦难，这时他们才认识到这个"入社"才是他们苦难的开始，他们要退社。而茅枝婆也在家破夫亡之时清醒地意识到，自我救赎的唯一出路就是退社，只有退社，受活人才能从现实的苦难中解脱出来。因此她把退社作为自己后半生的使命。这一苦难故事的伦理本身是荒谬的。他们残疾的身体被看成是一种群体的累赘，各个相邻的县都不愿接纳他们，自然选择的竞争把受活人抛弃，而双槐县愿意收留他们也是看在茅枝婆劳苦功高的革命功绩上。小说的苦难叙事具有较为深刻的讽刺意味，也是作者借以批判那个时代所具有的荒谬性。茅枝婆苦难的一生，是借残疾的躯体来拯救荒谬的过程。因此，阎连科从一开始，就将受活人放在现实生存苦难的困境中，给他们的身份涂抹上一层血腥苦难的黑色。这个收纳残疾人的村庄成为残疾人的圣地，他们在这里安居乐业，其乐融融。而现实之中的受活村却又注定摆脱不了苦难的光临，生离死别固然承载着人生诸多的无奈，但受活村却见证了许多种生死难料的苦难事件。最后，让受活人一再跌入苦难之坑的县长柳鹰雀也被汽车撞断双腿而成为受活村人，其中隐含的救赎之意也许正是要他偿还所欠受活人的良心债务。

《受活》中的故事是荒谬的，其故事伦理的基础在于隐喻式的批判，借助受活残疾人真实的生存苦难，批判荒谬的时代。这种叙事背后的真实是作家渴望残疾人在面对现实苦难无力抗争时，社会能够以现实的救助来帮助他们走出苦难。他希望以这种对历史事实的荒谬化叙事，使人们能够对当今社会的发展进行认真的反思，其政治伦理的讽刺性是阎连科残疾书写的目的。而毕飞宇《推拿》中的那群盲人，他们因身体的残缺，面对的苦难则更多体现在真实存在的现实生活上。沙复明因看不见，被健全女孩向天纵当作向男友示威的工具，这带给他的苦难是一生的。都红的生活苦难，是她双重的残疾，不仅眼睛失明，而且大拇指还被门挤断，成为一个双重残疾者。生活对她一次次举起屠刀，杀死了她的歌唱梦，又砍断了她的钢琴梦，现在又将她推出了推拿师的行列。都红的生存苦难都与身体的残疾有着直接的关系，她的每一次抗争都是对这种生存苦难的自我拯救，但都红的出走还是留下了一个未知的救赎问题。她将走向何方，生存的苦难是否还会将她推离生活的轨道，她的自我拯救能够实现吗？而同样残疾的其他推拿师，如王大夫与小孔、张宗琪、小马等，他们也都有各自不同的生存苦难需要面对。这种苦难伦理的背后虽是现实的日常，却又如此地贴近生活，他们无法逃避只能勇敢面对。

残疾人在生存的苦难面前，那种现世的困境是必然的，无法挣脱。拯救既来自全社会的慈善关爱，也来自残疾个体对苦难生存改变的欲求意识。当残疾者面对来自现实生存的苦难时，他们一般情况下，都会选择一种自立与自救的方式，并以此求得社会认可的价值实现。史铁生曾经说过："残疾与写作天生有缘，写作，多是因为看见了人间的残缺，残疾人可谓是'近水楼台'。但还有一个原因不能躲闪：他们企望以此来得到社会承认，一方面是'价值实现'，还有更具体的作用，即改善自己的处境。这是事实。"[1]在现实生活中，残疾者自立与自救的方式也各有不同，他们大都能够扬长避短，以"自食其力"。《推拿》中的盲人，是靠他们的推拿手艺谋生。《麦河》中的盲人白立国则靠唱乐亭大鼓、给乡亲们测字算命来实现生存的可能。《命若琴弦》中的老少瞎子也首先是靠着走村串巷唱书来达成谋生的目的，并借虚妄的琴弦来应对苦难人生的全过程。《盲人报摊》中的盲人夫妇每天到街口售卖报纸以赚取生活来源。《受活》中的残疾人则全都是靠土地求得生活的物质保障，虽各有特长，但终久也是靠着展览残疾的躯体到全国各地巡回演出，为双槐县挣得了一笔巨额财富，而受活人却没有能够真正实现苦难的拯救。最后他们退社的愿望虽然达成了，但受活人已经无法回到过去。残疾人在面对生存的苦难时，首先想到的就是通过自立的方式进行自我的拯救。

但是在这种体面的自立与自救的方式失效时，残疾人有时也会降下卑微的自尊，以实现生存的延续。在现实生活中，许多在大街小巷乞讨的残疾人，借助残缺的身体，吸引社会大众的同情目光，以求得善良的施舍。他们生存的苦难在文学作品的表达中很难较好地叙事，大都是泛泛地叙写这些生活在社会底层的残疾人。但真正把他们当作文学主角加以故事化叙述的作品，如《狗日的粮食》《生命册》《白狗秋千架》等，成功地塑造了如瘿袋女人、侏儒虫嫂以及"个眼暖"等特殊的残疾人物形象，她们都是为了生存而做出超乎人们想象的事情，实现苦难人生的自我拯救。虫嫂因为与丈夫老拐两人都是残疾，生存的困难一开始就板起狰狞的面孔，他们又一连生了三个健康的孩子，更是雪上加霜。所以虫嫂为了拯救苦难中的全家，献出了自己的脸面，甘愿承担小偷的恶名，只要有机会她就会将队里或邻村的农产品偷回家，以供全家生活。她不怕示众惩戒，也不管陪斗挨批，只要有食物能养活三个孩子，她都甘心付出。同时她还将自己的身体献给了村里那些掌管各种权力的人，并在与这些人的

---

[1] 史铁生：《病隙碎笔》，出自《史铁生作品全编》（第8卷），北京：人民文学出版社，2016年，第59页。

所谓"谈话"中,获得一定的物质财富以满足贫穷家庭的生活。虫嫂献出的是作为女人的全部,为了她的家庭,也为了三个自己疼爱有加的健康孩子。但虫嫂的命运注定是悲剧,她完成了现实苦难的伦理拯救,却失去了家庭的亲情伦理,孩子因为她脸面丧失殆尽而无法在全村人面前有尊严地生活,只能离开这个给他们带来生命却夺去尊严的侏儒妈妈,到没有人知道他们来历的地方生活。瘿袋女人同样也为了自己的家庭,而将尊严丢掉。"个眼暖"被生活压得直不起腰,却要借野合的方式,摆脱精神"无语"的苦难,以实现自己灵魂的拯救。这种残酷的结果是残疾人将屈辱的灵魂卖给了苦难的恶魔。需要自立与自救的残疾人在面对现实生存的苦难时,与健康人相比,他们只有劣势。因此,身体残缺的事实,是制造他们苦难的直接凶手,又是一个无法缉拿归案的凶手。身体残障造成的现实生存苦难,是无法逃避的,伦理上的拯救必须先从改善残疾人的现实生存状况开始。

(二) 社会苦难的伦理拯救

残疾人在面对现实生存的苦难时,大都希望能够自己应对。但是,现实苦难在树起残缺身体的第一道障碍时,已早早地将第二道障碍放置在他们生活的路口,那就是社会环境给他们的现实生存所制造的苦难。这种苦难是来自外在社会的,它因社会文明程度的高低不同而呈现着不同的面貌。对于苦难,残疾人是无法设防的,他们是裸露在社会层面的被歧视者与被侮辱者。随着人类社会文明程度的提升,这种被歧视与被侮辱的程度会逐步降低。残疾人面对来自外界的具有社会伦理特征的歧视性伤害,大都是以逃离的方式完成自我伦理上的拯救。

人的平等自由发展是社会文明进步的标志之一,但是现实社会的"丛林法则"则经常会显示出狰狞的面孔,弱肉强食,对残疾人的财富以种种借口加以侵占。《受活》中的残疾人,从明代的盲父瘫儿以及哑婆等残疾人建立受活村之后,就一直过着世外桃源般的生活。这种具有"乌托邦"特征的理想化想象,其实是作者对社会健全群体的批判。受活村为周围残疾人提供了一种避难的家园,也自然地分成了三部分:瞎地儿、聋哑地儿、拐地儿,受活村成了残疾人的家园。"虽其后代也多有遗传残疾,然却在哑妇的安排之下,家家人人,都适得其所。因此,村庄就叫了受活庄,老妇就成了受活庄的先祖神明受活婆。"[①]

---

① 阎连科:《受活》,沈阳:春风文艺出版社,2004年,第6页。

受活村的建村本身就是残疾人逃避健全人欺凌的自我拯救,他们不愿承受那种来自外部世界的生活冲击,自生自灭虽然是苦难的自然选择,但总比来自社会人的歧视侮辱,甚至侵占要好得多。所以受活村的历史具有对外部现实苦难的逃避特征。1949年之后,与茅枝婆一起生活的受活人却完全进入了外部社会苦难的旋涡中。苦难的显现,有着浓重的时代意味。正是由于受活的残疾人也没有幸免于这个时代的苦难,才更能显示出作品对时代荒谬的批判所具有的深刻性。受活人所经历的一次次苦难的侵袭,都是用群体的名义来实施加害。但没有哪个人为此苦难的制造承担责任。残疾人在面对健全人时,只有无奈地接受这种掠夺式的欺凌与侮辱,苦难的结束必须以献出生命作为代价。受活人苦难的拯救,体现了荒谬时代的野蛮性。外部环境对于残疾人而言,时时会留有苦难的陷阱,只要陷进去,就可能万劫不复。

　　这种以外部环境与时代的名义给残疾人制造的苦难,除了无法追责外,还具有浓重的悲剧宿命色彩。他们无法抗争,因为连反抗的对象都没有。他们也无法逃避,因为他们的命运早已注定。所以《命若琴弦》中老瞎子只能以"就因为咱们是瞎子"来回答小瞎子面对命运的无奈。《受活》中整个受活村的人从建村时的哑婆、瞎父、瘸子到茅枝婆及其绝术团的所有残疾人,也都一样只能接受时代所给予的苦难炼狱。《没有语言的生活》中王老炳一家虽然以搬家的方式逃离强势欺辱他们的村人,但一样会在月黑风高之时遭受身体健全者的偷袭,带有群体性特征的村人依然如鬼魅一般不离左右。即使是史铁生许多充满温情的作品,如《夏天的玫瑰》中那个卖风车的残疾老头、《来到人间》中的那个侏儒女孩、《在一个冬天的晚上》中那对残疾夫妇,他们也都时刻受到来自现实社会强势群体语言暴力的伤害,这种现实生存环境所造成的苦难也是他们眼前挥之不去的魅影。残疾人的弱势注定了他们在现实生存的苦难面前,唯有进行自我拯救,别无其他选择。

　　社会个体对残疾人的挤压与欺侮,是社会发展过程中必然发生的事件。这主要是因为残疾人在面对外部生存环境所带来的苦难时,首先面临的是一个个社会个体因私利、私心而制造的竞争,尤其是在物质生活资料极度匮乏时。社会个体的存在方式千差万别,残疾人也属于其中之一,在自然竞争的链条中,他们处在底层的位置。当人们面对生存的极端压力时,首先就会向处于劣势的残疾者施压,这种必然是由人类社会的自然属性特征所决定的。在现实生存的个体行为中,必然性中也伴随着偶发性。比如余华的《活着》中,在饥饿的年代里,聋哑的凤霞与父亲福贵一起到田地里去找秋收时遗落在地里的地瓜以度饥荒。当凤霞终于找到一块很大的地瓜时,却被旁边的王四给抢去了,反而诬说凤霞抢他的,而无法表达事实的凤霞只能干流泪。最后当队长来分掉这个地瓜时,也从中占了一小部分。"地瓜事件"表现出了自然人性真实的一面,而苦难的承载者最后只能是弱势的残疾人。主人公福贵内心也知道,"其实一块地瓜也填不饱一家人的肚子,当初心里想的和现在不一样,在当初那可是救命稻草。家里断粮都有一个月了,田里能吃的也都吃得差不多了,那年月拿命去换一碗饭回来也都有人干"①。在现实生存的苦难面前,所有人性的道德尊严、伦理评判等精神层面的东西,都献身于生的本能欲望。余华的另一部作品《兄弟》,也写了福利厂十四个残疾人如何面对生存苦难的故事。这十四个残疾人,在李光头没去之时,整天靠着政府的救济过日子,而李光头去了之后,"第一年就让福利厂扭亏为盈,不仅十四个残疾人的工资解决了,还上交了五万七千两百二十四元的利润。第二年更是不得了,上交到陶青这里的利润高达十五万之多,人均利润达到一万元"②。这群残疾人也因此解决了生存的困难,但一旦李光头这个健全人离开之后,他们的苦难又恢复如初,两个瘸腿的厂长一样不能给他们带来解决苦难的办法。残疾人现实苦难的拯救好像只能依靠健全人的聪明才智,而他们自身只能作为苦难的代名词成为现实社会的累赘。这种来自外部生存环境的现实苦难大多数都发生在那些与智力、精神残疾无关的残疾人身上,他们有自尊,也能感受现实的人情冷暖,却无法真正实现自我生存的可能,因而这种能够感知的且无法排除的苦难,对他们而言,是痛苦的倍增与叠加。莫言小说中的各类盲女,如《丰乳肥臀》中的上官玉女、《白狗秋千架》中的个眼暖、《秋水》中的盲女等,她们生存的现实苦难在一定程度上都是外界社会直接或间接造成的。《没有语言的生活》中,王家宽与蔡玉珍一聋一哑两个残疾人,在面对村人的欺凌之时,也只能是向后退缩并吞咽这本不该属于他们的苦难。社会个体恶行制造的苦难,对残疾人而言,其拯救的方式虽有社会外在力量的制约与监督,但个体道德水平的高低占据重要位置。

因此,在面对来自外界社会环境所制造的苦难时,残疾人的自我拯救始终是主要的救护措施。这一方面需要他们建立起自信自尊的自我价值评判体系,以强大的内心道德力量完善自我,并能够感化社会;另一方面,也需要社会

---

① 余华:《活着》,上海:上海文艺出版社,2004年,第116页。
② 余华:《兄弟(下部)》,上海:上海文艺出版社,2006年,第22页。

外部在逐步提升文明道德要求的同时,完善社会的救助福利体系,以便残疾人能借助全社会的力量来战胜这种现实生存的苦难。总之,这种能够感知并看得见的苦难,将会伴随人类社会物质文明的提升而逐步减弱。

二、精神苦难的伦理救赎

"苦难,是人类生存境遇中无可规避的本质属性。"[①]残疾人在面对生存的现实苦难时,会借着残缺的躯体,奋起抗争,为他们的生存求得活下去的物质空间。然而,对残疾者而言,无论他们的物质财富如何得到满足,他们自身躯体残缺造成的内心痛苦延伸的精神苦难却是永远没有办法彻底清除的。这不仅仅是由于人性无尽的欲望,更多是因残缺带来的不同,这种不同的背后,又划分出各种不同的等级,以至于他们内心深处始终有一种底层等级的阴影存在着,甚至于有一种自我边缘化的感受深深折磨着他们,这种来自精神的伦理苦难则是他们最为痛苦的事情。在当代中国小说的残疾书写中,作家们更多地关注残疾人精神苦难的伦理救赎,这主要体现在宗教信仰和爱的救赎上。

(一)宗教信仰的伦理救赎

"信仰是人类特有的一种高级的精神物质活动,表现为对某种被看作是最高生活价值体现的对象的由衷不移的信赖和执著不渝的追求。……信仰作为一种精神现象和精神活动,主要表现为信仰主体的一种心态,即一种以相信态度为中心,包括认知、情感和意志的因素在内的综合统一的心理—精神状态。该心态在其中的情感因素的驱动下,在认知因素的导向下,会外化为一种现实的物质的行动。"[②]这种外化的物质行动,有时会直接形成宗教,指导着每个信仰此教的人的所有行动与价值评判。宗教信仰是在信仰的基础上,所出现的一种由自然崇拜向神灵崇拜转化而成的具有超越人类自然意识特征的精神依赖。在一定意义上,它具有超自然、超人类的虚幻特征。在当今世界的三大宗教信仰中,基督教的影响范围相对要广一些。随着人类文明步伐的加快,宗教信仰越来越成为一种人类心灵的救护膜,它真正的信仰意义则在逐步弱化。宗教多元化倾向正成为世界文化信仰中的一种趋势,中国传统的诸子思想虽

---

① 张宏:《新时期小说中的苦难叙事》,北京:中国传媒大学出版社,2009年,第175页。
② 于本源:《中国伦理学百科全书·宗教伦理学卷》,长春:吉林人民出版社,1993年,第13—16页。

然并没有上升到宗教的高度，但以孔子为代表的儒家思想在中国两千多年的文明中，所起到的信仰作用一点也不亚于其他三大教派，所以它有时也被人称为儒教。

在当代中国小说的残疾书写中，史铁生的作品对于宗教的思辨性探究是有较强的引领意义的。他的小说《宿命》正是一种对命运无法反抗的宗教伦理解读。他认为那个老师"我"之所以会遭遇车祸而瘫痪就是因为命运在那个时候放了一个不偏不倚的屁，没有任何理由。所以他因自身的残疾与病痛的困扰，对于人类的精神领域中所显示的宗教信仰问题，提出了较为深刻的思索。他在《昼信基督夜信佛》中说："人的迷茫，根本在两件事上：一曰生，或生的意义；二曰死，或死的后果。倘其不错，那么依我看，基督教诲的初衷是如何面对生，而佛家智慧的侧重是怎样看待死。"①又说："在我看，基督与佛法的根本不同，集中在一个'苦'字上，即对于苦难所持态度的大相径庭：前者相信苦难是生命的永恒处境，其应对所以是'救世'与'爱愿'；后者则千方百计要远离它，故而祈求着'往生'或'脱离六道轮回'。而这恰恰对应了白天与黑夜所向人们要求的不同心情。"②他把白天比作赎罪的基督教，人类可以通过忏悔的方式来实现生命伦理的救赎。而黑夜则是佛教轮回的超脱，脱离苦海的来生才是信仰中的彼岸追索。生死问题向来是哲学、宗教等必须回答的终极问题，没有人能够真正地参透其中的要义。但人生的"苦难"是否必须借死才能解脱呢？答案并非唯一，每个人都有不同的理解。因此史铁生一生都在生命苦难中探寻，他借残病的躯体，向命运发出种种疑问。《我的丁一之旅》既可以说是《务虚笔记》的互文自解，也可以看作对于丁一此生价值何在的追问。借着宗教的原罪，以"伊甸盟约"为生命的邀约，寻找爱的归宿。亚当与夏娃终生的互相寻找，实际上是人生在精神苦难的此岸世界相依相守的救赎，而残疾与爱情的誓难两从，则在史铁生所思考的精神苦难的救赎中，渴望在彼岸达成协议。所以《务虚笔记》中的残疾人 C 与自己的另一半 X 的结合，在《我的丁一之旅》中也有新的诠释："所谓'丁一之旅'不过是一种话语；一种可能的话语在黑夜中徜徉吟唱，又在拘谨的白昼中惊醒。这么说吧：丁一与史铁生并无时间的传承关

---

① 史铁生：《昼信基督夜信佛》，出自《史铁生作品全编》（第 9 卷），北京：人民文学出版社，2016 年，第 261 页。
② 同上，第 5 页。

系,最多是空间的巧遇,或思绪的重叠。"①史铁生既可以是 C,也可以是丁一,或与丁一的思绪重叠。史铁生因自身残疾的肉体,思考着人类共有的局限。任何人在生存的现实问题上都存在局限,渴望超越这一局限的愿望是一致的,也就是人类的精神苦难具有一致性。每个人都会面对各自不同的现实生存苦难,但其精神依存中的苦难都有着非常相似的根源性,那就是人之为人的欲望。各种宗教的救赎在对待欲望的方式上有着巨大的差异:基督教的原罪意识把人对欲望需求的原因放在前生的无法验证上;而佛教的轮回则将苦难放在永恒的不变中,教人从灭失欲望的想象中实现生命的不息。所以宗教救赎的实质尽管是虚幻的,却是能够安息心灵的良药。

对史铁生小说的解读,吴俊认为:"与加缪笔下的西绪福斯相比,对于命运和自身力量的认识他们是相同的,但是在他们共同的扼住命运的咽喉的搏斗中,加缪的西绪福斯却缺少发生在史铁生身上的内心冲突——西绪福斯获得的是一种幸福的宁静,而史铁生则显示出一种生命的忧虑,尽管悲壮是他们的共同基调。因此,我敢说,史铁生是更现代的。"②西绪福斯作为西方神话传说中的人物,他的意义价值在于生存的荒谬,他每天重复着毫无意义的劳动。他存在的意义在于揭示人的生存困境,其中的苦难意识则存在于人的精神领域。所以史铁生对残疾人生存的精神苦难的解析与西绪福斯的推石上山有着类似的特征。史铁生前期的残疾书写作品都有一个非常重要的意义思考,那就是残疾的偶然性问题。他曾说每个人都是"人间戏剧"的一个角色,你只能是你要演的那个角色,不可更改。所以残疾人的命运所承载的苦难别人不可能替代。他借约伯对上帝信仰的例子解释苦难的必然性,"约伯的信心是真正的信心。约伯的信心前面没有福乐作引诱,有的倒是接连不断的苦难。不断的苦难曾使约伯的信心动摇,他质问上帝:作为一个虔诚的信者,他为什么要遭受如此深重的苦难?但上帝仍然没有给他福乐的许诺,而是谴责约伯和他的朋友不懂得苦难的意义。上帝把他伟大的创造指给约伯看,意思是说:这就是你要接受的全部,威力无比的现实,这就是你不能从中单单拿掉苦难的整个世界!约伯于是醒悟"③。约伯醒悟的是那一份对上帝的虔诚,而上帝赋予约伯的是人生苦难的全部。人的世界,抽走了苦难,世界也便垮掉。残疾人残缺的

---

① 史铁生:《我的丁一之旅》,出自《史铁生作品全编》(第 2 卷),北京:人民文学出版社,2016 年,第 422—423 页。
② 吴俊:《当代西绪福斯神话——史铁生小说的心理透视》,《文学评论》1983 年第 3 期,第 48 页。
③ 史铁生:《病隙碎笔》,出自《史铁生作品全编》(第 8 卷),北京:人民文学出版社,2016 年,第 6 页。

躯体正是信仰中的上帝借以承载人生苦难的器皿，残疾者精神救赎的完成是苦难人性升华后步入的天堂。所以史铁生对于残疾的温情叙事，显示了人类生存的困境，而对于宗教救赎的理解，则成为一种精神苦难的解脱方式。这种救赎的伦理意义自灵魂深处发出，《来到人间》中的侏儒小女孩，带着苦难的宿命来到人间，必将在苦难中度过一生，尽管她聪明伶俐，善解人意，但她无法抗争现状。《命若琴弦》中老少瞎子一生的苦难就在弹断多少根琴弦的虚妄目标中，他们走在"莽莽苍苍"的山野中的背影注定是苦难的象征。《山顶上的传说》中的瘸腿青年也注定在寻找那个具有隐喻意义的鸽子"点子"的路途中接受苦难的考验。然而在对这些残疾人的叙写中，史铁生从没有忘记给他们以生命的希望。无论是宿命，是行走，还是寻找，生活的苦难总是将希望留给他们。所以，"关键在于，那不是信心之前的许诺，不是信心的回扣，那是苦难极处不可以消失的希望呵！上帝不许诺光荣与福乐，但上帝保佑你的希望。人不可以逃避苦难，亦不可以放弃希望——恰是在这样的意义上，上帝存在。命运并不受贿，但希望与你同在，这才是信仰的真意，是信者的路"①。上帝给予的所有希望都是对精神苦难救赎的馈赠。上帝实际上"叫作苦弱的上帝，上帝的办法没有别的，只是爱，他跟你在一起，他并不是把世间的苦难全部消灭掉，他是要你建立起爱来，应对这个苦难"②，上帝借爱的希望使人类具有了救赎的可能。宗教在这里所起的价值作用只能是精神的，是始于人的内心的一种寄托，它对于苦难的现实没有任何应对的办法。

史铁生对于基督教原罪苦难的解读，具有很强的现代性伦理特质。对于当下社会来说，是对人性苦难意识的伦理规训，他使人们在面对苦难的磨砺时，能够借助宗教的伦理救赎实现心灵的慰藉。但西方基督教思想对我国的影响相对于中国传统文化中儒释道的影响还是要小得多。儒家积极进取、助人自助的思想，道家无为而治的避世忍让思想，佛家以善为业、六道轮回的善业教义，在不同的方面为中国人筑起一座座各有精彩的精神家园。但是与西方基督教宗教救赎的信仰相比，中国传统文化中这些各有特色的哲学和宗教则更多地具有浓重的世俗伦理色彩。史铁生对此也曾说过："中国对神的理解是，神是人的仆从、神是人的秘书，你要他给你去干件事，他给你干不好，你就把他开除了，你再找一个，这是中国人对神的态度，就是某种对神的、神性的观

---

① 史铁生：《病隙碎笔》，出自《史铁生作品全编》(第8卷)，北京：人民文学出版社，2016年，第8页。
② 史铁生、王尧：《有了一种精神应对苦难时，你就复活了》，出自《史铁生作品全编》(第10卷)，北京：人民文学出版社，2016年，第299—300页。

点。神到底是什么,仍没弄清楚,所以没弄清楚你再说它有没有,这件事就瞎了。"①中国人对神的宗教信仰是世俗的、功利化的。尊圣讲道,敬佛念经,都具有非常浓厚的世俗伦理目标。中国不缺乏各类圣殿、寺庙、道观,而且香烟缭绕,敬拜之中却充满浓浓的世俗伦理欲求。这种宗教伦理的世俗化完全回到人们现实苦难的拯救时,拯救就变成了镜中花、水中月,其救赎的力量也显得苍白无力。

其他作家的残疾书写对于宗教伦理救赎,则远没有史铁生思考得深入透彻。但在地域性色彩、叙事手法运用等方面仍然具有无可替代的价值意义。比如阿来在《尘埃落定》中借助西藏土司制度所依托的藏地佛教,再现了西藏这块神秘土地上的宗教文化。土司二少爷的痴傻情状虽然不具有苦难的表层内涵,但其精神深处那种无法摆脱的痛苦只能借助虚妄的宗教来寻得灵魂的解救,宗教的文化伦理体现了阿来在残疾书写上的价值意义。韩少功《爸爸爸》中的丙崽,其内心深处无法窥知的精神之苦与他所遭受的现实之难,都与边地少数民族的宗教伦理崇拜有着深层的关联,其救赎的宗教伦理隐含在故事的背后,由读者去感知。在一定意义上,韩少功的残疾书写也具有边地宗教的文化伦理特质。甚至于具有乌托邦隐喻内涵的《受活》在救赎伦理的选择中,也暗设了茅枝婆这个革命军人所坚守的革命信仰。虽不属于宗教的故事架构,但其背后对于革命信仰的坚守,也具有宗教救赎的伦理特征。因此,当代中国小说的残疾书写对于苦难救赎的宗教性的伦理信仰依赖,在一定意义上也体现了中国传统文化的深刻影响。

(二) 人间大爱的伦理救赎

舍勒在《爱的秩序》中说:"一切透过我观察及思维所能认知的事物,以及所有我意志抉择、以行动做成的事情,都取决于我心灵的活动。因此,在我生命及行为中的每一良善或邪恶完全取决于在驱使我去爱、去恨以及倾慕或厌恶众多事物的感情中,到底有没有一客观的合意秩序,也取决于到底我能否将这爱恨的秩序深印在我心中的道德意向中。"②作为人类内心重要情感的爱与恨,是有一定的秩序性要求的。每个人在生活中是应该爱还是应该恨,以及如何爱、如何恨都取决于内心伦理价值判断的标准。舍勒在此所表达的爱恨的

---

① 史铁生、王尧:《有了一种精神应对苦难时,你就复活了》,出自《史铁生作品全编》(第10卷),北京:人民文学出版社,2016年,第290页。
② [德]M.舍勒:《爱的秩序》,林克等译,北京:生活·读书·新知三联书店,1995年,第1页。

秩序实际上是一种对于伦理认知评价的逻辑起点。广义的爱,是"对人类生存问题的回答"。以爱的方式来直面人世间的精神苦难,将人类的灵魂从苦难的泥淖中救赎出来,就成为人类自身寻求救赎过程中最直接、最世俗,也是最有效的伦理手段之一。这里的爱包括两性爱情关系在内的所有人类互相依赖的情感依附关系。它既包含以自爱为基础的人类自我庇护的情感寄托,也包括以给予为特点的母爱、父爱甚至于友爱等他爱,以及以两性生理与精神需求为爱情式特征的互爱。

自爱,作为一种爱的方式,它与自恋不同,也与利己、自私不同。它是一种爱的能力的伦理显现。"如果一个人有能力创造性地爱,那他必然也爱自己,但如果他只爱别人,那他就是没有能力爱。"①弗罗姆的意思,不是说爱别人不可以,而是说作为一种能力的爱,爱自己与爱别人是一样的。自爱是个人的自我尊重,自我珍视,是对自己生命伦理的理解与热爱。这里的自爱与自恋是完全不同的两回事,自恋在心理学中是指那喀索斯(Narcissos)情结,是对自我的过度关注,将自己的影像作为爱恋的对象,顾影自怜即是这个意思。弗洛伊德认为自恋是将力比多投注到自体(自我内在影像)的状态,严重的自恋会趋向于病态。所以自爱从能力的意义上来看,属于一种人类自我认知的健康诉求。"一切有能力爱别人的人必定也爱自己。原则上爱别人和爱自己是不可分的。真正的爱是内在创造力的表现,包括关怀、尊重、责任心和了解诸因素。爱不是一种消极的冲动情绪,而是积极追求被爱人的发展和幸福,这种追求的基础是人的爱的能力。"②这种以爱的能力为基础的自爱,在现实的生命存在中,有物质性自爱和精神性自爱两类。物质性自爱侧重于肉体的感知与要求,而精神性自爱则更多强调对于人生价值的满足。作为初级形式的物质性自爱,很容易滑入利己主义的自私。只有以物质性自爱为基础,将自我与他人、与一定的社会整体融为一体,才能真正地实现精神性自爱的价值升华。自爱作为人生存的一种能力,对于残疾人而言,是充满着悲伤与悲壮的。他们首先要面临的是具体的物质性自爱,勇敢地面对生存的苦难,然后还要在自尊自立的人格支配下,实现生存并创造自我的精神意义。自爱的救赎作用在《推拿》《受活》以及史铁生等人的作品中显示出动人而具有灵性的光辉。以爱的救赎内涵为宗旨的残疾书写,在残疾人自我追求、积极向上等方面具有一种伦理性的精神

---

① [美]艾·弗洛姆:《爱的艺术》,李健鸣译,上海:上海译文出版社,2008年,第55页。
② 同上,第55页。

特质。

《受活》中的主要人物茅枝婆，从一个红军小战士到受活村的实际主宰者，经历了肉体与精神的两极苦难。这种苦难在她自爱的理性升华中，最终促使她完成生命的救赎。她作为受活村残疾人的代表，所遭受的肉体苦难无人可及，而作为那个时代的亲历者，在精神磨难的炼狱中又是最清醒的受难者。在这两极苦难的展现过程中，茅枝婆的自爱精神始终是她面对苦难并从苦难中获得救赎的一剂良药。自小在战争中成长的茅枝，在懵懂的年龄时，就遭受命运制造的灾难。她的母亲被冤杀，年幼的她也差点被饿死在山洞里，而后又遭革命队伍中的排长哥哥奸污遗弃，她从此失去了自己的队伍，拖着一条残疾的腿，在奄奄一息时遇到了她生命中的石匠。她所面对的肉体的伤害与精神的恐惧都远超出她那个年龄能够承受的范围。但可以想象的是，在她自我求生的本能中，凝聚着巨大的自爱能量，支撑着她顽强地活了下来。如果没有自爱的精神支撑，她不可能完成肉体苦难的救赎，她只能选择死亡。而挽救她生命的石匠虽然比她大十五岁，但为人善良，并没有强迫她做自己的妻子。石匠瘫痪在床的老娘，也没有强她的意思。茅枝婆在自爱的理性选择中，走向了他爱，最后与石匠结为夫妻，在耙耧山区的受活村里过起了普通人的生活。这种肉体与灵魂的救赎，都是由于茅枝婆超强的自爱能力。弗洛姆说："你若爱己，那就会爱所有的人如同爱己。你若对一个人的爱少于爱己，那你就是从来也没真正爱过己。"[1]虽然这是具有西方宗教色彩的自爱理论，但对于茅枝来说，在她经历过许多的苦难之后，石匠的爱感化了她，她也由此得到了自爱的救赎。从整个受活村的残疾人来看，真正实现自爱的只有茅枝婆，因为她是清醒的，她从来到受活村，并决定成为受活人后，就完成了爱的救赎，并以让受活人过上好日子作为这种自爱救赎的目的。但是入社的灾难、退社的艰难，都成了茅枝婆精神苦难的炼狱。她至死实现了退社的理想，源于自己爱的能力，又是她为受活人付出的真情挚爱。《受活》中的残疾书写当然不仅仅是茅枝婆一个残疾者的故事，但阎连科借着茅枝婆这个主要人物的自爱精神，在故事伦理的内涵中，实现了生命自有之爱的艰难救赎。

史铁生作品中的残疾人，大都有自己的影子。在对待自爱的问题上，史铁生作品所表现出的故事伦理内涵，则有着深刻的思辨色彩。弗洛姆说："如果

---

[1] [美]艾·弗洛姆：《爱的艺术》，李健鸣译，上海：上海译文出版社，2008年，第58页。

说,邻居是人,所以我爱他是道德的,那么我自己同样也是道德的,因为我也是人。"[①]也就是说,自爱同样也是具有道德价值评判的。《圣经》也有"爱邻如己"的观点。因此,在史铁生的作品中,残疾人因残疾而"不能"所造成的痛苦,背负上道德伦理的评判时,借助自爱的能力超越残疾的现实,完成精神苦难的救赎。《命苦琴弦》中的老瞎子,在弹断一千根琴弦时,他欣喜若狂地拿着寻找光明的药方,离开了。他实际是将自爱的欲望放大到了极致,因为在他匆忙的出行中,已经背离了他爱伦理的价值评判。因为小瞎子此时正在生病,他虽然也做了安排,但他没有想到分享,也没有为小瞎子的光明着想,就急切地动身去抓药了。此时的老瞎子走向了自爱伦理的极端,心中只有自己的光明。然而苦难的宿命是对他极端自爱的打击,他无法用自爱的方式将自己拯救出来。白纸的药方告诉他,只能将命运的苦难放在过程的精神自爱中化掉。因此,当他明白了一切后,又回来找到了濒临死亡的小瞎子,并将这个虚妄的目标设置在一千二百根琴弦的寄托中。此时的目标其实是他们两个苦难人生中所要寻找的精神救赎,也是老瞎子幡然醒悟之后的自爱的升华,他不再只想自己去寻找光明,他还要让小瞎子也能够在这个漫漫长途的人生过程中,找到得以活下去、爱自己的理由。总体看来,史铁生笔下的残疾人大都是以精神性自爱实现苦难的救赎。比如那个来到人间的侏儒小女孩,敏感自尊,不愿到那个都是健全孩子的幼儿园去上学,是受自爱意识的驱使。为寻找鸽子"点子"而拖着残疾的腿不停行走的瘸腿青年,凭着自爱的毅力,寻找现实中的鸽子,却隐含着他在寻找精神中的信念,实现灵魂的依托。鸽子具有理想与信念的精神象征,也是出走南方的恋人的化身。所以残疾青年执着不停地寻找也是他对苦难命运的不息抗争,是精神性自爱的自我救赎。《原罪·宿命》中的十叔,尽管他始终只能躺在床上,但他也仍然执着地在自爱精神的驱使下,虚构出各种不同的勇敢与坚强,甚至通过镜子的反射观察着旁边白楼中的每个窗户,猜测着窗户后面的每一个人,并为他们编织着各样的人生。"十叔的故事都离不开那座楼房,它坐落在天地之间,仿佛一方白色的幻影,风中它清纯而悠闲,雨里它迷蒙又宁静,早晨乒乒乓乓的充满生气,傍晚默默地独享哀愁,夏天阴云密布时它像一座小岛,秋日天空碧透它便如一片流云。它有那么多窗口,有多少个窗口

---

① [美]艾·弗洛姆:《爱的艺术》,李健鸣译,上海:上海译文出版社,2008年,第67页。

便有多少个故事。"①然而当他与几个孩子一起去探索时,却发现他认为的那个勇敢走遍地球的歌手是一位盲人,他异常地痛苦伤感,不承认这个个子矮小、手拿盲杖的人就是住在那个窗户后面的英雄。他内心的自爱受到了伤害,他不愿意接受那个人是盲人的现实,他的自爱在虚置的想象中完成了苦难的救赎。

他爱,即爱人。也就是与自爱相对的对别人所施与的爱。这种爱具有较为宽泛的意义,它是人类社会发展过程中自然而成的一种潜能。每个人都会爱,也都会施与爱。孔子说:"仁者,爱人。"孟子说:"爱人者,人恒爱之;敬人者,人恒敬之。"墨翟主张以"兼爱"对待众生,基督教则要求信徒"要爱人如己",佛教则倡导"慈悲为本""普度众生",这些观点无不显示出人类自身所具有的他爱本能。所以,他爱体现为博爱、亲爱、友爱等不图回报的情感释放。现实社会中,人类在面对生活中的各种灾难时,大都能够表现出同情仁慈的关怀,施以援手,这本身就是一种爱的显示。而作为人的道德修养,他爱的要求就更高一些。它要求人们不仅要有恻隐之心,还要真正能够献出自己的爱心,以帮助那些苦难中的人能够从肉体,乃至心灵获得爱的救助。尤其是对于那些生活中的弱势群体——残疾人,他爱更是他们走出生活阴影,完成苦难救赎的重要手段。刘庆的残疾书写《长势喜人》就是"在苦中作乐的狂欢式氛围里,展示了李颂国等一代人的精神苦难史"②,从小就因小儿麻痹症而残疾的李颂国虽然是在痛苦与死亡的阴影里长大,但是母亲李淑兰、养父曲建国、李树亭等人也在一定程度上以他爱营养滋润着他的成长,在那个荒谬的年代里,那种点点滴滴的他爱成为李颂国得以生存下去的精神支撑,在一定意义上,它也显示出荒谬时代的微弱的精神救赎。

博爱是他爱中应用最广泛的一种手段。弗洛姆说:"一切爱的形式都以博爱为基础。我指的博爱就是对所有的人都有一种责任感,关心、尊重和了解他人,也就是愿意提高其他人的生活情趣。……博爱是对所有人的爱,其特点是这种爱没有独占性。"③实际上,在面对生存苦难的时候,所有人都希望社会能够给予自己帮助。但前提必须是在平等的关爱中完成,而残疾人在大多数情况下却无法排除歧视性的施与。航鹰的《明姑娘》中盲人明姑娘就是凭借着自

---

① 史铁生:《原罪·宿命》,出自《史铁生作品全编》(第4卷),北京:人民文学出版社,2016年,第211页。
② 洪治纲:《成长的挽歌——评刘庆的长篇小说〈长势喜人〉》,《当代作家评论》,2005年第1期。
③ [美]艾·弗洛姆:《爱的艺术》,李健鸣译,上海:上海译文出版社,2008年,第43—44页。

己的博爱去关心爱护刚刚失去光明的盲人赵灿,而盲人赵灿却一点也不知道这个帮助自己的人也是一个盲人。明姑娘的博爱精神是作者赞美的对象。这种博爱的故事在伦理上具有道德崇高的社会评价认知,无私奉献的背后,是人性伦理向上的精神指向。相反,《盲人的报摊》中的盲人夫妇,每天到街口去卖报,社会给予他们的关爱是认可他们的劳动,尊重他们的人格。然而当妻子怀孕后,他们为未出生的、可能也是盲人的孩子募捐时,他爱的索求就出现了质疑,人们不相信她真的怀孕了,认为他们的募捐是骗钱的行为。盲人夫妇未来可能的现实苦难便无法借助人们的爱心来获得救助,但他们在大杂院健全人的生存苦难中找到了救赎。他们在劝架的过程中,感到残缺正是生活给予人们生存的照顾,什么都给予满足的孩子反而会闹出事来。所以现实苦难反而成了他们精神上的伦理救赎。《推拿》中的盲人也都在接受社会及同伴们的关爱时,自然地释放自己对他人的爱,既有两情相悦,也有同伴相助。正是这种博爱的因素,才使得他们的现实与精神苦难得以救赎。

　　亲情之爱包括父爱、母爱以及兄弟姐妹之爱,它是具有一定血缘关系的自然之爱。关于母爱的描述在许多残疾书写中,显得尤为感人与深刻。我们"什么也不做就可以赢得母亲的爱,因为母爱是无条件的,我只需要是母亲的孩子。母爱是一种祝福,是和平,不需要去赢得它,也不用为此付出努力。但无条件的母爱有其缺陷的一面。这种爱不仅不需要用努力去换取,而且也根本无法赢得。"[①]所以母爱在亲情之爱的施与中,那种无条件性是彻底的,同时也是本能的。它对于苦难人生的救赎具有双重意义,既是现实的,又是精神的。母亲与孩子的关系具有天然的依恋性,孩子出生后与母亲之间还要维系很长一段时间的哺乳关系。而孩子在有了较为完整的认识后,才能感受父爱的存在。所以,"父爱是有条件的爱。父爱的原则是:'我爱你,因为你符合我的要求,因为你履行你的职责,因为你同我相像。'正如同无条件的母爱一样,有条件的父爱有其积极的一面,也有其消极的一面。消极的一面是父爱必须靠努力才能赢得,在辜负父亲期望的情况下,就会失去父爱。……父爱的积极一面也同样十分重要。因为父爱是有条件的,所以我可以通过自己的努力去赢得这种爱。"[②]史铁生在《来到人间》这篇小说中,很好地诠释了一对健全父母是如何对一个侏儒的女孩表现各自不同的爱的。侏儒的小女孩"一来到世上,面前

---

① [美]艾·弗洛姆:《爱的艺术》,李健鸣译,上海:上海译文出版社,2008年,第37页。
② 同上,第32页。

就摆好了一条残酷的路。先天性软骨组织发育不全。一种可怕的病。能让人的身体长不高,四肢长不长,手脚也长不大,光留下与正常人一样的头脑和愿望。一条布满了痛苦和艰辛的路,在等一个无辜的小姑娘去走。也许要走六十年,七十年,或者还要长,重要的是没有人知道这种病到什么时候才有办法治"①。而随着她的长大,她要上学,后面还要走向社会,她面临的困境很难预测,但社会施加的讥笑、冷眼、歧视等将注定会伴其终生。所以母亲在绝望中的选择是对小生命的尊重,感性的母爱只付给生命,哪怕是残缺的生命。无条件付出的背后,是痛苦,是辛劳,是精神的疲惫,更是永远的不弃。具有理性之爱的父亲肯定也会痛苦,但他在清醒中希望母亲能够早早地让女孩感知到事情的真相,因为她将来必须独自面对生活。所以父亲坚持要她学习坚强,"得让她保持住这种硬劲儿,没办法。无论将来她遇见什么,她不能太软了,得有股硬劲儿"②。因此对于这种来自父母的爱,幼小的侏儒女孩还无法弄懂,她需要在成长的过程中感受并使自己从残疾的苦难中走出来。

朋友关系是社会关系中非常重要的一类交际关系。每个人都有自己的朋友,只是友情的深浅程度不同罢了。因此,朋友之间的友爱之情,在他爱的施与中,也有着非同一般的作用。"友谊的一个重要的价值是当我们需要它时它能给我们以陪伴。友谊不像异性之间的爱那样引人入胜和费心的事实正是它的一种好处。它充其量是有限的伙伴关系,而且这十分有限的特性使得我们需要或想要它们的时候给予我们享受朋友的乐趣的自由,而当我们选择独处的时候也不会伤害他们。"③因此,友爱的施与有多种可能的目的性,甚至于有较强的功利性。对于友情之爱,人们也有着不同的观念和认识。尤其是对于残疾人来说,他们的朋友大都是同类的残疾人,而在他们的同类中,友情的结交也大都是小心翼翼的。比如盲人因为不能看见,他们对其他能够看得见的人大都心存芥蒂,不愿和他们深交下去,而在同类之中,却可以成为无话不说的朋友。聋哑人也大都喜欢与他们的同类人聚在一起,通过手势实现交流。肢体残疾者在友情的结交上要复杂一些,因为他们的残疾各有不同,而且他们与健康人在一起时,沟通上没有什么问题,主要是动作上有各种不同的不便。而精神与智力残疾者,因为脑子的问题,他们的朋友则相对较少,但社会的关

---

① 史铁生:《来到人间》,出自《史铁生作品全编》(第4卷),北京:人民文学出版社,2016年,第2页。
② 同上,第18页。
③ [美]艾伦·弗罗姆:《爱的能力》,出自[美]罗伊·加恩等:《神奇的情感力量》,陈大鹏译,深圳:海天出版社,1999年,第338页。

爱仍然是他们苦难救赎的良药。

优秀的文学作品一定表现真实的人性。当代中国小说的残疾书写在对人性的揭示中,更多地将残疾者的苦难摆放在人性关爱的场景中加以展现。而人在面对与自己没有任何血缘亲情关系的残疾者的精神苦难时,所显示出的友爱救赎则具有相对复杂的情感解析。这里主要表现在两个方面:一是友爱的距离感可以为精神苦难救赎提供适当的自我排解空间;二是友爱的功利性与非功利性矛盾可以消解精神苦难救赎的外在依赖感。

人与人之间的友爱关系,都存在着一定的空间距离感。它没有亲情关系、夫妻关系那么紧密,也非一般人之间那么冷漠。它具有一种若即若离,不离不弃的空间感。因此对于残疾人而言,他们能够感知到社会的爱心、朋友的关爱,但他们内心所承受的那种精神上需要自我排解的苦难,则是别人难以帮忙解决的。友爱的施与也仅仅是起到一定的抚慰作用,并不能完全地替代。《推拿》中的都红因为残疾,在成长的过程中享受着家庭的关爱、老师的偏爱、朋友的友爱、健全人的喜爱等各种类型的他爱,具有他爱性质的施与曾为她渡过现实的苦难提供一定的帮助,可对她内心深处的精神苦难却难以产生很好的疗效。对于都红而言,她的一次次逃避实际上就是对这种他爱的接受留足自己的适应空间,渴望通过与他爱之间的距离感来完成灵魂的安抚与救赎,并进而减轻自己内心深处所无法排解的精神苦难的沉重负担。所以她为求得心灵的平静而拒绝登台做那种展览式的虚假演出,并甘心到推拿中心做一个不太合格的推拿师,因为这里没有那些明眼人做作的假,她可以活在自己感受到的真实里。这种远离虚假的他爱正是都红渴望获得真正友爱的一种反抗。然而,所有的他爱都具有相应的功利性与非功利性的矛盾。都红来到沙宗琪推拿中心以后,季婷婷对她的帮助显示了一种非功利的赠予,为她安排生活的一切。而沙复明一开始对她的拒绝虽具有商人做生意的成分,但还是在她的坚持中退让并收留了她。这种施与的他爱虽然勉强,但也是沙复明做人的善良本性使然。然而他后来对都红的爱,就有了爱情的欲求在里面,而且其功利性的施爱也非常明显,因为都红长得太美,他可以娶这个长得太美的都红为妻,以完成他的人生目标。因此这种功利性的他爱背后,多少有些不能见到阳光的因子。而聪明的都红,不能参透沙复明的内心,她不能接受这种她参不透的爱。但她不答应也不拒绝,将距离拉到最大。实质上,这也是她对自我的一种救赎,因为她无法感知自己内心的强大,只好借着空间的隔阂来实现灵魂的安宁。高唯对都红的他爱施与,则具有很强的功利目的。因为推拿中心的老板是沙复明,高唯虽是健康人,但她的工资待遇是由这个残疾的老板确定的,而沙复明喜欢都红,这是大家都看出来的,所以对都红好,也就是间接地对老板好,那么自己的工作待遇自然也会有相应的提升。这是明眼人的眼睛里所能看明白的事情。都红对于别人所施与的爱意,虽然无法直接拒绝,但她可以离开,用再次出走的形式完成她的第二次精神苦难的自我救赎。这也从另一个方面证明了他爱的功利性与非功利性的矛盾,促使着都红要真正完成自我的精神救赎,就必须走出自我的阴霾,实现自我的真正独立。这也正符合史铁生对于解决人生苦难问题的辩解,他说:"如何使众生不苦呢?强制地灭欲显然不行。劝诫与号召呢?当然可以,但未必有效。这个人间的特点是不可能没有矛盾,不可能没有差别和距离,因而是不可能没有苦和忧的。……那么,诸多与生俱来的忧苦何以救赎?可见无苦无忧的许诺很成问题。再么就是断灭人的所有欲望,但那样,你最好就退回到植物去,一切顺其自然,不要享用任何人类文明,也不必再有什么信仰。苦难呼唤着信仰,倘信仰只对人说'你不当自寻烦恼',这就像医生责问病人:没事儿撑的你生什么病?"[1]所以,任何时候,当你面对现实的苦难时,都不能有太多的怨愤,因为人的欲望注定人在经受这些能感知的现实苦难的同时,也一定会经历心魂支撑着的精神苦难,而各种信仰背后的虚妄,证明其都不是真正能够完成这一救赎的良药。

实际上,任何一种对于别人施与式的爱都具有相互的关系,不管是亲情之爱,还是友情之爱,甚或是所谓的博爱。因为接受者在大多数情况下都会回报施与者,即使不是当时,以后也会有。实质上的互爱应特指男女双方在身体欲望、情感心理等方面的相互施与,并从而在这种相互的关系中,寻求人生存在的爱情价值,来完成人自身的繁衍与精神上的娱悦,以实现人生苦难的现实拯救与心灵苦难的精神救赎。那么,在当代中国小说的残疾书写中,残疾人在相互的爱情施与中所经受的各种现实与精神的苦难考验和戕害要远比正常人多得多。上文的爱情叙事与平等欲求一节曾论述过,残疾人在追求爱欲的平等上既有健全人的欺凌与侮辱所造成的现实麻烦与心灵创伤,也有身体残缺所造成的不能与不便带来的苦难挣扎与尊严委顿。这一切的苦难背后,所隐匿着的是男女双方的一种互爱的精神需求,他们正是靠着这一互爱的需求实现了作为残疾者的精神苦难救赎。进行残疾书写的当代中国小说家们有着各自不同的人生经历,而且持有不同的价值判断标准,以及对人性关注的视野具有

---

[1] 史铁生:《病隙碎笔》,出自《史铁生作品全编》(第8卷),北京:人民文学出版社,2016年,第99页。

多维性,影响了他们在对残疾人情感施与的互爱描述中的叙事特征。

史铁生凭借自身残疾的感受,对残疾者残疾与爱情悖论的辩解显示出精神救赎的哲理思考。残疾人的互爱基础是他们各自不同的残疾的身体,残疾者对于互爱的需求很难与健全人达成一致。也就是说,一般健全人很少愿意与残疾人建立婚姻家庭。所有的人都会主张给残疾人以关爱,但是如果让他们去做爱的直接施与者,他们都会找出许多拒绝的理由。这也正是人的社会性特征的必然,任何人都想过一种美满的生活。然而当有了例外的时候,残疾人与健全人相爱了,那么社会上各种质疑甚至反对的声音就会轰然而起。其中最具有权威的人士自然是他们的亲人,他们会寻找各种理由阻挠并最终拆散这种他们认为不合适的爱情。对于这一点,史铁生有自己的体会。他与妻子希米的结合,成为他文学中的素材,他将残疾人在现实中的互爱困境,借着文学的书写表达了出来。他这种双情互爱的困境,不是来自当事的双方,而是来自健全人的社会。那些带着道德审判面具的法官,指手画脚,品头论足,将两个已表达互爱的人拆散之后,他们心安理得。比如,《没有太阳的角落》中,"我"、克俭与铁子都是腿有残疾的人,同在一家画彩蛋、仕女的工艺厂上班。而王雪这个美丽健康又有爱心的女孩成了他们三个人的好朋友。她对他们三人没有歧视,与他们在一起也非常快乐。但当面临爱情问题时,三个残疾人都选择了后退。因为他们残缺的身躯,都不能给她带来社会价值所认可的幸福,这种互爱的要求不可能实现。所以史铁生对此事件的思考是以自身的生活作为参照标准进行辨析式的深入。后来在《山顶上的传说》《我之舞》《务虚笔记》《我的丁一之旅》等作品中,史铁生进一步将这种两性互爱的施与上升到人类的自身困境之中加以思考。人类从伊甸盟约开始,就注定了两性的互相寻找,但残疾所隐含的困境意识将所有人都放在了局限这个巨大缺憾之中,每个人都有残疾,广义的残疾是人类终生难以克服的局限,比如人的终极一定局限在死亡的事实里,没有人能够长生不死。这样一来,男女两性只有借着互爱的契约,才能完成在此世界中的所有苦难的救赎,尤其是与人类终生相伴的精神苦难,两性的互爱是抚慰这种苦难创伤的一剂良药。

如果说史铁生的互爱救赎更多地体现人类精神的理性思考,那么,毕飞宇则在《推拿》中将残疾两性的互爱放在世俗精神的现实救赎中,消解当事人灵魂深处的精神苦难。沙宗琪推拿中心的这群盲人推拿师,每个人在灵魂的深处都有一段不能言说的精神苦难史,他们除了靠着自己顽强的意志在自我救赎的道路上孑丁独行外,男女两性的互爱也是他们的世俗支撑。他们每个人在互爱获取的过程中,都曾经历过一段精神炼狱的拷问。在这样的拷问中,有的人实现了真正的互爱,有的人再次回到自我的孤独之中。比如,王大夫与小孔两个笃定相爱的人,虽经世俗的困扰,但最终还是实现了互爱的救赎。金嫣与泰来的互爱探求,则显示了金嫣的理想化爱情追求与泰来的现实性爱情目的的矛盾。虽然精神苦难很深重,但二人彼此的互爱沟通为这一矛盾的解决扫除了障碍。沙复明、张宗琪两位老板却都没有求得两性互爱的精神救赎,他们退回到自爱,内心独自品尝灵魂深处的苦难。

第三章 叙述伦理:残疾书写的话语层

巴赫金认为"作为文本的话语即表述",它是由"它的主旨和这一主旨的实现"两个因素决定的[①]。实际上,主旨就是"故事"的内涵,实现这个主旨就是"话语"的表述。"故事"与"话语"是叙事的两个不可分割的部分,其中"故事"决定了叙述伦理内涵的价值倾向,而"话语"则是叙述伦理价值再现过程中的承载形式。"话语,也就是表达,是内容被传达所经由的方式。通俗地说,故事即被描述的叙事是什么,而话语是其中的如何。"[②]叙述伦理作为与故事伦理相对应的叙事话语层,是文本通过话语样态所显示出来的一种价值趋向。客观而言,一个故事在形成文本的过程中,受叙事主体的身份、叙事语言的选择以及叙事视点的设置等因素的影响。这些因素在叙述故事的过程中所呈现出的不同特征,决定着叙述伦理表达的效果。

当代中国小说残疾书写的文本依托"话语"的表达形式,体现在叙事主体上,则有以残疾作家为身份特征的"感受式"叙述伦理,和以非残疾作家为代表的"想象式"叙述伦理两种。残疾作家讲述残疾故事展现出切肤感、亲历性的体验特征,文本话语构成的直视性、现场感强烈,其叙述伦理的直观感使读者更易于接受;非残疾作家的叙述则具有"旁观式"的客观化叙述伦理特征,文本话语构成的深层伦理叙事、人性思索也有着潜在的价值探索。其中,"感受式"的故事在人物内心表达欲求上显示出直接真切的叙述伦理要求,"想象式"的故事则在社会伦理价值评判上表现出人类自我反思的深层叙述伦理期望。当然两类叙事主体所表现出的这种伦理特征,也并非绝对一致,二者相互渗透的

---

① [苏]巴赫金:《巴赫金全集》(第4卷),白春仁、晓河、周启超等译,石家庄:河北教育出版社,1998年,第301—302页。
② [美]西摩·查特曼:《故事与话语——小说和电影的叙事结构》,徐强译,北京:中国人民大学出版社,2013年,第5—6页。

叙事表达也是比较普遍的。不同的作家作品所显示出的个性化伦理都有着鲜明的时代烙印。残疾书写文本在叙事策略的选择上既可以通过重复性叙述的运用来强化残疾叙述伦理的表达效果，又可以借助残疾人物性格塑造、叙事材料取舍以及叙事语言选用等方面的变化来调整叙述伦理的价值评判。这些残疾叙事在选择叙事视点时，基本上是以零聚焦视点为主，再辅以内、外聚焦视点的多重变化，共同完成当代中国小说残疾书写在叙述伦理上所显示出来的多元性与统一性。

第一节　残疾书写的叙事主体

刘小枫认为："叙事的伦理分析如果离开了作者的伦理观念和伦理思考是难以深入文本的，因为伦理本质上是一种心态气质，在一定程度上，正是作者的心态气质操作着文本建构，决定文本的形式结构安排尽是在毫无意识的情况下实现的。"[1]所以作者首先是作为叙事主体而存在的，作者的伦理评判赋予了文本特有的伦理内涵。在叙事学理论中，叙事主体的存在方式可以是文本之外的作者，也可以是文本故事的参与者，但作者一定是第一叙事主体。布斯在《小说修辞学》中提出了小说叙事者的叙述有"可信的"与"不可信的"两种，把叙述伦理的初级评价标准交给了作者。"当叙述者为作品的思想规范(亦即隐含作者的思想规范)辩护或接近这一准则行动时，我把这样的叙述者称之为可信的，反之，我称之为不可信的。"[2]作者作为叙事主体的基本承载，要实现"真实作者"与"隐含作者"的结合，首先要判断其叙述的可信与否，即"可靠与不可靠叙述"。在布斯看来，如果叙述者的讲述与"隐含作者"的故事达成一致，这个叙述就是可靠叙述，否则就是不可靠叙述。虽然小说叙事所要表现的价值评判、是非认同等伦理层面的精神指向都是由作者决定的，但小说话语一旦变成文本，它所产生的阅读效应则不会再受作者约束。所以，小说叙事主体的身份对于故事伦理与叙述伦理如何达成一致有着重要的影响。"事实上，叙事的伦理分析如果离开了作者的伦理观念和伦理思考是难以深入文本的，因为伦理本质上是一种心态气质，在一定程度上，正是作者的心态气质操控着文本建构，

---

[1] 刘小枫：《沉重的肉身——现代性伦理的叙事纬语》，上海：上海人民出版社，1999年，第67页。
[2] ［美］W.C.布斯：《小说修辞学》，华明、胡苏晓、周宪，译，北京：北京大学出版社，1987年，第178页。

决定文本的形式结构安排,尽管有时是在一种毫无意识的情况下实现的。"①这也充分说明了作者作为叙述主体,本身所具有的伦理素养对于文本伦理的故事倾向性有着潜在的影响。

在当代中国小说的残疾书写中,作为叙事主体的作者,从身份特征上,可以按照身体残疾的客观情状分为残疾叙事主体与非残疾叙事主体。这两类作家在构建文本的叙述伦理中,因自身身体健康状况而形成的伦理感受各有不同。其中残疾作家因亲身经历过残疾而形成的"感受式"伦理决定了其叙述的可信性更高,或者也可以说在一定程度上,更值得人们相信。而非残疾作家在进行残疾叙事时因依据自身想象而形成的"旁观式"伦理则使得其叙述的可信性相对要弱一些。但对于叙述伦理而言,无论是可靠性的叙述,还是非可靠性的叙述,这种区别并非绝对,甚至有时恰恰相反。也就是说,这种所谓的可靠性与不可靠性只是在客观上应该具有这样的叙述伦理效应,但在实际的残疾书写文本中,因作者自身的个人修为、人生经历千差万别,这种因主观而形成的残疾叙述伦理效应,则不会绝对以正相关的方式存在,只能通过具体的作品来作具体的分析,这主要从读者对他们的接受阅读中可以分析出来。

一、残疾叙事主体

一般而言,从作者与叙事主体的关系来看,二者确实并非具有完全等同的意义内涵。因为作者既可以是直接的叙事主体参与故事的发展,也可以是间接的叙事主体站在全知全能的视角来操控故事的进程。但无论处于什么位置,作者自身的伦理倾向一定会渗透到故事的叙述中,影响故事的叙述伦理。"尽管叙事伦理不仅仅是作为叙事主体的'作者伦理',但在某种意义上人们不得不承认,创作了叙事文本的叙事主体,对于一部叙事作品的伦理品质具有举足轻重的意义。"②对于当代中国小说中的残疾书写来说,残疾叙事主体的"自传"式叙事因具有"感同身受式"的叙述特征,客观上一般表现出一种更加可靠的叙述。"自传"叙事具有重要的自我评判意义,古今中外的作家对此有不同的理解。郁达夫曾说过,文学都是作家的自叙传。虽然说得有

---

① 伍茂国:《现代小说叙事伦理》,北京:新华出版社,2008年,第52页。
② 徐岱:《叙事伦理若干问题》,《美育学刊》2013年第6期,第37页。

些绝对,但这句话确实说明了文学创作在一定意义上,体现作者人生经历的重要内涵。因此,"从修辞的角度看,叙述者和隐含作者一致时,叙述是可靠的,不一致则不可靠,叙述可靠性看起来非常清楚。但当真实作者参与进来后,情况就复杂多了"①。残疾叙事者所叙述的残疾故事,在一定意义上,与其自身经历基本上是一致的。或者说,自传性决定了其可靠性的叙述给读者带来可信的认同。但这并非绝对,有的残疾作家会因非可靠性的叙述而提升文学的审美性。因此,从叙述伦理的层面来审视当代中国小说的残疾书写,残疾作家大都是以自传性叙事作为伦理叙事的起点。最典型的代表有史铁生的《我的遥远的清平湾》《插队的故事》、张海迪的《轮椅上的梦》、朱彦夫的《极限人生》、阮海彪的《死是容易的》等,这些小说基本上都是依据各自残疾的经历来叙述他们不同的残疾人生之路,所产生的社会影响也各有不同。但总体来看,叙事主体在讲述故事的过程中,所要展示的残疾故事都具有自传性的特征,都是在讲述残疾主人公在面对生活的残酷与不公之时,如何坚强地生活下去,并取得了美好的结果。应该说,可靠性叙述的表达使得这些小说大都成为畅销励志作品,而作品励志性的伦理需求也相对降低了文学的审美价值。尤其是张海迪的作品,社会影响极大,她自强不息,勇敢面对不幸的精神激励了当时中国的许多中学生,乃至成年人,这本身就已超出了文学创作的审美意义,显示出更多宣传励志的伦理色彩。实际上,张海迪的《轮椅上的梦》在 2004 年经过两次大的改写,重新再版之后,并没有多少人真正地关注她的修改与重编,人们看重的依然是文本以外的东西。至于文本是原创还是改写,这不是读者所要重点关心的事。这也正从一个侧面论证了这篇作品过多的伦理性,大大削减了小说本身应该具有的文学伦理性。28 岁时的张海迪就被社会树立为时代的楷模,有"80 年代新雷锋"和"当代保尔·柯察金"的称号。她后来能够写出自传体的励志小说,应该也是社会宣传的必然需求。张海迪对于树典型做宣传的人生经历,也并非没有无奈,实际上她更多地是想以作家身份把自己展示给社会。她曾说过:"我曾反复强调,我不希望我身上沾染太多的文学之外的东西,但遗憾的是,我很难摆脱,我常常无可奈何。我从没有因为自己是一个病人而降低对写作的要求,更不希望被人们首先看作是一个公众人物,然后才是作家。我要摆脱这种囹圄需要很长的时间。"因此,当《轮椅上的梦》出版时,张海迪是作为一个残疾故事的叙事者借助方丹这个残疾女孩的成长经历,向读者

---

① 江守义:《叙述可靠性与文学真实性》,《文艺理论研究》2020 年第 1 期,第 159 页。

展示她的人生过程。这里有写实之处,也有虚构之思,毕竟《轮椅上的梦》是小说,而不是以写实为主的报告文学。但正是这种自传性的写实难以突破艺术虚构的审美想象,残疾书写文本的艺术审美价值难以进入研究者的视野,它只沦为中学生初级励志的读物,畅销也只能是时代宣传下的跟风,与艺术的关系相对较淡。实际上,张海迪的无奈正是她残疾躯体的本质显现。她曾说:"我本质其实就是战士,只是别人没看出来!今生今世壮志难酬,如有来生定会投笔从戎,驰骋疆场……"活着,就要做一个有益于社会的人。张海迪的无奈感受也显示了叙述伦理在真正实现可靠性的叙述时,却反而伤害了作品的艺术价值。

与张海迪相比,朱彦夫的《极限人生》、阮海彪的《死是容易的》等典型自传式小说,写实性的特征更加突出。《极限人生》的封面上写的就是这样一句话:"他就是特殊材料制成的人;他至今仍在挑战人生极限;他用生命书写无悔的人生;他就是中国当代的保尔·柯察金——朱彦夫。"[1]由此可见,这本小说在叙述伦理的表达目的上,就是要以朱彦夫的人生经历为底本,实现励志性的价值宣扬。的确,《极限人生》作为自传体长篇小说,其叙事的伦理励志性远大于文学的审美艺术性。以作者为原型的小说主人公石痴在抗美援朝战争中身负重伤,失去了四肢和左眼,属于典型的多重残疾者。但他并没有因此而抱怨命运的不公,而是勇敢地接受并顽强地克服各种难以想象的困难,回到老家,锻炼生活自理能力,并最终带领乡亲们走上了致富路,完成了自己的心愿。他在小说的《后记》中说:"我是战争的幸存者,我的生命——尽管是由残缺不全的躯体组成的生命——是战友们给的,他们把生让给了我,把死留给了自己,没有他们的先去、先死,就没有我的今天。经常有人把战争中的重残、特残称之为'活着的烈士'或'半个烈士'。由此说来,我不是烈士,但接近烈士。今天,我把《极限人生》这篇拙作幻化成烈士的遗愿,幻化成一曲悲歌、一副挽联奉献于烈士,将是我毕生最大的宽慰。读者能从中感悟到先烈的不屈、残废军人的自强、共产党人的凛然正气,从而汲取做人的力量,那么我也就不会因空耗时光而羞愧了。"[2]朱彦夫作为小说的叙事主体,在叙述故事时,不仅让读者对故事感到可信,而且还让读者在可信中感动,并因感动而实现精神上的价值提升,这是朱彦夫创作这部小说的目的所在。叙述伦理的表达也因故事的真实

---

[1] 朱彦夫:《极限人生》,北京:新华出版社,2014年,封面。
[2] 同上,第371页。

性而变得直接明了,但伦理表达得过于直接而使得残疾书写缺乏艺术性的修饰,人物的感情表达也失于克制,小说的艺术性让步于励志宣传性。把这段残疾人生历程变成小说对这样一位全身残疾的作者来说,是一段艰难的生命历程,其创作事件本身就是一个非常励志的故事,叙事主体的个体生命感觉移位于人民伦理的大叙事之中,的确可以带来极强的励志效果。但此类励志性的小说的通病也大多缘于此,过于追求可靠性叙述而伤害了文本的真正艺术价值。同时,此类残疾作家大多没有经过良好的教育,文字表达上也难以产生出较强的叙述效果。当然这并不是最重要的原因,因为如史铁生、莫言一类的作家,也只是初中、小学层次的文化水平,但不妨碍他们写出优秀小说。

　　同样是残疾作家的史铁生,在进行残疾叙事时,也采用了大量自传性的素材,小说中的主人公也大多带有作者自我的影子,一般都是下肢瘫痪的残疾人,甚至于有些作品就直接以"我"的身体残疾作为叙事的中心,自传性的写实成分也很重。但史铁生残疾叙事的艺术水准远超以上几位同类的残疾作家。其中的原因则可以细究一番。首先是史铁生在讲述故事时有意识地采用了大量不可靠性的叙述策略,自我的身影只作为残疾叙事的一个部分,而对于人类生命过程的思考以及人性伦理的真实追求才是他所有作品的精神指向,从而也就使得他的残疾书写在艺术审美上远超其他残疾作家。因此,同样的残疾叙事主体并不一定都是只把写实性的励志作为他们写作的目的。跳出残疾,立足于人性的局限来审视生命的厄运,必然会收到不同的艺术效果,叙述的伦理意义也自然高下立见。写于1982年的《我的遥远的清平湾》是史铁生的成名作。故事虽然是以"我"在清平湾插队的经历为叙述内容,结尾部分"我"的"两条腿都开始萎缩",住进北京医院的相关情节叙事,以及此后他的其他小说中有关"我"的残疾叙事,几乎都与这个残疾者有着千丝万缕的相关性。史铁生在叙述这段故事的时候,是以一个残疾知青的身份来讲述在清平湾这块土地上的故事。叙述者就是故事的经历者,也是故事中的史铁生,甚至于有些故事的发生与结果,也是史铁生所无法左右的。这种叙述大大增加了不可靠性叙述的成分,也使得故事讲述的伦理情感变得真切自然,为读者的阅读审美提供了无限的想象空间。史铁生其他的残疾书写文本,也大都是在可靠性叙述的基础上,增设了许多不可靠性叙述的因素,为残疾书写的叙述伦理提供了展示的场景。比如《足球》里的残疾青年山子与小刚、《山顶上的传说》中的瘸腿小伙子、《插队的故事》中的"我"、《我之舞》中的"我"与世启,也都是摇着轮椅的残疾者。《原罪·宿命》中瘫痪的十叔及莫老师"我"、《务虚笔记》中下肢瘫疾的 C、《我的丁一之旅》中身份不定的丁一等,这些下肢残疾的主要人物,都是史铁生自叙传的自我形象。从故事的叙事主体而言,无论是第一人称,还是第三人称,都体现出"我"的叙事特征。那个下肢残疾,整天摇着手摇车到处游荡的人,就是现实生活中的史铁生,是史铁生的思想灵魂附着到了这些人物身上去思考、去感受。因此,在史铁生的这些残疾书写中,叙事主体的显在性是非常明确的,也是史铁生所没有刻意避讳的。但在叙述与此相关的各种残疾故事时,史铁生大都在自传性的叙述伦理中采用不可靠性叙述的手法,来增强文本话语伦理的丰富性。

比如在《插队的故事》中,小说叙事中的"我"既是现实中的史铁生,即"真实的作者",也是叙事对象,即"隐含的作者",开始讲述故事。"我"因前年写过插队的故事,才有了梦回这个插过队的地方的事,而作为一个下肢瘫痪的人,想要真正地实地再回一次,那可真是梦想。但因作者的名声以及作协和朋友的慷慨,再回清平湾的梦想就变成了现实,并且后面一行七人竟然真正地实现了这个梦想。下肢残疾的"我"是整个插队时期各种故事的叙述者,"我"身处其中,目睹了清平湾乡亲们的困难生活。《插队的故事》与早期《我的遥远的清平湾》这篇小说的叙述伦理构成了很好的互文关系,许多地方都有呼应关系。叙述过程中所显示的许多猜测性叙事内容,都是不可靠的叙述,却很好地再现了叙述伦理的情感内涵。故事所表达的伦理情感,真实中寄寓作者深深的同情与悲悯。其中对于瞎老汉这个人物故事的叙述是非常成功的。作者直接用瞎老汉称呼他,甚至叙事中,也是以瞎子来指称其人。如果以残疾歧视的伦理规则来审视这个命名,瞎子肯定是对盲人在命名上的歧视,不但会使残疾者不能接受,也显示出作者在伦理观上的自大。但史铁生切近生活的文本叙述,却没有让人有这样的伦理感受。一方面由于叙事主体自身也有一层残疾的身份,自嘲与他嘲的结合,并没有给人一种歧视性的伦理感受;另一方面,清平湾的底层生活是文本叙事的现实背景,在那种人人以吃饱肚子为目的的时代,任何人都只能顺从命运的安排,现实压迫下的个体生命已经失去了所谓伦理的照看,只能在活下去的命运主宰下,卑微而屈辱地生活,人与人之间的尊严感都被生存需求所取代。瞎老汉三岁因病而盲,在六十多年的黑暗生活中,他感知到整个清平湾的沟沟坎坎,也感受了穷困生活对于包括他在内的所有清平湾人的摧折,但他们依然能够坚强地生活下去。所以瞎老汉在因自己的胃病拖累了随随这件事上,他向命运屈服,希望通过坠崖自杀,让随随丢下他这个包袱,过上更好的生活。这在伦理上是对传统道德修行的悲剧性效仿,具有悲壮的震撼效果。但人们惊奇地发现坠崖之后的瞎老汉，只是受了点皮外伤，"这事有点让人难以相信，众人一时都不敢上前。瞎老汉愣了一会儿，对众人说：'小鬼儿不接我去哩，还要再拖累随随哩。日这小鬼儿的先人！'"①生命卑微至此，但瞎老汉仍然能够平心静气地面对生活的蹂躏。文本的伦理表达在史铁生的叙事中给人以深深的思考，时代的悲剧对于每一个个体来说都无法抗拒，连选择死的权利都没有，只能默默地接受。与身体相关的健康完整和疾病残缺都让位于生存，只要能够活下去，无所谓精神伦理的索求，生存伦理成为生活的全部。

《山顶上的传说》写于1984年，可以看作史铁生以残疾青年的口吻写的自叙传。全知视角叙事，寓言式的思辨色彩，表达了史铁生在早期创作之路上的深沉思考，大部分内容的叙述都处于可靠性的叙述伦理范畴内。残疾人的尊严与爱情，事业与追求，小说通过社会标尺进行了对标，既写出其个人生命的情感体验，也展示出社会群体对于残疾者的伦理评判。对于残疾青年而言，他主要有两个方面的伦理困惑：一个是他是否可以以残疾为借口，编造"身残志坚"的虚假故事，以博得世俗的认可与肯定；另一个是，他作为残疾男子是否可以与一个健康的女孩子谈一场恋爱，并组建一个家庭。所以当他接受了作家夫妇的建议，编造故事并实现了小说发表的梦想之后，他后悔并痛苦得难以原谅自己，"他头一次清晰地感到，所有的人，所有的好人，在心底里都对伤残人有一种根深蒂固的偏见或鄙视。不能像要求一个正常人一样地要求一个伤残人。如果是赛跑倒还有道理，可这是写作！似乎残废的肢体必然配备着残废的灵魂。你跟一个伤残人较什么真儿呢？他们已经够难的了"②。这种审问式的叙述，显示出叙事主体的直接干预，借着主人公的思考实现了叙述伦理的价值评判，残疾人天生就不应该得到公平对待。因为弱者必然被歧视、被淘汰。社会对残疾人的事业追求从根本上就存在着一种潜在的歧视，这种伦理价值评判的尺子在健全人手里。人们可以摆出同情怜悯的伦理标杆，把自己抬到道德的高地，俯视残疾人，但残疾人在获取尊严、消解歧视的路上，如果弄虚作假，那将是自取其辱。所以发表编造的虚假作品之后，他感受到的侮辱不仅来自社会，更重要的是来自自我的反思，"灵魂的残废是真正的残废"。作为叙事主体的作者，借着主人公的口，自我剖析，自我鞭挞，虽然有较深刻的伦理警示

---

① 史铁生：《插队的故事》，出自《史铁生作品全编》（第4卷），北京：人民文学出版社，2016年，第79页。
② 史铁生：《山顶上的传说》，出自《史铁生作品全编》（第3卷），北京：人民文学出版社，2016年，第287页。

之意,但从文学艺术的创作角度分析,毕竟还是显得直露些。过于可信的可靠叙述削弱了叙述伦理的审美效果。史铁生在创作中一定有过类似的生活经历,把这种经历写入作品自然也产生了小说所要批判的伦理内涵。而对于残疾人是否可以与健全人谈恋爱并结婚的内涵叙述,在史铁生此后的许多作品中都有涉及,这直接体现了史铁生对于日常生活伦理的深刻思考。小说中残疾青年的爱情最终也只能是一个无果的结局,叙事主体在文本的处理上选择了隐喻与类比,借对鸽子"点子"的寻找来求得内心情感的平衡,残疾青年的寻找过程就是他的生命历程,"那鸽子他可以找不到,但却不能不去找。找不到他也没办法,但是不找他心里就不安宁"①。鸽子隐喻了残疾者生存的目标,无论是写作,还是爱情,抑或是整个的人生经历。最后小说将残疾伦理的故事虚掷到多年以后,山顶上住着一个瘸腿的老人,养了一大群鸽子。实际上,山顶本身也具有隐喻的特指内涵,每一个人都有一个属于自己的山顶,并不仅仅是残疾人的。小说的叙事文本最后在伦理表达上做了更进一步的升华,残疾人的困境也是整个人类的困境,但只要走在寻找的路上,突破困境也是必然的结果。

在《山顶上的传说》这篇小说中,史铁生还通过残疾青年的个人思索来表现叙述的故事伦理。文本中大量叙述了残疾青年与一个天真可爱的姑娘之间的真诚之爱。这种注定无法被世俗社会接受且会被评头论足的爱情,从故事的开始就背上了被审判的十字架,伦理的天平只会将残疾人打入更深的深渊。小说通过一个梦境的描述,写出残疾青年内心的矛盾与困惑,"他梦见自己去她家找她,怎么也找不到,谁也不告诉他,她家在哪儿……每个楼门口都站着一些好奇的人,伸长着脖子看他,或是躲在阴影里盯着他。他忽然发现,自己是赤身裸体地走着,两条变了形的残腿非常显眼,丑陋,走路的样子也显得滑稽。他拼命地逃。可四周全是人,密密麻麻,唱着,笑着,摆动起裙裾,挥舞着彩绸和花束,像是在庆祝一个什么节日"②。梦境中的残疾是裸露的,是不遮掩的,伦理的天平完全倒向了世俗的价值评判。残疾人不能拥有与健全人相等的爱情与幸福,否则就是不道德,就是利用别人的同情,拖累别人。借用梦境的叙述手法,是典型的不可靠性叙述。因为在梦中的故事都是不具有真实性的,虚无缥缈中映衬着现实的不确定性。但梦中所见又真切地反映了叙事者

---

① 史铁生:《山顶上的传说》,出自《史铁生作品全编》(第 3 卷),北京:人民文学出版社,2016 年,第 323 页。
② 同上,第 309 页。

内心深处的伦理意识,是潜意识的真实再现,又是比真实还要确切的内心表达。史铁生从自身感知的伦理评判延伸至整个残疾群体,所有的残疾人都会受到来自社会的"人言"的逼视与评判,"要想逃避那可怕的人言是太难了,跟逃避自己的真心一样难。你要是一扭身离开她,人们会说你是个好人。追求幸福是人的天性,而畏惧人言又是人生就的弱点。放弃追求就可以逃开那可怕的人言,然而心中就只剩了忍受"①。个体忍受的情感体验,与世俗的伦理评判相抗争,必然走向失败,这本身就是残疾人在面对自尊选择时所必然遇到的悖论难题。他无法在残缺的自卑面前挺立起自尊之旗,因为自卑是人生存过程中无法绕过的障碍,而对残疾人而言,尤其如此。"自尊是桨,自卑是桨头上碰到的第一个恶浪"②,要想获得自尊,就必须战胜自卑。而现实生活中的史铁生,在与陈希米十年的通信中完成了爱情的长跑而修成结婚组建家庭的正果,其中所能想象的世俗伦理的责难与困惑,都被他化成对于人性的思考融进了他的残疾书写中。

史铁生作为残疾作家的代表,真实地感受到社会伦理施加的各种不同的歧视,并把这种歧视性的伦理内涵真切自然地叙述成残疾故事,丰富了当代中国小说的创作苑囿,产生了巨大的社会影响。他说:"最可怕的不是有人追在你屁股后头喊你瘸子,而是别的一些事。"③别的事是什么事,自然是不言而喻的。因为直接的喊叫式侮辱是可以躲避的,甚至也是可以反击的。但来自社会世俗的冷嘲与讥笑式的歧视与偏见,则是无可躲闪的。因为它们无处不在,无时不在,它们全面出击,干涉残疾者全部的生活。它"会使本来挺好的爱情变成痛苦的旋涡,它不会直接站出来打翻你的小船,摧毁你的港湾,它没有勇气对抗法律,却有力量在小船四周制造旋涡,使小船在痛苦中自行沉没"④。史铁生对此也非常无奈,他说:"反抗歧视和偏见的办法,没别的,保持你人的尊严。"⑤当然,史铁生对残疾故事的伦理叙述回归到"尊严"这两个字上,才是他超越其他残疾叙述者励志型叙述伦理的根本之处。

---

① 史铁生:《山顶上的传说》,出自《史铁生作品全编》(第 3 卷),北京:人民文学出版社,2016 年,第 310 页。
② 同上。
③ 同上,第 313 页。
④ 同上,第 314 页。
⑤ 同上,第 322 页。

二、非残疾叙事主体

与残疾叙事主体"可信可靠的叙述"相比,非残疾作家的残疾书写则相对复杂得多,这并不能用简单的不可信、不可靠叙述来加以归类。尽管他们在残疾书写的过程中,不可能有"感同身受式"的情感历程,但这并不妨碍他们写出比残疾叙事主体更可信的残疾故事。因此,非残疾叙事主体的划分,在一定意义上,是不具有确定的价值意义的。但在当代中国小说的残疾书写中,非残疾作家的相关作品却远比残疾作家的作品在质与量上高出一截。从叙事主体的叙述视角来审读残疾书写的伦理表达,则具有非常重要的探索价值。至于采用何种形式的叙述手法来传达故事的伦理内涵,则需要借助几部典型的作品来加以分析。比如,阎连科《受活》、莫言《断手》《丰乳肥臀》、毕飞宇《推拿》等。

叙事学研究专家查特曼认为,叙事者在实现叙述伦理的表达过程中,一般采用两种叙事干预方式:一是对叙述的干预,主要是隐含性评论,是对叙述者自身的叙述干预;一是对故事的干预,是对叙述内容的公开评论。阎连科《受活》这部小说于2003年10月在《收获》上发表,次年出单行本,一下子就震惊了整个文坛,涌现出了"奇小说""黑色荒诞""政治寓言小说""后现代鬼火""反乌托邦"等各种称谓。但从根本上讲,阎连科借着"怪诞人体"的一群残疾人,叙述他们在世界之外的"受活村"上演了一场世间独特的伦理大剧,故事伦理的深刻性是由叙述伦理的独特性制造出来的。阎连科在叙述残疾故事的过程中,有意识地运用叙事干预,使得小说的叙述伦理产生了超常的反讽效果。对叙述的干预显示在叙事结构的选用对于伦理效果的影响上,对故事的干预体现在残疾故事的内涵表达对于伦理价值的评判上。当然,"叙事者无论如何隐蔽,或者如何宣称中立、如何外在于所叙述的人物与事件、与所讲述的故事保持多大的距离,都会在叙事作品中以种种方式或隐或显地进行干预,而这种干预也必然与一定的伦理立场相关联"[①]。阎连科的叙述也体现了这种伦理立场的干预性,这种干预就是阎连科在叙述残疾故事时对底层受难者所持有的深刻怜悯式的伦理批判。

《受活》采用了"一种荒诞、超现实的叙述方式,在整部小说中与写实主义

[①] 伍茂国:《现代小说叙事伦理》,北京:新华出版社,2008年,第134页。

构成一种紧张,相互交错"①的关系,在叙事结构上采用了双线式结构,一条是以现实事件为明线,即县长柳鹰雀借助受活村的"绝术团"进行全国巡演,筹集资金去苏联购买列宁遗体,放置在魂魄山上,作为发展旅游经济的文化资源,但最终失败;另一条是以历史事件为暗线,即以茅枝婆为代表的受活人,在寻求入社与退社的事件中所遭遇到的种种不公与无奈。这种叙述结构又是通过正文与絮言相交替的叙事模式来实现的,叙事者在小说中时隐时现,既是全能型的全知全觉,又时时隐藏在叙述的过程中完成叙述伦理的暗讽目的。柳鹰雀与茅枝婆作为故事伦理价值评定的两个人物,决定了小说叙述伦理的方向。柳鹰雀作为"社校娃"的形象叙述,是通过絮言的副文本注释完成的。而茅枝婆的命运归属也是在对"受活庄"这个词条的副文本解释中,叙述交代完成的。这是官方县志上对茅枝婆的定论。实际上,茅枝婆一生的悲惨故事又通过正文的主文本叙述来实现。一个是官方文本县志里冠冕堂皇地叙写过着幸福生活的茅枝婆,另一个则是历尽屈辱、誓死抗争的入社与退社的领头人。茅枝婆面对入社与退社的生存悖论,看似荒诞,实际上却是她残疾人生的无奈,生命伦理的天平从没有对她公平过。参加革命时被革命抛弃,身体残疾时得到受活人石匠的关爱,成为受活人的精神象征,却又无法逃离时代对受活人的洗劫。她一次次地抗争,都被命运打得体无完肤。最后以牺牲受活人的尊严换来的退社文件也只能说是荒诞中的幽默。即使是一纸空文,但对茅枝婆而言无疑是她用生命换得的承诺。接到这个退社的公文,她就完成了最后的心愿,她最后是在没有遗憾中"殉"掉的。所以,阎连科说:"我一直在强调我的长篇小说,一定要有一种现实的疼痛感。……如果这种疼痛感不存在,写作对于我就可能失去了激情,失去了意义。"②这种"疼痛感"正是叙事者通过人物的命运悲剧,来实现的伦理诉求。柳鹰雀最后断了双腿入户受活村,也正是作者在完成叙述伦理的评判时,所有意采用的叙述干预。对柳鹰雀一生的伦理安排,是从他一出生就被人遗弃开始的。在伦理叙述的表达上,这喻示他是处于无根的状态中。而在他成长的过程中,作为养父的柳校长对他的期望也有着非常态的伦理预设,以那些伟人的成长过程作为他的比照,激励他成长。柳鹰雀从一个社校娃走到双槐县县长、县委书记的道路上,更是有许多意想不到的成长

---

① 李陀、阎连科:《〈受活〉:超现实写作的新尝试》,出自方志红编著:《阎连科研究》,郑州:河南大学出版社,2015 年,第 69 页。
② 阎连科、张学昕:《我的现实 我的主义:阎连科文学对话录》,北京:中国人民大学出版社,2010 年,第 57 页。

故事。所以他在成为双槐县县长时能够想到购置列宁遗体、组建受活残疾人绝术团这样的荒谬想法,自然顺理成章。阎连科对此认为:"你觉得这种现实的荒诞有些生硬,可我没有这样的感觉,我以为是大家太固守于传统的现实主义,太固守于生活现实主义。是这种新的现实主义元素在我们的作品里、视野里出现得太少,你才会觉得它来得太突然、坚硬,在阅读上没有准备。比如《受活》中要购买列宁遗体,让残疾人组成'绝术团'出去演出这些情节,大家一时可能接受不了,可我写作的时候,就觉得它是现实的、发生的。当然,这个'发生'与'不发生'是相当复杂的,它是作家的一种写作观、世界观,别人不认同时你也没办法。"[1]这也正是作者设置柳鹰雀这个人物时所考虑的伦理评判问题。他的政治行为有很多荒诞的叙事解构,也有很多漫画式的描写,但他作为一个从社会底层起来的"农村政治家",血液中流淌着中国传统文化的伦理基因。他渴望与那些伟人并驾齐驱,甚至也安于接受受活人对他的感恩戴德,他视双槐县的人民为自己的子民,甚至于在魂魄山的列宁纪念堂内,他也私下为自己刻下了"永垂不朽"的墓碑。伦理上的反讽性也为他设置了腿残落户于受活村的最后结局,不完整、不圆满的悲剧命运是叙述伦理上的评判。阎连科借着《受活》这个残疾故事,实现了荒谬时代政治伦理与传统世俗伦理绝妙融合的寓言解析,以曲笔暗写的方式表达了自己深隐的悲悯情怀。

莫言在他的有关残疾书写的小说中讲述残疾故事时,与他的民间叙事立场是一致的。残疾人物在社会底层的生活现实状况具有鲜明的时代特征,乡村生活的道德伦理是他的故事叙述基础。但在叙述伦理的运用上,莫言对于叙述主体的调配显示出其高超的叙述技巧,这些技巧的背后是莫言对于残疾书写在叙述伦理上的独特理解。其中所谓隐含作者的身份与叙述主体始终处于一种紧张的关系中。

在《断手》这篇早期的、不太成熟的残疾叙事作品中,莫言塑造了一个在对越自卫反击战中失去一只手的回乡战士形象。在故事的叙述过程中,作为叙述主体的作者基本上都是采用全知型的第三人称叙事模式,体现出一种时代的价值伦理认知。小说在运用隐含作者叙述故事时,也留下了很多的空白想象。苏社作为一个从前线回家的英雄,受到乡民的款待与尊重,这一叙述表现出社会伦理对于英雄的接受。而苏社不仅心安理得地接受乡民的尊敬与宴

---

[1] 李陀、阎连科:《〈受活〉:超现实写作的新尝试》,出自方志红编著:《阎连科研究》,郑州:河南大学出版社,2015年,第58页。

请,更得寸进尺,既想获得姑娘小媞的芳心,还到处举着断手贪占别人的便宜。叙述者通过一系列事件的交代,叙述了苏社由英雄到无赖,再到被感化而走向自食其力的过程,并以此展示了小说的叙述伦理内涵。其中苏社在镇上白吃樱桃老人的樱桃后,遭到同样是残疾老兵,却没有靠吃功劳而是自食其力的樱桃老人的羞辱后,有一段描写足可以看出当时苏社内心在伦理感受上的变化,也为他人生道路的转变起了促进作用。

> 苏社咧咧嘴,不明哭笑。一直看着老人安装上假腿,拐起樱桃筐子,咯吱咯吱响着腿走了,众人面面相觑,都没得话说。羞答答地走散。撇下苏社一人戳着,在阳光下晒着满脸白汗珠。好半天才醒过神,转着圈喊小媞,声音又急又赖,像猫叫一样,满街都惊动了,走散的人又定住脚,从四面八方一齐回头看他,使他感到无趣,赶紧溜到墙边,背靠墙站住,心里顿时安定了不少,闭住嘴,腾出眼来找小媞。满街急匆匆走着人,也有自行车在人缝里钻,但都不是小媞。樱桃老头远远地坐在凉粉摊旁柳荫下,沙哑着嗓子喊:"樱桃——樱桃——樱桃——"①

苏社本以为自己凭一只因参与对越自卫反击战而留下的断手,可以到处白吃白喝,但没想到樱桃老人竟然也是一位曾经参加过抗美援朝战争的残疾英雄。老英雄并没有以此为资本而贪享社会的同情与怜悯,而是自强不息,靠着自己的双手自食其力。品行高下,一比便知。"咧咧嘴""戳着""转着圈喊""溜到墙边"等一系列动作,展示了苏社受到眼前情状刺激之后的内心感受,同时也写出了苏社能够在后面被另一个残疾女性留嫚感化的伦理基础。他之所以有贪念,是因为他把断手看成了自己的荣耀,自己被自己圈出来的光环罩住了,其本性的伦理认知并没有真正堕落。这也正体现出莫言在讲述故事的过程中运用叙述干预所达到的伦理效果,叙述者基本上是按照传统的转化叙事模式完成了由英雄人物到平凡励志型人物的伦理转化。这种叙述的干预策略,使得这个残疾故事的伦理转化太过生硬,这也正是莫言早期创作用力过猛的地方。但如果从残疾叙事的伦理评判上去审视作品的价值,仍然不失为一篇较好的作品。

---

① 莫言:《断手》,出自《白狗秋千架》,杭州:浙江文艺出版社,2017年,第238—239页。

而在《丰乳肥臀》中，莫言在叙述孙不言的人生历程时，有意留了一段空白，即抗日战争时期，孙不言给上官鲁氏留下了两个小哑巴外孙后，便不知去向了。一直到他突然以抗美援朝志愿军一等功臣的身份回到了家乡，并直接来到了上官家，要与上官来弟再续前缘，共结连理。书中讲述孙不言回到上官家的一段情节，显示出莫言在伦理评判上的矛盾。这段空白的故事是叙事主体上官金童所无法知道的，文本正是要表达因这种未知而产生的叙述干预的伦理效果。

> 然后，在没接到任何邀请的情况下，他用双手走遍了我家的每个角落，正房和厢房，磨屋和储藏室。他甚至到院子东南角的露天厕所里转了一圈。他甚至把脑袋探到鸡窝里观察了一番。我跟随在他的身后，欣赏着他轻捷而富有创造的运行方式。在大姐和沙枣花栖身的房间里，他进行了上炕表演。他坐着，双眼齐着炕沿，我为他感到悲哀。然而接下来的情景证明我的悲哀很是多余。哑巴双手抓住炕沿，竟然使身体脱离地面慢慢上升，如此巨大的臂力我只在杂耍班子里看过一次。他的头超出炕沿了，他的胳膊嘎巴巴地响着，猛然撑起，便将身体扔到炕上。初上炕时他有些狼狈，但很快便恢复了庄严的坐姿。
>
> 哑巴坐在大姐的炕头上，俨然是一个家长，也挺像一位首长。我站在炕前，自我感觉倒像一个误闯他人家庭的外来者。①

这一段的叙述者是"我"——上官金童。哑巴孙不言对上官家族而言，始终处于强势一方，年轻时彪悍凶狠，而现在虽然失去双下肢，成为"半截人"，但依然身残威不倒。叙述伦理的同情取位通过"我"的感受弱化，而残疾的孙不言反而变成了更加强大的入侵者。他仍然孔武有力，即使面对与自己齐眉高的炕沿，他也一样轻松自如登上炕头，坐在那里，如在自己家里一样。"我"的"外来者"的叙述，打破了伦理取位的天平，孙不言外来居上，成为这个家庭的"家长"，主宰者。本来应该被同情的残疾者，却成了入侵者，伦理的反讽性得到了强化，为后面的反讽叙述提供了伦理依托的基础。接着地方政府敲锣打鼓地来到上官家安排孙不言与上官来弟的婚礼，没有任何商量。其实叙述的

---

① 莫言：《丰乳肥臀》，杭州：浙江文艺出版社，2017年，第376—377页。

空白处,自然给读者留下了想象的空间。孙不言如何去朝鲜战场,如何失去双腿,如何归国,如何要求部队给他安排回家与来弟结婚等,这巨大的叙事空白,都有了明确的解读。叙述伦理中注定不会善终的报应,在此埋下伏笔。因为孙不言与上官来弟早有婚约,虽然中间上官领弟代替了逃婚的来弟嫁给了孙不言,但领弟已死,孙不言到上官家再次要求兑现婚约,也符合正常的社会伦理要求。然而来弟根本就不愿意嫁给孙不言的个人诉求,没有人考虑。甚至于来弟愤恨地对孙不言说:"哑巴,你死了这条心吧,我嫁给猪场里的公猪,也不会嫁给你。"孙不言也根本不听,因为一切都在他的掌控之中,他现在是志愿军一等功臣,政府会按照他的想法给他安排一切,来弟无法拒绝来自政府的安排。上官来弟在伦理上遭受的欺辱根本无处宣泄,这一点叙述者"我"没有办法解决,只能眼睁睁地看着大姐来弟跳进火坑。再到后来,来弟与"鸟儿韩"的偷情,既是在伦理上对孙不言的背叛,也是自我救赎的一种伦理抗争。而这种偷欢最终被孙不言偶然撞见,愤怒中的双方,以死相搏,最后孙不言死在来弟的门闩下。这一人物的悲剧性伦理叙述,是来自命运深处的暗示,是无法逃脱的人伦枷锁,也是上官家族厄运中的一个环节。因此莫言从一开始在设定哑巴孙不言这个人物时,就通过人物的命运伦理进行了暗示,上官鲁氏匆忙中确定的这项婚约注定就是一场灾难,只有当事人全都死去,才能完成伦理复位。因此,莫言在《丰乳肥臀》中对孙不言这残疾人物的故事叙述,显示出通常人们对于残疾人施与同情怜悯的反伦理叙述,表达了更为复杂的人性伦理。

　　毕飞宇作为《推拿》的叙事主体在对盲人推拿师的故事进行叙述时,基本上是处于客观叙述的样态中,但这不妨碍他对于叙述干预手法的使用,尤其是对盲人内心真实伦理感受的直接表露。比如都红在沙宗琪推拿中心面试失败后,她是如何应对这样一个令人尴尬场景的,故事没有过多的叙述,只是通过季婷婷打电话安抚、晚间休息时的沟通等细节展示事件的发展,都红内心真实的想法却没有直接叙述出来。而在第二天都红应该黯然离开的时候,却给沙复明提出了一个合情合理的要求,希望沙复明能给她一个月的时间,让她在推拿中心学习,她只求温饱,帮助做做打扫卫生等辅助工作,如果到时还不合格,她不仅立即走人,还会在以后偿还这一个月的食宿费。都红的勇敢让沙复明感到震撼:

> 沙复明没有想到会出现这样的一个局面。如果都红是一个健全人,她的这一席话就太普通了,然而,都红是一个盲人,她的这一席话

实在不普通。……看起来盲人最大的障碍不是视力,而是勇气,是过当的自尊所导致的弱不禁风。沙复明几乎是豁然开朗了,盲人凭什么要比健全人背负过多的尊严?许多东西,其实是盲人自己强加的。这世上只有人类的尊严,从来就没有盲人的尊严。①

　　沙复明内心的惊诧与钦佩、自问自答的心理对话以及由此而上升到尊严的普遍性,都是沙复明的瞬时感受,却又真实贴切。这种伦理内涵的解析是叙事主体强行进入文本的展示,是全能的叙述者对于叙述伦理的干预,以帮助读者了解这个残疾故事背后所传达的真实伦理价值。而对于毕飞宇而言,这个叙述的干预也正是他有意为之。因为盲人故事的伦理价值向来都是要靠健全人的陪伴来衬托的,无论是史铁生笔下的盲人,还是其他如莫言、迟子建、阎连科等笔下的盲人,都是如此。但毕飞宇不愿按照这种方式来叙述盲人的故事,他希望通过如正常人一样工作的盲人的故事,来真实再现残疾人现实生活的日常伦理价值。所以他冷静客观的叙述中也不时穿插叙事主体的伦理感受,将这种回归日常的伦理表达注入普通残疾人身上。他们对于尊严的伦理需求,不是盲人特有的伦理需求,而应该是所有人的正常伦理需求。这种叙述干预的介入提升了叙事主体的精神探求,将个体性的伦理价值升华到人类共性的伦理评判之中。因此,非残疾作家在叙述残疾故事的过程中所使用的伦理干预策略,也是可以显得真实可信的。

　　因此,对于叙事主体而言,无论残疾作家还是非残疾作家,在叙述残疾故事时,不能纯粹依据所谓"可信"与"可靠"叙述来进行简单评定。当代中国小说的残疾书写对残疾人物形象的塑造都是以作家各自不同的生活历程作为讲述故事的伦理基础,再现他们对于残疾人生活的伦理评判,丰富当代中国的文学创作,具有各自不同的审美效果。

第二节　残疾书写的叙事策略

　　文本作为叙事学理论的研究基础,首先体现为不同的话语组织形式,如何组织话语显示了叙事者叙事策略的运用。"每一文本都以人所共识的(即在该

---

① 毕飞宇:《推拿》,北京:人民文学出版社,2008年,第62页。

集体内约定俗成的)符号体系、语言(至少是艺术的语言)为前提。"①叙事话语的组织结构决定了叙述过程中的伦理趋向,叙事者对于不同话语表达方式的运用与组织也使得文本话语显示出不同的价值评判。这也正是布斯等叙事学研究者所坚持的文本修辞伦理所依据的形式要求。当代中国小说的残疾书写对叙事话语组织所采用的叙事策略,凸显了伦理价值的取位特征,这主要体现在重复性叙述的语言强化、残疾人物性格的塑造、叙事材料的取舍以及叙述语言风格的选用等几个方面。

一、重复性叙述

修辞学意义的重复,强调的是通过语言表达的反复运用以达到语义内涵意义的递增效果。叙事理论家 J.希利斯·米勒认为,小说对于重复叙述的运用主要体现在三种形式上:一是言语成分的重复,包括词语、修辞格的运用,以及外形或内在情态的描绘性叙述;二是事件或场景的重复,是内涵更大的背景;三是对其他小说中动机、主题、人物或事件的重复,即广义上的互文性特征。他认为:"任何一部小说都是重复现象的复合组织,都是重复中的重复,或者是与其他重复形成链形联系的重复的复合组织。"②这种重复叙述的语言运用,对于叙事文本的伦理表达具有非常重要的强化意义。在残疾叙事类的作品中,语言的重复表达具有非常明确的残疾叙事伦理特征,这种特征通过强化处理所表现出来的价值意义体现了更为深刻的伦理性。

言语重复的目的在于强化表达效果。严格来讲,言语重复一般体现为基本成分上的重复,这个成分可以是一个特殊词语,也可以是一个细节描绘。只要这个成分的重复使用能够在故事内涵的叙述过程中,强化故事伦理的表达、造成反讽的接受效果等,应该都是言语重复的价值体现。在残疾书写的故事叙述中,有时对于残疾人名称的世俗指称意义,就体现了这种言语成分运用的重复性特征。比如对视觉残疾者身份的表达,一般称谓是盲人,如毕飞宇的《推拿》、迟子建的《盲人的报摊》等小说,大都是使用这种通用称谓来指称这类残疾人。盲人这种称谓,从叙述伦理的表达上,是属于社会伦理的普遍认同,

---

① [苏]巴赫金:《巴赫金全集》(第4卷),石家庄:河北教育出版社,1998年,第302页。
② [美]J.希利斯·米勒:《小说与重复——七部英国小说》,王宏图译,天津:天津人民出版社,2007年,第3页。

也是一般社会价值评判通用的,体现了社会文明修为的基本伦理范式。但在很多残疾书写的作品中,有的作家却有意舍弃盲人这个通用称谓,而采用来自民间的带有社会歧视评价的世俗伦理称谓,即瞎子,来凸显小说文本的伦理倾向。一般而言,社会通用的瞎子称谓,具有世俗歧视的评价内涵,但残疾叙事有时就是要通过这种歧视性世俗称谓来表达深刻的社会伦理批判。

当然即使同样使用瞎子这类称谓,在不同的叙述文本中也有着各不相同的叙述伦理意义。因为对人物身份命名俗称的重复使用,很大程度上体现的是叙述环境的社会场域。比如史铁生在《命若琴弦》中,就直接采用了老瞎子与小瞎子两个通称来代指人物,人物叙事的话语指称都在这两个名字的称谓上。小说中处处都是老瞎子、小瞎子的名字指称,每一次叙述都是这一名字的重复运用。但从叙述伦理产生的效果而言,读者并没有从中读出任何的伦理性歧视,反而觉得这样两个残疾人可爱可敬。他们虽是师徒,但情若父子,无名无姓,身体的残疾特征就可以交代清楚。这正是叙述者使用这种世俗指称所要达到的伦理效果,这种效果完全没有歧视性的伦理特性,相反却给读者以亲切与亲近的伦理感觉。其中的原因一方面是作者史铁生自身属于残疾人,他的叙述身份与小说中的隐含作者具有较大的一致性。他借用世俗社会的伦理称谓,表达的却是一种潜在伦理平等的价值内涵。这就决定了他的叙述伦理评判并不会给人带来突兀的歧视感。另一方面,小说的叙述在伦理设置上,暗含了残疾仅是局限,生命即为过程的隐喻指向,两位盲人在一定意义上是人类精神的隐喻载体。残疾书写文本并非纯粹写实,而是借助现实社会的世俗指称表达人类共性的伦理评价。史铁生的这种世俗性称谓,成功地表达了小说叙述伦理的指称意义,也使得这样两个残疾人物形象成为当代中国小说的经典。

当然在运用瞎子这个世俗指称上,有的作品则选取了带有明显情感色彩的叙述伦理来实现叙事者的伦理表达。比如莫言的《民间音乐》,也描绘了一个没有名字而仅用小瞎子来进行身份指称的人物形象。在叙述小瞎子的命名指称上,他自称自己是瞎子,这种自嘲式的称谓,其情感伦理的表达意在回归民间底层。而马桑镇的居民,当然也包括给他提供食宿,后来还要以身相许的花茉莉,也全都以瞎子来指称他的身份,这在一定意义上具有明显社会世俗伦理的情感融入。无赖三斜在小瞎子出场时说:"瞎子,老子倒是想行行善,积点德讨个老婆,可惜家中只有一张三条半腿的床。"这种叙述语言真实再现了三斜的无赖及对小瞎子的歧视,代表社会强势伦理的道德评判。另外还有当花茉莉最后想留下小瞎子与他结婚时，她以"我的小瞎子"来与他交流。这里的叙述完全是一种爱恋式的亲昵指称，代替了恋爱中的名字称谓。其实莫言在其他小说中也写到各种不同的盲人，如说唱艺人瞎子张扣、个眼暖、盲女八姐玉女等，这种称谓的使用看似一样，可在叙述伦理上却有着各自不同的表达目的与伦理价值。甚至在毕飞宇的《推拿》中，虽然都是以盲人的指称来叙述他们的故事，但在盲人自己的话语表述中，有时也会直接以瞎子自称，他们之间可以用"瞎"这个字来开玩笑，以表达他们对健全人的抗争。比如，小孔与金嫣一起用"瞎"来猜谜："瞎抱""瞎摸""瞎说"等。小说中以王大夫为代表的盲人，有时甚至以"瞎子"作为他们这些残疾人的伦理标准。如果自己做了有违社会伦理的事情时，就以"不配做瞎子"为伦理标准来加以指责。所以当王大夫以刀子划伤肚皮，逼走要债人时，他觉得自己做了一件"不配做瞎子"的事情，内心感到深深的自责。因此，对于这种明显带有社会世俗伦理指称的称谓，瞎子一词的运用，看似相同，却各有深意，这正是他们在选择使用这一指称时所持有的伦理立场的不同造成的。文学语言的丰富性，决定着作家伦理价值表达的多元化。除了瞎子，还有哑巴、聋子、瘸子等带有明社会歧视性伦理的世俗名称，在当代中国小说的残疾书写中，经常被用来表达叙事者的叙述伦理立场，以增强小说的残疾叙事效果。

情节重复的运用在叙述故事的过程中对于叙述伦理的表达也同样具有不可缺的重要作用。一般说来，情节重复意义上的修辞可以分为两种：一是叙事文本内部对相似甚至同一事件的多次叙述；二是叙事文本之间对于传统情节的沿用或模仿。比如史铁生在《命若琴弦》中把药方封在琴盒中的叙事情节就有两次。这个叙事情节的重复意义在于药方封存是对盲人生命过程与价值意义的目标预设，是生命伦理得以延续的关键节点，是盲人师徒代代传承的希望。在这一情节叙述重复的表达中，却又不尽相同。老瞎子的琴盒中所封的药方是弹断一千根琴弦，而这个药方被封进琴盒，是通过老瞎子的间接叙述。这种间接叙述的背后，隐含了大量的叙事空白，而这一空白所要强调的伦理内涵则是老瞎子在谎言面前没有一丝一毫的怀疑。同时也暗示了当年老瞎子的师父也一定有他的师父给他封过药方，同样也完全接受了谎言。战胜悲剧命运的药方就这样一代代传承下来，药方必然成为故事叙述伦理的关节点，它是生命伦理的隐喻载体，也是说唱盲人的精神依托。即使他们弹断琴弦的根数达到一定程度不可能再增长了，但从他们作为盲人的生存希望支撑而言，必然有另外的隐喻药方会继续演绎下去。这就是他们的命运轨迹在他们所代表的说唱盲人身上所必然依附的命运解码。因此,当故事结束时,老瞎子为小瞎子重新封存了药方,小瞎子对此也深信不疑。重复的情节再现了他们在生命存续的艰辛中的抗争。这个重复使用的情节,暗示了生命伦理的轮回,也昭示着盲人无法挣脱的命运怪圈。

阎连科在《受活》中,两次写到圆全人洗劫受活人的故事情节,也属于情节叙事上的重复。这两次洗劫对于受活人而言都是致命的打击,也是迫使他们重新回归受活村继续生活的外在驱动力。而在人性的伦理评判上,则是对圆全人卑鄙无耻的批判。第一次是在"大跃进"之后,受活村外的圆全人在饥饿无食的情况下把受活人洗劫一空,制造了让受活人铭记终生的大劫年。小说以絮言的方式解读了深印在受活人灵魂深处的屈辱,入社给他们带来的这场灾难,成为受活人渴望退社的精神基础。弱势的受活人面对饿急眼的圆全人无力反抗,任人抢夺,最后以粮净人死而结束了这场灾难。在生存面前,活下去是人们最基本的伦理基础。天下哪有残疾人比圆全人过得好的道理,圆全人就是残疾人的王法。野蛮伦理的存在基础就是人的动物本能,食物链条只能向弱势一方冲击。第二次则是在魂魄山上,受活人组成的绝术团在挣得了大量钱财时,被圆全人困死在列宁纪念堂。无耻的圆全人这次没有如上次那样硬抢,而是通过卑劣的手段一点点榨干了他们身上的钱财后,逃之夭夭。受活人靠出卖尊严而获得的这些钱财,早就使那些整天跟在他们后面服务的圆全人眼红心热。在树倒猢狲散的状况下,圆全人的贪婪本性暴露无遗,他们丢掉了伪装,直接压榨受活人,让受活人再一次遭受肉体与精神的双重磨难。这两次洗劫虽然形式不同,一次是抢粮,一次是劫财,但在本质上是相同的,都是基于人性伦理的野蛮掠夺。丛林法则成为小说叙事的伦理基础。残疾的受活人被圆全人两次洗劫一空,一方面是受活人自身劣势所致,另一方面也是悲剧时代的必然结果。小说在叙事时,有意忽略了圆全人的个体性,没有直接的姓名所指,而是以圆全人的统指特性来代指野蛮而又无耻的健全人,这种叙述伦理的情感穿透力是巨大的。

《推拿》中的按摩盲人,推拿的手艺则是小说叙述情节一再展现的重复内容。对于每一位推拿盲人来说,从事推拿工作而自食其力的过程各有各的不幸。毕飞宇在叙述这些故事时,对于这些似同却异的情节组织,显示出他特有的伦理取位。毕飞宇以盲人推拿师作为写作对象,实际上与他经常到他家楼下的推拿室做推拿有着直接的关系。他对于这些生活在社会底层弱势群体的观察与思考,成为他讲述故事的伦理基础。这些盲人推拿师在日常生活中的经历大都是一样的,每天一起上班,然后按劳动挣得薪酬,晚上下班一起回去休息。但以这些日常生活情状讲出不一样的伦理故事,却显示出作者在重复修辞运用上高超的叙述技巧。毕飞宇首先是借助具有共性特征的日常生活来实现重复叙述的不同伦理意义,并借此显示出盲人生活的相同细节来再现盲人不同的价值趋向。同样是从盲校毕业的沙复明与王大夫,有着共同的盲校生活经历,也有着共同的价值追求,即通过自己的双手获取财富以求得家庭乃至社会的认可。但他们最后走向了不同的人生之路,沙复明做老板,靠经营推拿中心挣钱,而王大夫虽然也想开店,却只能过打工人的生活。小说在对比叙述中,采用了许多同中有异的情节来再现人物命运的不同,显示出毕飞宇在叙述策略上的匠心独运。

　　残疾书写对于传统情节的模仿与运用,体现了叙述伦理在价值批判上的互文性。比如传统意义上的盲人,或是说唱艺人,通过讲经说古来指陈时弊;或是借助文王八卦给人算命以度余生;或以推拿手艺实现生存的可能,这几种身份特征在当代中国小说的残疾书写中,基本上都可以找到对应的文本书写。虽然不一定具有互文性的文学意义,但对于残疾人传统价值的伦理认定,基本上是一致的。史铁生笔下弹琴说唱的老少瞎子,莫言笔下讲唱大鼓书的瞎子张扣,关仁山笔下的乐亭鼓书艺人,毕飞宇笔下的盲人推拿师等都是这样的盲人,他们生存的方式及艰难程度虽然各不相同,但在生命伦理的价值内涵上具有基本相似的传统基础,即他们都具有社会边缘人的身份特征。这些艺人的形象贯穿在历史长河中,或隐或显地演示着相同的生命历程。而另一类智障残疾人物形象,也与庄子笔下的残疾者有着历史久远的互文关系。大智若愚的哲理解读,成为当代中国小说智残者的精神基因,在伦理评判的价值选择上,显示出丰富多元的互文性。这种智残者的身份特征大多具有一般人无法参透的神秘性,这种神秘性或依附于不同的地域文化,或再现浓郁的民俗样式,或具有无法解读的人性密码。比如韩少功在《爸爸爸》中借用智残人物丙崽,显示边地少数民族文化对于传统鬼魅崇拜的伦理内涵。文化寻根的价值探索是韩少功塑造这一智残人物的创作依据。贾平凹的小说中,此类智障人物形象也具有不可言说的地域民俗样式的神秘伦理色彩。《古炉》中的狗尿苔,是一个有特异鼻子的小侏儒,智力也与正常孩子有着不一样的地方。这个名字本叫平安的孩子,因为身体残缺及身份卑微而成为别人眼中的"狗尿苔",即卑微低下的代称。他的那只特异的鼻子,只要一闻到那种奇怪的气味,就会发生各种离奇的事情,因此他成为整个村庄未来的预言者。这与庄子作品中的奇人异士有着相同的特性。在贾平凹其他的作品中，类似的人物形象也有很多。如《高老庄》中高子路与菊娃的残腿儿子石头，也有超出常人的预感。《秦腔》中的疯子引生为了扼制他对于心中圣洁女子白雪的性冲动，进行了自我阉割。《山本》中跟在井宗秀身后的蚯蚓，也是一个智残却机敏的人物形象。而李佩甫在《生命册》中塑造的自我阉割的智障春才，是个精于编制席子但让人无法理解的神秘人物。阿来《尘埃落定》中的傻子土司二少爷，其身上的神秘性也一直是作品刻意留白的内涵。迟子建笔下大量的这种长不大却又具有神秘性的智障儿童人物形象，显示出东北少数民族文化的地域特性。这些作品在一定意义上，正是通过无法解释的神秘性构成了一种互文关系，同时又与中国传统叙事文化的神秘性构成另一层面的互文对应关系，是对传统文化在残疾隐喻上的伦理借鉴，这与老子、庄子等中国古老时代的智者的精神有着互通的伦理价值意义。

二、多元化人物的塑造

一部成功的小说，首先是要塑造成功的人物形象。当代中国小说的残疾书写在人物形象塑造上有着非常独特的叙述伦理价值。无论是以盲人为代表的视觉残疾者，还是各种肢体残缺的形体残疾者，抑或是各种疯傻、痴呆的精神智障残疾者，都极大地丰富了当代中国小说的叙述伦理。对于一部成功的残疾叙事作品而言，作者如何借故事塑造人物，不仅仅要看这个残疾人物的叙事价值，还要考虑这个人物对于推动故事伦理的表达有什么深刻的价值意义。所以莫言笔下的残疾人物给人深刻印象的有音乐至上的小瞎子，也有道德上难分好坏的哑巴孙不言。毕飞宇构建的沙宗琪推拿中心，每一个盲人推拿师都有各自难以跳出的生命伦理困境。王大夫跳不出家庭伦理倒置后的生存困境，沙复明难以超越向天纵给他留下的追求爱的困境，张宗琪无法逃脱可能会被毒死的生命困境，小马陷入了青春期的性压抑而无法自拔。在精神智障残疾方面，不同作者塑造了各有特色的残疾人物形象，也都显示出极丰富多样的伦理色彩。

莫言对残疾故事的讲述，有意识地选用非同常人的残疾人来显示其独特的残疾叙述伦理。《白狗秋千架》中的"个眼暖"，作为一个农村的女性形象，因为从秋千架上掉落而失去了一只眼睛，从此成了另类。尽管不太影响她的正常生活，但这个残疾的标记，却使她无法选择自己应得的幸福，只能嫁给一个也是残疾的哑巴,并连续生了三个哑巴儿子。莫言在人物成长的过程中,有意地把暖推进了这种无法言说的生存困境之中。在叙述伦理的取位上,早期那个渴望嫁给解放军连长,且心气高傲的女孩子被突如其来的残缺给打倒了。在世俗生活伦理约束下,她失去了选择的权利,只能逆来顺受,嫁给一个无法沟通的哑巴。甚至于在这个家庭中,莫言又进一步将她推到社会伦理的对立面。她的未来一片迷茫,在这个由她与四个哑巴组建的家庭中,她失去了与人讲话的权利,每天生活在一个无声的世界里。为了打破这个生存困境,她选择了传统伦理的背面,精心安排,刻意制造巧合要与"我"这个昔日青梅竹马的人野合一次,以便能生一个以后可以与她讲话的孩子。超越了社会伦理道德的约束,"个眼暖"成为莫言残疾书写的成功人物,显示出独特的伦理特性。她处在两难选择的生存伦理困境之中,只能听凭命运的安排,抗争的悲剧注定了她的选择是一个没有结局的未来。《民间音乐》中的小瞎子,虽然不是莫言笔下最为成功的残疾人物,但他为了追求音乐上的艺术顶峰而舍弃安逸的生活现状,走向孤独的艺术探索之路,显示了莫言的匠心独运。在为理想奋斗的励志伦理上,小瞎子是莫言有意进行艺术夸大的残疾者形象。而在《丰乳肥臀》中,给人深刻印象的哑巴孙不言,也是莫言有意打破常规人物塑造的好例子。孙不言这个人物的丰富性也侧面增强了莫言残疾叙述伦理的多元性。莫言有意让孙不言这个哑巴的身上显示了矛盾复杂的两面性格,他既是上官家族灾难的制造者,又是一个作战勇敢视死如归的解放军战士。在人性伦理的评判上,莫言首先使孙不言背上恶魔的道德枷锁,他好勇斗狠,强奸女性,是无法让人同情的反面人物。但在特殊的历史时代,孙不言加入了解放军,参加抗美援朝,以失去双腿的代价而荣立一等功,成为政治伦理的道德标杆而为人敬仰。这种特殊的矛盾人物,正是莫言在伦理评判上的有意为之,为小说人物形象的丰富性增加了多重伦理表达。

  以史铁生为代表的残疾作家所塑造的各种不同类型的残疾人中,最成功的还是以自我形象为特征的肢残者,这些人物形象也最能体现史铁生的叙述伦理。手摇轮椅行走在社会各种不同场景中的肢残者,在面对世俗大众的冷眼时如何突围,是史铁生在塑造此类人物形象时一直思考的伦理问题。《山顶上的传说》中的跛腿青年,既要面临写作能否成功的困境,又要遭遇世人对他与健康女孩恋情的质疑与讥讽。《务虚笔记》中的那个肢残 C 也同样面临这样的困境。残疾与爱情,二者不可共存。否则就会招致全社会的嘲讽与批判。当 C 与 X 在"爱委会"登记结婚材料时,那个管登记的老太太对他们婚姻的质疑代表了整个社会的态度。史铁生对此有一大段的伦理辩解：

> 我知道那样的设想必定一点儿都不能扩展,必定在遵循了千万年的规矩里陷入迷茫。那老太太必将终生猜测而不得其解。很多人都曾这样设想、猜测,很多人仍在屡屡设想、猜测,私下里悲怜地对 C 叹息,对 C 的爱情乃至婚姻果断地摇头,但都不说,当着 C 都不说,回避这个人爱情的权利,回避这个话题。回避不仅仅是回避,而是否决。写作之夜我曾听 C 说过:那是未经审理的判决。写作之夜我曾听见 X 对 C 说:"这不要紧,这没关系,我知道我知道,这还不够吗……"①

史铁生通过自身的经历,对世俗伦理对残疾人在婚姻中的"性"进行否决的评判进行了争辩,这看似合理的关心背后,都是残疾人在追求爱情婚姻家庭之路上,无法绕开的伦理困境。要想获取幸福,只能依靠漫长的时间。史铁生对于此类问题的思考,实际上已经从残疾上升到了人类必须面对的"性"这个根本的伦理问题。这与莫言笔下的"个眼暖"在突破生命伦理困境上有着相同的结论,那就是残疾人不配拥有"性",进而也不配去爱,去结婚,去组建家庭。他们的残疾叙事表达了共同的伦理内涵,残疾人注定无法与健全人一样面对生活中的一切,尤其是在"性"与"爱"的关系认知上。这是整个人类的通病,是整个社会必须思考的问题,也是残疾书写类作品对于残疾人在性伦理表达上最严重的误解。

而对于智力障碍方面的残疾人物形象,当代中国小说有着更为丰富多彩的叙述伦理表达。此类人物形象的外在形式是多种多样的,造成他们残疾的缘由也千差万别。而仅从医学的科学解释上来分析,人类实际上还没有查找出这些病例的真正形成原因以及它们的发作规律,尤其是对于人脑这个复杂的器官,科学研究还任重道远。所以文学对于此类人物形象的塑造,基本上都是依据象征、隐喻、暗示等艺术手法,再现这些人物形象的伦理价值,真正的病理探究基本上不会涉及。韩少功有意将痴呆无言的丙崽塑造成一个不死的神秘人物。其伦理表达的目的在于揭示愚昧的边地民众对于不可预见的未知命运的探寻,丙崽成为先民神秘文化传承的根,永远不会泯灭。而阿来笔下的傻

---

① 史铁生:《务虚笔记》,出自《史铁生作品全编》(第1卷),北京:人民文学出版社,2016年,第19页。

子二少爷是一个人人都认为的痴呆者,但他做出了比聪明人还成功的事业。他是麦其土司醉酒后的结果,只知道哭,不能分辨是非,却在大是大非面前比所有的土司老爷都要高明。但即使这样,土司制度还是在时代的洪流中土崩瓦解,麦其家族的所有人也在这个洪流中灭亡。历史在抛弃他们时,一点声息也没有,一切都随着时代的前进而尘埃落定。麦其的傻子在一定意义上代表的是时代的顺势者,却不是命运的顺势者,他的生命注定要结束在复仇者的手下。阿来站在一个时代的高度上,为土司制度的结束画上了一个命运伦理的句号。迟子建笔下那些具有灵异特性的痴呆儿童则又是另一类的残疾书写。她善于把这些痴呆儿童的暗示性与善良结合在一起,使得这些痴呆儿童具有了人性温暖的伦理情感,显示出女性作家身上温情脉脉的精神情怀。《采浆果的人》中的傻子兄弟大鲁与二鲁,《疯人院的小磨盘》中的小傻子小磨盘,这些痴呆的儿童都具有善良的品性,充满着对人世间的爱,但他们又活在自己的世界里。迟子建为这些痴呆者赋予了人性善良的伦理内涵,正是他们的痴傻暗示了人间大爱的永恒。因此,当代小说残疾书写对于人物形象的塑造,借助各自不同的伦理立场显示不同的叙述伦理取位,极大丰富了当代中国小说的人物系列。

三、叙事材料的取舍

作家在残疾叙事的过程中,如何选取有价值的材料,也会影响到作品的伦理倾向。与残疾人生存相关的叙事材料决定着故事伦理的内涵表达。因为这些叙事材料应该都是作家个人生活经历中能够激起伦理认同的素材,取舍的成功与否会直接影响残疾故事在叙述伦理的深层意义上的表达。

《推拿》中的人物形象众多,小说的章节就是以人物来命名的。整部小说基本上都是以盲人为叙事中心,与他们相关的健全人都处于叙事的配角位置。对主次人物位置的安排,肯定会影响到叙述伦理的表达。其中对张一光这个盲人形象的选用,毕飞宇就费了很大的心思。因为这个人物是盲人中的另类,他身上有着其他盲人所没有的伦理悖论。毕飞宇在谈到《推拿》对于这个人物的选择取舍时,曾说过:

> 在整个小说中,我只有一次难受得写不下去,那就是写张一光。在《推拿》第一稿写完了之后,我的一位朋友对这个人物提出了一些

意见,我冷静地想了想,从小说美学上来说,他也许是对的。是保留张一光,还是删除张一光?这对我来说是一个煎熬。后来我没有能够说服自己,即使张一光是《推拿》的败笔,我也要把他保留在《推拿》当中,我舍不得。①

张一光不是先天盲人。在后天致盲的盲人中,他也不是那种在残疾过程中普遍经历了浴火重生的盲人,他在备受煎熬之后重新苏醒。他在身体健全时背负的社会重担,压得他喘不过气,每天都只能是拼命地在煤窑里靠挖煤以换取养家的口粮,可以说从来没有享受过生命价值的美丽尊严。然而在矿难发生时,他捡回了一条命,代价是失去了双眼。这对他来说就是因祸得福,因为他是残疾人了,他不用再担负家庭的责任,也不用考虑来自社会的歧视,通过一双有力气的手还可以重新获得属于自己的、可以任意挥霍的金钱。然后他要用这些金钱去做"皇帝",去"翻牌子",享受自己以前无法享受的生活,一发了工资他就去嫖妓,通过以前想都不敢想的事来满足自己内心的亏欠。张一光的反常行为,看似有违社会伦理道德的评价标准,却又有其极为合理的存在性。毕飞宇宁愿冒着留下这个人物被读者认为是败笔的风险,也不愿意砍掉这个人物。毕飞宇在残疾书写的过程中,正是要通过这个看似有违社会伦理标准的人物,引发读者对残疾人在"性"方面的道德歧视。所以毕飞宇说:"性有时候所包含的意义真是出乎我们的想象。通过性,我写出了张一光这一种类型的人极其复杂的一面,他的善良、他的丑恶。那一声'爱妃'是我极为痛恨的。我写张一光的时候心情真是很复杂,好几次下不去手,然而,我还是下手了。在这个问题上我不可能退让。"②正是这种"不退让",使得这部小说有了更为深刻的伦理批判。社会大众对残疾人的歧视是来自群体的无意识,甚至于也包括残疾人自己。因为残疾人在恋爱、婚姻、家庭中,处于自然的劣势,"性"这种不能言表的话题更是残疾人生存中的一个禁忌。而张一光不仅自己经常大张旗鼓地光顾"洗头房",还把处于青春期的小马也拉了进去。他的行为在社会世俗伦理的评判中,是受谴责的。但如果从张一光个人的经历角度去思考伦理的意义,也许是张一光对社会不公平命运的报复,他通过这种非道德的行为来实现自己在道德上的平衡。他在致盲之后,重新审视自己的生命

---

① 毕飞宇、张莉:《理解力比想象力更重要:对话〈推拿〉》,《当代作家评论》2009年第2期,第31页。
② 毕飞宇、张莉:《牙齿是检验真理的第二标准》,北京:人民文学出版社,2014年,第348页。

意义,发现原来生活还可以这样过,盲人也可以去嫖,去满足"性"的饥渴。我们不能用社会道德伦理的标准去要求张一光,他的生活经历决定了他对于性的选择。当小马处于对小孔的单恋时,张一光自然会以自己的生活逻辑去思考小马的处境,把他带到洗头房,甚至于把自己喜爱的女子介绍给小马。张一光这个人物的留存,大大丰富了毕飞宇作品叙述伦理的景观样态,加强了这部作品的伦理批判性。

在《受活》典型的残疾书写中,阎连科有意用奇数章节来进行叙事,也可以说是有意地删除了偶数章节的题目,故意制造出叙事的陌生感,并借此叙述伦理的奇特景观样态来暗示受活残疾人的生命注定是不会圆满的。也有人认为阎连科这样使用叙事材料是故意制造噱头,以吸引读者的眼球。实际上,阎连科对此也作过解释。他说:"也许这部小说的形式,我是有些过分讲究了,比如为什么要出现'一、三、五、九'这样的章节形式。其实,我要讲究的是在乡村里存在的'阴性文化'的问题,因为在民间奇数都是不吉利的数字。"①这可以说是阎连科有意为之,是他在叙述伦理上的取位需要。这种有意为之却是作家本身所处的叙述伦理立场决定的,即他正是要通过这种乡村"阴性文化"的伦理坐标来定位受活残疾人的现实生存。他们的身体残缺代表着不能圆满,他们住在三不管的受活村,看似过着受活的生活,但实际是处在被抛弃的境遇中。当茅枝婆凭借自己的革命经历为他们挣得身份时,却又遭遇前所未有的掠夺与侮辱。因此,阎连科有意为之的结构框架在形式上增加了叙述伦理的景观样态。

在残疾书写中选用许多精神智障类的残疾人来讲述残疾的伦理故事,也可以说是作家们在选取人物素材时有意为之。如有关丙崽、引生、罗小通、春才、半夏等精神智障者超越世俗伦理的故事叙述都具有不同特色的景观样态,丰富了当代中国小说的残疾书写。贾平凹对引生这个自残者的叙述,就是要借一个精神上有着洁癖的人物来批判中国传统乡村在金钱冲击下正在衰败的必然性。而莫言则以罗小通这个长不大的炮孩子对物质之肉的渴求,以对对于精神肉欲贪恋无度的人性进行深刻的批判。因此,对于残疾人物形象的选择,是作家在残疾书写过程中有意识的取舍行为。正是一个个有着各自不同经历的残疾人物形象,为当代中国小说的残疾书写增添了别样的风景,丰富了

---

① 阎连科、张学昕:《我的现实 我的主义:阎连科文学对话录》,北京:中国人民大学出版社,2010年,第59页。

残疾叙述伦理的景观样态。

四、叙述语言的变化

语言风格的形成是一个成熟作家的外在标志。用什么样的语言叙述故事是作家在写作过程中所必须慎重选择的。当代中国小说的残疾书写对于叙述语言的选用,显示出了不同的叙述伦理目的。因此,我们在比较阅读的过程中会发现,史铁生的语言风格具有强烈的哲理色彩,而莫言的语言呈现出一种绚烂多姿的风格特征,毕飞宇的小说语言则显示出细腻精致的良苦用心。当然并不是所有的作家都一定会拘泥于一种叙述语言风格,追求语言风格的多样化是所有作家渴望超越自我的必然选择。因此,当他们在叙述过程中,有意地在语体风格、词语选用以及修辞样式等方面进行多面尝试的时候,说明他们在叙述伦理的表达上正在有意识制定真正的审美价值标准。

阎连科的《受活》大量采用河南方言,并通过对这些方言土语的絮言性注释显示了叙述伦理表达的多重含义。比如阎连科对口语词"哩"的运用,使得整部小说在语言色彩上充满了河南地方的口语特征。全书运用"哩"这个词语高达 972 处之多。这也成为很多读者反感的地方,豆瓣上有的读者就认为"无数的唠叨描写和哦呢等语气词让人生厌,不喜欢这套有意为之的语言系统"。但也有读者反对:"那是什么语言呀?颠覆语汇、语法却游刃有余,淋漓尽致的方言——阎连科驾驭这辆不知驶自何方(他好像说是豫西)的方言车辇的能力何等了得!那已完全不像是书面语言,更像是一个年迈却精神矍铄的老农,用浓重的方言在说。"从这些个例的评价中,我们也可以说这正是阎连科所要追求的叙述伦理特征。他有意地使叙述语言负载在一个河南农民的身份上,啰里啰唆,翻来覆去,但大大增强了这种语言背后的叙述张力,伦理取位正是要让人感觉这是一个世外桃源的受活人所面临的生与死的困境。王鸿生对此曾评价说:"气息是神秘的,能让人闻到、嗅到气息的文字是更加神秘的。在叙事文本中,气息往往和叙述者的声音、语调联系在一起。有经验的小说家都知道,找不准叙述的声音和语调究竟意味着什么。那就是根本无法动笔。基于这一点,我终于原谅、理解甚至喜欢上了《受活》对'了、呢、哩'还有'啦、呀、嘛、哦'等语气助词的几乎近于狂热的使用。"① 阎连科对于方言的有意运用,就是

---

① 王鸿生:《反乌托邦的乌托邦叙事——读〈受活〉》,《当代作家评论》2004 年第 2 期,第 97—98 页。

一种叙述中的伦理取位,他通过这种带有浓厚民间俚语气息的叙述语言,以暗示与反讽的语调揭示了时代的荒谬。

毕飞宇对于残疾书写的叙事语言的选用,也显示出他在叙述伦理上所要表达的多义性。《推拿》这部小说除了故事伦理上有意淡化盲人推拿师的特殊身份,注重生活伦理的日常叙事之外,对于语言的选择也显出了独特的驾驭才能。比如,在都红的大拇指被房门夹断之后,金嫣与小孔在沙复明与王大夫不在场的情况下,共同发起了一场同情都红的募捐。表面上是对都红的支持与帮助,却促成了敏感不愿意接受别人施舍的都红离开了沙宗琪推拿中心。实际上,这种同情正与健全人对盲人过度的怜悯有着本质上的相似,让都红无法接受。而当王大夫得知这个结果时,小说有这样一段对话叙述:

> 这个下午的休息区注定了要发生一些什么的。没有在都红的身上发生,却在王大夫的身上发生了。
> "小孔,"王大夫突然说,"是你的主意吧?"
> 小孔说:"是。"
> 王大夫顿时就怒不可遏了,他大声呵斥说:
> "是谁让你这样做的?!"
> 仅仅一句似乎还不足以说明问题,王大夫立即就问了第二遍:
> "是谁让你这样做的?"王大夫吓人了。他的唾沫直飞,"——亏你还是个瞎子,你还配不配做一个瞎子!"
> 王大夫的举动突然了。他是多么温和的一个人,他这样冲着小孔吼叫,小孔的脸面上怎么挂得住?
> "老王你不要吼。"金嫣拨开面前的人,来到王大夫的面前。她把王大夫的话接了过来。金嫣说:"主意是我拿的。和小孔没关系。有什么话你冲着我来!"
> 王大夫却红眼了。"你是什么东西?"王大夫掉过头,"你以为你配得上做一个盲人?"
> 金嫣显然是高估了自己了,她万万没有想到王大夫会对自己这样。王大夫的嗓子势大力沉,金嫣一时就没有回过神来,愣在了那里。
> 金嫣却没有想到懦弱的徐泰来却为她站了出来,徐泰来伸出手,一把拉开金嫣,用他的身躯把金嫣挡在了后头。徐泰来的嗓音没有

王大夫那样英勇,却豁出去了:

"你吼什么?你冲着我的老婆吼什么?就你配做瞎子!别的我比不上你,比眼睛瞎,我们来比比!"

王大夫哪里能想到跳出来的是徐泰来。他没有这个准备,一时语塞。他的气焰活生生地就让徐泰来给压下去了。他"盯着"徐泰来。他知道徐泰来也在"盯着"自己。两个没有目光的人就这么"盯着",把各自的鼻息喷在了对方的脸上。他们谁也不肯让一步,气喘如牛。

张宗琪一只手搁在王大夫的肩膀上,一只手扶住了徐泰来,张宗琪说:

"兄弟们,不要比这个。"

徐泰来刚刚想抬起胳膊,张宗琪一把摁住了。厉声说:

"不要比这个。"①

这段对话显示了毕飞宇在讲述故事的过程中极其敏感恰切的叙述伦理取位,这种恰切性正是借助人物对于关键词语的使用变化来表现的。当王大夫对着自己的恋人小孔吼叫时,用的是"亏你还是个瞎子,你还配不配做一个瞎子!"而对金嫣的话语却是"你以为你配得上做一个盲人?"这里有一个关键词即"瞎子"和"盲人",意思一样,却表达出完全不同的两种伦理立场。小孔是自己的恋人,用"瞎子"来指称,显然是要表达王大夫当时生气的心情,类似以骂的方式来指责小孔。因为两个人毕竟关系亲近,做事鲁莽的小孔,让王大夫很生气,可以直言怒责。但对金嫣,他却用了"盲人"这个词。王大夫虽然已经怒气冲天,但对于毕竟与自己仅是同事关系的金嫣,还是选择了一个中性词来质问她。生气时若用"瞎子"这样的词语,显然会对金嫣造成更大的伤害。即使如此,还是招来了徐泰来的激烈反击,他也依然用了"瞎子"这个词。一方面表现出他对于王大夫质问女友的愤怒,另一方面也是从同是男性的角度来与王大夫对抗。所以二人在愤怒之时,几乎打了起来。这一段吵架式的对话,对于词语的选用,显示了毕飞宇对于人物性格的把握,体现了叙述伦理表达的准确性。王大夫对于都红的出走,具有对于盲人道义上的伦理评判,认为是盲人们自己没有把握好同情的尺度,伤害了都红,实际上也是伤害他们自己。而小孔

---

① 毕飞宇:《推拿》,北京:人民文学出版社,2008年,第269—270页。

与金嫣又是这个事件的发起者,所以她们没有从都红这个盲人的处境去思考都红的难处,反而借用健全人普遍采用的募捐方式使都红受到了伤害。"不配做瞎子"的语义背后,自然是只配做一个"非瞎子",也就是如健全人平时对于盲人的歧视一样,她们的同情是对都红的侮辱。因此,这段激烈的争吵背后是对盲人在伦理评判立场上的守护,是盲人身份认同的自我定位,显示了毕飞宇在残疾书写时的精心思考,刻意为之。

第三节 残疾书写的叙事视点

叙事主体意义上的作者在叙事过程中所显示出的身份地位,决定了叙事视点的选择。"视点的叙事伦理意义最显眼的当然是作者与'视点'选择之间的互动现象,因为,无论叙述者站在什么角度叙述故事,背后总是由实际意义上的作者在决定。作者所作出的视点选择,暗含着希望传达给小说读者意义、价值的维度。"[①]因此,文本话语的组织构造与叙事视点的聚焦选择有着重要的伦理关系。西方叙事学的视点理论与中国传统文学研究中的"叙述人称"选择有着重要的对应关系,"所谓视点(point of view),即叙事性作品中对故事内容进行观察和讲述的角度,也就是叙述者(故事的讲述者)是站在怎样的位置上给读者讲故事的"[②]。中国传统叙事文学中第三人称叙述手法的运用占据着主流位置,无论是传统文言小说,还是明清流行的白话小说,大都是从第三人称的视角来讲述故事,以第一人称叙事的作品很少,更鲜有第二人称叙事的作品。但进入中国现当代文学时期之后,由于受西方现代主义文艺思潮的影响,以第一、二、三人称的故事叙事则呈现出多元化的状态,多种叙事视点的聚焦也成为研究者关注的重点。西方叙事学大师热奈特把叙事视点分为零聚焦、内聚焦、外聚焦三种,其中"零聚焦",也可以称为"无聚焦",与传统第三人称叙事视角有对应关系,具有通常所谓的全知叙事功能。"内聚焦"与传统第一人称叙事视角相似,属于限制性视角,叙述者与作品的某个人物有着对应性的关系,仅能叙述其自身所见、所知、所感的内容。"外聚焦"则具有情感过滤后的纯客观叙事特征,叙述者只叙述人物的对话和行动,不参与人物的内心思考,

---

① 伍茂国:《现代小说叙事伦理》,北京:新华出版社,2008年,第152页。
② 同上,第146页。

人物真实的感知也被限制在一种外在的客观视域之内。① 对于叙述者而言,其所知的叙述内容是逐层递减的,从零聚焦的全知全能到外聚焦的纯客观叙述,信息在递减过程中,也极大地增强了文本内涵的多义性,这三种叙事视角对于作者叙述伦理的影响也具有多种不同的对应意义。当代中国小说中的残疾书写作者身份的不同,决定了叙述主体在叙述故事的过程中,呈现出多姿多彩的叙事视点,对这种视点所对应的聚焦方式进行细致的分析研究,也具有非常重要的现实意义。

一、零聚焦视点的残疾叙述

全知型的零聚焦决定了作者在设置叙事主体时,可以"随性"而为,这种"随性"而为正是作者伦理立场的精神体现。作者可以把自己的伦理评判标准放置在叙事主体身上,让人物在故事中随着作者的精神价值去进行故事的延展,进而形成故事伦理最终呈现的样子。因此,叙述主体的零聚焦视点既有其灵活腾挪的优势,也表现出武断粗暴的劣性特质。优秀作品在这一视点的运用上都达到了收放自如的叙事效果。因为"这种作者权威在场的视点形式有利于伦理立场和观念的表达与评价,而且一般而言不易产生内在价值的冲突与矛盾。即便人物之间在伦理上出现轩轾,也终将经由叙述者干预等方式对叙事加以调整,从而使不同的伦理意识在作品中形成有机的价值整体"②。传统文学的零聚焦视点叙事对于当代小说叙事视角的选择既有母体孕育的生存意义,更有"青出于蓝而胜于蓝"的精神传承。当代中国小说也是以零聚焦为中心,随着西方现代主义文学思潮的影响而趋于多元聚焦视点的共存,但其他视点即使在先锋文学风行之时,也没有完全走到中心位置。占据局部地位的残疾书写也基本上遵循这一规则,显示出零聚焦叙事根深蒂固的精神传统。

在残疾作家史铁生的残疾书写中,他在设置叙事主体的叙事视角时,基本上采用的都是零聚焦的叙事视点,即叙事者站在全知全能的角度去讲述残疾故事。实际上,史铁生对于自己写作的宿命性有过较为深刻的伦理思考。他在《宿命的写作》中曾说:"至于写作是什么,我先以为那是一种职业,又以为它

---

① [法]热拉尔·热奈特:《叙事话语 新叙事话语》,王文融译,北京:中国社会科学出版社,1990年,第129页。
② 伍茂国:《现代小说叙事伦理》,北京:新华出版社,2008年,第154页。

是一种光荣,再以为是一种信仰,现在则更相信写作是一种命运。并不是说命运不要我砌砖,要我码字,而是说无论人干什么人终于逃不开那个'惑'字,于是写作行为便发生。"①他把自己的写作归于对生命之"惑"的不懈解读,是其生命伦理的精神指向,也可以理解为他残疾书写的叙事出发点。《命若琴弦》的隐喻叙事方式,本身就表达了作者的叙述伦理立场。老少两个瞎子的残疾生活是清苦的,每天都要弹弦讲书,以换取基本生存资料,但叙事者的视点很少聚焦在困顿生活上,而是走进他们的内心。欢快的小瞎子好奇山鸡、野兔、狐狸等山间的小野兽,更好奇电匣子里的"绿色长乙(椅)""曲折的油狼(游廊)",内心深处还藏着野羊坳的小妮子兰秀儿。这一切对于处在零聚焦视点下的叙事者来说,都是清楚无误的。但他在叙述小瞎子的故事时,视觉的障碍基本不在他的伦理表达之中,他的童真背后是对懵懂爱情的渴望,电匣子连接着他与兰秀儿的小秘密。正因为在叙述小瞎子生活过程中的单纯与欢快时,叙事主体避开他视觉残障的痛苦,结束时小瞎子屈从盲人的命运悲剧才显得张力无限,这正是零聚焦视点在伦理设置上的优势。而对于老瞎子的故事叙述,叙事者借助琴弦与药方的联系,让老瞎子为这个他完全信以为真的虚妄目标,奋力前行,每天都在卖力的弹奏说唱中。作者的零聚焦视点为老瞎子悲怆的结局做好了充分的伦理铺垫,他越是卖力弹奏,离他的悲剧完成就越近。抱着全部希望的老瞎子最后却输给了白纸药方,这看似失败的结局,却是他新生的开始,是叙事主体早就暗示过的。因为这种零聚焦视点下的故事结局不用告诉读者,读者就早已明白了故事的最后。老瞎子在思考了生命过程的价值意义时,才明白了当年师父恐慌中的理智,他也应该继续完成这个生命的循环,重新开始新的生命,救回小瞎子,给他生存下去的目标设置一个更高的虚妄终点。小说的最后叙事者直接跳出来说,"现在让我们回到开始",与故事开头的"莽莽苍苍的群山之中走着两个瞎子"形成了一个回环。作者的叙述伦理正是在这种回环中实现了人生重在过程的伦理价值的表达。史铁生对此也有解释:"《命若琴弦》也许是个长久的寓言,也可把它看作是我的生命与写作的注释。"②从中也可以看出,史铁生借助叙事者的全知全能视角来表达自己残疾书写的伦理评判。美国叙事学家戴维·赫尔曼曾说:"故事之所以是故事,并不单由其形式决定,而是由其叙事形式与叙事阐释语境之间复杂的相互作用所

---

① 史铁生:《宿命的写作》,出自《史铁生作品全编》(第7卷),北京:人民文学出版社,2016年,第78页。
② 史铁生:《写作与超越时代的可能性》,出自《史铁生作品全编》(第10卷),北京:人民文学出版社,2016年,第273页。

决定的。因此,核心问题是故事的策划方式及其所引导的故事处理策略之间的相互作用。"[1]史铁生对于盲人故事的运用正是采取了非残疾的人性视点来审读生命过程的意义,把残疾人的生存过程普泛化。每个人都如这两位盲人一样,要预设一个生命的目标,才能在这个过程中实现生存的价值,应该说是对于零聚焦视点的绝好运用。

而对于史铁生个人精神自传式的《务虚笔记》《我的丁一之旅》等长篇小说来说,在运用零聚焦视点方面,故事的伦理叙述也基本上具有同样的伦理表达目的。只不过史铁生在长篇小说的残疾书写中,增加了很多篇幅的生命思考,不仅仅关于残疾的 C,还有更多的作为健全者的故事叙事。而且在叙事视点的选择上,小说还增加了多处内外叙事视点相结合的叙述,增强了小说内涵表达的丰富性。

张海迪《轮椅上的梦》是以肢残女孩方丹为叙事中心的残疾书写,故事的叙事视点基本上以作者的零聚焦叙事为主。方丹的痛苦经历正是作者自我感受的外化,其叙述伦理的立场自然也全是以方丹成长过程的精神历程为基础,以单纯的个人成长与当时社会的时代背景相融合,将人性的伦理评判放在理性认知的评价标准中去表现。混乱不堪的时代压抑人性,但残疾女孩却在善良的亲人、朋友与乡下孩子们的友好关爱中,慢慢成长为一个有爱有担当的社会人。零聚焦视点叙事完成了作者叙述伦理的善性表达,但过于直接浅显的伦理教化目的也将作品定位在儿童教育的励志叙事之列。如《把一切献给党》《极限人生》等类似的大多数残疾作家的残疾书写,都具有程度相似的叙述伦理特征,过于真实的全知叙事背后,都有一颗破碎的心。此类作品越想借残疾叙述的伦理感化读者,越觉得必须将事情的来龙去脉写清楚,但事无巨细的描述造成了故事内涵的单一,使得读者的接受走向了反面,这也是此类残疾书写的通病所在。

非残疾作家的残疾书写,虽然显示出了更加丰富的多角度叙述,既有零聚焦视点的伦理表达,也有内、外聚焦视点的限制性书写,但从大多数的作品来看,以零聚焦视点叙述残疾故事的伦理指向还是处于主流位置。当然这也是这种聚焦视点的便利性以及故事伦理内涵表达的要求所决定的。

毕飞宇的《推拿》在叙述盲人的推拿生活时,基本上是从叙述者的全知角度来讲述盲人的故事。小说开头以"定义"为题,叙述盲人推拿的基本内涵。

---

[1] [美]戴卫·赫尔曼主编:《新叙事学》,马海良译,北京:北京大学出版社,2002年,第8页。

"定义"实际上除了是对"推拿"的文学性科普外,重点以大卡车司机到沙复明的推拿店做了一个全身推拿的经历进行叙述,展开故事,并借助沙复明之口说出故事的伦理基础:"我们这个不叫按摩。我们这个叫推拿。不一样的。"其要义正是从日常伦理的职业角度来揭示盲人推拿与小姐按摩的本质不同,叙述伦理的戏谑性是生活的常态。大卡车司机粗鲁的一句"还是你们瞎子按摩得好"的评价,虽有名称上的称谓歧视,却又显示出对沙复明推拿技术的肯定。沙复明时常面对来自健全人世界的这种语言称谓上的歧视性表达,并不觉得难以接受,而是习以为常地隐忍接纳,甚至于有一种职业认可的满足感。这种对盲人推拿职业的伦理评价,体现出叙述者在全知视角下的合理介绍。因此,小说开头的引言是为整部小说的叙述提供一个视角的标准,具有定焦的作用,叙述伦理的日常讲述性也从这种全聚焦的视野中慢慢展开。

整部小说以人物的名字作为叙述的主干环节,人人相连,层层相扣。叙述者的全聚焦视点为每一位盲人故事的发展提供了各自不同的命运基础。就王大夫与小孔的爱情故事来说,顺利的背面是各种未知的关卡,叙述者明明知道二人心心相印,但又因各自的家庭而生出许多的变故。这是叙述者的有意为之,因为王大夫除了眼盲的残疾,几乎是一个完美的全人,无论是外在的身体,还是内在的精神修为。这种过于完美的人设不符合社会伦理发生的必然,为他安排一个混迹社会却又无赖啃老的健全二弟,就一下子为叙述的伦理提供了一个较复杂的叙事脉络。小说为他设置了一段为弟还债的情节,这一情节显示出残疾书写所特有的叙事伦理特征。一般就社会伦理评价而言,残疾人如果能自己养活自己,就可以得到社会的充分认可。大多数残疾人在有了对自身残疾的正态认知之后,都会愿意找一个适合的职业去养活自己,这正是社会伦理评价的基本尺度。王大夫作为盲人,选择做推拿技师去挣钱谋生是完全符合社会伦理的认知评价的。但偏偏身体健全的弟弟与弟媳在父母的娇生惯养中走向了王大夫的反面,这种对立与矛盾的设置,将伦理的天平打翻,本应该得到别人帮助才能自立的残疾人,却反过来要通过割伤肚皮的自残方式为健全的弟弟还债。作者通过对立性的叙事视点,给读者一个超出阅读预期的结果。同样,小孔在背负着父母希望的生活中选择了一个全盲的打工人王大夫,叙事者的全知视点也将这一矛盾对立的爱情与婚姻选择放在一个两难选择平台上。这一切的结果都是叙事者按照现实生活的伦理走向来设置的,小孔在这种隐瞒欺骗的矛盾心情中,倍感煎熬却又无法割舍,读者也自然随着这个故事的进程而在焦虑中期盼着好的结果。但小说在结尾处有意改变了叙事的全知性,以一个未知的结局结束了故事,包括王大夫与小孔二人在内的所有人都得按照生活本来的逻辑去生活,一切现实的发生都是最好的安排,这就是生活的伦理法则,没有人能逃避。全知视角在受到暂时限制时,却反而更加明确了故事的伦理走向。因此,每个盲人的不同命运故事都是生活伦理的最好安排,沙宗琪推拿中心每天都会发生令人意想不到的事情,但作为叙事的对象,全知的社会生活伦理是这些故事所必然如此运行的法则。当然,这种叙述伦理的基础是建立在作为叙事主体的作者对于盲人生活的理解与评价上。毕飞宇这样组织安排故事,也与他现实生活中与盲人推拿师的接触有着直接的关系。他在平时完成踢足球等运动之后,为缓解肌肉疲劳而经常到他家楼下的推拿室去做推拿,便有了与盲人交朋友的经历。对这个题材的叙述伦理选择,主要还是建立在他对于这一行业的认知与评价上。

　　实际上,毕飞宇的《推拿》在叙事视点的零聚焦选择上,与他所运用的创作技法有着直接的关系。这篇小说所显示出的侧重写实而且希望回归日常生活伦理的创作意识,使得毕飞宇在选择叙事视点时,必须立足盲人群体尊严认同的伦理体验,他们在尊严面前都是平等的。而阎连科的《受活》同样采用了零聚焦的叙事视点,但在伦理价值评判上有着不一样的叙事效果。《受活》的故事伦理是建立在所谓乌托邦与反乌托邦的价值评判上。小说基本上也是零聚焦视点叙事。首先,受活村遇到了百年不遇的大热雪这个特殊的事件,就超过了一般读者的认知。这只能由全知全能的叙事者人为设定。然后作为县长的柳鹰雀来到耙耧山区的受活村赈灾,其独特的权力崇拜意识又使得这位社校娃出身的县长,异想天开地组织了以展示残疾人的独特残疾技能为内容的两个残人绝术团,进行全国巡演。而这一巡演的目的是实现自己的政治野心,在当地魂魄山上建立列宁纪念堂,以使得自己也能够成为与列宁一样被双槐县人民敬仰的伟人。故事最后自然以柳鹰雀的失败而告终。从表层叙事来看,小说只是以柳鹰雀为满足个人权力私欲而失败的伦理批判作为叙事的线索。事实上,小说在深层的伦理批判中,却主要是从茅枝婆这个受活村的残疾代表者如何实现生命伦理的抗争来进行叙事的。叙事视点的零聚焦性为残疾故事的波澜起伏奠定了批判的伦理基础。茅枝婆作为受活残疾人的精神领袖,其悲惨的身世经历,是作者必须交代清楚的。小说有意地把茅枝婆的身份从官方与现实两个方面进行了对比性的叙述。在对受活村这个词条的絮言注释中,以双槐县县志的官方材料讲述了茅枝婆的革命经历,"耙耧山因有了茅枝而光荣,受活庄因有了茅枝而生活有了方向,虽全村人大多(或说全部)都是残人,但在新社会中生活得幸福而快活"[1]。这种官方性质的叙事视点,是叙事者的有意套用,因为县志代表着官方的表面客观视角,其伦理表达上的权威性不容置疑。而现实生活中的茅枝婆恰恰相反,正因她有这样一个革命者身份,她怀着对革命的崇敬之情,渴望带领受活人过上与山外人一样的幸福生活,于是走进了一个入社与退社的信仰怪圈中无法解脱。她与受活村残疾人一起遭受来自村外圆全人的一次次羞辱与抢掠,尤其是柳鹰雀作为县长,以金钱为诱惑征召组建了两支残人绝术团,以展示他们的残疾来谋取利益。所以小说在对柳鹰雀作为权力代表者对受活残疾人的侮辱式压榨进行伦理批判时,也寄寓了对以茅枝婆为代表的受活残疾人在面对命运过程中无法躲避灾难的深刻怜悯与同情,二者在对比中显示出了深刻的时代荒谬性。这正是这部小说对零聚焦叙事视点的采用所要达到的批判效果。而作为叙事主体的作者阎连科在进行这种伦理性批判的叙事时,还有意地在零聚焦的全知性视点中设置了限制性视点,即小说在故事叙述的过程中有意加入了只有当事人才能明白的故事术语以完成零聚焦视点的全覆盖。比如"受活村""大李胎""社校娃""铁灾""入社""退社""敬仰堂"等决定故事叙述伦理评判的特指词语。先是通过故事叙述过程中的强制植入引起读者的困惑,然后再用絮言的方式对这些特指词语进行注释。实际上,这种注释性的絮言在叙事中只是作者对零聚焦视点的替换,这种替换也可以使作者直接站出来以自己的伦理立场对故事进行解读。在解读"退社"这个词条时,文中是这样写的:"退社:这是相对于当时受活人入社而言,进入了互助组、合作社叫入社,所以以后要退出人民公社就称为退社了。当时,受活人并不明白,'社'是一种社会制度,是国家的结构与机制,公社是国家的一级政府机构,并不像入社样跑破几双鞋子碰到一个熟人、战友就行了。因此,也才有了受活那漫长而曲折的退社史。也才有了这部名为《受活》的长篇故事。"[2]叙事者完全跳出来对这个特指词语进行解读,还顺带交代自己写作《受活》这个故事的缘由,正是零聚焦视点叙述的充分运用,作者站在叙事者的立场上对故事的伦理价值进行了直接的评价。因此,《受活》在零聚焦叙事视点的运用上,体现了作者隐喻性伦理批判的目的。

当代中国小说残疾书写对零聚集叙事视点的大量运用,与残疾小说叙述伦理的目的达成有着直接的关系。残疾人的故事,很难由个人直接讲述。因

---

[1] 阎连科:《受活》,沈阳:春风文艺出版社,2004年,第5页。
[2] 同上,第96—97页。

为残疾艰难的背后,不仅仅是生存痛苦的表面讲述,更多是来自精神灵魂深处的无处倾诉。面对这样的困境,全知性的零聚焦视点叙事可以实现更加客观冷静的伦理表达效果。当然,这种零聚焦视点叙事虽然占据残疾书写的主流位置,但其他两种叙事视点的运用,也一样具有非常重要的研究价值。

二、内聚焦视点的残疾叙述

零聚焦视点之所以能够为残疾叙事提供深刻的伦理认知,是因为这种视角可以客观地再现残疾人的生存状态,叙事者在讲述残疾人故事时不能有太多的情感流露,只需要立足人性的尊严平等等价值立场来刻画人物,构架故事。当代中国小说在残疾书写领域除了采用零聚焦视点叙述故事外,也有一些比较重要的作品采用了内聚焦视点,或者外聚焦视点来讲述残疾人特殊的生存故事。当然,相对说来,外聚焦叙述的客观性要求过于严苛,外聚焦视点的残疾书写大多都不具备典型研究的意义,在此只对内聚焦视点的残疾叙事进行论述。此类叙事视点多以傻子、痴呆、疯子等精神智障类残疾人为主要讲述对象。一般通过此类残疾人的独特感觉来完成小说伦理的再现,这种视点大多与第一人称叙事的故事讲述有着相同的技术内涵。

> 作为叙事视角人物存在的傻子则更富于伦理意味。现代小说中出现的傻瓜除了身体、语言缺失,行为的乖张、怪异,还有思维上的悖理、不合时宜,精神上的怪癖,特异功能、超自然能力、通灵等色彩。这些傻子往往凭借畸形的体态、古怪的装束、乖讹的言行举止拒绝常态社会的理性和道德判断,亦即巴赫金所说的傻子具有"不理解"的特性。选择傻子作为视点人物正是通过"不理解"造成与常态社会意识、环境的不协调性,读者通过傻子的眼睛以及声音重新审视社会理性伦理,从而达到另一种更本真的伦理理解。[①]

此类小说作品的确需要通过不同的伦理取位来审视。因为社会价值的一般伦理评价在这些人物的眼中都是不合常规,甚至是违背常理的。如果按照社会世俗的一般伦理价值标准去审视他们就会显示出荒诞甚至是荒谬的结

[①] 伍茂国:《现代小说叙事伦理》,北京:新华出版社,2008年,第162页。

论。此类作品以阿来的《尘埃落定》、莫言的《四十一炮》以及贾平凹的《秦腔》等为代表。

阿来通过麦其土司的傻子二少爷的视角来审视那个时代,应对那个地方所发生的一切,看似荒诞的故事,却折射出人性回归自然的必然,表达出深刻的时代伦理色彩。《尘埃落定》的故事以藏族地区土司制度的兴衰为背景,以麦其两代土司的生活为框架,表现了一个时代的终结。如果单从故事伦理的内涵去分析,这似乎是通过土司制度来表现藏民族文化顺应时代的政治小说。的确,从客观表达的故事内涵上来看,小说确实反映了中华人民共和国成立前藏民族政治制度的兴衰史。但小说在以内聚焦视点进行叙事的过程中,以傻子二少爷的眼睛来完成故事的叙述,却又表现了这个特殊地区在土司制度的夕阳晚照中,所展示的真实的人性伦理价值。第一人称的叙事视角符合内聚焦视点的要求,作为叙事者的"我"有着与常人不一样的身份特征。"我"是麦其土司的二少爷,在家里有着至高无上的地位,所有的奴隶都必须听从"我"的召唤。但"我"又是一个异于常人的傻子,是麦其土司在喝醉酒之后与二太太生的。这一独特的身份使得"我"在麦其家族成了所有事件的旁观者。小说以傻子的视角来进行叙述,自然也有着非常独特的伦理效力。在麦其土司家里,麦其土司对继承人的选择基本上不考虑傻子,而哥哥则"因我是傻子而爱我,我因为是傻子而爱他",只有亲生母亲二太太恨铁不成钢,对于唯一亲生的傻儿子达怀有无限的希望,但也只能是空想。然而随着故事的发展,"我"这个看似呆傻无能的土司继承人,却左右了麦其土司家族的未来,在大家都种植罂粟的时候,"我"却选择种植粮食。其他18家土司都因粮食的短缺而臣服于麦其土司。而那个看似聪明又有力量的大儿子却在开疆拓土中铩羽而归,最后死在了复仇人的刀下。小说最终的结局是解放军打过来攻下所有土司的辖区,愿意保命的土司基本上都投降了,但麦其土司却拒绝投降而被炮弹炸死,成了俘虏的"我"没能逃脱命运的安排,同样死于复仇人的刀下。一个土司家族的灭亡,也喻示着农奴制时代的结束。作者在结尾处代替叙事的"我"说出了小说最终所要表达的伦理评价:"我当了一辈子傻子,现在,我知道自己不是傻子,也不是聪明人,不过是在土司制度将要完结的时候到这片奇异的土地上来走了一遭。"[①]外表傻子的"我"只是这个土司制度的最后守护人而已,在这块土地上的故事都随着一个时代的结束而走进了历史。小说有意消解了重大的政

---

① 阿来:《尘埃落定》,北京:作家出版社,2009年,第377页。

治叙事,而把藏民族地区特有的人性伦理、民俗风情、社会构成等内容进行了精雕细描。其中借用傻子"我"的叙事视点进行故事伦理内涵的解析,则具有非常重要的叙事创新价值。

确实,阿来对于内聚焦叙事视点的采用是非常成功的。因为作为傻子的"我"可以在无法讲清故事的时候一带而过,傻子本来就与常人有着无法沟通的思考。当然也可以假借傻子具有先知的视点叙述提前告知事件的结果,因为有些东西的命运都是在暗示中再现的。比如多吉次仁的两个儿子为父亲复仇的事件,就是草蛇灰线,伏脉千里。小说开头麦其土司为了占有自己下属头人查查的女人央宗,有意让查查的管家多吉次仁杀掉他而制造冤屈,但后来麦其土司又将多吉次仁以谋杀头人的罪名杀掉,这就为最后土司的两个儿子死于复仇结局留下了伏笔。这些具有先知特点的预言,基本上都是以傻子"我"的心灵感知叙述出来的,这极大地扩展了小说叙事的伦理张力。当然这种内聚焦视点的使用也并非全篇一致,有时为了故事伦理叙述的完备,阿来也有意采用了视点的轮换。在一些细节上,有意地越过傻子的内聚焦视点而转成零聚焦的全能叙事。比如,小说叙述我刚出生没有奶水吃时的细节:

> 这时,我正在尽我所能放声大哭。土司太太没有了奶水,却还试图用那空空的东西堵住傻瓜儿子的嘴巴。父亲用拐杖在地上拄出很大的声音,说:"不要哭了,奶娘来了。"我就听懂了似的止住了哭声。奶娘把我从母亲手中接过去。我立即就找到了饱满的乳房。她的奶水像涌泉一样,而且是那样地甘甜。我还尝到了痛苦的味道,和原野上那些花啊草啊的味道。而我母亲的奶水更多的是五颜六色的想法,把我的小脑袋涨得嗡嗡作响。①

这段叙事从表面上看,是典型的内聚焦视点下的限制性叙事,以"我"的感受来叙述故事。但对于一个刚出生的孩子而言,这些具有明确感知性的叙事是不可能的,更不要说对于父亲、奶娘等人行为的叙述。因此,这里叙事者借助主人公的内聚焦视点进行的却是全聚焦视点下的故事叙述,其中的伦理立场定位,看似是一个刚出生不久的傻子应该具有的伦理感受,但实际上,这种全知性的叙事聚焦决定了作者有意地替换了叙事者的内聚焦视点位置。当

---

① 阿来:《尘埃落定》,北京:作家出版社,2009 年,第 5 页。

"我"作为内聚焦视点的发出者,一再强调"我是一个傻子"的时候,这完全是全聚焦叙事的功能显现,它突破了内聚焦视点叙事的藩篱,走向了无限制性的全知型视角,丰富了小说叙事的伦理张力。

在《尘埃落定》中,傻子第一人称性的限制性内聚焦视点,始终占据着叙事的主位,小说的伦理表达也以这个傻子的伦理感受作为叙事的基础。比如,当"我"长大之后,对麦其土司北方边界的防守取得了重大胜利,并在与茸贡土司的斗争中,赢得最美的女人塔娜作为妻子,可以说在所有土司的眼里,这个傻子已经超越了所有人的过去认知,傻子比聪明人还要厉害。当"我"获得了美女塔娜以后,两个人的那种获得感却完全失去了应有的喜悦。此时,小说有这样一段叙述式的伦理评价:

> 我们两个已经习惯于这样说话了。……对说话的内容,并不十分认真,当然,也不是一点都不认真。和她在床上时,我知道该怎么办。但一下床,穿上衣服,就不知该怎么和她相处了。……虽然我是个傻子,也知道一个男人不能对女人低三下四。再说,只要想想她是怎么到我手里,没办任何仪式就跟我睡在了一个床上,就不想对她低三下四了。正因为这样,每当我们离开床,穿上衣服,说起话来就带着刺头,你刺我一下,我也刺你一下。①

这种叙事伦理背后隐含的内容是一种对藏族地区社会文化认知的伦理评判。从叙事视点上看,已经由内聚焦转换为零聚焦了。塔娜是茸贡女土司为了粮食而释放的诱饵,而"我"在这个诱饵面前却无法抵抗,所以当二人因为利益走到一起时,这种隔阂就体现在日常生活的伦理感受中。我对于上床与生活的伦理感受显示了自己也无法解释的矛盾,而塔娜本就不愿意嫁给一个傻子,但迫于母亲及土司利益的压力,不得不接受我的示爱,其内心的矛盾也可以想象得出来。其中所谓爱的伦理基本上被利益与性的功利伦理所取代。甚至于后来,塔娜甘于背叛"我"而与即将接替土司王位的哥哥睡觉,这也可以说是小说叙事在伦理走向上的必然,作为弟弟的"我"虽然难以接受塔娜的背叛,但也没有太多的感情上的难受与不舍。后来,塔娜又一次与年轻的汪坡土司私奔,也没有使"我"感到遭遇了多大的伤害,甚至于在解放军俘获塔娜后,塔

---

① 阿来:《尘埃落定》,北京:作家出版社,2009年,第239页。

娜再次投入"我"的怀抱,"我"仍然可以与她一起同床共枕,一起生活。对此,作为叙事主体的"我",实际上也有着痛苦伤心的伦理感受,但这一切都显得并没有什么重要的意义。因为女人在那个时代的藏族人眼中,都具有使人沉沦的魔力。此时的"我",有一段心理独白,足以证明他在伦理评判上的价值标准。

> 好吧,我在心里说,新朋友,背叛我吧。看来,上天一心要顺遂我的心愿,不然,塔娜不会在这时突然出现在回廊上开始歌唱。她的歌声悠长,袅袅飘扬在白云与蓝天之间。我不知道她是对人群还是原野歌唱。但我知道她脸上摆出了最妩媚的神情。她的存在本身就是一种诱惑。……我不害怕背叛,我在想,会不会有人失足落入这个深渊,会不会有人引颈吞下甜蜜的毒药。我偷偷看着汪波土司,他脸上确实出现了跌落深渊的人和面对毒药的人的惊恐。①

这种惊恐显示出了女性爱情、婚姻伦理上的自然本性。女性的社会地位是不能支撑起土司制度的,即使如茸贡土司的领土上都是女人,也逃脱不了命运安排的失败结局。阿来借助傻子二少爷的内聚焦视点完成了麦其土司家族的命运讲述,实现了叙述伦理的象征性指归。

莫言的残疾叙事视点大都以零聚焦为主,《四十一炮》却是一个例外。小说主要是通过一个长不大且智障的孩子罗小通的内聚焦视点进行故事叙述的。罗小通作为小说的主要人物,也是整个故事的叙述者,四十一炮的故事基本上是以孩子的认知伦理来进行叙述的。《四十一炮》以20世纪90年代的农村改革为背景,以罗小通由一个馋肉而又无肉可吃的孩子变成了一个吃肉能手的荒诞故事为主线,以一天内可以和四十一个女人交合的具有超常性功能的兰大和尚的风流奇事为副线,双线交织共同构成了小说叙述框架。小说深刻批判了以肉为代表的物欲和以性为代表的色欲对人性伦理道德的侵蚀,具有很强的时代伦理批判性。从叙述伦理的表达效果上看,小说显示出极为明确的隐喻性与象征性。因此,罗小通这个奇异的痴傻形象并不具有非常明确的残疾叙事特征,只是作者借"炮孩子"之口来实现对社会伦理的深层批判。比如对于吃肉的渴望,小说是这样描述的:

---

① 阿来:《尘埃落定》,北京:作家出版社,2009年,第337—338页。

> 我坐在教室里就能嗅到肉香,只要我嗅到肉香,老师和同学就不存在了,我的脑海里出现了美妙的画面,那些冒着热气、散发着香气的肉肉们,排成队伍,沿着一条用蒜泥、香菜等调料铺成的小路,蹦蹦跳跳地对我来了。……在我的脑子里,肉是有容貌的,肉是有语言的,肉是感情丰富的可以跟我进行交流的活物。它们对我说:来吃我吧,来吃我吧,罗小通,快来啊!①

这种对于肉的描绘,已经产生了童话般的伦理内涵。已经活了的"肉"成为孩子渴望交流的朋友,这种想象的表达背后依托的是儿童心理视角。小说从头至尾都是罗小通与兰大和尚进行交流的对话叙述,同时还穿插着叙事者的观察与心理活动。其中所要点明的是一个超出世俗伦理进行故事叙述的孩子在心智成长过程中,以吃肉的成功作为叙事伦理的基础。尤其是对父亲罗通与母亲杨玉珍二人故事的讲述,超出了一般社会世俗伦理的评价标准。母亲是这个家庭中最直接的受害者,而父亲则是破坏者,他带着野骡子姑姑私奔跑了。从家庭伦理的角度来审视这个事件,母亲应该获得大家的伦理支持。母亲受到了伤害,却不气馁,省吃俭用,支撑起了破败的家,让人感动且敬佩。但罗小通在叙述故事时,对于母亲艰苦持家,从不吃肉的极端生活却是无法接受的,并在感情表达上附着了控诉式的批判。而对于在外胡搞,带着野骡子私奔却又在野骡子死后沦落回家的父亲给予了极大的情感认同。其最重要的标准就是父亲愿意买肉给他吃。这种荒谬的逻辑背后是罗小通这种傻子心智的基本伦理特征。因为罗小通作为馋肉的孩子,无法明白母亲的咬牙坚持,反而觉得母亲的贫困拖累了自己。小说的第四炮中有一段关于罗小通一家三口吵架的叙述:

> 母亲气得面如黄蜡,嘴唇青紫,站在灶前浑身颤抖。我在父亲的护卫之下,胆子壮了起来,便提着母亲的名字大声叫骂:杨玉珍,我这辈子就毁在你这个臭娘们手里!母亲被我骂愣了,目不转睛地盯着我看。父亲嘿嘿地干笑几声,把我拎起来就往外跑,我们跑到院子里,才听到母亲发出了尖厉的长号。小畜生,你把我气死了哇……那两头小猪扭动着细长的尾巴,闷着头在墙角上拱土,仿佛两个试图打

---

① 莫言:《四十一炮》,杭州:浙江文艺出版社,2017年,第208页。

洞越狱的囚徒。父亲在我的脑袋上拍了一巴掌,低声问我:你这小子,怎么知道她的名字?我仰望着他严肃的黑脸,说:我是听你说的呀!——我什么时候对你说过她叫杨玉珍?——你对野骡子姑姑说过,你说,"我这辈子就毁在杨玉珍这个臭娘们手里!"——父亲用他的大手捂住了我的嘴,压低了嗓门对我说:小子,你给我闭嘴,爹待你不薄,你可别害我!——父亲的手肥厚松软,散发着一股辛辣的烟味儿。①

这一段叙述,显示了莫言在视点转换上灵活自如闪转腾挪的叙事技巧。先是依托内聚焦的观察对气愤的母亲进行描述,然后是零聚焦的感知对"我"挨打而辱骂母亲的交代,随之而来的父亲的外逃,与小猪细节状态的呈现,都有视点转换的自然节奏,而父亲的无赖行为,则自然展示于读者眼前。节衣缩食的母亲在为全家看不到未来的生活辛苦劳作,而好吃懒做的罗通父子却打着要吃她喂养的两头瘦猪的主意,弱势的罗小通首先成了母亲的出气筒,挨了打的罗小通,在看到已经被气得浑身颤抖的母亲时,却用父亲私下暗骂母亲的丑话来羞辱她,这自然激起母亲更大的痛苦。不占理且胆小的父亲只好带着儿子逃掉了。此时莫言忙里偷闲,还不忘对两头引起这场争吵的小猪做一番交代。两头小猪的困境喻示了父子二人当时的处境。就伦理认知而言,作为儿子的罗小通首先突破了最基本的社会伦理底线,借用父亲的私话来辱骂母亲,但对于一个十岁的孩子而言,这种底线的突破又是合理的。因为处在那种生存环境下的孩子,只会想到吃,省吃俭用的母亲则是孩子在获得吃的路上的障碍,而好吃懒做、等着"第二次土改"的父亲不仅在外胡搞,还可以弄来肉吃,自然就成了罗小通仰慕的对象。社会世俗伦理的价值追求也只能败给生存伦理的现实物质需求。莫言在叙事视点上的自然转换也大大提升了小说的伦理表达空间,夫妻、父子、母子三种伦理关系都在以吃为主的生存伦理价值面前,变得不堪一击。

贾平凹在《秦腔》的后记里曾说,他的这本书是要"为故乡树起一块碑子"。由此可见,这部以自己故乡棣花镇为叙事内容的小说,是贾平凹非常看重的一部小说。小说通过对日益衰败的清风街上人与事的描绘,揭示了在现代文明发展的进程中人们对传统道德伦理的坚守与突破。贾平凹在这部小说的故事

① 莫言:《四十一炮》,杭州:浙江文艺出版社,2017 年,第 24—25 页。

叙述上看似散漫无章,但在叙事视角上以疯子引生作为叙事者的内聚焦视点为主,同时也兼有零聚焦视点的辅助叙事。也可以说,小说是以疯子引生的内聚焦视点与作者的全聚焦视点互相推进了整部小说的叙事。张引生作为一个在性意识上存在障碍的疯癫者,在村民的眼里他是一个自残的疯子,因迷恋清风街的美女白雪而几近疯狂,在性压抑的状态下,他偷走了白雪的胸罩,被白家人发现挨打之后,处于懊悔之中的他用剃刀片把自己给阉割了。从社会世俗伦理来看,引生为了一个女人而自残是一种疯狂的行为,引生的自残只能说明他过于疯狂的举动是在失去理智后的过激行为,固然能引起村民的同情,但大多数人都只会把这一自残事件当作调侃引生的笑料。而从个人价值伦理的角度来看,近于疯癫的引生实际是一个心地善良,为人正直的孤儿。他敢爱敢恨,具有正义感。所以夏天义、白雪都能理解他的疯狂行为,甚至于白雪对他的自残还感到伤心,并认为是她害了引生。当然,贾平凹借引生的叙述所要表达的社会伦理评判,不仅是对引生个体行为的解析,更重要的是想通过这一看似疯癫却又能洞察是非的人物视角的观察,来暗示清风街所代表的中国农村正在走向道德的没落。人们对金钱的攫取不择手段,对于权势却又俯首称臣,而传统伦理道德在这种现代文明面前正在失去往日的光辉。因此,《秦腔》这部具有厚重乡土文化内涵的小说,在借用傻子引生的视角进行伦理批判时,显示出深广的道德拯救的忧患意识。

当代中国小说残疾书写对叙事视点的选择与运用,主要受叙事主体伦理取位的制约。叙事者为了充分地表达故事伦理的深刻内涵,以在讲述故事时采用何种视点更能表现小说的伦理价值为主要标准。因此,零聚焦视点是大多数作家都愿意选用的叙事视点,也与他们对残疾故事的解读与筛选有着重要的相关性。至于叙述伦理的呈现效果,则是他们在使用叙事视点时所考虑的重要因素之一。

第四章　接受伦理：残疾书写的"对话"层

　　文学接受是人类自身修为的一种提升方式，具有自为与自足的伦理特征。作家完成一部作品后，希望得到读者的认可，而读者在阅读这部作品时，也希望从中有所收获，并对这些收获加以分析阐释，以便与作者或其他读者进行沟通交流，从而提升自己。因此，文学接受必须依托读者，读者的阅读体验是检验文学艺术效果的最终标尺。但由于读者是生活在现实社会中的不同个体，他们的阅读必然会把各自不同的伦理感觉移入阐释的过程中，并与作品的叙述主体产生伦理上的互动交流，以完成对文本的阐释。这个阐释过程中的伦理互动既有单向的接受与拒斥，也有双向的反馈与争辩。因为读者在阅读时，不是简单被"劝说"或者同化，甚至于在这种互动"对话"中，读者的伦理取位更具有主动性。

　　　　通过叙事接受，读者将面对自己经历过的、未经历过的伦理情境，同时做出符合境遇的伦理判断，为自己生活中的叙事提供一面镜子。在与叙事文本中伦理主体的对话中，叙事伦理提供的价值世界将会对我们产生切身的影响，不论赞同或否定（否定一种价值即肯定另一种价值），我们都会感受到叙事的力量和价值，交流活动于是成为一种伦理学习，由此我们自身的伦理世界将在净化中得到更新，这就是叙事伦理的塑形作用。[1]

　　读者在阅读接受时，是带有一定的目的性的。即使是一些看似无目的的阅读，其潜在的"对话"也是存在的，更何况大多数读者在文学接受中，都或多

---
[1] 刘欣：《叙事伦理研究》，安徽师范大学硕士学位论文，2011年，第80页。

或少地带着欣赏与学习的目的。因此,文学接受中的"对话"是接受伦理的基本外在表现。

巴赫金说:"一切都是手段,对话才是目的。"①所谓"对话",是文学接受过程中,读者与作者之间就文学价值的意义达成统一或背离的交流过程。在中西方文学研究中,把对话理论提升到艺术研究高度的是巴赫金。他认为

> 首先,对话者就不只是文本中人物与人物的对话,还包括作者与人物、作者与读者、人物与读者的对话关系;其次,对话的内容就不只是引号内的内容,文字上的内容,还包括文字以外的画外音以及空白;另外对话的方式,由于摆脱了引号的束缚,更是自由自在,尤其是作者与读者的对话形式变化最多。对话性使叙述更有深度,使形式更有韵味。②

他把对话理论融入文学创作与接受的全过程,扩大了文学接受的功能。在以"对话"为中心的接受理论发展中,后来的姚斯、伊瑟尔、艾柯等人完成了文学研究的三维立体建构,把读者作为文学研究的第三极,与作者、文本一起形成三维式的研究体制,繁荣了当代文艺理论的苑囿。

综观西方后叙事学对于读者价值地位的研究,我们可以看出,纽顿的"阐释伦理"、费伦的"伦理取位"、米勒的"阅读伦理"、雅克比的叙述可靠性、巴尼斯形象地把读者与文本比喻为恋爱,无一例外地都在强调在文本话语的阐释中,读者处于非常重要的位置。而这一位置之所以重要,则是因为读者与文本的关系是相辅相成的,是无法割裂开来的。阅读可以不考虑作者,但无法离开文本。"读者的伦理解读只需要对文本负责,不需要顾忌真实作者的伦理意图,甚至可以刻意忽视真实作者对文本的伦理影响。"③西方解构主义者对文本的阐释则站在阅读的背面,认为"对文本惟一可信的解读是'误读'(misreading);文本惟一的存在方式是它在读者中所激起的系列反应;文本,正如托多罗夫在引述别人的观点时所说,只是一次'野餐'会:作者带去语词,而

---

① [苏]巴赫金:《诗学与访谈》,《巴赫金全集》(第5卷),白春仁、顾亚铃译,石家庄:河北教育出版社,1998年,第340页。
② 董小英:《再登巴比伦塔——巴赫金与对话理论》,北京:生活·读书·新知三联书店,1994年,第7页。
③ 江守义:《中西小说叙事伦理研究路径之比较》,《中国文学研究》2019年第2期,第7页。

由读者带去意义"①。对此接受美学大师艾柯则提出了"过度阐释"加以校正。他认为,读者的解读往往忽视了文本自身的秩序,只是凭自己即时的意图或者某种需要将文本锻造成符合自己的解读初衷与阅读目的的某种样态。"误读"式的解读有意地切断了文本内在的关系,他们立足于自己的伦理立场,按照他们所处的不同情境,把他们的日常生活经验、个人情感伦理以及对于生命价值的思考融入文本的解读中,并借以对文本进行各自为用的解读。经验读者采取建立在个人伦理价值评判基础上的带入式解读,借助文本表达自己的伦理取位。对于作者而言,当然不希望自己的作品被经验读者进行肢解的"误读"与偏离的"异读"。在艾柯看来,正是经验读者的"误读"才造成文本解读的权威崇拜,是文学接受形式上的偏离。因此,要想获取文本的真正知己式解读,就需要有理想读者、模范读者。这种读者具有假定性的标准模式,是作者试图"依托文本所承载的代码和信息按图索骥寻找的文本合作对象,并视文本为共享的平台,从而达成可能性交流的读者"②。艾柯的这一接受理论,是对后解构主义理论的反驳,是希望能够存在一种真正对文本负责的读者,通过此类模范读者的理解与分析以达成文本内涵价值的真正实现。实际上,这种纯粹的模范读者也仅是艾柯的理想追求。

　　交流与对话,是文学接受的根本意义所在,文学阅读正是文学主体之间通过文本阅读寻求精神上的沟通。"'对话'是把'灵魂'向对方展敞开,使之在裸露之下加以凝视的行为。"③文学对话是互动的,也是平等的。作者生产了文本,文本就有了作者的精神气质、伦理评判的价值内涵。文本再与读者产生阅读与阐释的互动关系,这种互动可以是单向的,也可以是多向的,它取决于双方对文本内涵的对话关系。阎连科曾把读者分为三个群体:

　　　　第一群体最多,占了读者的大多数,他们读书的目的,主要就是为了消遣,为了打发时光,为了增加自己的谈资,为了人云亦云。……如果把读者群比作金字塔的话,他们在金字塔的底部,人数众多,是塔之基础,没有他们,就没有金字塔的存在。而在金字塔中间的,是第二群体的读者,他们要比第一群体的读者少得多,又比第

---

① [意]安贝托·艾柯等著,[英]斯特凡·柯里尼编:《诠释与过度诠释》(第2版),王宇根译,北京:生活·读书·新知三联书店,2005年,第25页。
② 孙慧:《艾柯文艺思想研究》,济南:山东大学出版社,2015年,第104页。
③ [日]池田大作:《我的人学》,铭九、潘金生、庞春兰译,北京:北京大学出版社,1992年,第155页。

三群体多得多,但他们读书的目的,就不仅是为了消遣,不仅是为了打发时光。他们的目的是在消遣中'学习',他们不仅用情感阅读,有时还用自己的灵魂阅读。他们是当代文学存在的最好的理由。第三群体的读者,他们占据着金字塔顶部,人数虽少,却是读者中的'精英'。……他们是读者中的专业读者,读书就是他们的职业。比如评论家、作家、大专院校中的文科老师、教授、专家等等。[1]

实际上,阎连科所讲的这三类读者共同组成了所谓的读者群体,使得文学接受与阐释有了更加丰富多彩的伦理内涵。

因此,对当代中国小说残疾书写的接受进行分析,读者与作者、文本的"对话"是研究的重点所在,其中因读者阅读接受而产生的"对话"伦理则显示出重要的价值属性。这主要表现为:一是以一般大众为代表的普通读者的"浅层对话"。它具有感召性、同悲性、同情性等接受伦理的塑形需求,与作者、文本之间的对话要求也仅止于流行性反响的阐释伦理特征。二是以有较高水平的知识分子为代表的高级精英读者的"深层对话"。它是在突破浅层对话基础上作更深层的思索,由残疾书写文本的故事伦理延伸至对生命主题、人类自身乃至于精神信仰等伦理方面的价值评判,并以此作为文本阐释的"伦理取位",与作者、作品进行反馈性、净化性的伦理阐释。三是以文艺研究者为代表的专业读者的"批评对话"。它是对浅层对话与深层对话的接受情状加以学术研究而构成的对话阐释,与作者、作品的对话则具有批评性、引导性的互证式阐释伦理特征。

第一节 残疾文本的"浅层对话":伦理的塑形

艾柯认为:"当文本不是面对某一特定的接受者而是面对一个读者群时,作者会明白,其文本诠释的标准将不是他或她本人的意图。而是相互作用的许多标准的复杂综合体,包括读者以及读者掌握(作为社会宝库的)语言的能

---

[1] 阎连科:《我为什么写作——在山东大学威海分校的演讲》,出自《阎连科文论》,昆明:云南人民出版社,2012年,第184页。

力。"①读者群的数量对文本接受的影响是巨大的,读者的身份认定问题是接受伦理研究中首先要考虑的问题。一般来说,普通大众读者处在阅读作品的最浅层,他们大多具有盲目性、跟风性,甚至于会产生很多的误读、错读。大多数读者的阅读基本上都处于"浅层"状态,他们是阅读的大多数,但不能决定文本阅读的最终价值评判,这也是某些所谓"畅销书"形成的原因之一。因为大多数畅销书都是大众读者疯狂跟风之后的结果,但最终回归平淡,甚至无人问津,这种阅读现象是大多数畅销书的常态结局。大众型读者在遇到当代中国小说有关残疾书写的文本时,其阅读接受的伦理需求,也基本上符合这种感性浅层的阅读需求,跟随时代的风潮,接受这些文本的价值意义。而这种感性式的伦理评判主要以普通读者对残疾书写文本的理解接受度为评判的价值标准,这个标准主要表现为接受伦理的塑形与变形。

一、残疾书写的伦理塑形

大众对文学文本的接受,受社会舆论的影响很大。说得直接一点,就是具有典型的跟风性。当一部文学作品在舆论宣传中被推到一个极高的高度时,大众阅读的趋同性就必然会受到直接引导,而不自觉地进入此类文本的阅读接受之中。在阐释伦理上所显示出的一致性接受,也首先成为最为显性的伦理塑形需求。所谓伦理塑形,即是借助文本中的故事,读者在自我认知过程中对世界观形成的改造。这在当代中国小说的残疾书写中表现最为明显的,就是那些残疾作家所讲述的自传式的残疾故事。在故事伦理上,此类作品所产生的直接励志作用,也必然促使它们在传播中的速度呈现出一种抛物线式的接受状态。这种抛物线式的接受效果,所呈现出来的暴涨式接受一般是由社会舆论的导向性所决定的,而随着时代政治话语的变化,阅读接受的量级也会渐渐趋于平寂,这种接受的"对话"效果,一般来说,延续性接受相对较弱,能成为经典的作品也相对较少。因为它缺乏持续性,一旦与时代的宣传需要关系不紧密时,就会慢慢地淡出读者的阅读视野,以至于呈现出无人阅读的境况。但从接受伦理的认知性来看,读者在阅读之初的伦理阐释目的是非常明确的,即伦理的塑形目的决定了他们在接受时的励志需求,被故事中的残疾叙事所

---

① [意]安贝托·艾柯等著,[英]斯特凡·柯里尼编:《诠释与过度诠释》(第2版),王宇根译,北京:生活·读书·新知三联书店,2005年,第71页。

感动,因感动而接受,因接受而励志,励志成为伦理塑形的直接目的。

新中国成立之初,吴运铎的自传体小说《把一切献给党》,虽然不是以残疾书写为直接目的,也基本不具有此类作品的典型特征,但该书的主人公吴运铎因为革命而残疾,被称为"中国的保尔",其生命的过程已经打上了残疾身份的伦理特征。他想通过这本自传体小说,以身残志坚的人生故事,树立一个为党的事业献出自己一切的榜样。吴运铎身上所彰显的精神气质正符合时代的需要,他在战争年代为党和国家付出的巨大牺牲也具有极强的感召力。这种故事文本,对于普通大众而言,正是实现政治教育目的伦理样板。大众的"对话"需求与这一文本的叙事模式、叙事语言以及文本价值都具有高度的一致性。即使这种接受渐趋平寂,它仍然吸引了不少普通读者,因为它的"文字浅显易懂,故事曲折动人,我看了还要看,以至里面的故事情节我能够复述出来"[①]。吴运铎的残疾故事自这本自传小说发表以来,影响了很多人,大众型的读者能够一目了然,不用费心思去思考文本的叙事技巧,就可以直接进入故事之中。这种阅读接受的伦理一致性是必然的,也是社会需求的直接结果,其文学叙事的伦理塑形目的大大地超越了文学本身的价值意义。类似的还有朱彦夫的《极限人生》,作为在抗美援朝战争中遭受炮火而被打成"肉轱辘"的英雄,故事文本的伦理内涵也一定具有感人的价值张力,而英雄一次次克服困难而实现自我价值的书写,更加给阅读者在接受中增加了一层精神性的道德教育。从这种浅层对话的伦理接受中,我们也可以看到,励志型的故事阅读一般都与国家政治宣传的伦理需求有着较高的吻合度。

张海迪的《轮椅上的梦》与上面残疾英雄故事的接受伦理塑形虽然有着不一样的阅读意义,但在 20 世纪 80 年代,这一残疾书写文本也极大地吻合了社会阅读的政治伦理需求。张海迪故事文本的自我书写,极大地感染了当时急需以自强不息的时代精神鼓励成长的一代人。这种伦理塑形的需求,产生了极大的社会轰动效应。张海迪残疾书写的伦理取位与阅读者的接受伦理之间的价值达成,属于一种励志型的伦理塑形。

这些作品随着时代的发展,很快就被其他的作品所取代,人们渐渐地将它们遗忘,接受规律的抛物线性状非常明显。

但是,对于同样是残疾的作家史铁生来说,读者在阅读接受上所显示出来

---

① 艾俊民:《〈把一切献给党〉文字浅显易懂　故事曲折动人　看了还要看》,《嘉兴日报》2011 年 6 月 20 日。

的对话伦理则有着本质的不同。这些读者既有普通大众,也有高级精英知识分子,更有专业的研究者,他们在阅读过程中所显示出来的对话,有着明显的层次性。普通大众型读者的"浅层对话"虽然占有较大比例,但精英型读者与专业读者却在对其残疾书写进行艺术的解析与阐释时,占据绝对的伦理解读导向,大大提升了"对话"的层次。因为史铁生的作品虽然也有残疾故事的励志内涵,却已经跳出了"浅层对话"的励志目的,更多指向"深层对话""批评对话"的伦理探讨,这种阐释伦理更多地指向对人性价值、困境突围以及如何面对自由生存的深入探索。史铁生早期的作品,如《没有太阳的角落》《山顶上的传说》等,都具有浓重的自我叙事特征。这些残腿青年的人物形象,可以说是作者形象的化身,这些人物成长过程中的痛苦基本上就是史铁生的痛苦,普通大众读者在阅读时为其痛苦的人生经历所感动。史铁生初期创作的残疾文本,基本都具有类似的特质,尽管有着很强的文学艺术魅力,但大都是以自身的残疾经历作为创作基础。史铁生残疾书写的文本层次并没有仅仅停留在残疾青年勇敢面对生活挫折,走出生命阴影的励志故事层面,而是有了更进一步的提升,如《命若琴弦》《务虚笔记》等作品所显示出来的深刻的人生哲理思考,不仅是在打动读者的浅层对话伦理接受之中,还让很多更高层次的读者在阅读之后,开始思考其残疾书写文本的精神内核。史铁生的残疾书写不再是简单表面的肉身残疾故事,而是探讨人之为人的社会伦理局限。这样的深度也使得普通读者无法走进这一深层对话之中,他们接受伦理的塑形目的也仅止于表面的浅层阅读。

在非残疾作家的残疾书写中,以励志人生的接受伦理为表现特征的残疾书写也有很多。这些"浅层对话"式的残疾书写文本在特定的时代曾经产生过重要的社会影响,具有重要的现实意义。比如航鹰的短篇小说《明姑娘》曾获得1982年全国优秀短篇小说奖、读者评选1982年度小说第一名,而根据作品改编的同名电影也获得了文化部优秀影片奖、全国首届人道主义精神优秀影片奖等,可见作品的影响力。作者对故事文本的残疾内涵设定有着非常明确的励志目的,首先是在立意上以颂扬人性真善美的精神价值为主旨。先天失明的盲姑娘叶明明,不仅乐观积极,精神向上,还善解人意,助人为乐。这种精神价值正是改革开放初期所要大力弘扬的。明姑娘自强不息、乐于助人感动了万千大众读者。这种直接的精神愉悦,正是文本故事的基本伦理再现,具有文学对话的浅层特征,作者的伦理叙事需要"模范读者"来实现。其次,以意外致残的健全人赵灿进行对比衬托,以达到伦理对话的潜在目的。后天意外失明的大学生赵灿,经历了普通人突然遭遇命运巨大挫折时所有的痛苦感受,由希望到失望,再到绝望,而后向命运投降,自甘沉沦,折磨自己以求解脱。这种真实的叙述,也给读者的接受带来了巨大的情感共鸣,在情感伦理上接受了这个青年人的残疾苦痛,为他最后能够医好眼睛重回大学校园而感到高兴。这个故事文本的构造,一方面显示出作者强烈的时代使命感,借助残疾姑娘叶明明自强助人的精神,以完成励志式的伦理宣扬,为改革开放的中国培育出具有正能量价值的精神偶像;另一方面,作为受众的读者,在接受性的阐释中很自然地产生精神上的共鸣,实现了价值伦理的继承与传播。这种"浅层对话"式的接受伦理,在"模范读者"的参与中,非常顺利地实现了阐释与传播的轰动效应。明姑娘的残疾身份特质,正是故事文本在伦理塑形中所借助的故事载体样板,大众的易于感动、阐释伦理的顺利达成都与残疾的内核有着重要的直接关系。这种残疾书写的励志性伦理对普通大众的阅读接受完成塑形之后,也很快趋于沉寂,接受的抛物线特征也非常明显。这也是这种残疾书写文本与时代达成高度契合后的必然结局,大众读者跟风式的趋同随风而起,随风而息。

与同样借残疾书写以对比的方式打动读者的《明姑娘》相比,发表在《小说月报》1986年第8期上的莫言短篇小说《断手》却没有产生类似的接受效果,尽管小说在故事情节的设置上、在叙事方式的运用上以及在残疾人物的对比上都做得比《明姑娘》复杂得多。残疾叙事很简单,在对越自卫反击战战场上失去一只手的苏社是一位功臣,一位让人敬仰的英雄,他心安理得接受乡亲们的请吃,接受姑娘的爱情,但在受到抗美援朝战争中失去一条腿的卖樱桃老人的刺激,以及从小就只有一条胳膊的留嫚姐的教化后,他开始反思,并最终接受了残酷的现实,争取在留嫚姐的帮助下做一个让人看得起的残疾英雄。这部小说并没有引起多少反响,甚至还被认为是理论准备不足,造成了艺术"假定性"的失败。正是"由于莫言理论准备的不足,他对中华民族传统的道德观念缺乏应有的哲学熔炼和燧火,所以在与传统的道德观念逼使'病态的灵魂''涅槃'时,在急功近利的情节性的推动下,忘记了对传统道德中历史惰性和积弊的扬弃与剔除,因而给作品艺术触觉的延伸带来极大的障碍"①。这种学术上的解读固然没有问题,但更重要的是时代已经不再接受这种苦情的残疾文本

---

① 常智奇:《理论准备不足将使莫言没言——读〈断手〉有感》,《文学自由谈》1987年第1期,第126—128页。

了。有的学者对此也提出了自己的认识:"莫言在成功地写出苏社这个人物时,又为他的婚姻大伤脑筋。苏社追求小媞,小媞犹豫不决,小媞的父亲却根本不同意。寡妇留嫚显然在等待着他,但她又不敢奢望。何去何从?与小媞结合吧,社会上早有过不少这方面的先进人物:姑娘不顾男方残疾,冲破重重阻力,喜结良缘。《断手》岂不成了宣传此类先进的诠释之作?真正的文学价值安在?与留嫚结合,势必落入封建礼教的圈堤:两人本来都是残疾人嘛!谁也不吃亏,瘫手对断手,良心换良心,《断手》不是在宣扬封建道德吗?这是作者在构思情节时,也许本意是想提出一个新的问题,留待读者去思索、补充,实际上是作者自己陷入了矛盾的两难命题中,果真如此的话,则是作家始料未及的。"[1]这篇 1987 年发表的学术评论文章,是对这篇残疾书写的即时性评价。该文作者看到了莫言对于这个残疾励志故事中所涉及的伦理认知的两难选择。1982 年的《明姑娘》与 1986 年的《断手》虽然只相隔了 4 年的时间,但那个时代的中国文学已经发生了巨大的变化,读者的阅读接受也有了巨大的飞跃,这也许是这篇作品在当时未能产生如《明姑娘》一样反响的根本原因。从接受学的角度来看,这两篇作品不管发表时的状况如何,时代变迁后的结果基本相同。这也是"浅层阅读"中,作品与读者对话的必然命运,即使如莫言这样伟大的作家,也是如此。其他如古华的《爬满青藤的木屋》中对"一把手"(只有一只手的残疾青年)的塑造,也有着知识启蒙的理论意义,但小说的接受影响也仅仅止于那个时代,以后也很少有人再在阅读中提到这样的作品。

二、残疾书写的伦理变形

普通读者阅读残疾书写的文本故事,产生"浅层对话",在取得轰动效应的一致性时,并不能说明接受伦理产生了正面导向的价值。有时候也会走向另一个极端,这是文学接受中的"误读"造成的阐释内涵意义的变形,对于阅读者而言,其产生的伦理塑形也自然是扭曲的、变形的。这种现象的背后有着非常复杂的社会学原因。比如,毕飞宇的小说《推拿》自发表以后,不仅获得了茅盾文学奖,还获得了学界和普通读者的一致好评,甚至被改编为电影、电视剧。这说明该作品在故事伦理内涵的把握上有着较好的关涉性,而与读者的"对

---

[1] 陈清义:《论莫言小说的得失》,《信阳师范学院学报(哲学社会科学版)》1987 年第 1 期,第 68—73 页。

话"基本上实现了伦理价值的塑形目的,首先完成了"浅层对话"的伦理感化,同时也进入了"深层对话"的研读,并进而引起学界关注,成为"批评对话"的重要样品。虽然许多盲人读者认为该作品把盲人的日常生活写进文学作品,这本身就是对他们的尊重,盲人也是社会大众生活中的一员,他们也有自己向往的爱情、有自己的人生追求与人生价值实现的需要,但也有极少数的盲人并不接受,甚至于感到毕飞宇笔下的盲人是对现实生活中的盲人的肆意歪曲,是带有侮辱性的书写。

对话走向了接受伦理的反面,个体盲人读者的阅读感受使得作品的故事伦理扭曲变形。这是由于此类阅读者在阅读过程中产生了自我感受式的伦理体验,对于其中"性""爱情"及"家庭"等存在伦理价值观念上的曲解,进而由此认为作品是对整个视障群体的侮辱,甚至是对他们自卑与自恋式人格的亵渎,这自然是"浅层对话"中产生的误读。

这种个例虽然有些极端,但也不乏个别读者在阅读时产生许多类似的接受阐释。比如有的读者认为小说中的盲人王医生把自己在南方靠打工得来的钱全部投入股市中,这个情节设置相对盲人而言就显得很不真实。把全部积蓄投入股市与王医生稳重的性格根本不符,毕竟这些钱将来是要为自己的未婚妻开一家推拿店的,甚至于大多数盲人都不会炒股。这种以残疾人身份特征来进行文本对话的理解,是读者与文本浅层对话的伦理显现,他们设身处地地把人物想象成现实生活中的个体,甚至于把他们与自己的生活相比较,自然就会出现这种伦理塑形的扭曲与误读。与《推拿》的深层与专业对话,阅读者就不会拘泥于这些细节性的表达,而是在更为多元的文学接受伦理意义上去思考这个作品背后真正的价值内涵。

学界的专业理论研究往往会呈现出明显的阐释性伦理变形的特征。因为从专业学术的视角审视残疾书写,残疾励志型的作者大都没有较高的文化层次,也没有太多的专业写作训练,只是抱着一腔热情,要把自己的痛苦感受表达出来。所以在自传式的残疾书写作品完成之后,很难再继续写出更好的作品了。当然学历层次、知识积累并非与作品质量成正相关关系。但残疾作家中,也确实只有史铁生持之以恒地创作,才使得他在当代文学中获得了较高的声誉,其他残疾作家,几乎没有高水平的作品进入研究界的视野。

非残疾作家的残疾书写,如阎连科的《受活》,在普通大众读者的阅读接受中,也有非常明显的接受伦理变形。比如对小说设置"残疾绝术团"的阅读接受,读者的伦理感受就有非常大的分歧。因为展示残疾的表演,本身就是不道德的伦理行为,作者把它作为故事伦理的中心事件,让很多读者无法接受。这实际上是接受伦理中的变形。叙事目的无法达成,作者要通过这种荒诞事件的真实性来讽刺时代的荒诞。阎连科对这种阅读接受中的伦理变形,作过合理的解释:"再比如,日本翻译这本小说时,他们一再说:你这样写残疾人是对残疾人的不尊重。而我一再讲,不是我对残疾人不尊重,是生活对残疾人不尊重。可他们就觉得这也表达了你作家的不尊重,你怎么和他们解释也说不清楚。"①阅读者深陷残疾认知的一般社会道德法则之中,作者这样安排人物的故事伦理认知也成为阐释伦理的一个部分,甚至于将残疾文本的基本伦理接受带来的不适、怨气,上升为对作者的人身攻击,这体现了普通读者在接受过程中伦理感受的扭曲与变形。

读者对莫言残疾书写的阅读接受,也存在类似褒贬不同的两种声音。实际上,莫言作品中有关残疾人物形象的故事伦理,并非简单地概念化描述,而是赋予了深刻的人性思考,借助现代主义文学手法,造成了陌生化的阅读效果,同时也真切地反映了中国社会不同时代的社会状况,而成为当代文学的重要部分。

姚斯认为:"文学和读者间的关系能将自身在感觉的领域内具体化为对审美感觉的刺激,也能在伦理领域内具体化为一种对于道德反映的召唤。……它在伦理领域里的社会功能是根据接受美学在疑问与回答、问题与解决上所采取的相同方式加以掌握。"②在当代中国小说残疾书写阅读的浅层对话中,普通大众读者自然占有绝对的数量,但无法左右阅读接受的伦理评判,这也正是由于他们在浅层对话中过多地关注自身感觉的"具体化",而很难平心静气地立足于文本达成对话的深入。因此,在浅层对话的阅读接受中,读者在伦理接受的塑形与变形的两极之中,交替变换着身份,组建成阅读伦理达成的塔基。

---

① 阎连科、张学昕:《我的现实 我的主义:阎连科文学对话录》,北京:中国人民大学出版社,2010年,第58页。
② [联邦德国]H.R.姚斯,[美]R.C.霍拉勃:《接受美学与接受理论》,周宁,金元浦译,沈阳:辽宁人民出版社,1987年,第51页。

第二节 残疾文本的"深层对话":伦理的净化

相对于"浅层对话"中读者的盲目跟风性,"深层对话"则显示出读者有目的、有意识的自我选择与个性比对。读者的阅读不再是漫无目的地跟风,而是在自我修为的知识基础之上,以审美经验的认同与否进行筛选式阅读,并在阅读的过程中,与作者、文本之间进行深度的对话,以期完成灵魂深处的自我净化,或自我校正,这种净化与校正的伦理基础是阅读者自我的精神价值认同。巴赫金认为,对话既是语言的本质,也是人类的思想本质,甚至是自我的存在状态,"对话交际才是语言的生命真正所在之处"①。语言表达的背后隐含着不同主体的伦理认知评价,我们可以在这种"深层对话"中看到读者在接受伦理中所显示出来的净化与校正。

一、残疾文本的"深层对话"状况

姚斯认为:"审美认同是在获得审美自由的观察者和他的非现实的客体之间的来回运动中发生的;在这一运动中,处于审美享受中的主体可以采取各种各样的态度,例如惊讶、羡慕、震惊、怜悯、同情、同情的笑声或眼泪、疏远与反省。他可以把某个典范楔入他个人的世界,或者只是为好奇心所诱惑,或者开始作不由自主的模仿。"②当阅读者被文本中人物的精神内涵所征服时,所产生的审美认同,自然就会成为净化伦理的价值基础。坐在轮椅上的方丹,甘愿做孩子们的老师,为当地老百姓针灸治病;天生看不见光明的明姑娘,为了帮助后天失明的大学生赵灿鼓起生活的勇气,克服各种困难,让他面对残疾,并战胜残疾;朱彦夫笔下的石痴,已经变成了一截"肉轱辘",四肢都被截掉,且还有一只眼睛失明,但他带领乡亲们,战胜各种困难,走上了富裕之路。这些人物形象都是具有高尚人格魅力的残疾者,大众读者借助与文本的浅层对话,就可以实现伦理的塑形。但对于文化层次较高的读

---

① [苏]巴赫金:《陀思妥耶夫斯基诗学问题》,白春仁、顾亚铃译,上海:生活·读书·新知三联书店,1988年,第252页。
② [德]汉斯·罗伯特·耀斯:《审美经验与文学解释学》,顾建光、顾静宇、张乐天译,上海:上海译文出版社,1997年,第141页。

者，这种浅层对话达成的伦理塑形则不是他们的最终目的，他们更希望进入与作者、作品的"深层对话"之中。实现净化与校正的伦理，并非仅仅是简单的感动与不感动、励志与不励志，也并非仅仅把他们作为个人成长的榜样、前进的动力，更多的是想达成人性深处的灵魂对话，激发人性的价值提升，从而实现社会伦理的全面净化或校正。对于当代中国小说残疾书写的深层对话，笔者采用了网络平台的一些数据进行了相对细致的梳理与总结，以期从中发现残疾书写在深层对话中的接受伦理特征。

首先，网络平台的选用，以豆瓣读书为主。平台上的数据具有相对客观性，可信度也相对较高。基本上可以反映出一部作品在深层对话中的真实伦理接受状况。

其次，对于残疾书写文本的选用，主要分为两类：一类是以残疾人物形象为主要人物的残疾书写文本，具有典型的残疾书写性质，比如毕飞宇的《推拿》、阎连科的《受活》、韩少功的《爸爸爸》、阿来的《尘埃落定》、东西的《没有语言的生活》、张海迪的《轮椅上的梦》，还有史铁生以《命若琴弦》《务虚笔记》等为代表的各类残疾书写等；另一类是残疾人物形象虽然不一定是主要人物，但在文本中的配角分量相对较重，起着重要的作用，也可以说这类人物与主要人物关系密切且对故事发展起着重要影响，比如莫言作品中有许多残疾的人物配角，《民间音乐》中的小瞎子，《白狗秋千架》中的"个眼暖"及她的哑巴丈夫、儿子，《天堂蒜薹之歌》中的瞎子张扣，《断手》中的肢残人苏社、卖樱桃老人及留嫚，《丰乳肥臀》中的哑女八妹、哑巴孙不言等。还有贾平凹以《秦腔》等为代表的小说中也塑造了许多残疾人物配角，如傻子引生、狗尿苔、井把式李正等。其他如迟子建的小说中也有许多残疾人物形象的代表，如《盲人报摊》中的盲人夫妇。通过对这两类残疾书写文本的梳理，可以发现其中的某些接受规律，并从这些规律中分析研究读者在接受的深层对话中，如何实现伦理的净化与校正。

表 1　豆瓣读书中残疾书写代表作品数据一览表(数据截止日期为 2021 年 8 月 10 日)

作者	作品名称	出版社	出版日期	豆瓣评分	参评人数
阿来	尘埃落定	人民文学出版社	1998 年 3 月	8.5	58008
		人民文学出版社	1998 年 3 月	8.7	7252
		人民文学出版社	1998 年 3 月	8.4	847
		人民文学出版社	1998 年 3 月	8.9	706
		人民文学出版社	1998 年 3 月	9.0	361
		台湾明镜出版社	1999 年 1 月	8.3	23
		人民文学出版社	2000 年 7 月	8.8	321
		人民文学出版社	2002 年 10 月	8.6	191
		人民文学出版社	2005 年 1 月	8.9	118
		人民文学出版社	2005 年 1 月	8.5	11872
		作家出版社	2009 年 4 月	8.7	1762
		台湾联经出版公司	2011 年 5 月	8.9	13
		作家出版社	2012 年 1 月	8.7	744
		人民文学出版社	2013 年 4 月	8.9	4861
		人民文学出版社	2019 年 1 月	9.3	204
		浙江文艺出版社	2020 年 10 月	9.1	1018
莫言	丰乳肥臀	作家出版社	1996 年 1 月	8.0	689
		中国工人出版社	2003 年 9 月	8.1	15864
		北京十月文艺出版社	2010 年 1 月	8.1	1010
		上海文艺出版社	2012 年 6 月	8.2	6130
		作家出版社	2012 年 10 月	8.4	4029
		上海文艺出版社	2012 年 11 月	8.0	60
		云南人民出版社	2012 年 12 月	8.0	20
		浙江文艺出版社	2017 年 1 月	8.6	4443
		浙江文艺出版社	2020 年 3 月	8.5	341
毕飞宇	推拿	人民文学出版社	2008 年 9 月	8.1	10889
		人民文学出版社	2011 年 4 月	8.4	5398
		人民文学出版社	2013 年 9 月	8.7	2398
		人民文学出版社	2015 年 1 月	8.5	611
		人民文学出版社	2019 年 5 月	8.8	370
		台湾九歌出版社	2009 年 7 月	8.8	92
		台湾九歌出版社	2014 年 6 月	9.4	21

续　表

作者	作品名称	出版社	出版日期	豆瓣评分	参评人数
史铁生	命若琴弦	江苏文艺出版社	1991年6月	0	0
		江苏文艺出版社	1994年5月	9.2	30
		江苏文艺出版社	2003年10月	8.9	3731
		木马出版社	2004年12月	9.2	101
		中国盲文出版社	2006年1月	8.5	127
		中国盲文出版社	2008年1月	8.6	361
		中国盲文出版社	2008年2月	8.6	418
		人民文学出版社	2008年9月	9.1	791
		明报月刊出版社	2010年1月	8.8	57
		外语教学与研究出版社	2011年12月	9.1	144
		求真出版社	2012年1月	8.9	376
		中国盲文出版社 求真出版社	2013年3月	8.5	28
史铁生	务虚笔记	上海文艺出版社	1996年4月	9.4	56
		山东文艺出版社	2001年3月	8.8	116
		上海文艺出版社	2003年4月	8.9	168
		南海出版公司	2004年5月	8.8	4081
		春风文艺出版社	2006年1月	9.1	750
		人民文学出版社	2007年1月	9.0	167
		人民文学出版社（中国当代名家长篇小说代表作丛书）	2007年1月	9.0	316
		作家出版社	2009年5月	9.1	964
		中国工人出版社（绘画评点本）	2010年1月	9.2	69
		人民文学出版社	2011年4月	9.2	1951
韩少功	爸爸爸	作家出版社	1998年1月	7.4	214
		时代文艺出版社	2001年1月	7.4	83
		山东文艺出版社	2001年3月	7.7	2272
		人民文学出版社	2006年1月	7.6	429
		作家出版社	2009年8月	7.8	758
		上海文艺出版社	2012年6月	7.7	167
		人民文学出版社	2015年8月	7.3	58
		上海文艺出版社	2017年8月	8.5	31
		台湾正中出版社	2005年1月	7.6	69

续 表

作者	作品名称	出版社	出版日期	豆瓣评分	参评人数
阎连科	受活	春风文艺出版社	2004年1月	8.3	2303
		北京十月文艺出版社	2009年6月	8.3	597
		天津人民出版社	2012年1月	8.5	866
东西	没有语言的生活	华艺出版社	1996年1月	0	0
		深圳报业集团出版社	2005年10月	7.8	176
		江苏文艺出版社	2009年2月	7.3	15
		江苏文艺出版社	2011年11月	8.2	47
		上海文艺出版社	2016年7月	0	0
张海迪	轮椅上的梦	中国青年出版社	1991年1月	7.5	31
		作家出版社	1999年11月	8.3	135
		人民文学出版社	2005年9月	8.2	46
		中国青年出版社	2012年1月	0	0
		人民文学出版社	2014年1月	0	0
		中国青年出版社	2017年3月	0	0
朱彦夫	极限人生	黄河出版社	1996年1月	7.4	34
		新华出版社	2014年2月	0	0
莫言	民间音乐	春风文艺出版社	2004年1月	8	49

二、接受伦理净化的结果

从以上数据可以看出，阿来的《尘埃落定》参与品评的读者最多，2019年1月，由人民文学出版社出版的版本获最高评分9.3分。其中的原因有很多，一方面这部小说的版本非常多，仅人民文学出版社就出版了11个版本之多，其他还有作家出版社、浙江文艺出版社等多家出版社也出版过这部小说；另一方面，小说的题材特征也是吸引读者参与阅读评论的重要原因。小说中涉及土司二少爷的残疾书写实际上是相对较少的。因为这个人物是具有多种解释可能的智慧者形象，在他身上既有文本叙事所需要的与常人相异的傻的特质，同时又寄托了深层的地域、民族及佛教等独特的文化内涵。阅读者在接受伦理认知上，显示了各种不同的阐释理解，这种阐释的背后，潜隐着阅读者的伦理净化评价与精神校正的对比判断。如一位读者给了五星好评，并评价这部作品是"神一样的作品，太有感觉了，一个这样神奇的傻子做最后的土司真是再合适不过，他如有神助地预知未来，做对了几乎每样事情，然后对一切都不在意，没有什么能让他痛苦，也没有什么能伤害到他，也没有人愿意伤害他，最后安排那个朋友一般的店主把刀子刺进他身体，不是为了写藏民复仇的习俗，而是为了给他一个有尊严的结局。"从这位读者对傻子二少爷的品评中，可以看出，他对人物形象的理解是有明显的未来预测的。这个年轻土司在傻子的外表掩饰下，却有着令人惊异的天赋，是大智若愚的化身，具有无可限量的未来，但历史让他的生命戛然而止，留给读者无限的惋惜与悲悯，在灵魂的震颤中完成了接受的伦理净化。可以说大多数读者在对土司二少爷的阐释品评上都读出各自不同的伦理意味，对文本伦理内涵的肯定评价是占绝大多数的。但也有给予差评的读者，品评仍然具有较高的伦理认知度。如一位网名叫"尽性"的读者，只给了两星的评价，并认为："作者这个'傻子'设定毫无意义，明明文本中展现的就是一个正常的、普通的、自恋的中国男人。我都不明白故事中其他人物为何判定他是傻子。况且既然是第一人称内聚焦视角下的'傻子'，那就应该给予文本大量的经验留白，而不是作者为了方便叙述而随意开启全知视角，并让傻子突然'智慧'起来以弥补视角 bug。另外，我没感觉土司制度的毁灭是个悲剧，只有美好的东西毁灭了才是悲剧，《红楼梦》是悲剧是因为一众角色人物真的生动立体，世家贵族文化真的丰富精致。而阿来呈现的这些人物，无论男女，一个个就像稻草人一样性格单薄，没有说服力，对女性角色的刻画尤其失败，袭人的低低低配版桑吉卓玛的人物性格转换莫名其妙，塔娜就是个除了具有性魅力外毫无性格特征的工具人。亮点在于套了个异域文化的壳子吧，但本质上和《穆斯林的葬礼》没有区别。"这位读者的阅读可以说是非常专业的，他认为傻子形象在塑造上并不具有超乎想象的伦理评判价值，因为他不是傻子，只是个外在显得比较独特的普通人而已。依此分析的话，这种人物精神的价值就很难给读者带来灵魂上震撼与净化的效果，也就归类为失败之作。这的确是带有较严密逻辑的否定式批判的伦理校正，即使是一家之言，也可以看出一部作品在读者阅读阐释的"深层对话"中所具有的独特魅力。

居第二位的是莫言的《丰乳肥臀》，参与阅读评价的读者有 32586 人次，豆瓣评分大都超过 8 分，当然这个结果更多是由于这部作品厚重广大的历史叙事，以及母亲上官鲁氏这一复杂的人物形象塑造，小说中残疾人物塑造的成功仅是部分的原因。因此，这部作品的接受伦理数据仅作资料性的参考，不作重点分析。而具有典型残疾书写的《推拿》，豆瓣评分大都超过 8.5 分，最高者达到 9.4 分，仅人民文学出版社发行的版本就有 5 种，这部作品在 2011 年还获得第八届茅盾文学奖。正是由于小说在选材上的独特，阅读者在接受过程中对人性伦理的评价是相当高的。豆瓣读书上,3958条短评中,四星以上的好评占到85%,大多数的读者在"深层对话"接受的伦理认知中,首先肯定的就是毕飞宇对盲人群体的关爱与尊重,其次才是小说的叙述技巧。有一位网名为"宇文楚安"的读者认为:"毕飞宇避开欲望(性欲)、权色、底层、民间这些当下文学的流行话题,首次踏入'盲的世界',关注这一为数甚多的被遗忘的群体,把捉流淌其间的点点滴滴,这是一种可贵的担当与德行。……陌生的、神秘的世界总是充满了诱惑,小说向黑暗世界勘探的过程一方面给我们献上了美丽的收获,另一方面也把许多思考留给了我们。"[①]类似此种评价的阅读者不在少数。可以看出,文本在故事伦理、叙述伦理上的成功,对读者的阅读与阐释伦理产生了巨大的影响。实际上,在所有的残疾人中,视觉类残疾人在生活中受到的限制是最多的,他们在现实中的痛苦感也是相对较重的。而在传统文化中,正是因为被无视,盲人的形象才被赋予了很多的神秘性。他们可以通过给人算命预知未来,也可以通过讲古弹唱来娱乐民众。但盲人推拿师完全是一个靠技术挣钱吃饭的职业,文学的触角很难伸得进去,即使能够表达,一般也很难成功。可毕飞宇却打动了读者,并且使得很多读者走到文本的深处,实现作者、文本与读者的深层对话。这种对话的深入探讨本身就反证了该小说对于盲人推拿师的叙述是成功的,也侧面证明了高级读者在对话中也深深地被这部作品的叙事独特性所吸引。

　　阅读者对盲人题材的残疾书写的接受,在伦理情怀的观照上总是小心翼翼。现实中的盲人敏感又多疑,自尊又自卑。而毕飞宇笔下推拿室的盲人,则处于与健全人社会基本相同的生存场所,他们靠双手的劳动获取生存价值与活下去的意义,他们也一样需要爱情、友情,乃至亲情。读者可以在文本中与他们对话,为他们生存艰难而痛苦,为他们爱情友情的获得而喜悦,甚至于剔除视觉上的差异。同样是盲人题材,史铁生《命若琴弦》中的老少瞎子,却让读者无法读出普通人的伦理感觉。在"莽莽苍苍的群山之中",老少瞎子是游离于社会大众之外的,他们的生存过程与推拿室盲人整天的推拿工作并不一样。伦理上的日常感觉与伦理上的哲学升华,没有高低不同,却是两类盲人完全不同的生存基础。豆瓣读书上网名为"林风"的读者对《命若琴弦》的评价是:"残疾是史铁生作品中的一个重要主题,两个瞎子虽然是残疾的,但升华到哲学,

---

[①] 宇文楚安(网名):《如何更好地为"弱势群体"发声——从毕飞宇的〈推拿〉看一种写作悖论》,豆瓣读书,https://book.douban.com/review/6430710/。

心灵是健全的。人活一生的意义到底是什么，空白药方告诉老瞎子重要的是过程，是在全身心地说书中弹断的每一根琴弦。看见或看不见，这一生都这么过来了，快要步入棺材的老瞎子终于明白师父的良苦用心。拉好自己的琴弦，这就是支撑三代瞎子说书人生存下去的伟大动力。与世长辞之前老瞎子叮嘱小瞎子弹断一千二百根琴弦，恍如当初的老瞎子给小瞎子撒的沉重的谎言，注定是一个触摸不到的希望。"史铁生的残疾书写文本，使读者感受到现实生活对所有人都是没有情面可讲的，伦理式的绝望是永恒的，唯有真实地在生命伦理的过程中完成灵魂的净化。《推拿》中的盲人文本则让读者明白，一切都不需要思考太多，每个人都要靠着自己的力气生存，现实生存就是所有人的伦理。而莫言刚出道时的《民间音乐》也同样塑造了一个民间音乐艺人小瞎子，并得到老作家孙犁的认可。他肯定这篇"小说的气氛，还是不同一般的，小瞎子的形象，有些飘飘欲仙的空灵之感"。小瞎子虽然不是莫言作品中较为成功的人物形象，却能给人深刻的印象。老作家孙犁的认可，在一定意义上也体现了这一残疾叙事文本的深层对话伦理，只是影响相对没有莫言后来的其他作品大。不是对莫言的创作进行专门研究的读者，基本上都不会关注到这个盲人形象。豆瓣读书上的数据就可以说明问题。反观莫言后来的《白狗秋千架》《丰乳肥臀》等作品，他塑造了大量的残疾人物形象，给读者留下了深刻的印象。尤其是"个眼暖"想要作为健全人的基本诉求，哑巴孙不言恶与善的混融，都给读者的阅读带来不一样的伦理感受。他们都具有非常复杂的人性特征，读者在豆瓣读书中的评价也可见一斑。豆瓣上一位网名为"木二"的读者认为："莫言最善于写出这'无解'的伦理命题，充满戏剧张力。"

相对于史铁生《命若琴弦》的典型残疾书写，《务虚笔记》的残疾书写内容是不够典型的。但因它是史铁生自传式哲理思考小说，阅读的深层对话伦理基础是相当深厚的。一方面，大家对于史铁生这本具有自传特征的长篇小说具有很高的阅读期待与普遍认同。另一方面，史铁生的第一部长篇小说虽然具有自传性特质，但残疾者 X 只是史铁生用来思考人性的辅助者，这部小说的主题立意已远超残疾书写这个基本的层面。有的读者的感受可以解释这种接受伦理的效果。比如："读完《务虚笔记》会有一种短暂的失语症，因为在阅读的过程中经历了太多心灵的叩问，当一系列精神洗礼结束后，心里则留下了更多的空洞，更多无处倾泻的言语。关于生死，关于苦难，关于爱情，关于过去未来，关于开始结束……《务虚笔记》几乎承载了史铁生所有的思维程序，以及他充满苦难的人生旅途。"的确，《务虚笔记》是史铁生对人类生存世上所面临的各种问题的哲理思考,残疾只是其中的一部分。在大多数的读者看来,史铁生的残疾书写远远超过了同类残疾作家对生命伦理的思考维度。这部作品出版后,并没有引起大众读者的太多关注,浅层对话的接受被深层对话的阐释所取代,看不懂史铁生深沉思考的大众读者自然也都放下阅读的期待,这也正显示了接受伦理对这部作品进行深度理解时的阐释效果。

《受活》具有强烈的政治隐喻色彩,受活村的残疾人基本上是文本隐喻的符码,阎连科在讲述故事的过程中,有意采用了所谓反乌托邦的政治伦理手法,来讽喻时代的沉重。而《爸爸爸》则具有浓郁的文化隐喻色彩,侏儒、哑巴且痴呆的丙崽承载着边地巫文化的神秘性,韩少功以文化寻根的方式叙述民族文化传承的故事。对于这两篇隐喻性极强的残疾书写文本,豆瓣读书的读者阅读情况基本相似。由于这两个残疾书写文本都显示出隐喻特质,读者在阅读时的阐释伦理基础有着本质的不同。受活村的残疾人虽有茅枝婆做领头人,但其他的残疾人并非真的能够接受她的绝对权威,尤其是在她带领受活人入社之后,他们便自然地倒向了柳县长,他以用他们各自独特的"绝术"来挣钱诱惑他们。所以当受活人第二次被圆全人洗劫一空之时,读者内心的伦理是失衡的,但又是无奈的。这种结果茅枝婆一开始就有预见,但无法抗拒的经济诱惑把她带进了时代的羞辱之中,他们的结局是咎由自取。读者又没有办法真正地把这种结局归因于受活人的自私与无知,因为这一切的背后推手是柳鹰雀。作为"社校娃"的柳县长,文化水平不高,却有非常独特怪诞的计谋。他所做的一切看似逻辑严密,丝丝相扣,但他逻辑的前提是错的,所以最后一切归零,柳县长被汽车轧断一条腿落户受活村,也成为讽喻的必然结局。这也许稍稍让读者能够获得短暂的心理平衡。豆瓣读书上的读者认可《受活》文本内涵的同时,对小说有意的叙述结构、方言使用等因素还是提出许多不大接受的评价。这也许就是读者在伦理认同上的一种校正,阎连科创作时有意为之的叙事技巧,反而成了读者的接受障碍,文本在与读者进行深层对话时出现了误读的结果。世外桃源的"乌托邦"在读者的眼里"终究是邈远而空茫的。我们的世界,或许更像是受活庄以外那个属于圆全人的世界。然而希望还是要有的,因为乌托邦不在某个被世界遗忘的角落,它就在你的心里"[1]。

---

[1] Liyunyi(网名):《〈受活〉:渺远的乌托邦之梦》,豆瓣读书, https://book.douban.com/review/7628005/。

《爸爸爸》这部作品,是作为一部中短篇小说集出版的,读者的评分并不是仅仅指向《爸爸爸》这个中篇,但其代表性还是非常明显的,大多数读者也是针对这个中篇评论的。这部作品是作为当代中国寻根文学的代表作出现在读者眼前的,韩少功也是寻根文学的主要倡导者,既有理论文章也有创作实绩。侏儒丙崽这个文本意象在伦理内涵的隐喻上,就成为阅读者阐释的焦点。受时代思潮的影响,湘西边地鸡头寨是文明边缘的象征,巫术文化、民族传统对大多数读者而言是盲点。而鸡头寨愚昧落后的村民及神奇不死的痴呆侏儒丙崽都有着各种不同的隐喻内涵,使读者出现不同的伦理阐释。有读者认为:"在我读完这篇小说后,我并没有读出很明显的批判或者认同态度,而是感觉到了一种完全异于我生活的都市文化的原始巫文化的奇特美感,这种美感不是善与恶中善的美,不是人性中光辉的美,而是一种神秘的,奇特的,蒙昧的,陌生的,异样的,绮丽的,甚至恐怖的,野蛮的美感,这种美感不只是来自鸡头寨异于外界的原始村落文化,还来自作者的写作方法。"该读者在与文本的深层对话中,得出了与其他读者不同的伦理评价,小说并没有明显的批判性,却更有审美的深邃性。对丙崽这个残疾人物的解读,更多的读者是从文化之根的多元性角度来评价的,这是符合当时中国改革开放之初的时代特征的。网名"万象"的读者就认为:"丙崽如同一面镜子,映照着鸡头寨人的劣根性;而《爸爸爸》这部小说则揭露了民族文化的劣根性。""丙崽的病态象征着文化上的原始愚昧状态,作者借此无情揭露了民族文化劣根性,又赞扬了人类生生不息的顽强生命力。"所以,丙崽以及鸡头寨成为一种文化符号,多元象征、隐喻反讽成为读者与文本深层对话的阐释基础,接受伦理上的净化与校正显示了残疾书写的丰富内涵。

东西以广西地域特征为基础所创作的《没有语言的生活》,在豆瓣上的评价相对不高,参与者也相对较少。但是作为残疾书写,其中的短篇《没有语言的生活》还是具有代表性的。一方面文本写了瞎子王老炳、聋子王家宽以及哑巴蔡玉珍三个残疾人组成一个家庭的困顿生存状况,其困难重重可以想象;另一方面则写了健全的村民对这个全残家庭的围观,有怜悯同情,但更多的是冷漠无视,甚至于趁机欺负他们。小说文本以底层社会弱势群体挣扎生存的故事,撞击人性的伦理底线,残疾文本的伦理复杂性必然给读者的阅读带来更复杂的伦理感觉。无奈无助又无力反抗,是大多数读者的感受。"这本小说集,多是讲述辛酸的农村故事,看了让人难受,只是难受。我不是太理解作者的意图,他是要揭露社会的另一面,还是想让我们在快乐生活的同时,感受一些别样的辛酸?"这种"难受"正是大多数读者在接受伦理上的直接感受。因为由残疾人组建的家庭无法用语言进行沟通,读者在感受这种艰难时自然会有怜悯的情感对话伦理,而故事文本的伦理内涵却将他们生出来的健康孩子王胜利放在了一个无法用语言进行沟通的矛盾悖论中,他的未来注定是没有希望的,读者的阅读对话也肯定了这种挫败感的伦理接受。

作为残疾作家的残疾文本,张海迪《轮椅上的梦》、朱彦夫《极限生命》等自传式残疾书写,虽然对普通大众有着非常重要的励志影响,但在豆瓣读书上,参与品读的读者不是很多。《极限人生》的阅读评价不超过百人次。由此可见,这些文本在浅层对话中,受社会政治宣传的影响,对大众读者的接受伦理产生过重要的励志价值,但一旦进入深层对话层面,读者的阅读期待与接受伦理的评价则大打折扣。残疾书写文本的叙事艺术技巧虽具有重要的意义,但文本的故事伦理层不能给阅读者带来较多人性思考的接受伦理价值才是它们被冷落的最重要原因。网名为"李寻光 lj"的读者在《轮椅上的梦》的短评中说:"初一那会儿真的非常喜欢读这本书。长大后再也没有那么愉快的读书体验了,真难过。"这种接受感觉,可能是大多数读者的普遍感受,中学生读物是很多人给这本书的定位。

朱莉娅·克里斯蒂娃曾说过:"我们在读普鲁斯特的时候,我们的时间里就会充满了嗅觉与触觉,所见与所闻,我们的所有感觉都被唤醒。"[①]读者在进入与文本的深层对话中时,一定会化身其中,参与到事件的发展过程之中,与人物同感同知。能够进入这种深层对话的读者,在对这些残疾书写文本的接受上,达到伦理上的交流、情感上的净化,是需要有独立自主的评判意识、较好的人文修为的。豆瓣读书的网络平台数据只能说明一部分喜欢读书,且文化层次相对较高的知识分子精英读者的伦理接受评判,并不能完全说明这些残疾书写的接受情况。对于当代中国小说中残疾书写的文本接受,这部分读者的阅读伦理评价在深层对话的层面上,显示出读者自身的伦理感觉的净化与校正。

[①] [法]朱莉娅·克里斯蒂娃:《主体·互文·精神分析:克里斯蒂娃复旦大学演讲集》,祝克懿、黄蓓编译,生活·读书·新知三联书店,2016年,第46页。

第三节 残疾文本的"批评对话":伦理的互证

巴赫金认为,意义存在于全部交流行为之中。在巴赫金的文学对话理论中,除了典型的人物之间的对话,即人物的自我对话之外,还包括作者与主人公、作者与读者、文本与文本、话语与历史等多个层面的对话。接受美学大师姚斯则说:"一部文学作品的历史生命如果没有接受者的积极参与是不可思议的。因为只有通过读者的传递过程,作品才进入一种连续性变化的经验视野之中。"[1]读者接受是文学生命延续的接力棒,不可或缺。伊瑟尔则认为:"阅读是一切文学诠释过程的基本前提。"[2]没有阅读就不可能有文学的阐释,但阅读者的知识层次决定着文学文本的对话层次。一般读者与专业读者对文学作品的阅读有着本质的不同。一般读者即使能走到文本的深层对话中,其阅读时的理解性阐释也大都是随感式的,缺乏系统性、理论性;而专业读者大都具有专业批评的基本理论功底,同时又能立足客观事实,以专业评论阐释的目光来审视文本的内涵,依托相关的专业学术理论来解读、分析、论证文本的伦理价值意义。

正因为"文本作为一个开放的伦理空间是作者伦理意识的延伸;同样的,叙事伦理批评也不是单纯的文本批评,它常常在作者伦理观念和文本伦理表现的互证中,深入分析作者、作品的伦理倾向,试图还原隐含作者的伦理价值体系"[3]。因此,在"批评对话"层次中,读者与作者、文本之间的阐释伦理关系就是一种互证与辩驳的关系。批评者以专业学术的视角来探析文本创作的规律,发现其中的价值。这种文学接受的完成对文学的整体发展具有重要的价值引领意义,它可以改变文学创作的潮流方向,校正文学发展的航道。因此,当代中国小说残疾书写能有今天的实绩,离不开专业的学术批评与残疾书写文本的学术性"批评对话"。大批专业读者的相关学术论文就是以这种"对话"的接受伦理为基础,通过对这类作

---

[1] [联邦德国]汉斯·罗伯特·姚斯:《走向接受美学》,出自《接受美学与接受理论》,周宁、金元浦译,沈阳:辽宁人民出版社,1987年,第24页。
[2] [德]沃尔夫冈·伊瑟尔:《阅读活动——审美反应理论》,金元浦、周宁译,北京:中国社会科学出版社,1991年,第28页。
[3] 刘欣:《中国叙事伦理批评述略》,《中国社会科学报》2017年10月30日,第8版。

品的研究总结，得出了许多可供专业读者借鉴的互证价值。从专业理论批评的角度来审读当代中国小说的残疾书写，中国知网的学术论文资源就是最好的研究素材。下面将会使用中国知网上的相关数据对该部分的研究进行论证分析。

一、与残疾作家及作品的"批评对话"

从所梳理出来的数据可以看出，能够进入专业读者对话层次的残疾作家只有史铁生。其他如张海迪、朱彦夫、阮海彪、吴运铎等有一定社会影响力的残疾作家，基本上都只处于普通大众读者的浅层对话层。所以对于中国知网数据的使用，主要以史铁生及其作品为主，其他人的数据仅做参考。

表 2　以作者为主题进行知网搜索所得的相关文章数据表
（数据截止日期为 2021 年 11 月 10 日）

作者主题	总数	期刊论文	博士论文	硕士论文	会议论文	报纸论文	学术辑刊论文	特色期刊论文
史铁生	4434	1108	6	162	29	171	21	2937
张海迪	354	153	0	3	0	63	0	135
朱彦夫	51	31	0	0	1	0	0	19
阮海彪	8	5	0	1	0	0	0	2

表 3　以作品为主题进行知网搜索所得的相关文章数据表
（数据截止日期为 2021 年 11 月 10 日）

作品主题	总数	期刊论文	博士论文	硕士论文	会议论文	报纸论文	学术辑刊论文	特色期刊论文
命若琴弦	129	50	0	1	0	6	0	72
务虚笔记	164	70	10	59	0	0	0	25
轮椅上的梦	13	1	0	1	0	2	0	9
极限人生	9	6	0	0	0	0	0	3
把一切献给党	15	8	0	1	0	1	0	5

从以上两张数据表中可以明显地看出，即使是社会声誉很高的张海迪，也

很难成为专业学术研究者对话交流的对象。因为以张海迪典型的残疾书写作品《轮椅上的梦》作为搜索主题,仅得到了13篇相关研究文章,而在这些研究文章中,被认可为学术文章的仅有1篇,即《中国残疾人》于2011年第4期发表的一篇带有新闻性质的报道:《张海迪根据自传体小说〈轮椅上的梦〉改编电影〈我的少女时代〉首映》,实际上仅从标题上看,就知道这篇文章根本不具有学术研究性质,仅是新闻报道。相关的1篇硕士学位论文是郝艳萍的《张海迪创作论》,从形式上看此论文虽然具有学术论文的基本架构,但从内容上分析,文章则仅仅是从张海迪创作的早期、成熟期及翻译文学作品等几个方面来分类说明其创作状况,基本上是资料性的搜集整理,研究性的论说相对浅显,不能以批评性对话的标准审读此文。其中对相关残疾书写的阐释研究也仅止于简单的叙述式列举介绍,根本没有进入批评对话的层列之中。而其他的报纸、特色期刊的相关文章基本上都是一些新闻性的报道或比较浅显的短论。因此,像张海迪这样负有盛名的残疾作家,也难进专业学术批评者的"对话"视野,更不用说吴运铎、朱彦夫、阮海彪等只有少量作品面市的残疾类型的作家了。只有史铁生因为高质量的残疾书写,成为当代中国小说中残疾类型作家的代表。从数据中可以看出,如果以史铁生作为搜索主题,可以得到4000多篇相关文章;如果以史铁生的典型残疾书写短篇小说《命若琴弦》为搜索主题,得出的相关研究文章就有129篇,其中专业性的期刊论文有50篇,硕士学位论文1篇。史铁生其他类型的残疾书写,以影响较大的《务虚笔记》为搜索主题,则有164篇相关文章,其中专业性的期刊论文有70篇,博士学位论文10篇,硕士学位论文59篇。

  从中国知网的这数千篇文章中,我们可以看出,专业读者与史铁生残疾书写文本的批评对话,伴随着史铁生的残疾书写分期分段地显示出批评者在接受伦理上的互证与互驳关系。唐小林《极限情景:史铁生存在诗学的逻辑起点》一文认为:"史铁生是我们这个时代最深刻的文学家之一。他的写作进入现代汉语文学和诗学未曾到达过的领域。那里隔着一条河,河的那边是一片人迹罕至的思想飞地,史铁生从写作之夜出发,摇着轮椅,借助冥思和无与伦比的意志到达那里。史铁生记录这个过程写下的那些小说、随笔,是这个时代汉语思想界足以与帕斯卡尔、克尔凯郭尔、薇依等人媲美的思想录。"[①]唐小林正是在与史铁生残疾书写文本的批评对话之中,发现史铁生创作的诗学高度

---

① 唐小林:《极限情景:史铁生存在诗学的逻辑起点》,《文学评论》2005年第5期,第140页。

与深度。他认为:"史铁生的诗学,是关于人的意义之在的存在诗学;身体和精神所遭遇的'极限情景'是其诗学的逻辑起点。自觉到人的存在的有限性和苦难性,史铁生关切生命过程、迫近心灵自由、深入艺术根基和寻求超越之路的诗学理念,确立了他探询生命意义的方向,也使他具有一种谦卑的伦理心态,客观冷静地观察人的能力和处身位置,而使他对个体心性和人的存在的勘探,抵达了理性不能照亮的'黑夜'。"[1]这种高度的理论性总结,不仅对其他读者阅读史铁生的残疾书写文本具有较好的伦理接受指导,而且对史铁生的创作也有着重要的价值评定意义。史铁生从残疾的痛苦经历中,看到了人类残缺的共性就是局限,从局限认知中探寻人类生存的过程与意义,实现了人神相通的深度思考,完成了自我认识的伦理升华,并最后走向哲学、宗教的精神救赎。批评者与史铁生及其残疾书写文本的对话,促进了双方在伦理维度上的互证与提升。

　　吴俊在史铁生创作的早期就看到了史铁生残疾书写的心理依托,借用西绪弗斯神话故事的抗争精神与史铁生进行了一次深度的心理层面对话,分析了史铁生残疾书写的主题意蕴、残疾人天生自卑所造成的精神苦闷以及借用宿命意识解释生命厄运的惆怅,属于对史铁生残疾书写的阐释性伦理解读准确到位的一篇学术"对话"。这篇文章是对史铁生早期创作的批评式总结,既总结了史铁生早期残疾书写的基本心理基础,又点出了史铁生残疾书写在未来应该深入思考挖掘的方向。当时由于《文学评论》的编辑把吴俊的这篇文章提前给史铁生审读,史铁生为此写了一个简短的回应。这个回应中史铁生进一步提出了探讨的对话,"'残疾'问题若能再深且广泛研究一下,还可以有更深且广的意蕴,那就是人的广义残疾,即人的命运的局限——不知吴俊愿不愿就此再写篇文章"[2]。很明显,这种深层对话所揭示的是作者与读者对残疾书写文本如何阐释的伦理互证,读者的阐释性研究也促使史铁生后来的残疾书写有了更加深入的思考。

　　对于史铁生残疾书写的研究,除了专业评论家在深层对话中借助专业批评式的阐释性解读所显示出的接受伦理之外,许多研究生在选择学术起点时,也渴望参与到这一论题的讨论中。这从侧面说明了史铁生作品的价值,当然这些研究并非都是以史铁生的残疾书写作为研究的中心,但博士论文侧重于整体梳理,硕士论文侧重于具体学术点的研究,而与残疾相关的内容始终与他

---

[1] 唐小林:《极限情景:史铁生存在诗学的逻辑起点》,《文学评论》2005年第5期,第140页。
[2] 吴俊:《当代西绪福斯神话——史铁生小说的心理透视》,《文学评论》1989年第1期,第49页。

们的论题有着绕不过去的关系。比如南京大学陈振南的《史铁生论》，探讨了史铁生的文学史地位，系统梳理了史铁生在当代文学接受史中所处的"尴尬"位置。他认为史铁生因身体残疾，创作"形成一种交互的作品样态"，也使得对他的"创作进行总体研究的研究者们，往往会在纵向编年的基础上，再使用横向分类与概括的方式，试图更加全面地阐释"[1]他不同时期的作品。这就是学术批评界对史铁生残疾书写在接受中的基本伦理定位。从当代文坛的阅读接受史看，史铁生在1983年因《我的遥远的清平湾》获当年度的全国短篇小说奖第一名而享誉文坛，但他真正成为文学史能够接受的文学大家，则一直要到此后的20世纪90年代"人文精神大讨论"之后，1995年《史铁生文集》出版之时，他被评价为"当代文坛纯文学创作的一个典型代表"。史铁生在整个80年代的文坛，基本上无法融入各个主流文学派别之中，伤痕、反思、寻根、先锋、新写实等文学流派都难以把他的创作纳入其中，即使是最贴近的知青文学，他的作品也与梁晓声等具有典型性的知青作品有着本质的不同。而最后把他作为"纯文学的典型代表"，也可以说是因为他是独一无二的，当代文坛基本上没有真正的纯文学。对史铁生及其残疾书写的批评对话，批评界在接受伦理的品评定位中，显示出的这种无处安放的"尴尬"，也正体现出史铁生残疾书写的独特阐释价值。其他博士学位论文都从不同的侧面对史铁生的创作进行了细致梳理与研究，这种深层对话的基础最后都落到史铁生的残疾书写上，这就诠释了批评对话在接受伦理上的互证关系。其中张建波就认为："史铁生以其充满挚情的文本为时代的喧嚣作了相反的注解，以充满哲理的思索为世界的浮躁添了清新之气，打开史铁生的文本，就是关掉了整个世界的喧嚣。"[2]因此无论是残疾作家，还是非残疾作家，在残疾书写的伦理价值评判上，史铁生都是无可替代的，具有重要的引领意义。

二、与非残疾作家的"批评对话"

当代中国小说非残疾作家的残疾书写文本以《推拿》《受活》《尘埃落定》三部长篇，《爸爸爸》《没有语言的生活》《民间音乐》《断手》《盲人的报摊》《明姑娘》《整个宇宙在和我说话》等中短篇最具有代表性。首先，这些作品中的

---

[1] 陈振南:《史铁生论》,南京大学博士学位论文,2015年,第74页。
[2] 张建波:《逆游的行魂——史铁生论》,山东师范大学博士学位论文,2011年,第141页。

人物都是各种不同类型的残疾人，文本叙事也以这些人物的性格命运发展为基本思路；其次，这些作品尽管产生的影响各有不同，但在当代中国小说中，都具有其独特的接受价值，专业读者在批评对话中的接受伦理有多种不同的阐释性互证关系。从这些典型的残疾书写文本的研究文章中，我们可以得出残疾书写在接受伦理中的基本特质。

实际上，由于三部长篇小说的影响力，读者在接受伦理上的阅读无论是处于浅层，还是处于深层，都已经进行了较为充分的探讨。尽管这种对话还远未上升到理论总结的层次，但从阐释伦理的角度分析，对于这些作品的传播性影响都是巨大的。专业读者的批评对话对小说伦理价值的认知评判则有更为系统性、逻辑性的总结性阐释解读。如《尘埃落定》被认为"与在深邃神秘的藏汉文化背景下的作者原始/宗教艺术思维的契合天成。这样，《尘埃落定》以小说的方式参与了世界文化的对话，成为一部可以与由陀思妥耶夫斯基奠定的现代主义文学异质同构的、'走向世界'的中国当代文学力作"[1]，独特的地域文化、傻子主角的双重叙事、政教合一的土司制度等都是这部作品与众不同的特质。小说中傻子身份意义的多重性，丰富了小说的文化内涵，也为当代中国小说残疾书写增添了新内涵。《受活》则被认为是"反乌托邦的乌托邦叙事"，"其意思当包含以东方的自然主义乌托邦来质疑、对照源自西方的共产主义乌托邦和自由主义乌托邦。……既通过乌托邦叙事来坚持乌托邦精神，又通过这一叙事来反对任何现实化的越界的乌托邦行动"[2]。《受活》所具有的政治寓言性依托受活村的残疾群体完成了对时代政治的批判，残疾人的政治隐喻内涵正是接受伦理理解阐释的基本起点。《推拿》则回到日常，"是关于盲人的日常生活叙事"[3]，"《推拿》最伟大之处就在于，作者毕飞宇将盲人作为正常人来写。他改变了千年来几乎固定不变的成见。这个成见就是认为盲人是非正常人。这个成见也基本上左右着文学中的盲人形象的塑造，盲人形象往往成为一个符号或象征，盲人作为正常人的资格长期被剥夺了"[4]。推拿中的每一位盲人推拿师，都类似于我们生活中的同事、同伴，他们的喜怒哀乐、恋爱婚姻，乃至职业理想、人格尊严，对于社会不起波澜，但对于个体则是生活的全部。这正是《推拿》能够得到读者倾心接受的根本原

---

[1] 黄书泉：《论〈尘埃落定〉的诗性特质》，《文学评论》2002年第2期，第75页。
[2] 王鸿生：《反乌托邦的乌托邦叙事——读〈受活〉》，《当代作家评论》2004年第2期，第91页。
[3] 贺绍俊：《盲人形象的正常性及其意义——读毕飞宇的〈推拿〉》，《文艺争鸣》2008年第12期，第32页。
[4] 同上，第31页。

因。因此,这三部典型的残疾叙事文本有着良好的阅读接受基础。批评对话层面的专业读者对于这些具有典型残疾书写特征的作品进行阐释性的伦理接受则显示出较为明确的互证与互驳关系。

表 4　以作品为主题进行知网搜索所得的学术文章数据表
（数据截止日期为 2021 年 11 月 10 日）

作者作品	总数	期刊论文	博士论文	硕士论文	会议论文	报纸论文	学术辑刊论文	特色期刊论文
阿来《尘埃落定》	355	206	1	33	0	11	20	84
阎连科《受活》	562	235	6	231	3	12	7	68
毕飞宇《推拿》	290	109	2	90	0	24	2	63

根据中国知网的论文数据,从专业读者批评对话的接受层面来看,这三部长篇在以残疾书写为中心内涵的对话伦理关系中呈现出各自不同的阐释特色。总体而言,《尘埃落定》在专业对话中所呈现的接受伦理具有最为明显的多元互证性。中国知网上的学术文章尽管不一定都是围绕着小说的残疾书写进行研究论述的,但从接受伦理的视域来看,无论是从小说的地域空间来论述藏地文化的主题价值,还是从小说叙事手法的独特之处,甚至于从小说改编为戏剧、影视等作品的表现形式来分析,傻子二少爷的土司形象始终是批评对话的中心点。因为这个小说中的傻子,在读者的阅读阐释中有着非常不同的伦理接受特色。在批评对话的伦理互证中,我们可以看出批评者对傻子身份的认知评价呈现出一种多元互证的伦理关系。也就是说,傻子的身份特征具有多样化的伦理价值内涵。王一川认为,这个小说的绝对主人公傻子二少爷,"具有一种杂糅而又多义的特性。这部小说的成功,很大程度上正是来其独创的这一特色独具而又兴味蕴藉的人物形象"①。他"是一位中国现代文学传统熏陶与西方文学影响及藏族民间叙事传统感召之间的持续涵濡(acculturation)的产物,至少涵濡进了狂人、丙崽、班吉、鲍赛昂子爵夫人以及本地藏族民间叙事曲等多重中外文学形象因子。这些因子(当然不限于此)在这个形象内部形成奇异的杂糅式组合,具有令人回味无穷

---

① 王一川:《旋风中的升降——〈尘埃落定〉发表 15 周年及其经典化》,《当代文坛》2013 年第 5 期,第 10 页。

的功效。正是由于涵濡了多重中外文学形象因子,傻瓜二少爷体现了外表憨傻而其实内在睿智的神奇特点,成就了一位憨而智的艺术形象。这样一个杂糅式及多义性艺术形象的诞生,是此前中国文学画廊和西方文学画廊里都没有出现过的,属于中国四川藏族作家阿来对中国文学传统,从而也是中国文学传统对世界文学的一份新的独特贡献"[①]。王一川对傻子二少爷多元性内涵的解读代表着大多数专业学术批评者对这部作品的对话解读,肯定了这一人物形象是对中外文学中相似智障性人物的吸收与借鉴,是融合了这些人物多元化精神特质而创造的新形象代表,是独特而充满异质化的智残者形象。这与阿来创作的精神倾向是相通的,也是独特的藏域文化与中国当代文学相结合的奇异产物。

而专业学术批评对话的争论点也正在这里,二少爷这个人物形象的真实性究竟有多大,或者说作者在以傻子的叙事视角来讲述故事时,本身就有一种不符合现实的判断。所以李建军就认为,"《尘埃落定》中的叙述者显然也是一个不可靠叙述者,但是,阿来对这个叙述者的修辞处理是失败的。……如果叙述者纯粹是一个白痴或傻子,那他是不可能提供任何可靠的判断的。……作者虽然在'我'到底傻还是聪明这个问题上卖了很多关子,花了很大力气,但是,除了把问题弄得更复杂,除了给人留下别扭和虚假的印象,似乎没有带来什么积极的修辞效果"[②]。很明显,他把这个傻子形象的分析落到了实处,以现实中的真正傻子形象来想象小说文本中的土司二少爷的傻子特质,必然得出了相反的结论。当然持此种观点的读者在浅层对话与深层对话中的接受评价,也有不少,只是分析评价的视角稍有不同,但在傻子的人物精神特质上,是基本一致的。因此《尘埃落定》这部作品显然不能算作典型的残疾书写文本,傻子的文学形象与现实中的傻子实际上是不能完全画等号的。一般而言,文学中的傻子形象是借助生理上的残疾而再现精神智者的文化内涵。因此对《尘埃落定》中残疾书写的阐释不能简单地以真实还是虚假的标准来分析评价,文学接受必须立足于文学理论的价值分析来理解阐释其中的人物形象、叙事手法等。所以有的论者以"陌生化""复调叙事"等理论来分析傻子二少爷的形象意义时,就深入与作者、文本的对话之中,因而抓住了这部小说的精髓所在。对于傻子形象特质的批评性对话阐释,所呈现出来的多元多义的伦理接受,也从侧面说明了阿来创作的成功,这部作品经久

[①] 王一川:《旋风中的升降——〈尘埃落定〉发表 15 周年及其经典化》,《当代文坛》2013 年第 5 期,第 11 页。
[②] 李建军:《像蝴蝶一样飞舞的绣花碎片——评〈尘埃落定〉》,《南方文坛》2003 年第 4 期,第 34 页。

不衰的阅读现象就是成功的证明。阿来从这些专业学术批评者的阅读反馈中,也合理地吸纳其中可取的意见,校正自己的创作方向,这也正是文学专业批评对话中接受伦理的互证效果。

《受活》在与专业读者的批评对话中,所呈现的接受伦理则以"荒诞性"的价值评判为大多数读者所认可。《受活》因"现代政治寓言小说"[①]的特质不能算是一部纯粹的残疾书写作品,因为小说的主旨不完全是写残疾,而是通过残疾人与圆全人之间的关系来再现时代的荒诞。但以受活人为代表的残疾群体是这部作品借以表达小说主旨的主要形象载体,文本以他们的生活事件为叙事的中心,他们的身体决定了小说叙事的整体发展方向,专业阅读者参与的批评对话一定会因为文本内涵的多义性而产生多种对话的声音。阎连科说过:"一部超出读者想象的作品的出现,必然伴随的是与作品同在的不断的争议。"[②]这种争议正凸显了作品内涵价值意义之大。以阎连科《受活》为主题词,在中国知网上可以搜索到相关研究文章562篇,这个数量足以说明这部作品阅读对话状况中的批评对话层次。从批评者的视角来审读《受活》,大多数读者都是立足各自的学术理论修为,肯定这部作品的价值。比如刘再复就认为"中国出了部奇小说",把它定位为"荒诞性"[③]。荒诞的叙事内涵,奇数章节的叙事框架,絮言注释的套娃式叙事模式,以及方言俚语的叙事语言,都使得这部不太典型的残疾书写文本充满着令人意想不到的"荒诞性"。陈晓明认为:"《受活》也是当代中国小说的标志性事件——汉语小说终于可以在一个如此具有概括力的叙事空间中,建立起一个革命历史与全球化现实相撞击的话语装置。本土的田园牧歌之后不再是乡土叙事的残羹剩汤,而是在乡土中国的墓地上,奇媚的后现代鬼火。"[④]《受活》的出现成为当代中国文坛无法绕开的一个重要事件,这个"后现代鬼火"注定成为影响中国乡土文学的一片奇异亮光,引领读者的接受倾向。作品出版后,二十多位国内知名的评论家在上海大学召开了"《受活》作品研讨会",对《受活》这部作品的各个不同方面进行了深度分析与肯定性评价,这应该是专业读者与文本的一次高质量对话,带有群体式接受的伦理特征,专业层面的及时反馈也具有较为鲜明的阐释伦理导向。

---

① 陶东风:《〈受活〉:中国当代政治寓言小说的杰作》,《当代作家评论》2013年第5期,第31页。
② 方志红编著:《阎连科研究》,郑州:河南大学出版社,2015年,第45页。
③ 刘再复:《中国出了部奇小说——读阎连科的长篇小说〈受活〉》,《当代作家评论》2007年第5期,第40页。
④ 陈晓明:《他引来鬼火,他横扫一切》,《当代作家评论》2007年第5期,第63页。

重点对受活村残疾人物形象进行解读的批评家,虽立足荒诞,但更多地强调底层社会的生存艰难,从对残疾人生存的伦理关怀来阐释文本的价值内涵。如李陀就认为,残疾绝术团的一系列叙事,都是荒诞的超现实叙事,"这部小说的独特之处,是对农民苦难和农村文化政治这种特殊的政治形式(还有它的体制)的复杂关系的描绘和揭示,而且,这种描绘和揭示不是用写实的手法,而是荒诞,是超现实。"①南帆认为"《受活》将反讽推向一个极端。这就是反讽与怪诞的汇合。相对于喜剧或者反讽,怪诞的辛辣远为强烈",这种文本就是"怪诞现实主义"②。"荒诞""怪诞",都是非现实主义的手法。阎连科在《受活》的后记中,谈到了自己这样写的想法,他认为:"真实只存在于某些作家的内心。来自于内心的、灵魂的一切,都是真实的、强大的、现实主义的。""现实主义……它只与作家的内心和灵魂有关。"③这种批评对话的互相印证,揭示了这部作品在理解阐释中接受伦理的互证关系。吴晓东也认可王鸿生的"乌托邦叙事"的观点,他认为:"作者在表现了对共产主义乌托邦和资本主义商业乌托邦的深刻怀疑的同时,也写出了传统的乡土乌托邦的流失。从这个意义上,作者展示的是中国乡土社会的深刻的历史性危机。作者对受活人的生存图景的描绘也正借助这种正、反乌托邦的话语实践而上升到了一种存在论和人类学的层面。《受活》在这个意义上,唱出了一曲中国乡土自给自足农耕社会的乌托邦以及与世隔绝的桃花源世界的挽歌。"④总体而言,《受活》在刚一问世时就受到了来自批评界专业读者的强烈关注,这不仅仅是因为阎连科在叙事上所采取的荒诞手法,更重要的是小说文本中受活村残疾群体在时代的夹缝中所遭受的不公与掠夺,而作为健康群体代表的柳鹰雀却无耻地逼迫他们以展示残疾来获取钱财以实现他的政治野心。非理性的时代挤垮了理性的闸门,小说借助荒诞完成了反讽的叙事目的。《受活》深刻地批判了人性自私的罪恶,并对卑微的残疾者寻求平安美好的田园生活给予默默歌颂。

在批评对话中,对于《受活》的阅读接受,并非从一开始就是一片叫好的肯定性评价,否定性的批评也伴随着这部作品的问世而改变了阎连科现实生活的状况。而持否定性阐释伦理评价的专业学术批评者中,肖鹰是重要的代表。

---

① 阎连科、李陀:《〈受活〉:超现实写作的重要尝试》,《南方文坛》2004年第2期,第23—24页。
② 南帆:《〈受活〉:怪诞及其美学谱系》,《上海文学》2004年第6期,第66—73页。
③ 阎连科:《寻求超越主义的现实(代后记)》,出自《受活》,沈阳:春风文艺出版社,2004年,第298页。
④ 吴晓东:《中国文学中的乡土乌托邦及其幻灭》,《北京大学学报》2006年第1期,第79—80页。

他认为《受活》"是一部糟糕到打击批评家的阅读勇气的小说"[1],并认为,阎连科的错误"在于他将文学创作真实的可能误解为恣意的狂想和虚构""在《受活》中,阎连科大量繁殖残疾奇人,让他们自成一个世界,在健康人的世界之外自在快活('受活')地生活着;在这个超级世界中,只是因为健康人的介入和领导,残疾的受活人才进入苦难和罪孽之中。这种简单的比附、寓意,一方面缺少文学上的创意,另一方面更缺少现代人文公正意识。就此而言,我们不得不说,阎连科在创作这部小说时,过于重视并通过狂想极度放大了自己在伤残之后的病痛伦理体验——张扬着偏激的疾病伦理"[2]。这种阅读体验非常明确地显示出批评者强烈的否定接受倾向,他认为《受活》过于极端地描绘了健全人对于残疾人的伤害,不符合社会现实,也不符合读者的阅读期待,是作者过度的狂想所致。他从作家主观体验的视角分析认为,这是阎连科自身遭遇伤残后"疾病伦理"的外在显现,是一种非真实的疾病伦理的体验狂想,并认为:"正是在他的疾病伦理操纵下,阎连科的小说写作成为对他狂想虚构的疾病世界的虚假赞歌。这狂想的虚假赞歌透露着作者对现实人生世界的根本无奈和绝望感,是对现实彻底无望的愤懑哀歌。"[3]这当然是建立在对阎连科的生活非常熟悉基础上的一种接受式伦理判断。因为阎连科此前确有一段痛苦的残病经历,他因长年伏案写作而透支体力,得了严重的"腰椎间盘脱出",每天只能半躺着写作。对此,阎连科也曾多次谈到自己的腰病折磨得他无法写作。这种批评对话的背后,可以说隐含着批评者的"误读"与过度阐释,属于读者阐释伦理的自我臆测,但这也代表着一部分专业学术批评者的阅读伦理体验。

而对《受活》"误读"式的伦理评价,在国外批评者的阅读接受中也曾发生。比如,《受活》在 2014 年被翻译到日本时,曾刷新了中国小说在日本的销售纪录,连续再版三次。尽管出版社以出经典作品为目的,定价超高,但《受活》在日本还是成为当时的畅销书,阎连科也因此获得日本当年的 Twitter 文学奖。[4] 但在如此好的阅读接受效果中,仍然存在着文化差异下的接受"误读",令日本读者难以从伦理上接受的是文本中充斥着大量独特的对残疾人的歧视用语,而这一点正是《受活》文本的独特之处,以至于译者谷川毅在翻译时不得

---

[1] 肖鹰:《真实的可能与狂想的虚假——评阎连科〈受活〉》,《南方文坛》2005 年第 2 期,第 43 页。
[2] 同上,第 45 页。
[3] 同上,第 54 页。
[4] 卢冬丽、李红:《阎连科〈受活〉在日本的诠释与受容——基于日译本〈愉楽〉副文本的分析》,《文艺争鸣》2016 年第 3 期,第 171 页。

不采取"归化为主异化为辅的翻译策略"①,甚至多次与阎连科进行沟通,用一些日本读者能够接受的词语来替换。即使这样,他在译本的后记中仍然心怀担忧:"恐怕现代日本人接受不了这样一个彻底击垮残疾人的故事,文中的歧视用语恐怕日本人也难以接受,就把它当作少数派或是一个虚构的故事来对待吧。"②有时政治伦理上的意识形态原因也是非常重要的伦理评判的误导因素,阎连科要表达的反讽意识被他们渲染式地夸大了。这些在外译过程中所表现出来的接受伦理与文本创作目的相悖的情况,还是比较普遍的,这也是文本在阐释过程中伦理互证与互驳关系的基本体现。

实际上,2003年《受活》刚出版的时候,就因为过于"荒诞""反讽"的叙事效果,遭到了强烈的非理性批评。这种争议从一开始就不是阎连科所渴望的批评对话,非理性的伦理污化与美化,都会扼杀这部作品。人类社会受政治意识形态的影响很大,这种政治伦理导向随时都会成为文学诠释的指挥棒。这也更加重了《受活》在读者接受伦理中的非常态、非文学的伦理价值判断。随着这种批评对话的深入,来自浅层对话的接受伦理论争也渐趋平静,真正立足文学批评的阅读也使得读者开始慢慢地静下心来审视这部作品的伦理价值。阎连科在《受活》再版时,写了简短的序言,表达了初版时他所受到的内外交困与煎熬,他说:"那时绕着《受活》涌起的纷争,如旷野间的风雨霜雪,初春时的光亮月明。……这些话题风起云涌,至少说明了两个问题,一是一部小说写完之后,作者对小说的注释都是没有意义的;二是文学与社会,这个话题是恒久不衰的。"③阎连科对《受活》初版时所受到的纷争,甚至于对于他个人生活轨迹的直接影响,心有余悸。毕竟这部作品在互证与辩驳的是与非中产生了强烈的两极接受伦理。对这部作品的阐释性解读也许还需要更多的时间来沉淀,作为具有残疾书写特质的代表性作品,在与专业学术批评者的对话中,其伦理评价的价值认定也会逐渐趋于客观,这对于作者阎连科来说,正是他所渴望的接受伦理观。

《推拿》与专业批评者的对话所呈现的接受伦理主要是对于"回归日常生活"尊严的一致阐释,也体现了这一文本在当代中国小说残疾书写方面的典型

---

① 卢冬丽、李红:《阎连科〈受活〉在日本的诠释与受容——基于日译本〈愉楽〉副文本的分析》,《文艺争鸣》2016年第3期,第174页。
② 同上。
③ 阎连科:《念求平静——〈受活〉再版序》,出自《阎连科文论》,昆明:云南人民出版社,2012年,第157页。

接受伦理。《推拿》自2008年发表以来,就引起批评界极大的关注。当年就连续获得《小说选刊》杂志社首届"小说双年奖"、"茅台杯"人民文学奖优秀长篇小说奖、第五届"《当代》长篇小说年度奖",2009年获得台湾"《中国时报》开卷好书奖",2011年获第八届茅盾文学奖。如此多的奖项正说明了这部作品巨大的影响力。2013年康洪雷以此改编导演的同名电视剧,因扎实诚恳的叙事收获了"零差评"的成绩,但也因改编的正剧伦理意识及受众喜好、排片档期等多种因素的影响,没有收到预想的收视效果。2014年娄烨据此导演的电影在海内外获奖无数,再次把原作的影响力推向一个新的高度。批评对话的接受伦理基本上都是建立在盲人书写的文本基础上。在中国知网上以毕飞宇《推拿》为主题词进行搜索,可以得到的研究文章有290篇,其中期刊论文109篇,博士学位论文2篇,硕士学位论文90篇。这些研究文章自然也包括对于影视改编的研究。总体来看,这部作品在专业批评者的文本对话中,收获的更多是肯定性评价。尤其是残疾人物形象回归日常生活的伦理内涵,是人们接受的基本核心点。但从专业读者的视角来审视这种阐释接受的伦理基础,则又不仅仅是残疾人身份特征的认同问题。更重要的是,盲人日常生活背后不被察觉的真实人性,这是对话的根本。毕飞宇在谈及这部小说的写作时曾说过:"毫无疑问,这是一本关于理解的书。……我读书的时候有一个体会,真正触及我灵魂的,往往是我的理解力被拓宽的时候,想象是为了理解,而不是相反。"[①]毕飞宇强调对这篇小说的解读阐释要有自己的理解力,而不仅仅单靠想象力。这实际上也表明在批评对话的接受伦理关系中,作者要处理的不仅仅是文本对读者的伦理影响,还包括作者对人物关系的伦理表达。

《推拿》的残疾书写是最具典型性的,这也是大多数专业读者在批评对话中的共识。这主要是从残疾书写伦理定位的认知上进行评定的,因为大多数的残疾书写文本,即使是残疾作者的自传式书写,都有一种凌空式的伦理塑形性,带着一种文本之外的写作目的,影响着读者的接受感觉。《推拿》最大的成功就是跳出所谓的同情与关爱,以理性的世俗心态"把盲人当作正常人"来写,"写出了残疾人的快乐、忧伤、爱情、欲望、性、野心、狂想、颓唐"[②],他们一样需要打拼,实际就是写出了对盲人最大的尊重。茅盾文学奖的颁奖词中,也肯定"毕飞宇直面这个时代复杂丰盛的经验,举重若轻地克服认识和表现的难度,

---

① 张莉、毕飞宇:《理解力比想象力更重要——对话〈推拿〉》,《当代作家评论》2009年第2期,第29页。
② 小雨:《"盲人的小说"获茅盾文学奖》,《中国残疾人》2011年第9期,第64页。

在日常人伦的基本状态中呈现人心风俗的经络,诚恳而珍重地照亮人心中的隐疾与善好"[1]。

因此,关于《推拿》的批评对话,首先是国内许多重要的当代文学研究者所给予的肯定性的互证式评论。如张莉在《推拿》发表之后,就与毕飞宇进行了一次深入的对话,后以《理解力比想象力更重要——对话〈推拿〉》为题,发表在《当代作家评论》2009年第2期上。这篇对话具有典型的批评对话特征。一方面,作为专业的批评者,张莉从残疾文本书写的创意缘由、叙述模式、人物原型与创造以及写实手法等方面与作者进行了深入的交流对话;另一方面,作为作者的毕飞宇在与专业读者的对话中,也激发出了对其创作的深刻思考。毕飞宇对此认为:"和一个自己信得过的人建立起一种长期的、有效的对话关系,这对一个小说家的成长很重要的。"[2]这也反向说明了小说家的成长需要有好的批评家互相砥砺,才会有更好的发展。比如,张莉对毕飞宇小说人物形象的"病态性"处理进行比较,得出这样的结论:"金嫣的身上有一种很泼辣、很坦荡的美,都红则很独立。比较下来,《青衣》里的筱燕秋、《玉米》里的玉米、《平原》里的吴蔓玲都有些'病态',而这种'病态'金嫣和都红的身上都没有,你有没有注意到这点?"毕飞宇一下子就觉得张莉发现了他自己也没有感觉到的创作更新。他说:"我没有注意到——不过,你说得非常对。筱燕秋有病,玉米有病,吴蔓玲也有病,这是必然的;这几个人物的社会性都很强;她们的病无疑是我的写作驱动力。可是,《推拿》不一样,我没有过多地涉及社会内容,金嫣、都红的身上本体的东西更多。非常感谢你的这一发现,你帮助我认识了我的小说。"[3]这实际也正是小说文本在批评对话中所显示出的互证伦理关系。张莉对《推拿》提出了"独特性"评价,认为"它没有把盲人当作可鉴赏的风景,不满足于普通人的'窥私欲'和'怜悯癖'。它把他们的日常生活作为普通人的日常生活来书写,小说的品质就在这里。这是一种有尊严的书写,不是自上而下的悲悯"。应该是点到了这部作品真正为读者所接受的伦理基础,也成为这部作品在接受中的基本定位。对此,毕飞宇回应认为:"'自上而下的悲悯',几乎是我们的一种心理习惯,我时常在生活当中看到这样的事情:当一个人得到了悲悯的时候,我觉得他更加可怜。悲悯是好的,悲悯是人类最美好的感情之一,

---

[1] 《第八届茅盾文学奖获奖作品授奖词》,中国作家网,http://www.chinawriter.com.cn/news/2011/2011-09-20/102619.html。
[2] 毕飞宇、张莉:《牙齿是检验真理的第二标准》,北京:人民文学出版社,2014年,第88页。
[3] 张莉、毕飞宇:《理解力比想象力更重要——对话〈推拿〉》,《当代作家评论》2009年第2期,第32页。

但是,这里头有一个前提,那就是尊严。"①毕飞宇的回应正是这一残疾书写的叙事目的,他要让万千读者在对待残疾人时,回归日常,回归到各自的内心深处,不要滥用带着潜在伤害的"怜悯"与"同情"。张莉曾经说过,她是《推拿》还未发表时的读者,看到电子稿时就感到强烈的震惊,她觉得"在中国文学史上还没有一个作家如此深切、切实地进入那个黑暗的世界,而且把那个黑暗的世界带给我们。带给我们的并不是让我们只看到其中的黑暗,还有更多明亮和人性的东西,这是它的独特性"。除了张莉,当代文学的许多专业批评家与毕飞宇都有较好的批评对话基础,比如李敬泽就是毕飞宇作品的推荐者、阅读者,更是重要的批评者。评论家王彬彬认为:"《推拿》的关键词是'尊严',这也是毕飞宇全部创作中的关键词之一。……《推拿》让我们看到,歧视和伤害,有时恰恰是以慈善和关爱的面目出现的。"②毕飞宇对王彬彬的阐释也是接受欣赏的。他曾说过:"对我来说,王彬彬还是警钟,过些日子就响一下。他的批评马力特别大,他一巴掌过来绝对不是抚摸的,绝对是让你眼睛里面冒火的。"③这就是作者与批评家之间的真诚对话,这种对话的互证性对于双方都是大有裨益的。

《推拿》在国外也受到很多读者的喜爱,英、法、意、日等多种语言的译本在世界各地传播,盲人题材的文本内涵是打动他们的基本要素,故事叙述的独特性也是他们看重的重要因素。翻译者作为专业的批评读者是这一文本在国外批评对话的第一参与者,他们立足于各自不同的基础语言实现了这一文本的海外传播,让更多的读者成为这部作品的批评者。但由于文化的差异,这种批评对话的接受也是不均衡的。毕飞宇在 2013 年与张莉的对话中,曾说过:"我的书销量最好的是荷兰语的《青衣》,一万册,然后是法语的《玉米》,八千册,其余的,也就是三四千这样。"④此后因《推拿》被改编为电影并在国内外获得了很多大奖,对该书在西方的传播起到了巨大的推动作用。葛浩文、林丽君夫妇在 2015 年把《推拿》翻译成英文。葛氏夫妇在中国当代小说的对外传播中,起到了重要的推动作用。其中莫言的许多小说都是他们翻译的,正是有了他们的译介,莫言才走进了更多的国外读者视野之中,2012 年终获诺奖。葛浩文也曾

---

① 张莉、毕飞宇:《理解力比想象力更重要——对话〈推拿〉》,《当代作家评论》2009 年第 2 期,第 28—29 页。
② 王彬彬:《论〈推拿〉》,《中国现代文学研究丛刊》2013 年第 2 期,第 1 页。
③ 毕飞宇、张莉:《牙齿是检验真理的第二标准》,北京:人民文学出版社,2014 年,第 76 页。
④ 同上,第 112 页。

自豪地说过，毕飞宇是他发现的中国作家，当时毕飞宇刚开始创作，几乎没有什么名气，葛浩文就专门给他写信要翻译他的作品。后来毕飞宇《青衣》《玉米》都经他们的推介而走向英语世界的读者，所以他们后来在翻译推介《推拿》时进行了大量细致入微的工作，与毕飞宇关于很多翻译的细节进行了邮件沟通，后来这些邮件被美国俄克拉荷马大学中国文学翻译档案馆收藏。通过对这些往来邮件的研究，可以看出《推拿》在西方批评界阅读接受的基本状况，也反映了文学传播中文化差异造成的"误读"与"过度阐释"。许诗焱、许多的文章《译者—作者互动与翻译过程——基于葛浩文翻译档案的分析》对这种翻译接受中的文化伦理差异进行了详细的分析。其中的价值评价看似是对翻译实践的贡献，但对于《推拿》的海外传播研究也具有非常重要的对话意义。实际上，《推拿》的最早译本是法文版，在法国的读者接受中也具有良好的反响。毕飞宇对于意大利文版的翻译，曾经有过这样的感慨："无论你写小说的时候吃多大的苦，你会发现，是值得的。一个南京的作家为了这段文字所受到的一切煎熬，跨越千山万水，在遥远的米兰，它呼应了，当的一下，有了回响。"①《推拿》的海外接受对话，尽管还未产生很大的影响，但随着时间的推移，必定会有更多的批评者参与到这一批评对话中来，关注这种体现弱势群体生存尊严的叙事文本。毕飞宇对这一没有宏大叙事的小众题材的国内接受结果，感到超出自己的创作预期。他说："《推拿》具有今天这样的影响力我真的没有想到，无论如何，在中国，盲人，或者说残疾人，始终是遮蔽的，或半遮蔽的，他们的日常从来就没有在阳光的下面得到充分的展示……因为《推拿》，尤其是电视剧和话剧的影响力，盲人和残障人士成了一个重要的社会话题，我感到欣慰。"②这正说明了批评对话与作品文本在接受伦理上的互证关系。

除了以上三部具有典型残疾书写的长篇小说之外，还有一部分中短篇残疾书写类的小说，在专业读者的阅读接受中，也产生了重要的伦理互证关系。只不过对于这些中短篇小说的专业批评研究大都渗透在作家的整体研究之中，从作家批评接受的伦理互证中才显示出更加完整的接受状况。所以，这些具有典型残疾书写特征的中短篇小说的研究文章，并不能显示出这些作品的全部专业对话效果，只能从大概的数据中进行一个简单的面上梳理。

---

① 毕飞宇，张莉：《牙齿是检验真理的第二标准》，北京：人民文学出版社，2014年，第157页。
② 同上，第358页。

表 5　以作品为主题进行知网搜索所得的相关文章数据表
（数据截止日期为 2021 年 11 月 10 日）

作者	作品名称	总数	学术期刊	博士论文	硕士论文	会议论文	报纸论文	学术辑刊论文	特色期刊论文
韩少功	爸爸爸	177	72	7	64	1	0	2	31
莫言	民间音乐	30	17	3	6	0	0	2	2
东西	没有语言的生活	24	15	0	7	0	0	0	2
航鹰	明姑娘	21	8	0	1	0	1	0	11
莫言	断手	3	1	1	1	0	0	0	0
艾伟	整个宇宙在和我说话	2	1	0	0	0	0	0	1
迟子建	盲人的报摊	1	0	0	0	0	0	0	1

对于以上部分典型的短篇残疾书写文本在批评对话上的考察，可以看出，专业的学术读者对这些文本的批评相对数量是不多的。从表格中的数据来看，只有韩少功的《爸爸爸》参与对话的作品超过了百篇，其他的几个文本都相对较少。专业读者与这些典型的中短篇残疾叙事文本的批评对话，更多是放在作家的整体影响力上进行专业研究。

相对来说，韩少功的《爸爸爸》所显示的专业批评者的对话性要突出得多。这一中篇小说作为典型的残疾书写，应该是没有问题的，更为关键的是，它发表于《人民文学》1985 年第 6 期，这个时间正是新时期文学的转型期，相对来说，也是比较早的残疾书写作品，而且该小说还是当年寻根文学在以韩少功、阿城等人代表的寻根派大张寻根理论之旗后的最重要收获之一。也就是说，它不仅属于残疾书写，更是寻根文学的代表作，是当时中国文学发展转向的重要标志性作品。人们对于它的研究，首先是从寻根文学的方向来进行阐释，然后才是丙崽这个智障残疾者所代表的残疾伦理阐释。所以，作为研究对象，这篇小说的价值更在于文学寻根转向的文化伦理意义上。只不过丙崽凑巧因其身体的残障而成为文化寻根的精神承载物。当时的评论者就认为："丙崽的形象是另一种范围和层次的象征,一种文化的畸形产物,其中涵映的是愚昧与文明的对立。我们从丙崽所由产生的文化环境中反思历史,发掘民族文化的'根',一种文化形态的胚胎和原型。不是单纯为着审美的静观,而是包涵着审美的层面,但又为了更加深沉更加宽广的文化思考、选择和进取;通过对'一种原始的、直接式样中的历史'(卢卡契)的再现,'揭示一些决定民族发展和人类生存的谜'(韩少功:《文学的"根"》)。"①也就是说,丙崽首先是文化隐喻的产物,其次才是一个令人无法解释清楚的残疾人,而作为残疾人的丙崽,在伦理解读上也是退居文化伦理解读之后。从以上的知网数据中可以看出,残疾书写的中短篇小说在批评对话的接受中,接受伦理阐释在典型性上稍显不足。尽管如此,专业批评对话的阅读阐释仍然是此类作品在伦理解读范式中最有价值的标准,是值得我们细细把握的基本研究方向。

  总之,从接受伦理的视角来分析研究当代中国小说的残疾书写,是需要我们从"对话"类型的分类角度来进行比较的。处在金字塔顶端的"批评对话",在接受伦理上具有重要的引领价值,它决定着作品的文学接受方向。而当代中国小说中最重要、最典型的残疾书写作品也正是在这些具有重大影响力的"批评对话"中,才成为人们认可的经典作品。

---

① 基亮:《严峻深沉的文化反思——浅谈韩少功的中篇〈爸爸爸〉及当前的"文化热"流》,《当代文坛》1985 年第 10 期,第 34 页。

第五章　残疾书写的叙事伦理价值评析

史铁生在《病隙碎笔》中曾经针对残疾人面对社会伦理的歧视性目光,说过这样的话:"这样的反抗使残疾扩散,从生理扩散到心理,从物界扩散进精神。这类病症的机理相当复杂,但可以给它一个简单的名称:残疾情结。这情结不单残疾人可以有,别的地方,人间的其他领域,也有。……以往的压迫、歧视、屈辱,所造成的最大遗害就是怨恨的蔓延,就是这'残疾情结'的蓄积,蓄积到湮灭理性,看异己者全是敌人,以致左突右冲反使那罗网越收越紧。"[1]史铁生借助自身的残疾经历,提出了"残疾情结"这个概念,并将这个概念提升到人类共有的高度,认为"残疾情结"是人类的共性,并非残疾人的专利,的确是说到了生命有限的本质。每个人首先都是作为个体存在的,无论身体健康,还是生病残缺,都必须学会认识自己,并把自己放在群体中理解个体的价值,否则就会因为个体与群体的差异而产生自卑与怨恨。只有放下,才能走出每个人的"残疾情结"。当代中国小说中所有的残疾书写无不是在借残疾人生存的困境来揭示这个"残疾情结"的可怕。所以我们对于这些作品的研读,实际上也是在为人之为人的健康发展提供一种生命伦理的文化诠释。

当我们以叙事伦理的理论来审视当代中国小说的残疾书写时,实际上,我们是站在世界文学的视角下,来审视中国文学与世界文学相融合的过程中所应该具有的文学价值。叙事学(Narratology)作为一种"关于叙述、叙述本文、形象、事象、事件以及'讲述故事'的文化产品的理论"[2],是对叙事性文学进行解剖分析时,强调文本讲述方式与阐释手法研究的文艺理论。中西方叙事文

---

[1] 史铁生:《病隙碎笔》,出自《史铁生作品全编》(第8卷),北京:人民文学出版社,2016年,第56—57页。
[2] [荷]米克·巴尔:《叙述学:叙事理论导论》(第2版),谭君强译,北京:中国社会科学出版社,2003年,第1页。

学作品存在着文化传统观念上的差异,但在讲故事、听故事的原初本质上却是相同的。人类文明的发展正是以故事口口相传的形式走进了有文字载体的时代。人们在叙事时需要对故事的内容进行归纳,需要对故事讲述方式进行筛选,更需要考虑读者接受这个故事的理解效果,伦理在形式与内容上对叙事的影响自然地渗透在这个叙事从准备到发生,再到结束的过程中。站在一定的伦理立场上进行叙事是作家在创作时无法避免的事,这正是文学创作的目的使然。叙事学理论经过最近几十年的发展,由经典叙事学到后现代叙事学,作家的主观认知目的始终没有变化,读者的接受认知需求也是恒定不变的,只是时代伦理、世俗伦理对人们思想认知在产生着潜移默化的影响。

在中国小说的发展流程中,早期神话传说的虚幻性,志人志怪的简略性与怪诞性,成熟期的唐代传奇在叙事上依托科举温卷的附属性,使得古代中国小说始终处于边缘化的状态中。即使明清时期章回小说受到民间的热烈追捧,但也难入文学主流。而以史传文为特征的叙事文学作品却从先秦至清末,始终受到历代文人的肯定式接受,叙事伦理的实践性也始终被放在文史学的正宗位置。到了中国现代文学时期,随着白话文学成为社会大众接受的主要文学形式,具有叙事特征的中国小说才真正进入了主流文学的位置。而"中国现代小说的创作实践正是秉承了本土传统、吸纳西方叙事实践的诗学资源的自然前提下进行的。秉承本土传统者当然不能自外于身处的现代语境,多少打上外来文论的时代印记;吸纳外来资源时又不能脱离本土现实语境,其间不自觉地总会有诸多传统因素的融合与体现"①。吸收接纳西方文学精粹,立足中国传统叙事文学手段的现代小说延续到当代之后,由于受主流政治的国家话语影响,曾经走过一段单一的政治说教与假大空模式的低迷徘徊期。而到了改革开放进入新时期之后,它才真正"从一个集体叙述青春、胜利、成长和幸福的时代,步入了一个'以个人为单位'的讲述个体生命体验、存在的个体处境、对历史的悲剧性和荒谬性体验的时代。简单地说,文学的主调业已从热烈和昂扬的青春'壮剧',变成了深邃而黯淡的命运悲剧和荒谬滑稽的生存喜剧"②。当代中国小说残疾书写作为其中的一部分,与时代文艺思潮的多元性发展紧密相关,在叙事伦理的视域下审视这一文学现象,可以概括出以下几点价值意义:从文学史视野上看,当代中国小说中的残疾书写大大拓宽了文学对特殊人

---

① 徐德明:《中西叙事诗学现代实践性整合初议》,《东南大学学报(哲学社会科学版)》2006年第3期,第75页。
② 张清华:《时间的美学——论时间修辞与当代文学的美学演变》,《文艺研究》2006年第7期,第4页。

类群体关注的领域,丰富了文学表达的故事伦理内涵;从理论创新角度看,叙事伦理引入残疾书写的研究领域,为残疾类型的人物形象分析提供了较好的视角,站在何种伦理立场上讲述残疾人的故事以及如何讲述,成为当代中国小说研究所必须审视的文学现象;从社会伦理价值层面看,残疾书写的接受伦理影响也直接提升了社会对此类群体的社会关注度,也会使社会更多地去关注他们的精神情感,更进一步地从精神抚慰上提供更有价值的关怀。

第一节　文学史视野下的残疾书写

按照洪子诚《"当代文学"的概念》一文的梳理,1959 年邵荃麟写的《文学十年历程》就已显示出对新中国成立后中国十年文学发展进行总结的目的。在此后的第三次文代会上,周扬的报告《我国社会主义文学艺术的道路》,以"正式文件"的形式确定了 1949 年以来"当代文学"的社会主义性质。一批由研究机构和大学编写的"当代文学史"的教材和论著,也纷纷出版。[①] 其中科学院文学所毛星的《十年来的新中国文学》,是最早对"新中国文学"状况进行总结,且由集体合作编写的书。在"大跃进"集体科研背景下,于 1962 年由科学出版社出版,华中师范学院(现在的华中师大)中文系师生集体编写的《中国当代文学史稿》是第一部当代文学史。[②] 从此以后,随着改革开放时代的到来,一直到当下,全国编撰的各种版本的《中国当代文学史》已有数百种,但学界认可度较高的主要有洪子诚编写的《中国当代文学史》,陈思和主编的《中国当代文学史教程》,朱栋霖、朱晓进、吴义勤等编的《中国现代文学史 1915—2018》,董健、丁帆、王彬彬等编的《中国现当代文学史》,孟繁华、程光炜等编的《中国当代文学发展史》等作品。一方面这些编著者在学界有着较高的影响力,另一方面这些作品具有较高的文学评价标准,因此,以下主要以这几部作品作为论述基础。对其他具有代表性的《中国现当代文学史》版本的使用,基本上是以相关性的程度作为标准。在这些"文学史"撰写的视野中,对残疾书写的评价性认可各有侧重,也各有不同的表述,而这种从故事伦理内涵的价值来评定残疾书写的文学史意义的结论,代表这些研究者的伦理站位与价值倾向。

---

① 洪子诚:《"当代文学"的概念》,《文学评论》1998 年第 6 期,第 45 页。
② 洪子诚:《〈中国当代文学史〉编写的回顾》,《杭州师范大学学报(社会科学版)》2019 年第 5 期,第 51 页。

当代中国小说在第一次文代会至改革开放时期,以国家话语占主导位置的革命历史小说为主流文学,以歌咏式的文学范式为创作形式,以毛泽东《在延安文艺座谈会上的讲话》作为指导方向,文艺创作走上了为政治服务的颂歌之路,所有的文学样式都必须服从政治运动的潮流,文学的政治化主流叙事特征基本上是不可逆转的。当代中国小说的残疾书写在这种政治理念、家国情怀的宏大叙事需求中,遵从革命历史赞歌的主流导向,残疾叙事被粗暴地以各种标签式的符码任意装点到敌对阵营的反面人物身上,残疾人物只是点缀式陪衬化的部分边缘配角形象。而这个时期文学"叙事的理念虽然与西方现代的现代性时间价值尺度一脉相承,但却丢弃了道德批判与'审美现代性'的立场——像西方批判现实主义作家的'后视性'历史视角、沈从文式的'以道德批判历史'的主题,在当代作家那里都变成了单一的'未来'和前瞻性的视角,其现代性被不可遏止地狭义化了。本来,现代性理所当然地也催生着悲剧性叙事与悲剧性的美学,但在当代作家这里,却只剩下了喜剧与壮剧"[1]。自改革开放进入新时期后,这部分小说作品受时代的影响仍然很重,但多元化的特征日益明显,"人们尤其努力地把西方的各种现代文论都介绍、移植过来,而且很快地就有一些批评家们主动自觉地,同时也有点走样地、参差交错地运用这些理论来批评本土作家生产的叙事文本"[2]。文论的移植直接催生了中国当代文学的全面繁荣,残疾书写文本的独特性也引起了研究界的关注,人们开始把这些以残疾人为主要人物的作品作为研究的对象,并把它们放在当代文学的大背景下进行比较与评析。以史铁生为代表创作的大量具有残疾书写收获的残疾作家,以及以莫言、阎连科、迟子建等为代表的塑造了大量残疾人物形象的非残疾作家,凭借各自不同的残疾人物形象丰富了当代中国的小说创作,这些具有代表性的作品已成为当代中国小说不可或缺的组成部分。因此,立足文学史编撰的视野,对当代中国小说残疾书写的叙事伦理内涵评价,主要体现在以下几个方面。

---

[1] 张清华:《时间的美学——论时间修辞与当代文学的美学演变》,《文艺研究》2006年第7期,第9页。
[2] 徐德明:《中西叙事诗学现代实践性整合初议》,《东南大学学报(哲学社会科学版)》2006年第3期,第76页。

一、底层叙事伦理丰富了当代文学史的研究视野

孟繁华曾说:"我们评价一个作品也好,评价一个作家也好,我们依据的是什么?依据的是在文学史上,它为我们提供了哪些新鲜的审美经验。"[1]改革开放后当代中国小说中残疾人物形象的塑造逐渐从叙事边缘走向书写中心,这本身就体现了残疾人故事在伦理价值内涵上的提升。残疾人物形象在走向叙事中心时所显示出的独特审美经验,就是他们能够为当代文学史关注的重要原因。然而,作为以弱势为特征的社会底层群体,他们身上的励志故事是首先打动读者的重要原因。他们大多来自底层民间社会,过着平凡普通的生活,没有显赫的家庭,只有自身所经历的痛苦与欢乐。他们的民间身份使他们身上凝聚了中国传统文化中的许多美德与精神。以张海迪为代表的残疾作家通过对自我经历的故事的叙写,实现了励志性残疾书写的伦理表达。但在当代中国文学史的编撰中,这类残疾书写基本上难以进入研究者分析批评的视野,这既有质量上的原因,也有数量上的原因。

而同是残疾作家的史铁生,却凭借着独特的残疾书写,成为中国当代文学史无法绕过的研究对象。史铁生笔下的残疾人物也都是生活在社会底层的普通人,都是被命运抛弃的边缘人,但这些残疾人物的故事能够发人深思,令人回味。尽管史铁生的文学创作及创作内涵也同样具有如其他残疾作家一样的励志性伦理特征,但他的残疾书写超越了浅层励志故事的伦理叙述,而上升到一种对于人类生存价值思考的共性伦理高度,成为当代文坛的重要现象,具有典型的研究价值。史铁生笔下的残疾人物,无论是弹弦唱书的盲人,还是与命运抗争的瘸腿青年,抑或是名字只是符号 C 的肢残者,都是他寄托人性思考的叙事载体,残疾也仅仅是人类生存的一种限制。现实社会带有明显世俗性的伦理歧视使得身有残疾者背上沉重的道德隐喻,如鬼魅般的"宿命"始终追随着他们。所以史铁生在残疾书写上超越了同类残疾作家,而成为文学史所关注研究的重要对象。他的作品写出了人类在面对这种具有共性特征的局限性时所产生的心理困惑以及精神愿望,这种审美经验的独特性必然会成为文学史家所研究的基本对象。

史铁生的残疾书写除了故事伦理内涵给人带来独特的审美体验之外,对

---

[1] 孟繁华:《文学史视野下的当代中国文学》,《安徽文学》2020 年第 1 期,第 106 页。

于故事的设置处理也有着别人无法达到的高度。他的残疾故事大多有意把故事的背景虚化,很少谈及政治对人物的影响,即使需要提示时代背景,也大都是点到为止。尤其是涉及20世纪60年代的政治事件,史铁生基本上没有如其他知青作家那样,带着血泪式的控诉与嘶喊,而是一笔带过,重点叙述残疾人物的个体故事。史铁生笔下的残疾人物都有非常明确的目的虚构性,也就是说,史铁生借助他笔下的残疾人物要完成他的故事伦理表达,就不能用纯粹写实的手法,甚至于即使是以他自身作为人物形象原型进行叙事时,也大多是作为背景,如在《我的遥远的清平湾》《插队的故事》中,作为叙述者的"我"基本上都是故事的见证者,不是故事伦理表达的主要承担者。而《山顶上的故事》中所叙述的那个瘸腿青年,的确有很明显的作者身影,但小说在以瘸腿青年作为故事中心叙事时,是把他作为一个残疾人的案例,写出此类残疾人面对现实生存与精神追求的共同困境,并由此揭示出假借同情之名的社会大众对他们所造成的伤害。所以这个小说中的瘸腿青年,并没有姓名。《命若琴弦》中的老少瞎子也都是以身体残疾特征作为他们的名字指称,以他们对于命运抗争的过程来解读此类残疾人的生命价值,深化了小说在故事伦理上所要揭示的内涵意义。而在长篇小说《务虚笔记》中,所有的人物都以英文字母来命名,人名已变成了字母符号,而且小说以下肢残疾的C作为叙事的中心,将C与健全女孩X的恋爱与婚姻作为伦理思辨的基础,把残疾与爱情的问题上升到人性尊严的高度,批判社会世俗伦理对于残疾人在追求爱之平等时的歧视。至于史铁生笔下的其他生存在底层民间的各类残疾人物,如破老汉、卖风车的瘸腿老头、瘫痪的十叔等,他们既要面临现实生存难以克服的困难,又要忍受来自世俗社会的精神歧视。所以,史铁生的残疾书写写出了残疾人共有的生存困境,也进而延伸到残疾人身上的"局限"。底层弱势群体的生存代表着人类文明发展的重要方向,关心以残疾人为代表的底层弱势群体的命运,才是此类残疾书写的根本价值所在。

  非残疾作家阎连科的残疾书写《受活》,以耙耧山沟里的受活村作为残疾书写的背景,叙述了一群底层残疾人的命运故事。这个由残疾人组成的小村庄,是一个纯粹的底层民间,它与外界几乎没有任何联系,基本上处在一个自足的状态。阎连科借着这个典型的底层民间的弱势群体现实生存的叙事,来映衬时代对于残疾人所犯下的不可饶恕的罪孽。尽管阎连科在叙述伦理的运用上有意采用了变通的留白方式,将一些不宜直叙的事件以絮言注释的方式完成故事伦理的传达,但受活村作为残疾人的理想王国的隐喻特色显示了小说底层叙事的创作目的。受活村起源于明初移民的大迁徙,这个大迁徙背后隐藏着一场鲜为人知的伦理复仇,胡大海的复仇最后落在了一对盲父瘫儿的残疾人身上。这种故事伦理的偶然性暗示了残疾命运的偶然性,但命运让这对父子驻留在受活这个小山沟的原因,不是他们可怜到已经不能再继续走下去,而是胡大海的报恩。因此,底层民间的残疾人根本无法掌控自己的命运,他们无论是生存在山西老家,还是留存河南耙耧山沟,都受制于胡大海的复仇与报恩。由这对残疾人定居而形成的受活村后来慢慢成为残疾人的自发聚居地,在某种意义上,显示了受活村命运价值的悖论性。它既是残疾人现实生存的乐园,又是被山外体制社会遗望抛弃的村落,自生自灭,无人问津。在特殊年代,茅枝婆、柳鹰雀等人的出现完全改变了受活村后来的命运,受活残疾人在经历了数次劫难后,再也无法回到原来那种所谓乌托邦的世外生活中。茅枝婆为受活人退社而殒命,柳鹰雀因车祸轧断腿而落户受活村,受活残疾人注定会融入现代社会发展的洪流中,过上一种与以前完全不同的生活。小说对于受活残疾人的叙事在伦理批判上有意设置了无名的群体"圆全人"。除了柳鹰雀这个有名字的健全人之外,其他对受活残疾人进行欺凌侮辱的健全人,都是以群体存在的"圆全人"命名,这些人的罪恶无法清算,但因为他们代表的是一个群体,法不责众。所以有人评价说:"我们读到了一个中国版的失乐园与复乐园的故事,一个耙耧山人怎样才能快乐而自由的故事,一个关于如何获得幸福的故事。"[①]

同样是非残疾作家莫言,在残疾书写中把他的故乡高密东北乡作为民间底层叙事的基础。莫言自己曾说,他渴望能够做到"为老百姓"而写作,这正是莫言所具有的底层叙事情怀。因此,在莫言的笔下,包括残疾人在内的民间底层人物都成为苦难叙事的主要表现对象。莫言对于这些底层弱势群体的命运深怀同情之心,又以深入灵魂的批判精神对造成他们苦难的时代给予讽刺与揭露。莫言笔下的残疾人形象,有作为叙事主角献身民间音乐的小瞎子;也有从对越自卫反击战返回且拖着断手并以此邀功到处骗吃骗喝的苏社;更有为了生活的尊严,背着自己的哑巴丈夫,通过与旧日恋人野合来生一个会说话的孩子的"个眼暖"。这些残疾人都具有民间的底层特色,也都是莫言残疾书写的叙事主角,这些人物形象虽不够经典,但已经极大地丰富了当代中国小说的残疾书写,成为文学史研究的重要人物形象。除了这些残疾主角形象之外,莫

[①] 王鸿生:《反乌托邦的乌托邦叙事——读〈受活〉》,《当代作家评论》2004年第3期,第91页。

言的作品中几乎随处都可以见到残疾配角人物,这也体现了莫言在民间底层叙事中,有意识地运用残疾人物形象进行故事伦理表达的目的。比如一般作家作品很少涉及的聋哑残疾人,却在莫言的创作中有许多精彩的配角描绘,这也凸显了莫言残疾书写的独特之处。《白狗秋千架》中暖的哑巴丈夫,尽管作为配角,但莫言在短短的篇幅中写活了这个孔武有力却又善良憨厚的残疾人物形象。还有《丰乳肥臀》中的哑巴孙不言,几乎是贯穿整部小说的主要配角人物形象,莫言有意为这个残疾人物形象赋予了多重伦理评价的故事内涵,使得这个仅仅是小说配角的残疾人物成为支撑小说内容的重要角色。孙不言好勇斗狠,能够在革命队伍中奋不顾身,荣立军功,他是一个具有多元性格特征与多元伦理价值评判的复杂的残疾人物,是研究莫言小说叙事伦理价值所不可或缺的重要人物形象。其他配角式的残疾人物还有很多,如擅长各种体育运动的驼背朱老师,聋子六叔,瞎子张扣,侏儒余一尺、王胆等,都极大地丰富了莫言小说的底层叙事特色。这种民间的底层叙事为当代中国小说的残疾人物形象塑造提供了可资参照的镜像,也为叙事学的伦理研究提供了丰富的原创素材。

毕飞宇在《推拿》中所塑造的盲人推拿师,也具有底层叙事的基本特征。每一个来到沙宗琪推拿中心做推拿师的盲人,都有各自不同的残疾经历,都是作为底层社会的打工人而存在的。毕飞宇对这些盲人日常生活的精彩描绘,成功地使盲人推拿师这个群体走进了当代文学研究的视野,这些残疾人也将成为当代小说的重要人物形象,而为学界所重视。其他如东西《没有语言的生活》也叙述了一个由三个残疾人组成的家庭,如何艰难地生活于民间的底层。东西的残疾人物也为丰富当代中国小说残疾人物形象系列增添了重要的内容。还有迟子健笔下的残疾小人物,尽管生活平淡,但无法逃离民间,只能相濡以沫,安稳度日。阿来笔下的傻子土司二少爷,貌似生活在众人之上的统治者,但其所代表的土司制度最终被新时代推翻,傻子被复仇者杀死,一切回归到社会的底层,残疾叙事的伦理化也是属于平民的。因此,当代中国小说残疾书写中底层的民间色彩丰富了中国当代文学史。它是独特的,也是中国几千年文化关注底层所必然形成的伦理结果。

二、文学史对残疾书写的价值评说

中国当代文学史的编著是对当代文学研究的总结,比较权威的编著者大都是国内著名高校的知名学者。因而对他们所编著的文学史进行细致的考察与比较,我们可以从中发现当代中国小说残疾书写的价值与位置。实际上,当代中国小说残疾书写能够真正进入文学史编著视野的相关作家作品,相对来说并不多。因为作为一种文学题材,残疾书写严格说来还不具备明显的文学史特征,只是有一部分作品在某些故事特性上具有了相关属性的研究价值。因此,大多数能够被写进文学史的残疾书写作品,与其他相关的文学史现象有着直接的关系,残疾属性的叙事特征只是这种相关性的附属品。但即使是在这样的客观情形下,以史铁生作品为代表的残疾书写还是被大多数文学史所认可,并对其创作进行了比较深入的分析与品评,只不过所涉及的侧重点各有差异罢了。

在各种版本的文学史视域中,史铁生作为作家的身份定位一般有两个:一是知青作家,一是寻根作家,基本上没有人把他定位为残疾作家。但史铁生又不是纯粹属于这两类作家,甚至于这两种定位也只具有标签特征,其创作内涵与这两类作家相比则有着本质的不同。的确,史铁生成名作《我的遥远的清平湾》在内容上具有典型的知青叙事特征,但这种作品又与通约性的知青题材书写有着本质的不同。所以,洪子诚认为,史铁生是"离开写实的基点来艰难地探索人的精神归宿问题"①的作家,与一般写实性地表述知青艰难生活的叙事伦理有着本质的不同。这种评价其实已经接近史铁生创作的本质,即他的知青出身只是一种外在的形式,他要探讨的是人的"精神归宿问题",并由此展开对于残疾人生经历的延展性思考。其他文学史也大都把他定位为知青作家。陈晓明就认为:"作为知青作家,史铁生始终显得极为独特,人们总是将他的独特归结于他的残疾人身份,但他一直对美好的事物有特殊的敏感,能够在最困苦的生活中发现美。……在人们急剧追赶现代化或是反思性批判时,史铁生这篇写知青的小说(《我的遥远的清平湾》,著者注)可谓是逆历史潮流而动。他在委婉清俊中写出了知青与当地村民相濡以沫的情意。知青生活不再是迷惘与愤慨,而是有那么多值得记忆和眷恋的细节。史铁生本人因为知青经历而落下严重的残疾,但他没有怨恨命运,而是去发掘过去生活中存在的那些闪光的质地,以平静的眼光去看陕北贫困生活中包含的意味。"②实际上,知青身份的外在形式仅仅是史铁生现实生活的身份标签,而他的写作不仅有知青的

---

① 洪子诚:《当代文学概说》,南宁:广西教育出版社,2000年,第171页。
② 陈晓明:《中国当代文学主潮》(第2版),北京:北京大学出版社,2013年,第303页。

背景,更多是对生命存续状态的现实思考,这就使得他的知青写作必然有着独特性,在文学史的视野中可以说独树一帜。分析其中的原因,史铁生对残疾书写的坚持与思考才是问题的根本所在。因为他跳出了一般作家创作的价值追求,由个人而上升至群体,并进而升华至对整个人类命运的思考,把有关生命意识的认知与评价融进他的残疾书写之中。

而对于寻根作家的身份认同,实际上,他与韩少功、阿城、郑义、李杭育、邓友梅、冯骥才、张承志等人的寻根意识也有着本质的不同。他更多地依靠残疾书写来再现精神性的思索,由自身残疾经历引起对于人类共有的"残疾情结"的梳理与归纳。他把人类生存中所面对的各种不同的苦难上升至"局限""限制"的思考,"精神的残疾"才是真残疾。所以洪子诚也认为:"他对'寻根'问题的关注,主要不是题材意义上的,而是精神探求上的。……史铁生'文革'中在陕北贫瘠山村'插队',后来因腰疾而下肢瘫痪。肉体的残疾,使他有着健康的人所难以得到的体验,他也经历过生与死选择的考验。他有一部分小说,写到伤残者的生活困境和精神困境。难得之处是,他超越了残疾者对命运的自怜和悲叹,而由此上升到对人类普遍性生存状况的关切。他认识到,有肉体残疾的人与健康的人,在许多方面其实是相通的,这是由于精神的'残疾'是普遍性现象。作家不仅要关心肉体伤残者,更要关心灵魂受伤、瘫痪者。他对人类质朴、自然的东西的追忆,可以从这方面去理解。"[①]洪子诚从史铁生创作目的的角度去探索其小说的根本要义,显示出了文学史家的高度。而对其残疾书写的典型性基本上是在故事伦理的内涵表达上进行定位,得出的结论自然也就淡化了残疾书写的评价意义。《命若琴弦》这部小说,被他定位为"一个抗争荒诞以获取生存意义的寓言故事",残疾人物的外在形式只是为了这个寓言内涵的表达而借助的工具。实际上,这也从侧面说明了史铁生残疾书写的独特意义,对当代中国小说残疾书写的文学史价值评判要有一个客观公允的认知标准,不能对其进行简单的标签式认定。

陈思和在《中国当代文学史教程》中,对于史铁生的创作,只选取了《我与地坛》这篇能够体现史铁生创作心路历程的散文进行文学史的评价。因此,作为小说家的史铁生基本上没有进入他的文学史视野中。《我与地坛》这篇精美的散文确实可以代表史铁生创作的文学高度。陈思和《中国当代文学史教程》认为,史铁生的创作属于典型的"个人立场写作",具有"无名"特征,这种类型

---

① 洪子诚:《当代文学概说》,南宁:广西教育出版社,2000年,第199页。

的作家都具有浓厚的生命本体意识,具有较为深刻的个人思辨色彩。其中《我与地坛》"是一篇在当代非常难得的、值得人反复吟读的优美散文,作家史铁生以极朴素动人的语言讲述自己的经历和所思。全部讲述所围绕的核心是有关生命本身的问题:人该怎样来看待生命中的苦难。"史铁生所创作的残疾题材的小说,虽然没有进入陈思和的文学史评价中,但也并非说明没有评价的价值。因为《我与地坛》虽然是散文作品,但它也在许多方面表现了史铁生残疾创作的根本要义,"地坛思考"是史铁生人生命运转折的起点,也是史铁生进行残疾思考与残疾书写的精神承载地。另外,陈思和这本文学史主要以代表作家的经典作品作为史著编写的样品,以作品代替了纵向的排名序列。

除了史铁生的作品之外,对于其他有代表性的残疾书写作品,文学史的编者大都把它们作为某一作家综合分析的附属品而出现在他们的评价视野中。比如,莫言、贾平凹、阎连科、阿来、迟子建、毕飞宇等代表性作家,在当代中国小说的文学史表述视野中,都是某一类型的文学创作综合体,具有多元化的创作特征,残疾类作品的评价也基本上是融进这些作家的整体关注中。比如对莫言早期创作的评价,洪子诚是这样表述的:"《红高粱》系列,以及发表于1995年的长篇《丰乳肥臀》,是作者对于民族的骁勇血性的那种理想状态的寻找。显然,他也要如福克纳那样,不断叙述他所建造的'高密东北乡'的故事。这些图景,来源于他童年的记忆,在那片土地上的见闻,以及他的丰沛的感觉和想象。……另一些小说,写当代的乡村生活,农民的情感、生存状态,人的本性所受到的压抑和扭曲。"从中可以看出,他对莫言早期创作的总体评价是从莫言的乡土叙事以及童年记忆的角度加以分析的。基本上没有关涉这些作品中的残疾书写,只是在对莫言小说的叙述伦理取位进行解析时有所涉及。他说:"莫言的小说,表现了富于感性化的风格。他的写作,对当代小说过分的观念结构所形成的文体模式,是一次冲击。他采用一种不受控制的、重视感觉的叙述态度。在描述中,心理的跳跃、流动、联想,大量的感官意象奔涌而来,而创造一个复杂的、色彩斑斓的感觉世界。"对于莫言作品的整体品评,客观公允且准确到位。

莫言的残疾书写尽管不是他小说创作中最为精彩的内容,却是他小说故事的重要组成部分。从莫言开始塑造小瞎子这个民间音乐家形象开始,他的作品在突出民间底层叙事的过程中,几乎到处都可以看到残疾人物形象的身影,有的是主角,有的是配角,甚至于有的仅仅是作为背景,但每一个人都是贴近生活底色的真实再现,显示莫言残疾书写的叙事价值。比如从战场上回来的断手苏社,与卖樱桃的断腿老人和天生只有一条胳膊的留嫚,共同组成一个对比强烈的感化故事;一只眼睛的暖与哑巴丈夫和三个哑巴儿子则组成了一个没有对话的家庭;侏儒式的哑巴小黑孩与独眼的小铁匠一起在工地上修河道;还有穿行在红高粱中的哑巴,长跑比赛中的奇人驼背朱总人、侏儒余一尺、聋子六叔、侏儒孕妇王胆等,共同组成了莫言残疾书写中的人物画廊。而在《丰乳肥臀》这样厚重的作品中,上官鲁氏的故事虽是小说叙事的主要内容,但莫言有意运用了大量生活底层的残疾人作为故事的衬托,其中视觉残疾人有先天盲女八姐玉女、后天盲女四姐想弟、坐瓮漂来的白衣盲女人、瞎子徐仙儿,聋哑残疾人有哑巴孙不言及其儿子大哑和二哑,肢体残疾人有独腿杨公安、独臂龙青萍、失去双腿的孙不言、残疾军人瘸腿麻邦,智障残疾人有鸟仙三姐领弟、半疯的大姐来弟以及有恋乳癖的上官金官等,这些残疾人物的命运悲剧都是时代悲剧的附属品,但莫言让他们走进了一个宏大时代的历史叙事空间中,成为时代伦理转换过程中的见证者。莫言的这些残疾书写都是建立在其曲折离奇的故事伦理基础上的,这正是莫言残疾书写的故事伦理与叙述伦理中最有价值,也最与众不同的地方。

  对莫言残疾书写的研究是与对莫言的整体研究相联系的。莫言小说的突出特色在于故事的精彩。这种对故事素材的绝妙运用与他童年时期受到集镇上说书艺人的影响有着重要的关系。他在多种场合,包括在获得诺贝尔文学奖时的发言,都提到了童年时期听书的经历。高密东北乡的齐地传统文化成为他残疾书写的血脉基因,流淌在他的整个创作生涯里。另外,中国传统叙事文学最早以史传叙事的形式流传下来,"中国人喜欢在小说中读出'史'的味道,可以说是古已有之。谈西方小说可以从史诗谈起,谈中国小说却只能从史传谈起"[①]。这也是莫言喜欢借史叙事完成故事的重要原因,中国传统史传叙事文学对于历史人物的传记叙写,也是中国文学发展最重要的精神养料。除了学习借鉴史传传统叙事的技法外,莫言还受到了蒲松龄《聊斋志异》的影响。他曾说过:"《聊斋志异》的流传不衰就说明了我们文学之所以存在的价值在于它能够虚构出跟现实生活不一样的东西,它开阔了我们的思路,诱发了我们的想象力,在读的时候,我们会跟它一同想象,一起虚构,也会使自己变得丰富多彩,也会潜移默化地使自己发生变化。"[②]因此莫言小说中所塑造的不同残疾人

[①] 陈平原:《小说叙事的两次转变——答黄子平问》,《陈平原小说史论集》(下册),石家庄:河北人民出版社,1997年,第1310页。

[②] 莫言:《读书其实是在读自己——从学习蒲松龄谈起》,《中华读书报》2010年4月15日。

物形象对当代中国文学史的贡献是巨大的,影响也是深远的。

此外贾平凹、迟子健、毕飞宇、阿来等人的残疾书写也大大丰富了中国当代文学史的发展,学者对他们文学史地位的评价,也基本上是立足于整体创作评价,体现各自不同的残疾书写特质。如果单从这些作家残疾书写的角度去评价他们在中国当代文学史上的价值,也许还需要有更长时间的沉淀来消化这些作品。因为历史的筛选需要有更长久的时间、更客观的眼光以及更广阔的视野来进行综合评判。中国当代文学史正在发展的路上,这些已完成的残疾书写正是它在路上精心品评的对象。

第二节　叙事学理论创新中的残疾书写

"叙事学"一词最先由法国结构主义符号学家、文艺理论家茨维坦·托多罗夫于 1969 年提出,他认为叙事学就是关于叙事作品的科学。而把叙事作为研究对象加以研究并成为一门科学,是受俄国形式主义及普洛普的结构主义叙事的双重影响。随着叙事学发展的逐步成熟,托多罗夫、格雷玛斯、布雷蒙、热奈特、罗兰·巴特等人进一步对叙事文本所关涉的故事及话语加以深入的剖析与论述,叙事学才真正走进了世界各地的文学研究领域。叙事伦理作为叙事学发展道路上的新势力,属于后叙事学时代的重要理论。以 J.希利斯·米勒、苏珊·S.兰瑟、詹姆斯·费伦、戴卫·赫尔曼、马克·柯里、钮顿等为代表的后现代叙事理论研究者则大大扩展了叙事学的研究领地。对于中国叙事学产生巨大影响的是杰姆逊,他在 20 世纪 80 年代中期在北京大学举行了一系列有关叙事学的演讲,打开了中国叙事学研究的大门。而国内陈平原、罗钢、杨义等对叙事学的本土化研究,也大大地拓展了人们对这一新理论的学习与接受。刘小枫在 20 世纪末提出了叙事伦理学,则是对西方叙事学理论的本土化嫁接,为西方叙事学理论的中国化做出了重要的尝试。叙事学、叙事伦理等相关理论进入中国后,很快成为人们研究文学创作的重要批评工具,也成为许多作家写作时的理论基础修为。通过对这些理论的研究与学习,很快就有本土化的创作实绩与批评研究成果。这一点对于当代中国小说的残疾书写,无疑有着非常重要的积极意义与价值。

当代中国小说的残疾书写受叙事学理论的影响主要体现在两个方面:一是当代中国小说家们有意识地学习与模仿;二是当代文学理论批评者对于这

一理论的应用,尤其是对当代中国小说中典型的残疾书写作品进行的接受研究,有意识地运用了其中有关叙事伦理的研究方法。比如张文红在2006年出版的《伦理叙事与叙事伦理概述:90年代小说的文本实践》就是典型的以叙事伦理的理论对中国小说进行批评的实践性研究著作。这虽然是一部对一个时代的小说文本进行叙事伦理解读的研究性著作,但其中对这个时代相关作家的研究也涉及了残疾书写的内容。因此,西方叙事伦理理论在进入中国当代文学的研究领域后,对当代中国小说残疾书写的价值意义是巨大的,也需要我们以更加开放包容的心态来消化融合这一理论。

一、融入叙事伦理的残疾书写

西方叙事伦理对于整个当代中国小说的创作有着重要的指导意义。尤其是20世纪80年代,当代中国小说的创作对西方文学创作理论的学习与借鉴可以说进行了全面的尝试。这一方面是由于当时中国的小说家基本上都还处于摸索与创新阶段,凡是外来的理论,尤其是西方现代主义文学理论,都是作家们在创作时的指导理论。另一方面,中华人民共和国成立以后,受一系列政治运动的影响,大多数作家的阅读受时代的制约,文学知识修为相对较浅,如何提高自身的写作能力,乃至创新性地走出自己的创作之路,是他们一开始就要思考的问题。因此,对于这些超越传统叙事的理论有一种膜拜的心理。打破传统叙事,使用西方新的叙事手法,也必然成为这些作家渴望超越的心理因素。尤其是20世纪80年代中期以先锋文学为代表的创作成为文学创作的主流,西方受叙事学理论影响的文学作品自然也成为这个时代作家学习的直接对象。比如,马尔克斯《百年孤独》所采用的魔幻现实主义手法,对当时的中国作家来说,产生了一种全新的阅读体验。这部小说在20世纪80年代获得诺贝尔文学奖,就成为中国的文学创作者纷纷学习与模仿的重要对象之一。这部在西方也具有重大影响的作品,叙事技法的创新也为叙事学理论的研究提供了独特的样本。

西方叙事学理论对中国传统叙事的突破,可以说是全面的。无论是对叙事对象在人性伦理思考方面的多元评价,还是对叙事视点的多样化选择,抑或是对叙事修辞解读的伦理预设,中国当代文学都进行了充分且全面的学习与模仿。而作为其中一部分的残疾书写对西方叙事伦理的接受,则既有故事伦理的本土化处理,也有叙述伦理的技术性模仿。尤其是在如何讲好残疾故事的伦理取位上,显示出独具特色的价值标准,并进而通过故事讲述的伦理取位,来影响读者的伦理塑形。

首先是对残疾书写故事伦理的处理。中国传统叙事文学对残疾故事伦理的处理,大都不会从残疾者的内心去思考人物的命运,基本上都是以健全人的主角意识映衬残疾者的伦理价值。传统文学中残疾故事的内涵大多表现为歧视性的伦理表达。如被定位为"三寸丁穀树皮"的武大郎,在故事中始终没有自己的伦理价值表达。即使见到了打虎英雄的兄弟,他也没有获得应有的尊严,更不用说在西门庆、潘金莲、王婆等人的眼中,他只是一个可以随意处置的陪衬,不能操控自己的命运,也没有能力去改变未来的人生。在传统叙事文学中,地位低下、没有尊严的共性伦理价值定位是此类残疾人物形象的叙事伦理标签。而在进入改革开放时期之后,对残疾人物形象的故事处理则开始有了新的伦理叙事定位。在传统底层边缘定位的基础上,残疾人物形象开始走进叙事的中心,他们不再只处在被歧视、被侮辱的位置上,他们开始有自己的思想,有自己的追求,也有了改变命运而奋起的抗争。这种故事伦理价值的改变正是西方叙事伦理进入中国之后所出现的新趋向,这也得益于经济领域改革开放所带来的思想解放。大多数作家对当时中国经济文化的转向,都有一个渐趋适应的过程。残疾作家的代表史铁生通过对自我残疾命运的思考,把残疾书写的故事伦理上升到人类"局限"的共性内涵认定上,也是随着时代的发展经历了一个非常重要的思考过程。他早期的残疾书写在故事伦理内涵上大都是对残疾人生命困境的讲述,但随着西方现代主义文学思潮对他产生影响,他的残疾书写开始有了新的思考。残疾人并不是特殊的人,他们与其他健全人一样,有自己的人性价值尊严,也有自己的人生追求,与健全人相比,只是受到的"局限"更多一些罢了。所以,残疾人生存的故事与健全人一样,都是在生命的过程中,走好每一个节点,真正完成无悔人生就是最好的选择。作为残疾作家的代表,史铁生也如他自己思考的那样,通过写作完成了残疾书写的一生,留下了自己对残疾人命运的深切思考,为当代中国小说的残疾书写树立了新的标杆。而其他作家的残疾书写,对残疾人生存的命运设置,也大都受西方文学思潮的影响。韩少功的《爸爸爸》是作为寻根文学的代表作出现在当时的文坛上。他借用丙崽这个残疾人物,有意融入了本土民族文化的伦理内涵,展示了生存在这块土地上的生民们生生不息的原始生命力,具有很强的文化隐喻特征。莫言的高密东北乡生长着各种各样奇异怪诞的残疾人,但在他们的身上却浸润着齐地文化的精神特质,既有小黑孩的沉默不屈、小瞎子对音乐的执着追求、樱桃老人和留嫚的自立自强,也有暖的丈夫、孙不言等性格怪异的哑巴,更有如聋子六叔等生活底层无力反抗社会的残疾人。莫言赋予了他们各自不同的伦理内涵,这显示出莫言自身在西方化学习与本土化影响上的结合。实际上,除了史铁生等人之外,当时中国的小说家几乎没有例外地都受西方外来文学思潮的影响,只是程度轻重不同罢了。当时正在西方盛行的叙事伦理也随着这些文学思潮的引入,而成为作家们学习吸纳的主要理论之一。

其次是残疾书写故事叙述伦理的技术。西方叙事学创作技术对中国作家的影响应该是最直接也最明显的,同时也是作家们最渴望移植的东西。因此,故事叙述的技术性伦理价值是当代中国小说残疾书写最先关注的焦点。比如对隐喻与象征手法的运用就是一个非常好的案例。因为在中国传统叙事文学的技术上,隐喻与象征就有普遍使用的特征。实际上,隐喻与象征在中国的文学传统中,使用范围远不止于文学创作,在国家政治治理与民间传统信仰等方面都有这种手法的使用,而作为语言修辞使用,仅是隐喻与象征的一部分功能。隐喻与象征的叙事学意义说明,它们"不仅能折射出人类诗性智慧的光辉,也能揭示出人类认识世界、改造世界的哲学睿智;不仅是人类改造世界的桥梁,也是人类认知自身的途径"①。因此,隐喻与象征的技术手法,中国文学从传统到当下的创作都具有重要的研究价值,当这种文学术语融入西方文学新的文化内涵之后,更应该成为当代中国小说家们重新审视的一种文学技术。

当代中国小说残疾书写在讲述残疾故事时对叙述伦理的运用,有大量作品采用了隐喻与象征的艺术修辞手法。使用这两种叙述手法既是对中国传统叙事技术的萃取与吸收,又是对西方叙事伦理技术的借鉴与升华。中国传统叙事文学对这两种修辞技术的使用有着悠久的历史传统,从文王八卦、甲骨卜辞等历史文献中,都可以找到通过物象之间的关系,来探讨事物发展的隐喻内涵与象征意义的例子。中国进入改革开放时期后,西方现代主义文学思潮的涌入,为残疾书写提供了两相结合的可能。史铁生的残疾书写基本上都有意回避描摹现实的写实性,叙述伦理的隐喻手法可以说是其小说叙事最主要的方法。他笔下肢体残疾的人物形象,基本上都是以史铁生作为人物原型而创作的,这种具有自我隐喻内涵的故事运用,在一定意义上,体现了史铁生在残疾叙述中的伦理取位与价值立场。他借助隐喻与象征的修辞技术,由个体而延伸至人类整体,显示出他对残疾思考的深刻寓意。小说《命若琴弦》就是典

---

① 季广茂:《隐喻视野中的诗性传统》,北京:高等教育出版社,1998年,第1页。

型的使用隐喻技术伦理来讲述故事的作品。把盲人生命延续的过程与弹断琴弦的根数联系在一起,本身就具有了很强的隐喻暗示性。老少两个盲人对于光明的渴望,与琴弦根数绑定在一起,显示了生命的偶然与未知。这表面上看起来很荒谬,但其背后却注入了浓重的生命隐喻伦理,即两个盲人的生命过程都必须有一个让生活继续下去的支撑点,药方与琴弦正是这个过程中的隐喻支撑点。与这两个盲人一样,所有人的生命都必须看重过程才能有最后的结果,这两个盲人本身也具有隐喻的特征,他们是人类挣扎着奋力追求的化身。史铁生在《务虚笔记》中有意地用字母代替所有人物的名字,实际上,也是想通过有意过滤汉字的表面意义而获取人性隐喻的伦理象征意义。过滤后的名字对于读者而言,虽然已失去了表面的内涵意义,却能使人更清晰地感受到字母背后的象征内涵。实际上,从史铁生残疾书写的整体来看,史铁生对隐喻的使用从小的细节,到大的故事,都有涉及。他在讲述残疾故事时有意虚化具体时代背景,省略叙事的具体场景,淡化人物的姓名,这都可以看作是他在借个体残疾的命运伦理来叙述人类整体存在的价值意义时,采用隐喻与象征的修辞技术,揭示人类面对"局限"时应该采取的应对措施。尤其是在长篇小说《务虚笔记》中,各类人物在面对生命价值的思考时,隐喻起到了非常重要的暗示作用,这种暗示正与西方叙事学中的隐喻技法有着相似的功能与意义。

同样,阎连科在《受活》中对受活村来历的叙述本身就是一种伦理上的隐喻。这个深陷在耙耧山脉腹地的小山村,是明初大将胡大海在复仇与报恩的矛盾中结出的果实。因此,受活村的存在本身就是人性伦理交锋的结果,也是人性为善与造恶的隐喻产物。受活村残疾人世外桃源般的生活反衬了山外社会文明的丑恶,因为他们内部具有一种乌托邦式的自我管理模式。受活村后来的命运却因茅枝婆的到来而彻底改变,受活人再也回不到从前,在时代的洪流冲击之下,受活人未来的命运已不可能再掌握在他们自己手中。受活字面意义上的两种隐喻内涵使得小说的残疾书写在叙述伦理的表达上产生了两种截然相反的结果。一面是受活残疾人曾享受过桃花源般的田园生活,自生自灭,共享天伦;而另一面则是时代给受活人带来的艰难生活,他们也只能忍受这种无尊严、被欺凌、被侮辱的生活,挣扎于世俗的底层社会中。当代中国小说的残疾书写在隐喻与象征伦理的叙事技术运用上,体现了本土化与西方化的融合与创新,具有重要的研究价值。

再次是对残疾书写故事接受伦理的阐释。读者在阅读过程中对作品进行自我伦理取位的阐释,必然会形成各种不同的接受伦理观。这种阅读接受实际上是一种建立在"对话"基础上的阐释。

就伦理而言,在作品的即时接受中,外在伦理环境所起到的作用至关重要。面对已形成的文本,外在伦理以自身为尺度对其伦理内核进行衡量,从而决定对作品不同的态度,或高扬,或接受,或摒弃。而在作品的历时接受中,文本内伦理则起到根本性的作用:作品的核心伦理观念是否符合人类恒常的伦理价值,是否契合时代进步的趋势,直接决定后继时代作品被接受的广度和深度,从而决定作品的文学史定位。①

因此,对于当代中国小说残疾书写的阅读接受,更多建立在我国读者的伦理阐释基础上。这些残疾书写的故事文本伦理内涵大都立足于中国本土的残疾故事,具有中国传统文化的伦理传承性。但是随着中国发展的逐步深化,受到西方文艺思潮影响的读者在接受对话的过程中,也在逐渐吸收借鉴西方的叙事学理论来解读这些残疾书写,以便使个人在自我熏陶中,能够真正成为世界文学的一部分。当代中国小说残疾书写接受伦理的影响研究也在潜移默化中迎来了两相结合之后的新的伦理内涵。这种新内涵主要是以中国传统文化的影响为基础要素,以西方现代主义思想为扬弃要素,共同创新了当下残疾书写的对话阐释研究。不仅是中国读者对这些残疾书写的阅读阐释,能够产生理论上的创新,而且西方读者在阅读接受的对话中,在与本土文化融合时所产生的接受伦理也会促进中国残疾书写的创新发展。因此,接受伦理视域中的阐释是多元立体的,也是多种标准下的文化对话。当代中国小说残疾书写在西方叙事伦理的影响中,也必然会走向世界文学的大家庭,成为影响人类精神发展的优秀作品。

二、对残疾书写批评研究的理论提升

叙事伦理批评作为后叙事学的发展,打破了传统叙事学对于文本研究过于琐碎剖析的弊端,把文学研究向前推进了一步,将接受研究融入整个文学批

---

① 李昕:《简析作品接受的伦理维度——以〈觉醒〉和〈查泰莱夫人的情人〉为例》,《出版广角》2017年第18期,第90页。

评的框架中,作者、文本与读者,三足鼎立,无所谓主次之分。这也是文学批评理论发展的必然结果,全面客观地进行文学批评始终是文学研究的最终目的。文学批评理论的所有创新,都是站在前人的肩膀上,向上提升的结果。叙事伦理也不例外。巴赫金提出的"对话"理论,就为后来的接受学研究提供了很好的参照,而接受研究也正是从读者的角度来分析文学批评规律的理论。"接受美学将文本阅读视为与读者的交流活动,推崇对话和交流在文学阅读中的重要性,体现文本与读者、历史与现实的相互作用。"[1]阐释学和接受美学对于读者身份的重视,本质上就是从作品重构的角度去认识文学的批评价值。因此,对当代中国小说残疾书写进行批评研究,也需要有新的研究理论。叙事伦理所包含的故事伦理、叙述伦理以及接受伦理三个维度,正为当下残疾书写的批评研究提供了合适的理论支撑,这也是当下研究的创新发展方向。

综观当代中国小说残疾书写的研究,我们可以发现,批评界借助叙事学对残疾书写的批评式解析研究,已经有了较为丰硕的成绩。比如对于史铁生残疾书写的研究,就是伴随着他的创作而逐步提升的。早期对于史铁生的研究,立足于心理自卑情结进行解读分析,大都是从史铁生对于残疾命运反抗的虚妄处解读。即每个人的残疾都具有无法言说的宿命性,如何摆脱这个不公的命运,是每个残疾人内心的问号。随着史铁生身体健康状况的逐步恶化,其创作也在慢慢地进入冷静的思辨期。

> 史铁生把叙事的焦点,集中放在自己独特的经验范围之内,他习惯于把小说中的人物推向残疾的深渊,用哀婉、悯怅的笔调,为残疾人唱了一曲曲如泣如诉的命运之歌,从而深味残疾生命的心灵之痛,抒发由此而来的宿命感和绝望感。……甚至可以说,'疾病的隐喻',才是残疾人遭遇困境的根本原因。[2]

但史铁生还是从这种"隐喻"的困境中走了出来,他发现了残疾人都因为有了可怕的"残疾情结"才无法走出自己的心理阴影。这种对史铁生叙事伦理的解读,在一定意义上也显示出了接受伦理的变化特征。史铁生从"残疾的

---

[1] 张叶鸿:《现象学、阐释学、接受美学和中国阐释理论构建》,《文学理论前沿》2016年第2期,第136页。
[2] 欧阳光明:《从"残疾的人"到"人的残疾"——论史铁生创作的精神嬗变》,《中国现代文学研究丛刊》2016年第12期,第71页。

人"发现了"人的残疾",是从个体到整体的思考,显示出了一般残疾叙事者难以达到的理性高度。

对于其他作家的残疾书写的研究批评,也可以帮助我们理解叙事伦理对于残疾书写的研究价值。程德培对莫言早期的创作从"童年叙事视角"的角度进行分析,其中也涉及《透明的红萝卜》这样的残疾书写作品。他认为:"童年生活的记忆,缠绕着莫言的艺术世界,同时又参预了这个世界的创造。"[①]这可以说是对莫言早期创作的准确表达。从童年视角来研究莫言早期的残疾书写,程德培认为,其中的哑巴身份是莫言早期关注的重要对象,比如《透明的红萝卜》中的哑巴黑孩,《枯河》中的哑巴小虎,《秋千架》中"个眼暖"的丈夫及三个儿子都是哑巴,为了把这些不能说话的人物形象真实地呈现给读者,莫言"用传达感觉的方式,拆除生理缺陷所造成的交流障碍,使手势眼神的'语言'更为丰富动人。他的一个最为与众不同的地方在于,通过个人感觉的信息传递而将听觉功能转换为视觉或其他知觉接受"[②]。而随着莫言创作的发展,其笔下的残疾群像,极大地丰富了当代中国小说的残疾书写。学界对于莫言的研究也因莫言2012年获得诺贝尔文学奖而出现井喷式的状况。大量的研究对莫言笔下的残疾人物形象条分缕析,并进而上升到写作规律的研究,显示了多元化、多义性的阐释伦理特征。这些研究中对莫言善于塑造一些身体残缺的人物的评价,呈现了莫言后期残疾书写的特质。"应该指出的是,莫言的文学叙事可以从多方面解读,如叙事学中的视角、元叙事、叙事空间、叙述者等概念要素,身体叙事只是其中的一种考量角度,也有其自身的理论预设的盲点与限度。"[③]的确,对于莫言作品中大量残疾人物形象的叙事伦理研究,成为当下研究界借身体伦理解析文学接受现象的典型例证。

实际上,对于其他具有典型残疾书写特征的作家来说,叙事伦理理论的应用也都很好地诠释了创作的价值内涵。比如对阎连科残疾书写的批评,不只停留在《受活》这部典型的残疾叙事作品上,其他如《耙耧天歌》《黄金洞》《日光流年》等作品的研究也都有这些理论的运用。比如《耙耧天歌》里尤四婆面对四个智力残疾的儿女时,她掘坟开棺,把亡夫的骨头作为医治儿女痴傻之病的药引,甚至于用自杀的方式将自己的尸骨献给儿女作为灵药。这种吃人的故事伦理可以说与鲁迅《狂人日记》里的"吃人"有着极其紧密的互文关系,是叙

---

① 程德培:《被记忆缠绕的世界——莫言创作中的童年视角》,《上海文学》1986年第4期,第17页。
② 同上,第18页。
③ 齐林华:《莫言小说身体叙事的基本形态探究》,《中国文学研究》2020年第4期,第26页。

述故事时的伦理表达,体现了"人们对生命的冷漠,是孤独的、人性的荒寒,精神的恶疾,这种荒寒的内心终究将归于死寂"①。这也是阎连科残疾书写过程中,有意融合传统文化与西方叙事伦理技术表达于一体的创作特色。阎连科在当代文坛的独特性很大程度上与他以苦难为故事伦理底色,以苦寒冷寂的叙述伦理为表达方式有着重要的关系。因此,有的评论者在用叙事伦理来审视阎连科的小说创作时,认为他的作品"无论长篇还是短篇,其结构和语言都有独特而坚硬的质地,这种结构,都向着生生死死、沧桑岁月中那些被苦难所覆盖的人性,陌生的事物敞开,丝丝缕缕地潜入我们的生命,走进我们的心房。这些人性故事,决定小说的风格,也决定语言的样式"②。这就是用叙事伦理的研究维度来解读阎连科的小说创作,当然也包括他的残疾书写。实际上,对于当代中国小说残疾书写的研究,借用叙事伦理来探讨其中所蕴含的文学价值,在视野上是非常广阔的,在方法上具有很强的融合性创新意义,也需要研究界投入更多的关注与热情。借用西方叙事伦理,立足具有中国特色的残疾书写,学术界也会形成属于当代中国小说研究的独特创新领地,如何提升这块领地的影响是未来研究的重要方向之一。

---

① 张学昕:《骨骼里树立着永恒的姿态——阎连科的短篇小说及其叙事伦理》,《当代作家评论》2013年第5期,第74页。
② 同上,第75页。

结　语

　　残疾人是人类社会的特殊组成部分,因其身体某一种或多种功能的缺失而处于社会的底层。他们既要面对现实生存的艰难,也要接受人们对他们精神上有意无意的伤害。代表主流社会的健全人在面对各不相同的残疾人时,因所处时代、环境以及个人教养的不同而给予他们的同情与打击、怜悯与歧视、关注与漠视以及帮助与伤害等方面也各有不同。作为个体存在的残疾人在面对来自主流社会的这种不同的对待方式时,也经常会陷入两难的困境而无法选择,这正是由于他们对待残疾的伦理感受是独一无二的。在每个不同的社会发展阶段,残疾人在面对社会世俗伦理评价时,也有着各自不同的身份标签。毕飞宇在谈到他童年时期所见到的中国农村残疾人时曾说过:

　　　　乡村的民间智慧是这样总结残疾人的:瘸狠、瞎坏、哑巴毒。瘸为什么狠?他行动不便,被人欺负了他追不上,这一来他的内心就有很深的积怨,一旦被他抓住,他会往死里打,他狠。'瞎坏'的'坏'指的是心眼,瞎为什么坏?他行动不便,被人欺负了也不知道是谁,这一来他对所有的他者就有了敌意,他是仇视他者的,动不动就在暗地里给人吃苦头。哑巴为什么毒呢?他行动是方便的,可他一样被人欺负,他从四周围狰狞的、变形的笑容知道了自己的处境,他是卑琐的,经常被人挤对,经常被人开涮,他知道,却不明白,这一来他的报复心就格外地重。……他们的心是被他人扭曲的,同时也是被自己扭曲的。[①]

[①] 毕飞宇、张莉:《牙齿是检验真理的第二标准》,北京:人民文学出版社,2014年,第380—381页。

这种标签式的评定,是存在于那个特定的时代的。在物资供应贫乏、大多数人都在温饱线上挣扎时,这些生活在农村的底层残疾人,自然就会有这样的评价结果,这也是人性的本能所在。人类在从野蛮逐步走向文明的过程中,经历过弱肉强食的竞争时代。在社会野蛮发展的过程中,代表弱势一方的残疾者,随时都会因饥饿、战争等遭受残酷的淘汰。然而当社会文明发展到一定高度的时候,对弱势者的关怀与同情就是文明进步的重要标志之一。因此,随着社会的不断进步,主流社会已经能够做到尽可能地尊重残疾人的意愿,给予他们同情与帮助,其中首先要考虑的就是平等与尊严。残疾人对于现实社会的要求,也基本上是以人性平等与尊严获取作为他们与人交往的前提。

实际上,残疾人现实生存的困难,并不是他们生存过程中最大的问题,给他们的生存带来巨大压力的一般都是精神层面的平等与尊严。现实生存不管有多艰难,即使是无法解决的困难,残疾人也不会觉得不能接受,但是那种来自精神领域的看不见、摸不着的社会歧视与恶意讥讽却使他们逐步走向自我封闭,不愿与人进行正常交流。史铁生说:"什么是残疾?孤独是残疾吗?可以这么说,孤独是所有人的残疾。正如人被劈作两半,一半是男人,一半是女人,而每一半都有残疾。但如果每一半不仅渴望另一半,而且能舍生忘死地去追寻另一半,残疾便给了我们一个实现美满的机会——像断臂的维纳斯一样。"[①]孤独感是人类共有的精神残疾,这主要是由于人们心理上存在着自卑情结。史铁生通过自身的问题看到了人类整体的残疾,要想摆脱这种自卑式的残疾,所有人都必须真正走出自卑所引起的孤独,参与社会事务,使自己能够敞开心扉真诚交流。

当代中国小说是中国现代小说的延续与发展,至改革开放时期而延续到当下,涉及残疾书写的相关研究,所取得的成绩是有目共睹的。在中国当代作家中,史铁生作为残疾作家的代表,他的小说在残疾书写的典型性上具有其他作家所难以企及的高度。而以阎连科、毕飞宇、莫言、东西、阿来、韩少功、迟子建等为代表的非残疾作家的残疾书写,则显示了各自不同的叙事伦理特征。然而当代中国小说的残疾书写在走向世界文学领域时所应该表现出来的更加深刻的人性伦理冲击,尚需要我们进一步探索与创新。从人性的共性角度思考残疾人的群体生存价值与意义,以叙事伦理的文学理论去研读这些残疾书

[①] 史铁生:《〈逃亡三题〉读后》,《史铁生作品集》(第 3 卷),北京:中国社会科学出版社 1995 年版,第 394 页。

写文本，更需要我们怀着一颗爱人之心，做到以己心度他心，真正体味他人的存在所代表的个体伦理意义。当代中国小说在当下社会伦理的语言环境中，走好与世界文学接轨的路，还需要更大的努力。史铁生说："我们既不能忘记残疾朋友，又应该努力走出残疾人的小圈子，怀着博大的爱心，自由自在地走进全世界，这是克服残疾、超越局限的最要紧的一步。"[①]的确，人类社会需要更多的沟通与交流，真诚地面对彼此，不论身体是否残疾，大家都可以在更多的领域克服自身的局限，实现真正自由健康的生活。

---

① 史铁生：《给盲童朋友》，出自《史铁生作品全编》（第7卷），北京：人民文学出版社，2016年，第179页。

参考文献

一、文学作品

1. 褚威格.同情的罪[M].沉樱,译.济南:山东文艺出版社,1984.
2. 东西.没有语言的生活[M].北京:华艺出版社,1996.
3. 迟子健.盲人报摊[M]//逝川.武汉:长江文艺出版社,2001.
4. 刘恒.狗日的粮食[M].南京:江苏文艺出版社,2003.
5. 毕飞宇.推拿[M].北京:人民文学出版社,2008.
6. 韩少功.爸爸爸[M].上海:上海文艺出版社,2017.
7. 贾平凹.古炉[M].北京:人民文学出版社,2010.
8. 贾平凹.妊娠[M].桂林:漓江出版社,2013.
9. 李佩甫.生命册[M].北京:作家出版社,2012.
10. 莫言.白狗秋千架[M].北京:作家出版社,2012.
11. 莫言.丰乳肥臀[M].杭州:浙江文艺出版社,2017.
12. 莫言.食草家族[M].上海:上海文艺出版社,2012.
13. 莫言.四十一炮[M].杭州:浙江文艺出版社,2017.
14. 阎连科.受活[M].沈阳:春风文艺出版社,2004.
15. 朱彦夫.极限人生[M].北京:新华出版社,2014.
16. 苏童.一九三四年的逃亡[M]//罂粟之家.上海:上海文艺出版社,2004.
17. 张海迪.轮椅上的梦[M].北京:人民文学出版社,2005.
18. 余华.活着[M].上海:上海文艺出版社,2004.
19. 余华.兄弟:下部[M].上海:上海文艺出版社,2006.
20. 史铁生.没有太阳的角落[M]//史铁生作品集:第1卷.北京:中国社会科学出版社,1995.
21. 史铁生.病隙碎笔[M]//史铁生作品全编:第8卷.北京:人民文学出版社,2016.

22. 史铁生.插队的故事[M]//史铁生作品全编:第4卷.北京:人民文学出版社,2016.
23. 史铁生.给盲童朋友[M]//史铁生作品全编:第7卷.北京:人民文学出版社,2016.
24. 史铁生.好运设计[M]//史铁生作品全编:第6卷.北京:人民文学出版社,2016.
25. 史铁生.来到人间[M]//史铁生作品全编:第4卷.北京:人民文学出版社,2016.
26. 史铁生.命若琴弦[M]//史铁生作品全编:第4卷.北京:人民文学出版社,2016.
27. 史铁生.山顶上的传说[M]//史铁生作品全编:第3卷.北京:人民文学出版社,2016.
28. 史铁生.我的丁一之旅[M].史铁生作品全编:第2卷.北京:人民文学出版社,2016.
29. 史铁生.我二十一岁那年[M].史铁生作品全编:第6卷.北京:人民文学出版社,2016.
30. 史铁生.我与地坛[M].史铁生作品全编:第6卷.北京:人民文学出版社,2016.
31. 史铁生.务虚笔记[M].史铁生作品全编:第1卷.北京:人民文学出版社,2016.
32. 史铁生.原罪·宿命[M]//史铁生作品全编:第4卷.北京:人民文学出版社,2016.
33. 余秀华.无端欢喜[M].北京:新星出版社,2018.

二、研究著作

1. 阿德勒.挑战自卑[M].李心明,译.北京:华龄出版社,1996.
2. 瓦西列夫.情爱论[M].赵永穆,范国恩,陈行慧,译.北京:生活·读书·新知三联书店,1984.
3. 姚斯.走向接受美学[M]//姚斯,霍拉勃.接受美学与接受理论.周宁,金元浦,译.沈阳:辽宁人民出版社,1987.
4. 黑格尔.哲学史讲演录:第2卷[M].贺麟,王太庆,译.北京:商务印书馆,1983.
5. 舍勒.爱的秩序[M].林克,等译.北京:生活·读书·新知三联书店,1995.
6. 伊瑟尔.阅读活动:审美反应理论[M].金元浦,周宁,译.北京:中国社会科学出版社,1991.
7. 耀斯.审美经验与文学解释学[M].顾建光,顾静宇,张乐天,译.上海:上海译文出版社,1997.
8. 别尔嘉耶夫.罪与赎[M]//龚群.善恶二十讲.天津:天津人民出版社,2008.
9. 克里斯蒂娃.主体·互文·精神分析:克里斯蒂娃复旦大学演讲集[M].祝克懿,黄蓓,编译.北京:生活·读书·新知三联书店,2016.
10. 卢梭.社会契约论[M].何兆武,译.北京:商务印书馆,1980.
11. 巴尔特.写作的零度[M].李幼蒸,译.北京:中国人民大学出版社,2008.
12. 热奈特.叙事话语 新叙事话语[M].王文融,译.北京:中国社会科学出版社,1990.
13. 柏拉图.理想国[M].郭斌和,张竹明,译.北京:商务印书馆,1986.
14. 色诺芬.回忆苏格拉底[M].吴永泉,译.北京:商务印书馆,1984.
15. 巴尔.叙述学:叙事理论导论:第2版[M].谭君强,译.北京:中国社会科学出版社,2003.

16. 米勒.小说与重复:七部英国小说[M].王宏图,译.天津:天津人民出版社,2007.
17. 弗洛姆.爱的艺术[M].李健鸣,译.上海:上海译文出版社,2008.
18. 赫尔曼.新叙事学[M].马海良,译.北京:北京大学出版社,2002.
19. 马丁.当代叙事学[M].伍晓明,译.北京:北京大学出版社,2005.
20. 梅.心理学与人类困境[M].郭本禹,方红,译.北京:中国人民大学出版社,2010.
21. 马斯洛.动机与人格[M].许金声,译.北京:中国人民大学出版社,2007.
22. 桑塔格.疾病的隐喻[M].程巍,译.上海:上海译文出版社,2003.
23. 布斯.小说修辞学[M].华明,胡苏晓,周宪,译.北京:北京大学出版社,1987.
24. 查特曼.故事与话语:小说和电影的叙事结构[M].徐强,译.北京:中国人民大学出版社,2013.
25. 巴赫金.巴赫金全集:第4卷[M].白春仁,晓河,周启超,等译.石家庄:河北教育出版社,1998.
26. 巴赫金.巴赫金全集:第5卷[M].白春仁,顾亚铃,译.石家庄:河北教育出版社,1998.
27. 巴赫金.陀思妥耶夫斯基诗学问题[M].白春仁,顾亚铃,译.北京:生活·读书·新知三联书店,1988.
28. 艾柯,柯里尼.诠释与过度诠释:第2版[M].王宇根,译.北京:生活·读书·新知三联书店,2005.
29. 休谟.人性论[M].石碧球,译.北京:中国社会科学出版社,2009.
30. 伊格尔顿.二十世纪西方文学理论[M].伍晓明,译.西安:陕西师范大学出版社,1986.
31. 毕飞宇,张莉.牙齿是检验真理的第二标准[M].北京:人民文学出版社,2014.
32. 陈平原.小说叙事的两次转变:答黄子平问[M]//陈平原小说史论集:下册.石家庄:河北人民出版社,1997.
33. 陈少华.孤独体验[M].广州:花城出版社,1990.
34. 陈思和.中国当代文学史教程[M].上海:复旦大学出版社,1999.
35. 陈晓明.表意的焦虑:历史的建构与解构:当代中国文学的变革流向[M].北京:中央编译出版社,2002.
36. 陈晓明.中国当代文学主潮:第2版[M].北京:北京大学出版社,2013.
37. 陈忠实.作家始终不忘关注国家和民族的命运[M]//徐江善,等.时代之问:当代文化名人的思考与呼唤.上海:复旦大学出版社,2011.
38. 池田大作.我的人学[M].铭九,潘春生,庞春兰,译.北京:北京大学出版社,1992.
39. 董小英.再登巴比伦塔:巴赫金与对话理论[M].北京:生活·读书·新知三联书店,1994.
40. 方志红.阎连科研究[M].郑州:河南大学出版社,2015.
41. 何立婴.中国女性百科全书·婚姻家庭卷[M].沈阳:东北大学出版社,1995.

42. 洪子诚.当代文学概说[M].南宁:广西教育出版社,2000.
43. 季广茂.隐喻视野中的诗性传统[M].北京:高等教育出版社,1998.
44. 李陀,阎连科.《受活》:超现实写作的新尝试[M]//方志红.阎连科研究.郑州:河南大学出版社,2015.
45. 刘小枫.沉重的肉身:现代性伦理的叙事纬语[M].上海:上海人民出版社,1999.
46. 马欣川.现代心理学理论流派[M].上海:华东师范大学出版社,2003.
47. 莫言.饥饿和孤独是我创作的财富[M]//清醒的说梦者.济南:山东文艺出版社,2002.
48. 史铁生,王尧.有了一种精神应对苦难时,你就复活了[M]//史铁生作品全编:第10卷.北京:人民文学出版社,2016.
49. 史铁生.《逃亡三题》读后[M]//史铁生作品集:第3卷.北京:中国社会科学出版社,1995.
50. 史铁生.写作与超越时代的可能性[M]//史铁生作品全编:第10卷.北京:人民文学出版社,2016.
51. 史铁生.昼信基督夜信佛[M]//史铁生作品全编:第9卷.北京:人民文学出版社,2016.
52. 孙慧.艾柯文艺思想研究[M].济南:山东大学出版社,2015.
53. 王海明.伦理学原理[M].北京:北京大学出版社,2009.
54. 王鸿生.现代小说叙事伦理[M].北京:新华出版社,2008.
55. 王鸿生.信仰与写作:北村和史铁生比较之二[M]//叙事与中国经验.上海:同济大学出版社,2008.
56. 伍茂国.现代小说叙事伦理[M].北京:新华出版社,2008.
57. 谢有顺.文学如何立心[M].北京:昆仑出版社,2013.
58. 阎连科,梁鸿.巫婆的红筷子[M].沈阳:春风文艺出版社,2002.
59. 阎连科,张学昕.我的现实 我的主义:阎连科文学对话录[M].北京:中国人民大学出版社,2010.
60. 阎连科.阎连科文论[M].昆明:云南人民出版社,2012.
61. 杨义.中国叙事学[M].北京:人民出版社,1997.
62. 于本源.中国伦理学百科全书:宗教伦理学卷[M].长春:吉林人民出版社,1993.
63. 张宏.新时期小说中的苦难叙事[M].北京:中国传媒大学出版社,2009.
64. 张文红.伦理叙事与叙事伦理:90年代小说的文本实践[M].北京:社会科学文献出版社,2006.
65. 张旭东,莫言.我们时代的写作:对话《酒国》《生死疲劳》[M].上海:上海文艺出版社,2013.
66. 张彦修.婚姻·家族·氏族与文明:《家庭、私有制和国家的起源》研究[M].北京:中国社会科学出版社,2007.

67. 周兆平.心灵激情的抚慰:情爱卷[M].北京:中共中央党校出版社,1998.

三、期刊与学位论文

1. 常智奇.理论准备不足将使莫言没言:读《断手》有感[J].文学自由谈,1987(1).
2. 陈清义.论莫言小说的得失[J].信阳师范学院学报(哲学社会科学版),1987(1).
3. 陈晓明.他引来鬼火,他横扫一切[J].当代作家评论,2007(5).
4. 陈彦旭.隐喻、性别与种族:残疾文学研究的最新动向[J].外国文学动态,2010(6).
5. 陈振南.史铁生论[D].南京:南京大学,2015.
6. 程德培.被记忆缠绕的世界:莫言创作中的童年视角[J].上海文学,1986(4).
7. 宫爱玲.现代中国文学疾病叙事研究[D].济南:山东师范大学,2007.
8. 贺绍俊.盲人形象的正常性及其意义:读毕飞宇的《推拿》[J].文艺争鸣,2008(12).
9. 洪治纲.成长的挽歌:评刘庆的长篇小说《长势喜人》[J].当代作家评论,2005(1).
10. 洪子诚."当代文学"的概念[J].文学评论,1998(6).
11. 洪子诚.《中国当代文学史》编写的回顾[J].杭州师范大学学报(社会科学版),2019(4).
12. 黄书泉.论《尘埃落定》的诗性特质[J].文学评论,2002(2).
13. 基亮.严峻深沉的文化反思:浅谈韩少功的中篇《爸爸爸》及当前的"文化热"流[J].当代文坛,1985(10).
14. 江守义.伦理视野中的小说视角[J].外国文学研究,2017(2).
15. 江守义.叙述可靠性与文学真实性[J].文艺理论研究,2020(1).
16. 江守义.中西小说叙事伦理研究路径之比较[J].中国文学研究,2019(2).
17. 李东芳.存在的忧思:史铁生的出发点与归宿:史铁生小说创作论[J].北京社会科学,2000(3).
18. 李建军.像蝴蝶一样飞舞的绣花碎片:评《尘埃落定》[J].南方文坛,2003(4).
19. 梁平.生活真相与普世价值:毕飞宇推拿的两个文学穴位[J].小说评论,2012(1).
20. 刘欣.叙事伦理研究[D].芜湖:安徽师范大学,2011.
21. 刘玉平,杨红旗.从文艺伦理学到叙事伦理:兼论文艺学的知识生成[J].兰州学刊,2009(8).
22. 刘再复.中国出了部奇小说:读阎连科的长篇小说《受活》[J].当代作家评论,2007(5).
23. 卢冬丽,李红.阎连科《受活》在日本的诠释与受容:基于日译本《愉楽》副文本的分析[J].文艺争鸣,2016(3).
24. 孟繁华.文学史视野下的当代中国文学[J].安徽文学,2020(1).
25. 莫言.读书其实是在读自己:从学习蒲松龄谈起[J].中华读书报,2010-04-15.
26. 南帆.《受活》:怪诞及其美学谱系[J].上海文学,2004(6).
27. 聂成军.身体的发现:现当代小说怪诞身体书写研究[D].兰州:兰州大学,2015.

28. 欧阳光明.从"残疾的人"到"人的残疾":论史铁生创作的精神嬗变[J].中国现代文学研究丛刊,2016(12).
29. 齐林华.莫言小说身体叙事的基本形态探究[J].中国文学研究,2020(4).
30. 沈杏培,姜瑜."傻子":符号的艺术和艺术的符号:论当代小说的"傻子"叙事伦理[J].艺术广角,2005(2).
31. 唐小林.极限情景:史铁生存在诗学的逻辑起点[J].文学评论,2005(5).
32. 陶东风.《受活》:中国当代政治寓言小说的杰作[J].当代作家评论,2013(5).
33. 王彬彬.论《推拿》[J].中国现代文学研究丛刊,2013(2).
34. 王鸿生.反乌托邦的乌托邦叙事:读《受活》[J].当代作家评论,2004(2).
35. 王一川.旋风中的升降:《尘埃落定》发表15周年及其经典化[J].当代文坛,2013(5).
36. 王锺陵.论姚斯的接受美学理论[J].江苏社会科学,2012(3).
37. 吴俊.当代西绪福斯神话:史铁生小说的心理透视[J].文学评论,1989(1).
38. 吴晓东.中国文学中的乡土乌托邦及其幻灭[J].北京大学学报(哲学社会科学版),2006(1).
39. 向成国.张心平笔下老人形象的文化寓意[J].理论与创作,2011(3).
40. 肖鹰.真实的可能与狂想的虚假:评阎连科《受活》[J].南方文坛,2005(2).
41. 徐岱.叙事伦理若干问题[J].美育学刊,2013(6).
42. 徐德明.中西叙事诗学现代实践性整合初议[J].东南大学学报(哲学社会科学版),2006(3).
43. 薛皓洁.论中国当代文学中的残疾书写[D].扬州:扬州大学,2018.
44. 李陀,阎连科.《受活》:超现实写作的重要尝试[J].南方文坛,2004(2).
45. 张建波.逆游的行魂:史铁生论[D].济南:山东师范大学,2011.
46. 张莉,毕飞宇.理解力比想象力更重要:对话《推拿》[J].当代作家评论,2009(2).
47. 张清华.人性的刀锋与语言的舞蹈[J].小说评论,2020(2).
48. 张清华.时间的美学:论时间修辞与当代文学的美学演变[J].文艺研究,2006(7).
49. 张小平.论史铁生的"残疾"世界[J].兰州学刊,2006(5).
50. 张学昕.骨骼里树立着永恒的姿态:阎连科的短篇小说及其叙事伦理[J].当代作家评论,2013(5).
51. 张叶鸿.现象学、阐释学、接受美学和中国阐释理论构建[J].文学理论前沿,2016(2).
52. 周志雄.中国新时期小说情爱叙事研究[D].济南:山东师范大学,2004.
53. 梅耶斯.疾病与艺术[J].顾闻,译.文艺理论研究,1995(6).
54. 李昕.简析作品接受的伦理维度:以《觉醒》和《查泰莱夫人的情人》为例[J].出版广角,2017(18).

附 录

当代中国小说残疾书写主要作品与残疾人物分类表

作者	作品	视觉残疾	听觉与言语残疾	肢体残疾	精神与智力残疾
史铁生	插队的故事	瞎老汉			
	来到人间			侏儒女孩子	
	没有太阳的角落			肢残铁子、克俭、我	
	命若琴弦	说书艺人老瞎子、小瞎子			
	"傻人"的希望				傻子席二龙
	山顶上的传说			瘸腿少年	
	我的丁一之旅			丁一	
	我的遥远的清平湾	两个说书的瞎子			
	我之舞	老孟眼盲		肢残"我"、老孟、世启	傻子路
	午餐半小时			腿残的青年	
	务虚笔记			下肢瘫痪的C	
	夏天的玫瑰			残疾老头	
	原罪·宿命			瘫痪的十叔、瘫痪的"我"	
	在一个冬天的晚上			残腿男子、侏儒女子	
	足球			腿残者山子、小刚	

续　表

作者	作品	视觉残疾	听觉与言语残疾	肢体残疾	精神与智力残疾
莫言	白狗秋千架	个眼暖	哑巴丈夫、哑巴儿子		
	草鞋窨子		聋子六叔		
	断手			断手苏社、独腿老人、独臂留嫚	
	二姑随后就到	瞎子德重	哑巴德高	二姑	痴子德强
	丰乳肥臀	盲女八姐、后天盲女四姐、坐瓮漂来的白衣盲女人、瞎子徐仙儿	哑巴孙不言及其儿子大哑、二哑	独腿杨公安、独臂龙青萍、失去双腿的孙不言、残疾军人瘸腿麻邦	疯子鸟仙三姐、半疯大姐来弟
	复仇记			肢残人阮书记	
	红高粱		哑巴大个子		
	红蝗	独眼李大元			
	红树林		哑巴		傻子小强
	金发婴儿	瞎眼婆婆			
	酒国			侏儒余一尺、肉孩	
	民间音乐	小瞎子			
	你的行为使我们恐惧			自残吕乐之	
	秋水	盲女			
	三十年前的一次长跑比赛			驼背朱总人	
	生死疲劳			大头蓝千岁	
	四十一炮				智残罗小通
	檀香刑				智残赵小甲

续　表

作者	作品	视觉残疾	听觉与言语残疾	肢体残疾	精神与智力残疾
莫言	天堂蒜薹之歌	瞎子张扣		瘸子方一君	
	透明的红萝卜	独眼小铁匠、菊子			侏儒式智残小黑孩
	屠户的女儿			无腿香妞儿	
	蛙			侏儒王胆、毁容女陈眉	
	我们的七叔			驼背朱老师	智障七叔
	战友重逢			独腿老人	
	筑路			驼背刘罗锅	
毕飞宇	平原			驼背"老骆驼"	
	青衣				疯子筱燕秋
	上海往事		马脸女佣哑巴柳妈		
	推拿	盲人群体：沙复明、张宗琪、王大夫、小孔、小马、都红、徐泰来、金嫣、季婷婷、张一光			
阎连科	耙耧天歌				尤四婆的四个痴傻女儿
	黄金洞				傻子二憨
	日光流年			肢残杜拐子	
	受活	盲桐花、盲四爷	马聋子	瘸腿茅枝婆，断腿猴，侏儒四姐妹桐花、槐花、榆花、幺蛾儿，瘫子媳妇	
迟子健	白银那			中风偏瘫陈守仁	
	采浆果的人				傻子大鲁、二鲁
	晨钟响彻黄昏				疯子刘天园

续 表

作者	作品	视觉残疾	听觉与言语残疾	肢体残疾	精神与智力残疾
迟子健	额尔古纳河右岸			瘸腿达西	智残达玛拉
	疯人院的小磨盘			断腿的莫迪父亲	疯人院里的疯子、傻子小磨盘
	盲人报摊	盲人夫妇吴自民和王瑶琴			
	逆行精灵		老哑巴	豁唇孩子	
	青草如歌的正午				傻子陈生
	群山之巅			断腿安玉顺、残臂刘瘸子、侏儒安雪儿、瘫痪的李素贞丈夫	呆子单夏
	晚安玫瑰		聋哑女柳琴		
	雾月牛栏				智残宝坠
	雪坝下的新娘				傻子刘曲
贾平凹	秦腔				智残引生
	带灯			跛子陈大夫	
	高老庄			瘫痪儿子石头	
	古炉			侏儒狗尿苔	智残狗尿苔
	极花	瞎子黑亮叔		跛子三朵老婆	
	腊月·正月			巩德胜驼背儿子哑巴	
	美好的姝人			大鼻子侏人	
	山本	瞎子陈先生	哑巴宽展师父	瘸腿剩剩	智残蚯蚓
	天狗			瘫痪井把式李正什	
	五魁			无腿的柳少爷、瘫痪的柳少奶奶	
余华	活着		哑巴凤霞	歪脖子万二喜	
	我胆小如鼠				弱智杨高

续 表

作者	作品	视觉残疾	听觉与言语残疾	肢体残疾	精神与智力残疾
余华	我没有自己的名字				傻子来发
	兄弟			福利厂残疾人	
	一九八六年				疯子
苏童	一九三四年的逃亡	小瞎子			
	妻妾成群				疯女人颂莲
	桥上的疯妈妈				疯妈妈
	三盏灯				智残扁金
	罂粟之家				智残演义
冯骥才	炮打双灯			肢残牛宝	
	三寸金莲			肢残活受、小脚香莲	傻子佟绍荣、半痴半呆的活受
	神鞭	玻璃花			
李佩甫	生命册			侏儒虫嫂、残臂驼背的骆驼	智残春才
	羊的门			瘸子蔡花枝	
韩少功	爸爸爸				智残儿丙崽
	风吹唢呐声		哑巴德琪		
李锐	万里无云			赵金斗瘫痪的娘	
	无风之树			矮人坪拐老五	
刘恒	狗日的粮食			瘿袋女人	
	伏羲伏羲			瘫子杨金山	
张海迪	绝顶			失去下肢的安群	
	轮椅上的梦			下肢瘫痪的方丹	
阿城	良娼			瘸子江宝	
阿来	尘埃落定		哑巴翁波意西		傻子土司二少爷

续　表

作者	作品	视觉残疾	听觉与言语残疾	肢体残疾	精神与智力残疾
艾伟	爱人同志			失去双腿刘亚军	
艾伟	整个宇宙在和我说话	盲人喻军			
毕淑敏	紫色布幔			田国兴小儿麻痹症	
曾纪鑫	风流的驼哥			驼哥李治国	
东西	没有语言的生活	瞎子王老炳	聋子王家宽、哑巴蔡玉珍		
古华	爬满青藤的木屋			独臂李幸福	
关仁山	麦河	白瞎子白立国、田大瞎子			
航鹰	明姑娘	盲人明姑娘、赵灿			
蒋萌	生命是劫后重生的奇迹			肢残者	
李子燕	左手爱			肢残者	
刘庆	长势喜人			肢残李颂国、失去双腿的郭雪亮	
刘庆邦	遍地月光				傻女小慧
刘庆邦	光明行	盲人凌志海			
刘厦	遇见生命			瘫痪者	
刘醒龙	凤凰琴			瘫痪的李志武	瘫痪女人明爱芬
麦家	人生海海	瞎佬		手残、哑巴小瞎子	疯子上校蒋正南
彭建明	鸟唱鱼跃是风景				白痴"胖子"
阮海彪	死是容易的			肢残人	
石杰	水边梧桐			王瘸子	
铁凝	笨花			腿残西贝二片	
凸凹	玄武			下身瘫痪万援朝	

续 表

作者	作品	视觉残疾	听觉与言语残疾	肢体残疾	精神与智力残疾
王十月	开冲床的人		聋子李想	失去右手的小广西	
王庭德	这个世界无须仰视			侏儒	
王忆	轮椅上的青春			瘫痪者	
王兆军	不老佬			侏儒史光辉	
吴运铎	把一切献给党			肢残吴运铎	
晓苏	我们应该感谢谁		哑巴金斗	瘫痪的父亲	
学群	二摸爹	盲人二摸爹			
于雷	属蛇女				傻子豆根儿
张贤亮	初吻			瘫子女孩	
张一弓	犯人李铜忠的故事			残腿李铜忠	
钟倩	金玫瑰与四叶				
重阳	裁缝的女儿	史瞎子			
朱山坡	懦夫传	盲丐阿江			
朱晓平	桑树坪纪事			吕老汉的侏儒儿子、断腿李金斗	"阳疯子"李福林、疯子青女
朱彦夫	极限人生	盲人张希德		肢残石痴、方仁	

后记：残疾是人类生存的一种困境

我对于残疾这一文学叙事的关注始自读大学时阅读史铁生的短篇小说《命若琴弦》。当时既感佩于史铁生无人物姓名的寓言式创作，又思索人对自我命运的困惑。史铁生用老少两代瞎子无法抗拒的命运，证明了人类始终处在一个无法摆脱的困境之中。所有人都会面对来自命运的不公，但唯有接受生命过程的意义才可以实现生命的救赎。琴弦弹断的数量多寡是生命长短的预设，但最后的醒悟只能靠各人对于生命价值的自我感知。

史铁生以其对残疾这一自然命题的独特思考成为当代中国最有分量的残疾作家。他21岁时遭受到生命对他的不公，从此带着不能移动的双腿走向了与命运争战的漫漫征途，靠着手中的笔，写下了与残疾对话的多部小说，并最终弹完了生命所应该弹断的琴弦。史铁生说："永远扯紧欢跳的琴弦，不必去看那张无字的白纸……"这也许是他在面对自己残疾的双腿，经过无数个夜晚的思考后，参透的生命密码。后来史铁生的《务虚笔记》《病隙碎笔》《我的丁一之旅》等作品则成为解读其残疾叙事的重要文本。史铁生大量带有自我身份确证的文学作品为当代中国小说的发展增添了一抹亮丽的色彩，也使得当代中国小说的残疾叙事有了重要的研究文本。

史铁生在《病隙碎笔》中说："人可以走向天堂，不可以走到天堂。走向，意味着彼岸的成立。走到，岂非彼岸的消失？彼岸的消失即信仰的终结、拯救的放弃。因而天堂不是一处空间，不是一种物质性存在，而是道路，是精神的恒途。"史铁生也是一直在走向命运天堂的路途中参悟着生命过程的价值与意义。他用拐杖与轮椅划开了走向天堂的荆棘之途，尽管被刺得伤痕累累，但依然擎着命运的火把为迷途中的人类照亮前行的道路，为迷惘而错失方向的灵魂校正航向。

当代中国小说的残疾书写不仅有残疾作家的叙事文本，还有非残疾作家创作的类型多样的残疾人物形象，正是这些丰富多彩的残疾人物开拓了当代中国小说残疾书写的园地。莫言、贾平凹、阎连科、阿来、毕飞宇等一众作家，所塑造的残疾人物形象都已经成为读者大众阅读接受的文学典型。对于这些残疾人物悲剧命运的设置，作家们几乎无一例外地都赋予了抗争与无奈的灰色基调。其中的故事伦理内涵一定是在同情、平等、关爱与冷漠、不公、欺侮等矛盾中展开，使读者在阅读中摆渡自己的灵魂。至于如何把这些残疾人物的故事讲述出来，每一位作家的自身伦理素养则又决定故事叙述的伦理倾向。受难者残缺的肉身成为残疾展示的舞台，叙述者用笔在舞台上挥出情感的波澜，为读者提供对话的时空。读者在阅读的对话中成为残疾情感伦理的接受者，从中感受到共情与共鸣。从故事伦理到叙述伦理，再到接受与对话伦理，残疾书写所展现出来的这些叙事伦理都深深地震撼了当代中国文坛。

　　本书对当代中国小说残疾书写的梳理，尽量做到点面结合，既突出典型作家的经典作品，又兼顾社会影响较大但文学艺术性稍弱的一些残疾叙事作品，力争能够对当代中国小说中的这一现象进行一个全面的梳理与总结。同时本书又以国外叙事伦理的理论解读作为研究指导，希望能够做到理论与实践相结合，以图对当代中国小说残疾书写的学术规律提供一个个案式的参考。当然理想很宏大，实际的成果并不一定能够承载这样一个学术理想。

　　"人生天地间，忽如远行客"，人类被抛置在这个蓝色星球上，是一定有始有终的。但始与终之间的这个过程却又翻出多姿多彩的无数花样，正是这个"花样"赋予了生命全部的意义，而人类中的残疾只是这些"花样"的一小部分。对这小部分人的关注与关心，也成为人类文明状况的"试金石""照妖镜"，显示出人性伦理的根本价值评判。小说对残疾人物形象进行塑造时，必然也渗透着小说家们在叙事伦理上的身份思考。文学研究的最终目的就是要揭示文学创作规律，并以此来影响现实中人们的价值评判。因此，研究当代中国小说中的残疾书写，也必然要揭示出此类文学作品的真正价值所在，并以此为现实生存中的残障人士提供现实的物质与精神的帮助。

　　本书稿在完成过程中，得到身边许多人的帮助。感谢虽不能免俗，但还是要郑重地把这份感谢表达出来。首先要感谢恩师谭桂林先生，谭先生致力于中国现当代文学研究数十年，不仅有深厚的学养，而且待人有谦谦君子之风。即使是对待弟子，他也能谦和以教，因人施教，总给人以如沐春风之感。本人有幸忝列门墙，确实倍感荣耀。跟随先生读书数载，亲聆先生教诲，终身受益。本课题研究就是在先生的启发与指导下开展的，先是把"中国当代小说残疾叙事的主题研究"作为博士论文的研究方向，后又在此基础上以《当代中国小说残疾书写的叙事伦理》作为题目申报了国家社科基金项目,到该课题结项以至书稿出版,都离不开谭先生高屋建瓴的点拨与启发。书稿完成后,又蒙先生不嫌书稿的鄙陋与浅薄,欣然答应为本书作序,并给予了极大的肯定与赞扬,实让弟子感激不尽。先生高恩,弟子永记。

其次要感谢为书稿出版牵线的吕杨博士,吕博士南大历史专业毕业,博学多识,与人为善,乐于助人,与南京大学出版社的高军编辑有相交之谊,便为本书出版联系了高军编辑。高编辑为本书的出版投入了巨大的精力。在此对两位的辛劳付出,表达由衷的感谢。

同时还要感谢我的妻子杨云云女士。一路走来,风风雨雨数十载,个中冷暖,如人饮水。感谢她为家庭的倾心付出,做了许多超出其身心能力范围的事,使我有精力和时间来安心完成书稿。人生漫漫征途,有汝相伴,相濡以沫,过了一道道坎,期待着未来一切顺遂人意。岁月静安,共度余生。

最后还要感谢对课题提供过各种帮助的同事、朋友,正是在他们善意满满的援手之下,本课题得以完成并能付梓出版。对于这样一个相对比较开阔的研究课题,这一小小成果自然也只能算是管窥之见,能自圆己说已不容易,浅陋之处自不可免,再加本人学识有限,错误之处,还请读者诸君不吝赐教。